El último llanto de los delfines

ESTEFANÍA YEPES

El último llanto de los delfines

TITANIA

Argentina • Chile • Colombia • España
Estados Unidos • México • Perú • Uruguay

Prólogo
Riviera Maya

Hacía días que Eileen no pasaba por casa. La situación en Tulum se había complicado y pasaban las horas navegando a pleno mar abierto para tratar de evitar la pérdida de más vidas inocentes. Aquel día, sin embargo, se había convertido en el más difícil de todos. Esa misma noche habían aparecido dos delfines más y Julien ya no pudo soportarlo. Pese a la impenetrable oscuridad del océano, decidieron adentrarse con la lancha en busca de la bestia que estaba atacando a todos los cetáceos de la reserva. Tenían que poner fin a aquello y descubrir qué era lo que realmente sucedía. Ver qué clase de animal acechaba a los pobres delfines, provocándoles esas heridas que terminaban con sus vidas tras horas de injusto sufrimiento. De todos modos, pese a que Julien estaba seguro de que estas habían sido provocadas por algún tipo de tiburón, dada la magnitud de las mismas, sentía que se le seguía escapando algo. Los delfines llevaban días más agitados de lo habitual, y estaba convencido de que eso no era únicamente por culpa de la bestia que había atacado a algunos de ellos.

—Eileen, sujeta el foco. Necesito que esto vaya más deprisa.

Su voz no era la que solía despertarla por las mañanas. Todo él se había convertido en un ser ahora irreconocible, movido por el terror y las ansias de detener aquella barbarie. Su magnetismo había desaparecido y ya solo quedaba en sus ojos el reflejo de la ira, a la que había sucumbido tras la muerte de aquel último delfín.

Eileen ahogó un sollozo y trató de recuperar el control. Tenía que sincerarse con él, pero antes le ayudaría en todo lo que estuviera en sus manos.

Llevaba trabajando en el delfinario prácticamente desde el día en que nació y creía conocer aquellos animales como la palma de su mano. Sin embargo, durante las últimas semanas, Julien se había encargado de modificar su percepción de la realidad. Todo lo que ella había aprendido sobre ellos se había construido sobre la base de una mentira. Había conocido a los delfines en cautividad y Julien, por su parte, le había enseñado el comportamiento de los mismos en su hábitat natural, salvaje y mucho más puro. Junto a él, Eileen había descubierto tantos detalles sobre los delfines que se había negado a regresar al delfinario de sus padres. Pasaba las horas encerrada en la soledad de su dormitorio, planeando la manera de liberar a esos animales sin que ello supusiera un riesgo para sus vidas. Llegado el momento, Julien la ayudaría, estaba segura, pero primero necesitaba conocer toda la verdad y las cosas se estaban precipitando demasiado deprisa.

Navegaban a ciegas, bajo la única y tenue luz de la luna y las estrellas. No veían nada más que la oscuridad que los rodeaba y se cernía sobre ellos. No había ni rastro de la costa, ni tampoco de los manglares. Eileen no tenía ni idea de dónde se encontraban y se sentía asustada. De pronto, el mar se le antojó tenebroso, lo suficientemente grande como para esconder un secreto y que nadie pudiera llegar a descubrirlo jamás. Nunca se había adentrado en el agua de noche, cuando la visibilidad era tan escasa que agudizaba hasta el extremo el resto de los sentidos y te permitía percibir todas aquellas cosas que la claridad y la transparencia del día no dejaban ver.

Por suerte, los mayas, como lo era Julien, habían asentado la base de su cultura en las constelaciones. Él había recibido de su familia aquellos conocimientos y por ello no le temía a la oscuridad, sino que se guiaba a la perfección gracias a las estrellas y a aquella extraña brújula que dominaba con exquisitez. Y Eileen, a pesar de todo, se sentía segura a su lado.

Avistaron las luces de un pequeño navío pesquero a una milla de distancia más o menos, según lo que pudieron calcular, y Julien dirigió la lancha hacia allí sin pensarlo. Conforme se aproximaban, se dio cuenta de que cerca del bote había movimiento en el agua. Temeroso por aquello de lo que pudiera tratarse y precavido de no poner en peligro sus vidas, detuvo el motor de la lancha y se acercó hacia la joven para arrebatarle el foco de las manos antes de dirigirlo hacia el lugar donde el agua se agitaba convulsa.

—Oh, ¡no!

Regresó de nuevo a la parte trasera de la lancha y encendió el otro motor, uno más silencioso y lento. Con cuidado, fueron acercándose hacia el origen de aquel movimiento hasta encontrarse lo suficientemente cerca de la otra embarcación como para que pudieran oírlos sin poner en peligro a los delfines que habían quedado atrapados en una red.

—¡Eh! —gritó en dirección a los integrantes del otro bote—. ¿Qué creen que hacen?

—¡Marchaos de aquí! ¡Estos delfines son nuestros!

—¡¿Cómo dice?!

Julien comprendió lo que realmente estaba sucediendo y su musculatura se contrajo con fuerza. Por eso los delfines se mostraban tan nerviosos. Se tensó, irguió la espalda y su mirada, a pesar de la oscuridad, se tornó fría y demoledora, tanto que incluso llegó a atemorizar a la joven.

—¿Qué vas a hacer? —dijo ella en apenas un hilo de voz.

—No puedo permitir esto, Eileen. No puedo dejar que se los lleven. Quédate aquí, ¿vale? No te pasará nada.

La besó en los labios y ella recibió el gesto con una mezcla de miedo y convicción a la vez. Su corazón latía contra su pecho y le dificultaba la respiración. Tenía que contárselo, y debía hacerlo ahora. Julien no se merecía aquello..., no podía continuar sin saber la verdad.

1

Se oye una canción que hace suspirar...

Había pasado mucho tiempo desde la última vez que el carro pesaba tanto. Solíamos hacer la compra a lo grande una vez al mes para no perder demasiado tiempo en idas y venidas al supermercado y, así, poder aprovechar cada hora al máximo. No había sido una decisión premeditada; de hecho, más bien fue todo lo contrario, pues por culpa de nuestro trabajo no teníamos más opciones entre las que escoger.

Adriana y yo compartíamos piso desde hacía seis años. Bastaba apenas un segundo para afirmarlo, pero seis años eran muchos; y todavía más cuando la convivencia significaba pasar casi las veinticuatro horas del día juntas.

Nos habíamos conocido en la universidad, en Málaga. Ella estudiaba diseño gráfico, y yo, filología hispánica. Muy idílico todo. Nuestro primer encuentro se produjo en una de las numerosas fiestas que se realizaban en el campus, ya que, sin ser conscientes de ello, compartíamos un par de amistades en común. Me atrevería a afirmar que el *feeling* entre nosotras fue instantáneo. Teníamos un carácter muy parecido y, de algún modo, nos complementábamos y nos reíamos juntas de cualquier cosa. A partir de ese momento coincidimos en más ocasiones, cada vez de forma más asidua. Así pues, cuando nos dimos cuenta de ello, nos habíamos convertido prácticamente en inseparables.

El piso en el que vivíamos había pertenecido a los padres de Adriana hasta que ellos fallecieron, momento en el que pasó a su entera disposición, muy a su pesar. De eso hacía ya unos años. Así pues, con el paso del tiempo, conforme nuestra amistad comenzó a afianzarse, me propuso compartir apartamento con ella para que yo también pudiera independizarme y, a la vez, ella dejara de sentirse tan sola. Nuestra suerte fue que no teníamos que pagar ningún tipo de alquiler ni hipoteca, y entre las dos nos hacíamos cargo de todos los gastos comunes derivados de la convivencia. Nos habíamos amoldado a la perfección la una al carácter de la otra y a nuestras respectivas formas de vida. En nuestro pequeño mundo éramos felices y, en todos los años que habíamos compartido vida, nada nos había desestabilizado como tándem.

—Te he dicho que no cogieras tantas bolsas o las acabaríamos llenando todas. La culpa es tuya —añadió en tono de burla mientras unas perlitas de sudor resbalaban por su frente con timidez a causa del esfuerzo.

—Puedes devolver la mitad de la compra, todavía estamos cerca del supermercado. ¿O acaso temes no poder aguantar ni un día más sin una bolsa de patatas fritas que llevarte a la boca?

—Estoy antojosa... Hace demasiado que no compramos guarrerías. Siempre con la dichosa dieta y las estúpidas calorías —rezongó con recochineo.

—Eh, ¡nadie te obliga a comer lo mismo que yo! —espeté mientras tiraba del carro con esfuerzo por la calle, que parecía haberse desnivelado de repente.

—Ya sabes que no se me da bien cocinar...

La miré de reojo y sonreí divertida. Era un caso. A pesar de ser algo mayor que yo, con el tiempo la había adoptado como mi hermana pequeña. Nos compenetrábamos mutuamente: yo me dedicaba a hacer que se alimentara como era debido y ella se encargaba de mantenerme al día de cómo se consideraba que debía vestirme si quería estar a la moda y ser una chica it —o in, siempre me liaba con estas palabrejas que ella usaba con tanta desenvoltura—.

Llegamos al apartamento después de cargar durante tres o cuatro manzanas la pesada compra. Estábamos acaloradas, a pesar de encontrarnos ya a principios de octubre. Parecía que el tiempo se hubiera vuelto loco.

Llegamos al fin al rellano y Adriana abrió la puerta sujetando las bolsas con una sola mano.

—Hoy no voy al gimnasio, te aviso —aseveró mientras abría la puerta.

—¡Eres una floja!

Lo dejamos todo en la cocina y nos dirigimos casi por inercia hacia el sofá. Parecía que hubiéramos llegado de la guerra y tan solo habíamos estado una hora fuera de casa.

—Tienes que añadirle más hidratos de carbono a la comida. ¡Me falta energía para vivir! —añadió, lacónica.

Sonreí por respuesta.

El salón era espacioso y acogedor. En uno de los rincones del mismo habíamos instalado nuestro estudio compartido, ya que las habitaciones eran muy pequeñas en comparación con el resto del apartamento.

Nuestro sino había querido que ambas termináramos trabajando en el sector editorial, aunque lo hiciéramos en campos muy diferentes. Ella diseñaba portadas y yo corregía manuscritos que luego se publicaban bajo distintos sellos. Entrábamos en la categoría de los denominados «trabajadores *freelance*», pues, a pesar de que llevábamos ya cierto tiempo dedicándonos a lo nuestro, era difícil lograr un contrato estable en el sector. Siempre trabajábamos desde casa, por lo que decidimos por unanimidad instalar nuestra oficina en una de las esquinas del salón, ya que creímos que sería una forma de animarnos mutuamente y, al mismo tiempo, no sentirnos tan aisladas del mundo exterior.

Como todas las parejas —pues ya habíamos llegado a la conclusión de que nuestra relación tenía mucho más de pareja que de amistad— teníamos nuestras idas y venidas. Tantas horas juntas podían pasarle factura a cualquiera. Sin embargo, jamás habíamos mantenido una discusión subida de tono ni nos habíamos dedicado una mala palabra, lo que supongo que había contribuido a afianzar mucho más nuestra amistad.

—Haley —me llamó Adri, que se había levantado ya del sofá—, tienes un mensaje en el ordenador.

Miré el reloj y vi que eran las doce del mediodía. No esperaba noticias de nadie, por lo que supuse que se trataría de alguna editorial que querría contratar un nuevo servicio. Me acerqué al escritorio y, antes de abrirlo, el mensaje logró captar mi atención. Me extrañó el hecho de no conocer el nombre del remitente, pues solía trabajar de forma habitual para las mismas editoriales.

—¿Quién es? —quiso saber mi compañera tras percatarse de mi mueca de sorpresa.

—Un tal M. Johnson, pero no me suena de nada...

Adriana dio media vuelta y se dirigió hacia la cocina mientras mi corazón daba un pequeño vuelco al descubrir el correo desde el que había sido enviado. ¿Royal Editions? Cliqué sobre el mensaje y esperé ansiosa a que este se abriera.

Buenos días, señora Beckett.

Le escribimos en nombre de Royal Editions para comunicarle que hemos recibido su currículo y que es usted una de las candidatas finalistas en nuestro proceso de selección para el puesto por el que postuló. Es por ello que la citamos el próximo lunes 5 de octubre a las 12h en Madrid, para una entrevista con la responsable del departamento, la Sra. Agatha Simonds.

Le rogamos nos confirme su disposición.

Atentamente,

M. Johnson
Departamento de RRHH
Royal Editions

No daba crédito a lo que acababa de leer. ¿Yo? ¡¿Royal Editions?!

—Adri... —empecé a llamarla en un hilo de voz—. Adri, ¡ven!

Corrió hacia mí como un vendaval, con la duda y la sospecha reflejadas en el rostro. No tenía ni idea de lo que estaba sucediendo, pero intuyó a la perfección que se trataba de algo realmente importante al percatarse de mi tono.

—¡¿Qué pasa?!

—Lee esto —dije sin más preámbulos, señalando la pantalla de mi ordenador.

Permanecí en silencio los escasos segundos que tardó en leer esas breves líneas.

—¡¡¿Royal Editions??!! —exclamó en un tono mucho más elevado y agudo incluso que el mío—. Dios santo, ¡esto es alucinante! ¡¿Te das cuenta de lo que significa?!

Me tomó de las manos y me obligó a ponerme en pie mientras daba graciosos saltitos, de los cuales me contagié. Me sentía eufórica y, a la vez, un poco mareada. No lograba entender qué era lo que significaba nada de todo aquello. De hecho, había enviado mi currículo hacía ya algunas semanas, únicamente por probar, dando por hecho que jamás llegaría a la fase final de selección. ¡Ni siquiera me acordaba!

—Madre mía, Haley, ¡salgamos a celebrarlo! —exclamó todavía en una nube.

—No..., no corras tanto. Tan solo he sido seleccionada para la entrevista... No cantes victoria todavía.

—¿Qué? ¡¿Pero tú estás loca?! Sabes perfectamente lo difícil que es que Royal se fije en ti... ¡Y has llegado nada menos que a la fase final de selección! ¡Deberías de ser tú la que estuviera dando saltos como una loca!

Tenía razón, pero mi cerebro no atinaba a discernir con claridad en todo aquel torrente de buenas, y a la vez temerosas, vibraciones. Era como si todo aquello no me estuviera sucediendo a mí. Estaba segura de que debían de haberse presentado cientos de aspirantes para ese mismo puesto y me inquietaba pensar que yo había sido seleccionada entre todos ellos como finalista. Jamás había llegado a la última fase de nada... y me abrumaba solo de pensarlo.

Me llevé una mano a la frente y deambulé por el piso sin rumbo fijo bajo la atenta mirada de mi amiga, que decidió callar y observar en silencio.

—Tengo que avisar a Toni —añadí entonces.

Omití hacer caso al gesto de desaprobación de mi amiga, sabedora como era del poco apego y cariño que guardaba hacia mi novio.

Toni y yo llevábamos saliendo poco más de un año. Antes de él había salido con otros chicos, un par de relaciones no demasiado serias, y Adriana siempre se había mostrado igual de cariñosa y cercana con todos ellos. Sin embargo, Toni llegó un poco por sorpresa y, a pesar de que al principio parecía que reinaba el buen ambiente entre ambos, las cosas comenzaron a torcerse de un día para otro. No llegué a averiguar el motivo de aquello, pero Adriana de repente se mostraba distante, escurridiza, y casi siempre tenía otros planes cuando él venía a casa o, peor aún, se mantenía en un segundo plano, mucho más callada y reservada de lo que solía ser habitual en ella. Así pues, con el tiempo, ambas adoptamos una posición de indiferencia en lo que a Toni se refería: ella intentaba no meterse en lo que yo hacía o dejaba de hacer con él y yo tampoco acostumbraba a hacerla partícipe de nuestras citas.

—Como quieras —añadió entonces sin que quedara apenas rastro de la felicidad que la había poseído unos segundos antes.

La observé en silencio mientras se dirigía hacia la cocina de nuevo y continuaba colocando la compra en los armarios, ahora con más ímpetu. Me dolía que las cosas no pudieran ser normales entre los tres y que ella no aceptara nuestra relación y, en realidad, ser consciente de que no éramos el mejor ejemplo de pareja. Sabía que las riñas habituales no tenían por qué ser tan habituales, ni tampoco las lágrimas que a veces me producía su indiferencia. Pero es que siempre estaba tan ocupado que no sabía cómo romper esa barrera que a veces parecía interponerse entre nosotros dos. Me dejé caer sobre la silla de mi escritorio, exhalé un suspiro y releí el mensaje unas cuantas veces, hasta que llegué a aprendérmelo de memoria. En algún momento, sin ser siquiera consciente de lo que estaba haciendo, mis dedos teclearon una respuesta, dando acuse de recibo y confirmando con ello la cita.

—Madrid... —murmuré bajito.

La confirmación con la dirección a la que tenía que dirigirme llegó enseguida. Debía viajar a Madrid el próximo lunes. Eso suponía tener que comprar un billete de AVE y no estaba precisamente para cometer gastos extraordinarios... Pero aquella oportunidad era demasiado importante como para dejarla escapar por un simple billete de tren. Uno sabe cuándo ha llegado su momento, y yo era plenamente consciente de que ahí estaba el mío. Siempre me había considerado una persona ahorradora y no soportaba derrochar, pero se trataba de un posible futuro... Un futuro en Royal Editions, una de las dos editoriales más importantes y prestigiosas del mundo, junto a Empire Editions, el otro gigante editorial.

Cogí el teléfono móvil y le mandé un mensaje a Toni. Sabía que a esas horas estaría durmiendo y que no solía gustarle que le despertara si no era por algo urgente... ¿Se consideraría aquello como tal?

«Hola, cariño. ¿Sabes qué? Royal Editions me ha enviado un mensaje comunicándome que he pasado la fase de selección y estoy entre las últimas finalistas. ¿No es alucinante?»

Como sabía que no me contestaría en ese mismo instante, dejé el teléfono a un lado y me enfrasqué en una nueva búsqueda en internet para reservar cuanto antes los billetes de tren a Madrid.

Sabía lo que Toni pensaba de mi trabajo, por eso casi nunca le explicaba nada al respecto. Teníamos puntos de vista muy diferentes y me lo había hecho saber en numerosas ocasiones. Siempre me ofrecía la posibilidad de trabajar con él en su bar, pero yo no quería pasar mi vida tras una barra. No porque tuviera nada en contra, sino porque no me imaginaba trabajando de camarera. Me gustaba mi rutina, las horas que pasaba frente al ordenador, así como también todas sus consecuencias, como el haber tenido que empezar a usar gafas o que hubiera pequeños frasquitos de lágrimas artificiales repartidos por todo el apartamento. Adriana y yo nos habíamos vuelto casi adictas a ellas con el paso del tiempo y nos dedicábamos a probar marcas distintas cada vez que descubríamos una nueva. Aquella era una complicidad que no podía compartir con Toni, que nunca hubiese comprendido la gracia que tenía para nosotras aquel absurdo hecho.

Volví a coger el teléfono una vez que hube impreso los billetes, con la esperanza de que Toni hubiera leído mi mensaje y encontrara ahora alguna respuesta. Y, en parte, así fue. Whatsapp me indicaba que el mensaje había sido leído al mostrar los dos tics azules; no obstante, no había ninguna contestación. Quizás estuviera ocupado con algo... Así pues, para desviar mi atención, decidí llamar a mis padres y contarles lo sucedido.

Esperé mientras el teléfono comunicaba y comencé a sentir los nervios en el centro de mi estómago. Al final, cuando ya iba a darme por vencida, escuché que alguien descolgaba al otro lado de la línea y el tono jovial y alegre de mi madre me recibió con cariño.

—¡Mamá! —exclamé feliz justo antes de empezar a contarle de carrerilla lo sucedido.

Adriana regresó al percibir el repentino alboroto, esta vez con una bolsa de patatas en las manos, mientras mantenía una expresión sonriente en el rostro. Tomó asiento junto a mí en el sofá e iba comiendo una a una las patatas mientras escuchaba paciente la conversación con mis padres. Cuando al fin terminé, contagiada por la súbita inyección de felicidad que las palabras de mis padres habían provocado en mí, colgué el teléfono y cogí un par de ellas bajo su atenta mirada.

—Entonces, qué, ¿quieres que lo celebremos? Yo invito —afirmó.

Dediqué una mirada distraída a la pantalla de mi teléfono y, tras comprobar que continuaba sin haber respuesta alguna de Toni, lo dejé sobre la mesilla y dirigí de nuevo la vista hacia mi amiga.

—De acuerdo, ¡tú ganas! —exclamé sin poder contener más la felicidad que en realidad, y pese a todo, me invadía.

2

Me planté en Atocha a las nueve y media de la mañana del lunes. Había madrugado muchísimo para llegar puntual, pues no quería que ningún contratiempo pudiera estropearlo todo, así que ahí estaba yo, en plena estación de tren, con un hambre de campeonato y un sueño demoledor. Me dirigí hacia una cafetería y pedí un bocadillo y un café doble. Debía borrar las ojeras, que no me beneficiarían en absoluto si quería dar una imagen profesional de mí misma.

Desayuné con fingida tranquilidad pues, a pesar de ir con tiempo de sobra —muy de sobra, de hecho—, mi yo interior se tambaleaba nervioso. Sentía que me temblaban las manos, por lo que el café iba a hacerme un flaco favor en ese sentido. Pensé en pedir una tila, pero aquello resultaría absurdo.

Cogí la agenda y revisé todo el trabajo que tenía previsto para la semana. Por suerte para mí, la cosa pintaba tranquila ya que tan solo tenía pendiente de entrega un único manuscrito, lo que, a su vez, se traducía en una escasa fuente de ingresos a final de mes. Así de irregular podía llegar a ser mi vida como autónoma. La mía y la del resto de trabajadores autónomos del país, claro. Había meses en los que a duras penas podía dormir por culpa de las incesantes horas de trabajo que me llevaban las correcciones de todas las novelas que me encargaban, y otros, sin embargo, la escasez de trabajo hacía que me volviera loca en casa con tantísimas horas libres a mi absoluta y entera disposición. Sin embargo, creo que era la primera vez que me alegraba de que así fuera.

Durante el fin de semana —en el que, por cierto, no había visto a Toni— me había permitido el lujo de soñar con lograr aquel puesto. Sin pretenderlo, me hice ilusiones pensando en que realmente tenía posibilidades y aquello se convirtió en un rayo de esperanza. Por fin tendría que acudir a una oficina real —o tal vez no—, podría contar con un sueldo fijo a final de mes y una cantidad de trabajo un poco más equilibrada que con la que contaba desde que había terminado la carrera.

Toni me había mandado un mensaje en el que simplemente me felicitaba por mi logro, justo antes de excusarse con que se veía obligado a pasar el fin de semana encerrado en el bar para después añadir la coletilla de que, al contrario que yo, él no tenía la suerte de poder hacer una escapada para desconectar del trabajo. Según dijo, nos veríamos el lunes. Así pues, le contesté que el lunes sería difícil que coincidiéramos, ya que me iba a Madrid y había cogido uno de los últimos trenes de vuelta con la firme intención de visitar lo que me diera tiempo de una ciudad que siempre solía ver únicamente por televisión. Supuse que no le hizo mucha gracia la idea, porque me contestó con un simple «ok». Aunque quizá estaba muy ocupado, así que decidí no molestarle más, ya le llamaría de nuevo a mi regreso. Empezaba a agobiarme que su trabajo en el bar pasara siempre antes que nada. Al fin y al cabo, aquella era la oportunidad de mis sueños, ¿no debería alegrarse un poco más por mí? No sé, proponerme salir a cenar juntos, brindar con una copa de vino... ¿Acaso no había sido eso precisamente lo primero que había hecho Adriana al enterarse?

Miré el reloj y me sorprendí al ver que eran las once menos diez de la mañana. Mi estómago se estremeció, nervioso, y el miedo se adueñó por completo de mí. Comencé a ser consciente del lugar hacia el que me dirigía, lo cual logró ponerme todavía más histérica. Tenía que calmarme, y tenía que hacerlo cuanto antes. Había leído muchísimo sobre las entrevistas de trabajo con Adriana aquel fin de semana y habíamos estado ensayando multitud de preguntas y respuestas que podrían hacerme. No podía bajar la guardia y consentir que los nervios me jugaran una mala pasada.

Salí de Atocha por donde me indicó con amabilidad el camarero de la cafetería. Allí aguardaban unas cuantas filas de taxis, que se mantenían a la espera de los pasajeros que íbamos saliendo de la estación. Me subí al primero de ellos, que tenía el cartel verde encendido y le indiqué la dirección.

Madrid era bonita. Sus calles, llenas de edificios y de vida, me recordaban bastante a la zona más céntrica de Barcelona, ciudad que había visitado en un par de ocasiones. Grandes multitudes de gente paseaban por la calle, algunos de forma despreocupada y otros, con grandes dosis de prisas y estrés. Pasé cerca del parque del Retiro y dejamos atrás muchísimas calles de majestuosa apariencia. El aspecto de los edificios era pulcro, antiguo, muy castizo. Al final, después del recorrido en el que el taxista desistió en su intento de conversar al ver que lo único que me importaba era el exterior, llegamos al destino indicado.

Tras pagar, decidí que la vuelta a Atocha la haría en transporte público. Me hallaba en plena calle Mayor. A lado y lado de la misma estaba lleno de tiendas y la Puerta del Sol quedaba muy cerca de donde yo me encontraba, por lo que luego me pasaría sin falta a echarle un vistazo. Me detuve frente al portal al que debía entrar y volví a sentir un intenso escalofrío. Respiré hondo tres o cuatro veces y, cuando me convencí de que ya me encontraba en condiciones de poder entrar al edificio, di un paso al frente y me encaminé hacia la que era sin lugar a dudas una de las experiencias más trepidantes de mi vida.

Subí hasta el tercer piso y llamé al timbre. La puerta se abrió de forma automática y me encontré de frente con un vestíbulo como el de cualquier oficina. En uno de los lados había un mostrador de recepción, tras el cual se escondía una chica joven muy elegante, y frente al mismo había un par de sillones.

Justo cuando iba a acercarme hacia la secretaria, el timbre volvió a sonar y vi que pulsaba un botón desde su escritorio para abrir la puerta. Me giré cuando una chica de apariencia similar a la mía entraba por ella y se situaba a mis espaldas para esperar con educación su turno. ¿Vendría por el mismo motivo por el que me encontraba yo ahí? ¿Tendría junto a mí a otra de las finalistas?

Aquel pensamiento me distrajo y me obligué a recuperar el control de la situación. Así pues, me acerqué al mostrador cuando la secretaria dejó de hablar a través del dispositivo de manos libres que llevaba en el oído y me presenté con la mejor de mis sonrisas.

—Buenos días. Me llamo Haley Beckett y vengo por una entrevista de Royal Editions.

—Buenos días, señorita Beckett —dijo mientras tecleaba a gran velocidad en su ordenador—. Sea usted bienvenida. Puede esperar ahí mismo —dijo señalando con educación hacia los dos sillones que había visto antes—. Cuando llegue su turno la llamarán. Gracias y ¡buena suerte!

—Gracias... —añadí sin apenas escuchar mi propia voz.

Tomé asiento y observé a la chica que había entrado después de mí. Se desenvolvía con soltura y, tras despedirse de la secretaria, se dirigió hacia el lugar en el que me encontraba yo, justo cuando sonaba el timbre de nuevo. Las dos nos giramos hacia la entrada, atentas a la próxima llegada, y aguardamos a ver el rostro de nuestra próxima rival. La puerta se abrió y una melena rubia y despampanante entró, dejando a sus espaldas un halo de sofisticación y superioridad del que no estábamos dotadas ninguna de nosotras dos.

Bajé la mirada. Nunca me había considerado una chica diez, pero tampoco me veía horrible. Tenía una espesa melena oscura y ondulada que daba mucho juego a mi rostro gracias al volumen con el que contaba, mis facciones eran redonditas y tenía unos labios carnosos con los que me sentía muy a gusto. Sin embargo, el punto fuerte de mi imagen eran sin duda mis ojos, de un azul cielo intenso difícil de encontrar, única herencia de mi padre. Medía uno sesenta y dos y solía vestir muy normal, aunque tenía predilección por las faldas y las botas. Adriana siempre me decía que era la viva imagen de Zoey Deschanel y a mí, como me encantaba su papel en *New Girl*, no me importaba demasiado.

De pronto, un ruido que provenía de una de las puertas nos puso en guardia a las tres, justo antes de que una voz femenina llamara a la chica que había entrado después de mí. Esta se levantó con aplomo y, tras ni siquiera dedicarnos una sola mirada, se dirigió hacia el lugar de donde había salido la voz.

Los minutos no pasaban y yo volvía a sentirme cada vez más nerviosa. En un intento de escapar de la paranoia que me poseía, miré hacia el techo en busca de alguna cámara con la que pudieran estar estudiando nuestro comportamiento, tal y como a veces sucedía en las series de televisión. Y, a pesar de no ver ninguna, me senté erguida, crucé las piernas de forma elegante y sonreí con entereza, mientras trataba de dejar mi mente en blanco para concentrarme únicamente en tomar el control de mi agitada respiración.

La chica salió del despacho —no sabría decir cuánto rato habría pasado desde que había entrado en el mismo— y, tras ella, apareció una señora de mediana edad que se dirigió hacia donde esperábamos nosotras.

—¿Sara Bueno? —preguntó justo antes de que nosotras nos mirásemos la una a la otra con gesto interrogativo—. ¿Sara Bueno?

Al ver que ninguna respondía a su llamada, giró la cabeza hacia la recepcionista y se dirigió directamente a ella con rigidez.

—Paula, anula de la lista a la señorita Bueno. La puntualidad es esencial para optar al puesto.

La secretaria, sin añadir ningún comentario al respecto, tecleó deprisa en su ordenador y luego tachó algo de un papel que tenía sobre la mesa.

—Veamos, siguiente... ¿Haley Beckett?

Me puse en pie de golpe, de forma elegante y femenina, me alisé la falda de tubo, me colgué el bolso del hombro y me dirigí hacia la puerta que continuaba abierta, a pesar de que la mujer había vuelto a meterse en el interior al ver que yo me había levantado.

—Bienvenida, señorita Beckett —dijo una vez que cerré la puerta a mis espaldas mientras me tendía la mano a modo de saludo formal—. Puede tomar asiento.

Me senté en la silla que ella me indicó con un ademán y dejé el bolso sobre mis piernas, cruzando las manos por encima tratando de aparentar formalidad y parte de una tranquilidad que no poseía.

—Bien. Es usted la única con nombre extranjero, pese a que, según su currículo, su domicilio habitual consta en el sur de España. ¿Podría saber el motivo?

—Sí, claro. Mi padre es americano y mi madre española. De ahí que me pusieran un nombre nada típico de aquí. Sin embargo, he vivido toda mi vida en Málaga, ciudad en la que he recibido mis estudios superiores y en la que sigo residiendo.

—Entonces, ¿domina usted a la perfección ambos idiomas? —volvió a preguntar con cierta curiosidad en un castellano pulcro y bien estudiado.

—Aventurarme a afirmar que los domino a la perfección sería muy osado por mi parte, pues creo que la formación continua es absolutamente necesaria en el aspecto lingüístico. Pero sí, hablo con absoluta fluidez ambos idiomas, siendo el español el que manejo en mayor medida y con mayor grado de exactitud gracias a mi carrera. Todo ello, a pesar de poseer cierto acento andaluz, que le aseguro nada tiene que ver con la expresión escrita —añadí a modo de pequeña broma para aminorar un poco la tensión que se respiraba en aquel despacho.

Tuve la impresión de que a Agatha le gustó la salida, ya que un amago de sonrisa cruzó sus labios de forma fugaz. Para mi absoluta sorpresa, cuando volvió a dirigirse a mí, lo hizo esta vez en inglés con un notable acento americano.

—Bien. He comprobado y seguido de cerca su trabajo en las últimas semanas y cuenta usted con un gran repertorio de entregas en distintas editoriales españolas. ¿Es cierto?

—Sí —afirmé sin titubear en el idioma que casi siempre usaba para hablar con mi padre—. A día de hoy colaboro con cinco editoriales en la corrección de las novelas que van a publicar, sea cual sea su género.

—Cinco. Es un número importante a tener en cuenta, aunque no tanto como poder decir que ha llegado a alcanzar usted el centenar y medio de correcciones en apenas...

—Cuatro años, señora Simonds —dije terminando la frase que ella había dejado a medias—. Llevo cuatro años dedicándome a jornada completa a este trabajo y sí, alcancé esa cifra hace apenas tres meses.

—¿Y eso a la simple edad de...?

—Tengo veintiocho años.

—¿Qué clase de correcciones realiza habitualmente?

—Estoy especializada en corrección ortotipográfica y de estilo.

—Maravilloso. ¿Tiene usted disponibilidad completa e inmediata?

—Por supuesto, señora Simonds. Una oportunidad como esta no se puede rechazar. Tan solo me resta por entregar un proyecto, cuya finalización está prevista para este mismo viernes.

—¿Tiene usted obligaciones en España?

Su pregunta me pilló en un completo fuera de juego. ¿Obligaciones en España?

—¿Disculpe? Creo que no he comprendido la pregunta...

—Familia, hijos o parientes de los que hacerse cargo que pudieran impedirle un desplazamiento del país.

¿Cómo? Aquello sí que no me lo esperaba. Repasé en cuestión de segundos mi situación e hice un gesto de negación con la cabeza tras pensar en que mis padres, a pesar de que la idea de marcharme pudiera entristecerlos, se alegrarían mucho más al saber que aquello era una gran oportunidad para mí. Fue tan rápido mi pensamiento hacia su voluntad que ni siquiera me detuve en pensar cuál sería la respuesta de Toni al respecto.

—Me alegro, pues.

A continuación, Agatha me hizo algunas preguntas acerca de mis métodos, formas y rutinas de trabajo que fui respondiendo cada vez con mayor tranquilidad. Al final, después de un rato que se me antojó una eternidad, se puso en pie y volvió a tenderme la mano.

—Perfecto, señorita Beckett. Hemos terminado —dijo, regresando de nuevo al castellano, acto que imité por si acaso.

—Gracias por todo, señora Simonds.

Cogí mis pertenencias y me dirigí hacia la puerta con una extraña corazonada reverberando en mi interior. Cuando ya iba a girar el pomo para salir, sin embargo, Agatha volvió a llamar mi atención, por lo que me detuve en seco.

—Por cierto, señorita Beckett, espero su respuesta en veinticuatro horas.

—Disculpe, señora Simonds, pero creo que no la he entendido... ¿Qué significa...?

—Significa que —añadió con solemnidad, sin apartar los ojos de los míos—, si está dispuesta a trasladarse a Nueva York esta misma semana, el puesto es suyo. Tiene veinticuatro horas para tomar una decisión al respecto. Hoy mismo le harán llegar desde recursos humanos las condiciones económicas y particulares de la propuesta a su correo electrónico. Buenas tardes.

—Mu..., muchas gracias, señora Simonds. Buenas tardes.

Salí de aquel despacho y cerré la puerta a mis espaldas todavía en estado de *shock*. Intentaba descifrar qué era lo que me asustaba más, la presión que me producía saber que me habían escogido a mí entre todos los candidatos o bien tener que marcharme a Nueva York y dejarlo todo atrás.

Unos meses atrás...

—No sé qué ponerme.

—Ni que fueras a una cena de gala.

—Es nuestro aniversario, Adri —dije, aunque llevaba toda la semana repitiéndoselo, por lo que estaba segura de que ya lo sabía.

—¡Solo lleváis seis meses saliendo!

Exhalé un suspiro y la miré, cerrando con cuidado la puerta del armario frente al que llevaba un buen rato de pie.

—¿Y a ti qué te pasa?

—Nada.

—Adri...

Me miró desde mi cama, en la que seguía tumbada observando todos mis movimientos, se pinzó los labios y luego se incorporó, quedando sentada justo en el centro como un indio.

—¿Tú eres feliz? —preguntó entonces. Aquello me dejó un poco perpleja.

—¡Claro! —exclamé con más efusividad quizá de la que en realidad sentía—. ¡¿Por qué dices eso?!

Le di la espalda al armario y permanecí frente a ella, con los brazos cruzados y una actitud defensiva que ni siquiera sabía de dónde salía.

—Nada, déjalo, ¿vale?

—No, no quiero dejarlo. ¿Qué es lo que pasa?

Volvió a resoplar y perdió la mirada por la ventana, desde la que se colaba la luz ambarina de un atardecer veraniego que prometía regalarnos un poco de brisa fresca con la que poder respirar, por lo menos durante la noche.

—Es que... me da miedo que sufras.

—¿Y por qué iba a sufrir?

Di un paso al frente y me senté a los pies de la cama. La miré a los ojos y traté de buscar en ellos aquello que me estaba escondiendo. La conocía demasiado bien. Adriana no era de las que se andaban por las ramas, y aquella era una de las cosas que más me gustaban de ella. Podíamos ir de compras y sabía que no me mentiría si, al salir del probador, la prenda que hubiera escogido no me quedaba bien. Si necesitaba una talla más, me lo decía sin pudor, y si esta era lo suficientemente horrible como para no merecer siquiera estar colgada en una percha, también. Y lo mismo hacía con el resto de cosas.

—Mira, Haley, no quiero que te hagas ilusiones antes de tiempo. Solo eso. Disfruta el momento sin pensar en nada más, ¿vale?

Entorné los ojos y arqueé una ceja, mirándola con una expresión desconcertada. ¿Acaso sabía algo que yo desconocía? ¿A qué venía, si no, toda aquella perorata?

—Eso hago.

—Entonces, no he dicho nada.

—Pero sí que lo has dicho —murmuré.

Resopló y alzó los brazos, enseñándome las palmas de las manos en señal de derrota.

—Tú ganas. Voy a pedir sushi —dijo entonces, poniéndose en pie y dirigiéndose hacia el pasillo.

—¿Vas a cenar sushi sin mí?

—¡No soy yo la que tiene una cita! —gritó, ya desde el salón.

Al final me decidí por un vestido y unas sandalias de tacón que apenas había tenido tiempo de lucir por culpa de la gran cantidad de trabajo que había acumulado últimamente. Me apetecía verme bonita, me apetecía llenarme el pelo de ondas, rizarme las pestañas, ponerme colorete y, sobre todo, pintarme los labios de aquel rojo intenso que me hacía sentir más fuerte y capaz de todo. En realidad, lo único que quería era que a Toni se le acelerara el pulso, que sus ojos centellearan brillantes recorriéndome de arriba abajo y que sus manos se colaran por debajo del vestido para descubrir la ropa interior que me había comprado para esa noche. Vale que era absurdo, que solo llevábamos unos meses saliendo y que aquella era una noche como cualquier otra, pero me hacía ilusión. De hecho, aquella podría considerarse la primera relación «seria» que había tenido hasta ese momento. Un poco triste quizá... teniendo en cuenta que me acercaba peligrosamente a la treintena, pero obviar la realidad hubiera sido realmente absurdo por mi parte.

Recorrí las calles pensando en cómo iría vestido, en si se habría puesto camisa por lo menos esta noche. Las detestaba, era cierto, ¡pero es que le quedaban tan bien! A Toni le gustaban todas aquellas camisetas que atesoraba en su armario y a mí no me importaba, sin embargo, me apetecía que esa noche los dos la sintiéramos como algo más especial. Al fin y al cabo, llevábamos medio año saliendo juntos.

Giré la esquina y llegué al bar donde trabajaba, abrí la puerta y le busqué con la mirada. Me costó dar con él, hasta que lo vi apoyado en una mesa, hablando con unas clientas. Me estremecí. No estaban haciendo nada, pero fue verle sonreír de ese modo y algo en mi interior me produjo una descarga. Alzó la mirada y me vio. Esperé durante unos segundos hasta que descubrí su sonrisa, la que siempre me dedicaba a mí. Sabía cómo hacerlo. Sabía cómo ganarme con un gesto tan simple como ese. Solté el aire que ni siquiera sabía que había estado conteniendo y le devolví la misma sonrisa mientras se acercaba. Me dio un beso y su mano fue directa a mis nalgas, que apretó con fuerza antes de soltarme. Me separé, consciente de que estaba ruborizada. No por él... sino porque siempre había odiado esa clase de gestos tan primitivos, como si pretendieran marcar el terreno en público. Pero sabía que no lo hacía con maldad, y no quería que pensara que no me gustaban sus carantoñas... o lo que se supusiera que fuera aquello. Le miré a los ojos y esperé con ganas aquella mirada capaz de derretirme.

—He preparado la mesa del fondo.

Sus palabras colisionaron contra las paredes de mi cerebro. Incluso pude escuchar el crujido que se produjo en el interior de mi cabeza. ¿Íbamos a cenar en su bar?

—Ah... Pensé que saldríamos a cenar fuera.

—¿Por qué? Es tontería, nena. Aquí tenemos todo lo necesario y, lo mejor de todo, no tenemos que pagar nada. Bueno, tú no. Yo sí —rio con suficiencia—, pero de eso ya me encargo yo. Mira —dijo, girándome un poco para luego señalarme la mesa libre que quedaba al fondo en la que pude leer un cartelito de reservado—, es esa de ahí. Puedes sentarte. Acabo de servir dos mesas y voy contigo.

No me dio tiempo a responder que ya le vi alejarse de nuevo. Al pasar junto a las dos chicas, les guiñó el ojo y les dedicó una nueva sonrisa que me obligó a girarme de golpe y dirigirme hacia la mesa, sintiéndome un poco fuera de lugar con ese vestido, en un bar cuyo aroma a fritanga te calaba incluso la piel. Cada vez que iba a verle tenía que lavarme el pelo al llegar a casa o bien cambiar las sábanas al día siguiente. Detestaba ese olor.

Saqué el teléfono móvil con la intención de dejar de pensar en todas aquellas estupideces que me venían a la cabeza y que mucho tenían que ver con el hecho de que todo aquello era culpa mía por haberme hecho ilusiones. Estaba claro que las parejas de hoy en día ya no celebraban esas cosas. ¿Cómo había podido emocionarme de ese modo?

Desbloqueé el teléfono y vi que tenía un par de mensajes de Adriana. Los abrí y no pude evitar sonreír al descubrir una foto en la que salía ella llevándose una porción enorme de sushi a la boca, que sostenía con los palillos con notables dificultades.

—¿Quién te ha escrito? Esa sonrisa me pertenece, ¿eh?

Aparté el teléfono de forma instintiva, sin entender por qué mis manos se habían movido más deprisa que mis propias intenciones para no dejarle ver que, en realidad, se trataba solo de Adriana. Toni se sentó en la silla que había frente a mí y guardé el teléfono en el bolso ante su gesto sorprendido, con el que esperaba una respuesta.

—Era Adriana —dije, excusándome.

—Ah, bueno. En ese caso, me quedo tranquilo.

Sonreí sin saber en realidad muy bien qué decir. No lo dijo a malas, estaba segura, pero, por un momento, pensé en por qué iba a tener motivos para no sentirse tranquilo si estaba ahí sentada, me había arreglado más de lo habitual y solo tenía ojos para él. Aquella no era la cita que yo esperaba, de acuerdo, pero ¿qué más daba? Estábamos juntos..., ¿no?

—¿Qué tal tu día? —dije entonces.

—Muy duro. —Movió la cabeza de un lado a otro, como si necesitara corroborar sus palabras de algún modo. Pobre, pasaba ahí dentro muchísimas horas—. No tienes ni idea de lo agotador que resulta trabajar de verdad.

—Bueno..., supongo que yo no me canso mucho... físicamente, digo; pero hoy he pasado más de diez horas frente al ordenador. Por cierto, he podido entregar el proyecto a tiempo. ¿Te acuerdas de aquel que...?

—Nena, sé que lo dices para consolarme, pero... no compares.

Sus palabras me descolocaron tanto que no me di cuenta ni siquiera de que me había cortado sin dejarme terminar lo que quería contarle. No lo había dicho para consolarlo... Me sentía agotada; agotada de verdad. El dolor de cabeza después de tantas horas frente a la pantalla a veces resultaba verdaderamente insoportable.

—El viernes han contratado una fiesta privada en el bar, no podremos vernos —siguió.

Alcé la mirada y me fijé en su expresión ilusionada. Hacía tiempo que sabía que el bar no daba los números que debería y eso lo traía un poco de cabeza. Tenía tantas cosas de las que ocuparse que su mente era un constante hervidero de ideas.

—¿Sí? ¡Cuánto me alegro!

—Sí..., un picoteo sencillo y copas para treinta personas. No está nada mal, ¿eh?

De pronto, su compañero asomó la cabeza por encima de la barra y silbó en nuestra dirección.

—Toni —lo llamó—. No puedo con todo. Te necesito aquí.

—¡Ahora mismo voy! —contestó en su dirección, antes de girarse de nuevo hacia mí—. Nena, ¿has pensado ya en lo de ir a vivir juntos? Me iría bien para los gastos, me están ahogando.

Me quedé una vez más sin palabras, pero reaccioné deprisa.

—No... Bueno, sí... No... No he tenido tiempo todavía.

—¿Cómo que no? Pero ¡si te pasas todo el día en casa!

Se puso en pie, cogiendo el botellín de cerveza que había traído con él al llegar, se agachó, sonrió y me besó, silenciando todos los pensamientos que en ese momento gritaban demasiado fuerte para mi gusto.

—He tenido mucho trabajo. Lo siento. Me ha surgido una gran oportunidad y he enviado un currículo... por si tengo suerte por una vez. Sé que quizá no sirva de nada, pero...

—Bueno, nena, pero no te hagas ilusiones, ¿vale? Las grandes oportunidades solo son para los mejores. Los demás tenemos que trabajar de verdad. A todo esto, ¿seguro que no prefieres que te enseñe a llevar una bandeja aquí en el bar? No me gusta verte todo el día encerrada en casa...

—Es mi trabajo, Toni. Me gusta lo que hago.

—Está bien —dijo, haciendo un mohín infantil que me desestabilizó—. Solo lo decía por ti, ¿eh?

—Claro... No te preocupes, de veras. Me gusta mi trabajo —repetí, como si necesitara justificarme.

—Pero a veces ganas muy poco..., con eso no podríamos llegar a fin de mes.

—Bueno, hay meses mejores y otros peores, pero es lo que me gusta y no quiero dejarlo...

—¡Toni! —gritó de nuevo su compañero.

—Lo siento, nena. —Volvió a darme un beso, esta vez tan fugaz que casi ni me dio tiempo a despedirme, y se alejó en dirección a la barra. Se giró por última vez y me hizo un gesto con la mano, como si se llevara un teléfono al oído—. ¡Ya te llamaré cuando pueda!

Salí del bar con una extraña sensación en el centro de mi estómago. En realidad me sentía algo contrariada. Entendía que Toni trabajaba muy duro y que acababa exhausto después de jornadas encadenadas cuyo final parecía no llegar nunca, pero aquello no justificaba que menospreciara mi profesión por no agotarme físicamente. Además, a mí me gustaba lo que hacía. Puede que no ganara una fortuna o que a veces hasta me costara llegar a fin de mes, pero Adriana nunca me lo había echado en cara y siempre habíamos sobrevivido. Lo habíamos hecho durante años sin una sola discusión al respecto. Ninguna de las dos se preocupaba por que la otra no cobrara lo suficiente. No nos faltaba comida y, si en alguna ocasión hacíamos más cenas en casa que tapas en cualquier bar porque debíamos apretarnos un poco el cinturón, a ninguna le importaba lo más mínimo. No era una mujer ambiciosa. No era alguien para quien el dinero lo fuera todo. Tenía para vivir, para comer, y, sobre todo, tenía todo lo necesario para sentirme feliz y realizada. Era la vida que siempre había deseado. Tan solo quería vivir entre libros. Sin ellos, el resto me daba igual. Y yo no quería que mi vida fuera tan insulsa como para que todo me diera lo mismo. Lo necesitaba, necesitaba mi trabajo.

Abrí la puerta sin darme cuenta de que ya había llegado a casa. Adriana estaba tumbada en el sofá, con las piernas sobre el reposabrazos y un par de cajitas de comida japonesa abiertas sobre la mesa que había frente a este. Mi estómago rugió emocionado. Dejé las cosas y fui directa a por una porción de sushi que vi desde lejos. La cogí con los dedos y me la llevé a la boca, cerré los ojos y gemí de placer al darme cuenta de que, en realidad, me moría de hambre. Cuando volví a abrirlos, Adriana me observaba con atención.

—Dime cuál es el restaurante ese al que te ha llevado para no ir nunca... ¿Es que no te gustaba nada de la carta?

—Al final no hemos podido cenar juntos.

—¿Y eso por qué? Estabas muy emocionada con vuestro supuesto aniversario. —Se incorporó ligeramente en el sofá. No pude obviar el tono en el que lo dijo, pero preferí no darle importancia.

—El bar se ha llenado y ha tenido que echar una mano a su socio... Otro día saldremos.

Tardó unos instantes en responder, pero no dejó de observarme con toda su atención ni un momento.

—Por lo menos se habrá postrado a tus pies maravillado, ¿no? ¡Ese vestido te queda de infarto!

—¿Eh? Sí... Sí, claro. Le ha encantado.

No tenía por qué darle explicaciones. Toni estaba ocupado, era normal que no se hubiera fijado. El próximo día seguro que lo haría, ¿qué más daba? No tenía ganas de hablar del tema con ella. En realidad, no estaba de acuerdo ni conmigo misma. Estábamos bien juntos, aunque mi cabeza se esforzara en hacerme ver que, en parte, Adriana tenía razón y aquello no era muy normal. Pero no estaba dispuesta a comprobarlo. Tan solo quería comer un poco, preparar palomitas y silenciar mi cabeza antes de que me siguiera recordando que Toni seguía esperando una respuesta a una propuesta que todavía no estaba preparada para plantearme. Miré a mi alrededor un instante. Aquella era mi casa. Mi hogar. Y no estaba segura de querer abandonarlo todavía para irme a vivir con Toni.

Al fin y al cabo, ¿no era tan difícil de entender, no?

3

Y habla al corazón de una sensación grande como el mar

Envié la respuesta tras un buen rato de inestabilidad emocional que compartí en la única compañía de mi mejor amiga, tras haber releído una y otra vez las condiciones que, tal y como dijo Agatha, me habían enviado. Tenía claro que iba a aceptar, pero, al mismo tiempo, sentía un miedo atroz ante la posibilidad de tener que coger un avión y partir hacia otro continente.

Adriana estaba sentada a mi lado frente a su ordenador, tan nerviosa y agitada como lo estaba yo. Era un espectáculo digno de ver. Me había esperado despierta la noche anterior, pues la mantuve con la incertidumbre de noticias hasta mi llegada. Reconozco que fue un poco mezquino por mi parte, pero necesitaba contárselo en persona y llorar de emoción junto a ella. Me vino a recoger a la estación en coche y tuvo el «detalle» de esperarme con una hamburguesa del McDonald's, doble de queso. Era una tipeja. Sabía que odiaba la comida basura y me estaba castigando por ello, pero era tal el hambre que arrastraba que no necesité pensarlo durante mucho tiempo antes de darle un bocado a aquel grasiento amasijo de carne.

La tuve en ascuas hasta que llegamos a casa, donde ya no pude esperar más y le conté todo lo sucedido con pelos y señales. Desde las miradas de odio hasta el ahogo que sentí cuando me habían dicho que yo era la seleccionada y que ahora todo estaba en mis manos. Adriana cantó, gritó, saltó y aplaudió, embriagada por una emoción que me sobrepasaba. Era mi oportunidad y ella lo sabía. Nos abrazamos entre lágrimas y armamos un buen jaleo, sin importarnos que algún vecino pudiera quejarse por el ruido.

Cuando me metí en la cama, le envié un mensaje a Toni diciéndole que ya había llegado a casa. Su respuesta fue mucho más seca de lo que esperaba y ni siquiera se acordó de preguntarme por la entrevista.

«Ok. Intento pasar mañana a verte. Bss.»

No me permití darle más importancia y continué mi fiesta particular con Adriana, que ya se había perdido por internet en busca de alojamiento para mí.

En esa misma tesitura nos encontrábamos al día siguiente, sin que nos hubiéramos dado cuenta de que nos había dado la hora de comer. Continuábamos las dos absortas en nuestros respectivos ordenadores: la una buscando billetes a buen precio y la otra, un lugar donde hospedarme.

El timbre sonó de golpe sacándonos a las dos de nuestras respectivas pantallas.

—¿Esperas a alguien? —pregunté sorprendida.

—Tal vez te venga a recoger un chófer privado..., los americanos no se andan con tonterías —añadió ella con una divertida mordacidad.

Le saqué la lengua mientras me ponía en pie y me miré por encima antes de dirigirme hacia la puerta. Todavía llevábamos el pijama: el mío, de Disney; y el suyo, de unicornios y arcoíris. Menudo panorama.

Me acerqué hasta la puerta y eché un vistazo a través de la mirilla para comprobar quién era. Entonces, cuando mi ojo enfocó el rostro de una de las dos personas que había tras la misma, solté un gritito de júbilo y salté de la emoción mientras hacía girar la llave en la cerradura.

—¡Mamá, papá! —exclamé abrazándolos a los dos al mismo tiempo que recibía innumerables dosis de besos por su parte—. ¿Qué hacéis aquí?

—Adriana nos ha dicho que tenías que contarnos algo muy importante y que era esencial que viniéramos a verte para que pudieras decírnoslo en persona. ¿No estarás embarazada, no?

Aquel comentario tan directo y a la vez tan fuera de lugar me hizo gracia y volví a estrecharlos entre mis brazos con fuerza. A pesar de que vivíamos relativamente cerca y que solíamos vernos a menudo, hacía un par de semanas que no había podido pasar por casa. Sin embargo, no era aquello lo que me estaba afectando, sino más bien el hecho de que esa sería, sin lugar a dudas, una de las últimas veces en que iba a poder verlos, como mínimo durante los próximos meses.

No me di ni cuenta de que un par de lágrimas se me arremolinaban en la comisura de los ojos, batallando con fuerza por salir de ellos.

—¿Qué sucede, cariño? —dijo mi madre, secando una de ellas con el pulgar.

Aquel gesto, lejos de reconfortarme, consiguió debilitarme un poco más. ¡Iba a echarlos tantísimo de menos...!

Adriana se puso en pie y se acercó veloz hacia nosotros. Hacía tiempo que se conocían, el mismo que llevábamos compartiendo piso. En mi familia siempre habíamos sido muy cariñosos y ella echaba muchísimo de menos ese ambiente fraternal, así que la cosa fluyó por su propia energía y se adoptaron mutuamente como nueva familia. Mis padres la querían igual que si se tratara de mi propia hermana y nos mimaban a las dos cada vez que estaba en sus manos hacerlo.

—¡Hola, mi niña! —dijo mi madre esperando a mi amiga con los brazos abiertos.

—Pero bueno, ¿me podéis decir qué hacéis las dos todavía en pijama? —exclamó esta vez mi padre, lanzándonos divertidas miradas de forma alternativa, con lo que logró que volviera a sentirme como cuando tenía quince años y demasiada pereza por las mañanas.

Adriana y yo nos miramos aguantando la risa, y decidimos que había llegado la hora de adecentarnos, como mínimo para poder sentarnos los cuatro alrededor de la mesa en condiciones.

—Me ducho yo primera —añadió antes de dar media vuelta y encaminarse hacia el baño.

Anduve hasta la cocina junto a mis padres. Saqué un botellín de cerveza para él y un refresco de cola para mi madre, y los acompañé hacia el salón, donde nos sentamos los tres en el sofá mientras esperábamos a que Adriana terminara de arreglarse.

—¿No viene Toni a comer? —preguntó mi madre mientras echaba un vistazo con disimulo por todo el salón en busca de algún objeto que delatara su presencia.

Toni... No había vuelto a enviarle ningún mensaje. De hecho, si teníamos en cuenta que no tenía ni idea de que mis padres iban a aparecer a la hora de comer, no había motivos para inquietarse por aquel pequeño detalle, ¿no?

—Hija, ¿sucede algo entre vosotros...? —inquirió con esa astucia y sabiduría solo propia de una madre, supuse que alarmada por mi gesto pensativo.

—Oh, no... No, mamá. Solo que no sabía que vendríais a comer y no le he dicho nada...

—Ah, bueno. Pues llámalo entonces y así le esperamos, ¡no hay prisa! —soltó mi padre, mucho más jovial.

Dudé mientras barajaba la posibilidad de hacerlo. Tal vez estuviera durmiendo todavía, por lo que llamarlo no resultaría muy buena idea... Pero no estaba muy segura de que mis padres pudieran entenderlo. Ellos habían sido de los de levantarse siempre a las ocho de la mañana durante toda la vida, fuera la hora que fuese a la que se hubieran acostado. Así pues, cogí el teléfono móvil y tecleé un mensaje rápido a mi novio.

«Hola, cielo. Mis padres han venido a comer y preguntan por ti. ¿Te apetece venir también? ¡Besitos!»

Para mi absoluta sorpresa, esta vez su respuesta no tardó en llegar. Aunque, para lo que dijo, hubiera preferido que no llegara. Algo se retorció inquieto en mi interior. Tenía la sensación de que, en los pocos días que habían transcurrido desde el mensaje que lo había cambiado todo, mi rabia hacia Toni aumentaba conforme mi felicidad también lo hacía. Me obligaba a pensar que estaba ocupado, que tenía trabajo y que él no era tan efusivo como quizá lo éramos Adriana y yo, pero empezaba a dolerme su desidia. Era la oportunidad de mi vida... Era mi sueño hecho realidad. O, por lo menos, prometía ser el inicio del mismo. Leí por segunda vez el mensaje, por si era yo la que lo había interpretado mal.

«No me va bien acercarme ahora. Tengo que ir a trabajar en un par de horas y me espera un día largo. Bss.»

Lo entendía. El problema era justamente ese: que yo siempre lo entendía. Pero ese día necesitaba que él me comprendiera a mí. Que entendiera que mi estómago acumulaba demasiadas emociones, demasiados miedos. Que mis manos temblaban casi las veinticuatro horas del día, que me faltaba el aire cuando pensaba que iba a estar a más de diez horas de vuelo de distancia de todo lo que formaba parte de mi vida..., que lo nuestro se precipitaba desde hacía tiempo y que yo no había sabido verlo... o me había negado a hacerlo.

—¿Todo bien? —volvió a preguntar mi madre ante mi repentino silencio.

—Sí... Dice que no puede, se va a trabajar ya. Os manda un saludo —mentí para evitar más preguntas.

—Bueno, en otra ocasión será. No te preocupes.

Adriana se acercó hacia nosotros, con el pelo todavía húmedo, y aproveché para encerrarme en el baño y darme una reconfortante, corta y muy necesaria ducha.

Mientras el agua recorría mi cuerpo, cerré los ojos y me permití dedicar unos segundos a pensar en todo lo que estaba viviendo en las últimas horas. Lo de Nueva York superaba todas mis expectativas y me había venido tan de sopetón que no creía haber llegado a poder asimilarlo aún. Sin embargo, mi pensamiento se redirigió de forma automática hacia aquello a lo que me estaba negando a prestar atención: Toni. No le veía desde hacía días y me obligaba a pensar que estaba muy ocupado en el bar trabajando de forma intempestiva hasta altas horas de la madrugada. Sin embargo, le había comentado lo de la entrevista y ni siquiera había encontrado un hueco para llamarme... Levanté la cabeza hacia el techo y dejé que los chorros de agua se deslizaran por mi rostro, llevándose con ellos aquellos pensamientos que yo no quería albergar. Abrí la boca y la llené de agua para luego dejarla salir con la misma lentitud que cuando tomas aire y expiras en un lapso de diez segundos, sintiendo así que puedes llegar a relajar tu cuerpo y apaciguar el alma.

No iba a darle más importancia, por la tarde ya intentaría hablar de nuevo con él. Punto.

Una vez volví a estar presentable, regresé al salón y los encontré a todos preparando la mesa mientras picaban alguna que otra patata frita de la bolsa que Adriana se había apremiado en abrir.

—Todo eso va al culo, y lo sabes —la reprendí sonriente desde la distancia.

—A ver, conejillo comehierbas, en esta vida no todo son judías y pimientos —espetó sin soltar los pelotazos que sostenía entre los dedos.

—¡Ni que solo comiera ensaladas y verdura!

—Abre la nevera y demuéstrame ahora mismo lo contrario. Te doy cincuenta euros si eres capaz de sacar más carne y embutidos que verduras del interior.

—Me gusta cuidarme, nada más —rebatí divertida.

—Y es por eso que luego no tengo fuerzas para mantenerme en pie. No te va de algunas calorías de más. Créeme, ¡son el secreto de la felicidad!

—Y de la celulitis también —añadí, terminando su elocuente discurso guiñándole un ojo.

Mis padres sonrieron por la ocurrencia, una de tantas a las que ya estaban más que acostumbrados, y se sentaron a la mesa mientras nosotras terminábamos de servir la comida.

—Bueno, ¿vas a decirnos ya a qué viene tanto misterio? —soltó entonces mi madre sin poder contenerse más.

Adriana y yo volvimos a mirarnos y, después de que me hiciera un pequeño gesto de afirmación con la cabeza, me giré de nuevo hacia mis padres para explicarles todo lo acontecido en los últimos días.

—¿Versión corta o extendida? —pregunté haciéndome rogar un poco más.

—¡Suéltalo ya! —exclamó mi padre, impaciente.

—Como sabéis, el otro día Royal Editions se puso en contacto conmigo...

—Ajá... ¿Los americanos, verdad? —me cortó mi madre con la ansiedad reflejada en el rostro, harta de escuchar una y otra vez mis sueños frustrados de formar parte algún día de su imperio.

—¡Sí! Pues veréis —continué, haciéndole a la vez un gesto con la mano para que no me interrumpiera antes de tiempo—, me comunicaron que formaba parte de la fase final de selección para un puesto de corrección y que ayer tenía que presentarme en Madrid si quería tener alguna opción para el mismo... Y lo hice.

Veía que mi madre se removía inquieta en su asiento, pidiéndome a través de la mirada que terminara de una vez por todas con aquella tensión.

—Así pues, me dirigí a las oficinas de Madrid y me presenté a la entrevista...

—¡¿Y...?! —exclamó de nuevo sin poder contener el júbilo y la felicidad que la poseían.

—¡¡El puesto es mío!!

—¡*Oh my god!* —exclamó esta vez mi padre en su americano natal, contagiado de la emoción.

Ambos se pusieron en pie y me abrazaron con fuerza, conscientes de lo que la noticia significaba para mí. Les había hablado de Royal Editions en innumerables ocasiones, así como también de su máxima rival, Empire Editions. Sabían que soñaba con trabajar para alguna de las dos desde mucho antes de comenzar mis estudios y que devoraba novelas suyas a un ritmo vertiginoso y casi imposible de asumir para sus humildes bolsillos.

—Pero hay una condición para poder hacerme cargo del puesto... —añadí todavía entre los brazos de mi padre.

—Cariño, sea cual sea, acéptala. Es tu sueño desde que tienes uso de razón. Lucha por él y no dejes que nada se interponga en el camino. Es tu oportunidad y solo lo que tú decidas y hagas porque tu corazón verdaderamente así lo siente será lo más correcto.

Esas palabras en boca de mi padre me llegaron a lo más profundo del alma. Los quería tanto que me mareaba tan solo por tener que decirles que me marchaba a otro continente. Si solo la simple idea de imaginarlo ya me producía ese intenso dolor... ¿Cómo me sentiría cuando comenzaran a pasar las semanas sin tenerlos cerca de mí? Sin embargo, de nuevo, otra sensación se abría paso a velocidad escandalosa. ¿Por qué Toni no reaccionaba también de ese modo? ¿Por qué no se alegraba por mis logros? ¿Por qué mis sueños, a su lado, parecían tan pequeños e infantiles? Dejé que los brazos de mi padre arrastraran todo el pesar y me permití quedarme ahí, protegida, siempre a su amparo, durante unos segundos más, antes de soltar la bomba. Tomé aire, expiré lentamente y al final les confesé la parte negativa del plan.

—Debo mudarme a Nueva York... —dije al fin en apenas un susurro.

El silencio se apoderó de la estancia en cuestión de una milésima de segundo. Mi madre se llevó las manos a la boca sin dar crédito a lo que acababa de escuchar, y mi padre me miraba atónito.

—Pero ¿vas para que te formen allí? —se atrevió a preguntar ella al fin con un hilo de esperanza en la voz que logró partirme en dos.

—No... Bueno, no lo sé. La propuesta es para una plaza en Nueva York. Quieren que las novelas salgan íntegramente desde Estados Unidos, tanto para España como para Latinoamérica. Se trata de una prueba piloto, por ahora, para ahorrar gastos, derechos y cánones que se ven obligados a pagar actualmente por cada publicación.

—Vaya...

Mi madre se sentó y mi padre hizo lo mismo justo después. Sus rostros habían palidecido y sus ojos parecían desenfocados. Sin embargo, cuando comenzaba a sentir que no tardaría mucho en derrumbarme si aquello continuaba por aquel camino, mi padre tomó las riendas de la situación, me miró y volvió a ponerse en pie, justo antes de poner ambas manos sobre mis hombros, como solía hacer cuando no era más que una niña y me explicaba por qué motivo habían tenido que castigarme.

—Cariño mío, eres nuestra única hija y te queremos tanto que la sola idea de separarnos de ti nos parte el corazón —empezó a decir al mismo tiempo que yo comenzaba a sentir que se humedecían mis ojos y se me hacía un nudo en la parte más alta de la garganta—. Pero, y créeme que hablo en nombre de los dos, jamás podríamos perdonarnos que perdieras esta gran oportunidad por culpa del miedo y de la tristeza que produce una separación de este calibre. Sueñas con esto desde que tu cabecita loca funciona por sí misma. Lucha fuerte, cree en ti y haz que nos sintamos orgullosos de nuestra pequeña aquí, en Nueva York y en cualquier rincón del mundo al que tú desees ir. Nosotros estaremos contigo.

Le abracé con tanta fuerza que creí que podría llegar a romperle los huesos, aunque mi padre fuera uno de aquellos hombres que, a sus sesenta años, todavía mantenía un buen tipo. Me dejó llorar tranquila sin separarse de mí, respondiendo a mi abrazo con la calidez que solo un padre podía profesar. Mi madre se unió a nosotros y Adriana se mantuvo en un segundo plano, con los ojos enrojecidos por la emoción. En ese momento, todos nos dimos cuenta de la parte más dura que implicaba mi decisión.

4

—Toma, te sentará bien —afirmó Adriana tendiendo una taza de té humeante ante mis ojos.

Continuábamos sentadas frente a nuestras respectivas pantallas. Habíamos conseguido reservar un billete a un precio relativamente moderado —dentro de las opciones de las que disponíamos—, pero continuábamos sin encontrar un lugar en el que pudiera hospedarme de forma económica, pues todos los apartamentos que habíamos encontrado en Manhattan, cerca de donde iba a trabajar a partir de la próxima semana, resultaban demasiado caros para que mis ahorros pudieran cubrir cualquier clase de percance. Royal Editions estaba situada frente a Central Park, en uno de los barrios más adinerados y exitosos de la Gran Manzana.

—Creo que no tienes muchas más opciones. Esta parece la más lógica y razonable de todas, aunque no te apasione la idea —sentenció al fin señalando hacia su pantalla.

Eran las diez y media de la noche y estábamos agotadas. Mis padres se habían marchado hacía tan solo un rato, no sin antes prometerme que me acompañarían al aeropuerto sin falta.

—No sé, Adri, vivir con un matrimonio no es una idea que me atraiga precisamente... —añadí un tanto escéptica, mientras subía y bajaba la bolsita de té de forma repetitiva en el interior de la taza.

—Piénsalo de otro modo, tal vez esta sea una buena forma de adaptarte y de no sentirte sola. Y, dicho sea de paso, el precio por el alquiler de la habitación es de lo mejor que hemos encontrado tan cerca de tu trabajo. Siempre podrás buscarte algo para ti sola más adelante.

Adri tenía razón y, además, tampoco tenía otra alternativa.

—Escríbeles por mí, por favor, necesito desconectar un rato.

—Descuida.

Adriana se puso manos a la obra y yo cogí mi teléfono móvil. No le había prestado la más mínima atención desde el mediodía, pero no me sorprendió ver que no tenía ninguna notificación de mensaje ni ninguna llamada de Toni. Aquello, por primera vez, logró enfurecerme. Había intentado contactar con él cada día desde que Royal me había escrito. ¿Qué narices le pasaba? Un atisbo de rabia se apoderó de mí y decidí enviarle un nuevo —y último— mensaje.

«Tal vez estés muy ocupado. Llevo tratando de darte una importante noticia desde hace días y me gustaría decírtela en persona. Pronto tendré que ausentarme y me gustaría verte antes. ¿Crees que será posible o estarás muy ocupado? Buenas noches.»

Era plenamente consciente de que nunca le había enviado ningún mensaje usando aquel tono. Pero me sentía decepcionada y no me apetecía en absoluto tener que escuchar ninguna otra de sus excusas. Estuve tentada de contarle lo que acababa de hacer a mi amiga, pues me miraba con un gesto interrogativo que conocía muy bien. Sin embargo, lejos de prestarle más atención al asunto y terminar llorando por algo que comenzaba a precipitarse de forma estrepitosa hacia un final no previsto, llevé la vista a la pantalla y la enfoqué hacia el chat que Adriana había abierto con los dueños del apartamento al que parecía que me iba a mudar.

El teléfono vibró entre mis manos y miré para comprobar que se trataba de Toni.

«Intentaré escaparme un rato antes de que te marches. Espero que no tengas que volver a Madrid, no vamos tan sobrados como para ir desperdiciando el dinero tontamente si estamos intentando buscar un piso para nosotros. Te dejo, tengo el bar lleno.»

Claro, el piso. El dichoso piso. Para él todo se reducía a dinero. Al poco que él ganaba y al que yo lograba ahorrar a pesar de todo. Tras todos aquellos meses en los que había seguido insistiéndome con lo de vivir juntos, no podía negar que parte de la culpa la había tenido yo al no ser completamente sincera. Me aterraba la idea de ir a vivir con él. No quería separarme de Adriana. O quizá aquello no era más que la excusa para no tener que admitir que lo que no quería era vivir con mi novio. Era consciente de lo triste que era, y también de la cantidad de excusas que había llegado a encontrar durante aquellos últimos meses, tan solo para conseguir alargar un poco más la situación. ¿Qué me pasaba? ¿Qué clase de relación manteníamos? ¿Por qué no deseaba vivir con mi pareja?

—Sea lo que sea..., se te pasará con el tiempo —me dijo entonces Adri, mirándome directamente a los ojos, intuyendo sin margen de error lo que pasaba por mi cabeza.

Entendía a la perfección a lo que se refería, pero no quería decirle lo furiosa que me ponía el mensaje de Toni, ni lo mal que me hacía sentir su indiferencia. ¿Por qué solo le preocupaba en qué me gastaba el dinero? ¡Si ni siquiera me había preguntado qué era lo que había sucedido en Madrid!

—Déjalo... Sabes perfectamente lo que opino de él y no voy a hablar ahora de ello porque no merece ni un solo minuto del poco tiempo que nos queda. Pero este es tu momento, tu oportunidad. Tienes el apoyo de tus padres y el mío, igual que el de todos aquellos que te quieren de verdad. De verdad, Haley —añadió a modo de sentencia—. Que nada ni nadie te haga dudar de tu decisión.

Recibí sus palabras con una mezcla de temor y agradecimiento. Las necesitaba, porque mi mundo se encontraba ahora mismo a dos nanosegundos de hacerse pedazos por completo. Me sentía mal, triste y, sobre todo, aterrada por lo que iba a depararme mi nueva vida y por lo que le estaba a punto de suceder a la que había protagonizado hasta ese momento. Mi mente ya no daba para más mientras organizaba todo lo me faltaba por cerrar: la corrección que tenía pendiente de entrega, el papeleo que implicaba mi baja de actividad laboral en España, despedirme de mi gente... ¿Por qué Toni se había convertido en otro de mis problemas en vez de ayudarme a encontrar la solución al resto? ¿No era eso lo que se suponía que hacían las parejas?

—Eh, escúchame. Todo saldrá bien —continuó dándome aliento—. Podremos hablar por Skype cada vez que queramos. Será como si todavía continuáramos viviendo juntas, aunque sin encontrarte ropa mía por cualquier rincón de la casa...

Aquello último me hizo gracia y a la vez rompió las últimas barreras de entereza que todavía me mantenían en pie. Encontrar su ropa por cada rincón siempre era motivo de queja, pero cada vez que la encontraba era porque ella estaba ahí... conmigo, acompañando mis pasos. Iba a echarla tantísimo de menos...

Me lancé a su cuello y nos abrazamos durante un buen rato, envueltas en un silencio únicamente teñido por el sonido de unas lágrimas temerosas. Fue un momento en el que las dos necesitábamos de ese contacto en la intimidad de aquella casa que, por última vez en mucho tiempo, íbamos a compartir.

Me desperté sobresaltada y empapada en sudor frío. Hacía años que no me sentía tan indefensa... Me faltaba el aire. Me llevé la mano al pecho, todavía con la respiración crispada. Me aparté el pelo que me caía enmarañado por la cara y me costó despegarlo de mi piel, a la que se había adherido por culpa de mi propio sudor. Traté de recordar lo que estaba soñando para sentirme tan alterada hasta que me di cuenta de que todo lo que sentía no era solo fruto de una pesadilla. Respiré profundamente y encendí la lucecita de la mesilla antes de buscar el botellín de agua y darle un sorbo. Lentamente, mi respiración volvió a acompasarse hasta recuperar parte de su ritmo habitual. No..., no todo lo que sentía era fruto de una pesadilla.

Su nombre fue lo primero que me vino a la cabeza: Toni. Origen y causa de todos mis dolores de cabeza de los últimos meses. Me había acostumbrado al dolor que me atravesaba la sien cuando pasaba más horas de la cuenta frente al ordenador. Lo tenía controlado y sabía que, a lo sumo, con un par de aspirinas acababa desapareciendo. Pero, en cambio, los quebraderos de cabeza que Toni me provocaba seguían siendo todo un interrogante para mí. Pasaban los meses y seguía sin saber enfrentarme a ellos, sin saber si era normal sentirme de ese modo. Sin comprender por qué no daba señales cuando yo estaba a punto de dar el paso más importante de mi vida. ¿Acaso no me quería? ¿Acaso la realidad era que no lo había hecho nunca?

Sentí que algo atosigaba mi garganta, la oprimía y me asfixiaba ligeramente, manteniéndome con el oxígeno suficiente para seguir consciente pero dejando claro cuán dolorosa podía llegar a resultar la verdad. Porque no había querido verla hasta ese momento. Pero, sobre todo, porque, a pesar de verla, quería seguir evitándola.

Me puse en pie, sabedora de que no volvería a conciliar el sueño durante las horas que quedaban hasta que el despertador sonara, alertándome de que aquella sería mi última mañana en Málaga, mi tierra. Iba a mudarme a Nueva York. ¿Cómo había llegado a ese punto sin darme cuenta?

Recorrí el pasillo casi a hurtadillas para no despertar a Adriana, que casi siempre dormía con la puerta abierta, y me dirigí hacia la cocina a por un poco de agua, esta vez fría. Llené un vaso y lo llevé conmigo hacia el salón mientras me asaltaban cientos de imágenes de los últimos meses. Una parte de mí sabía que la relación que mantenía con Toni no era lo que siempre había esperado. Y lo sabía ahora, después de recordar una y otra vez lo poco que me había costado aceptar mi traslado sin pensar en él. ¿En qué posición me dejaba eso? Yo no quería hacerle daño, por supuesto que no. Pero aquel era mi sueño. El mismo que él se había encargado de desmerecer tantas veces. Él no creía en mí y así me lo había hecho saber en un sinfín de ocasiones. Estaba segura de que nunca lo hacía con maldad, pero lo hacía. Cuando se daba cuenta, me abrazaba y luego me pedía perdón, tras asegurarme que él estaba orgulloso de mí y que yo era buena en lo mío. Pero aquello no me consolaba. Y no lo hacía porque, en realidad, yo no le debía explicaciones a nadie. Aunque siempre acabara dándoselas. Y eso me hacía sentir todavía peor.

Me senté en el sofá y dejé caer la cabeza para hundirla entre mis manos antes de suspirar una vez más, ahora con lentitud, siendo consciente del aire que expulsaba, como si con él fueran a irse también muchas otras cosas. ¿Qué me había pasado? Era como si fuera dos personas en un mismo cuerpo, dos mujeres encerradas, tan solo separadas por culpa de un hombre. Las dos deseábamos lo mismo. Las dos éramos felices del mismo modo. Sin embargo, una de ellas era capaz de ver que aquella relación nada tenía que ver con lo que siempre había creído que sería el amor verdadero, mientras que la otra, pese a todo, era incapaz de separarse de Toni.

Todas las emociones se agolpaban ahora de forma precipitada. Recordaba momentos que creía olvidados y episodios que, en realidad, no me apetecía revivir. Lo que no recordaba era la última vez que había podido hablar abiertamente con él de algunos de los manuscritos que llegaban a mis manos y que tantas carcajadas nos habían robado a Adriana y a mí. O lágrimas, que también sucedía con frecuencia. Tampoco recordaba la última vez que se dio cuenta de que me había cortado el flequillo o me había hecho mechas. Vale que era un hombre y que los hombres no se fijaban en esas cosas. Pero luego llegaba mi padre, un hombre en cuya juventud no existían las mechas *balayage*, me cogía un mechón, sorprendido por el cambio de color, y tiraba al traste todas aquellas excusas.

Pero eso no era todo. En realidad, sabía que los problemas iban mucho más allá que un simple cambio de *look*. Me costaba sentirme deseada. Quizá fuera algo normal, al fin y al cabo, yo no era de las que creía en las grandes historias de amor... o en aquellas en las que la aparición de alguien te sacude con tanta fuerza que sabes que, a partir de ese momento, jamás volverás a ser la misma. Por eso, en parte, pensaba que lo que había entre nosotros era lo «normal». Pero lo cierto es que apenas nos acostábamos; apenas sentía deseo por él, sino que me conformaba con un beso inesperado o con una de sus sonrisas.

Saber que tenía que mudarme lejos de los míos, de mi mundo, de lo que más quería, estaba ayudándome a darme cuenta de que, en realidad, su presencia era lo único que no había alterado mi vida. Y eso era lo más triste de todo. Me culpaba una y otra vez por ello, trataba de comprender sus bruscos cambios de humor, incluso cuando los pagaba conmigo. Era consciente de que las cosas no iban muy bien en el bar y de que estaba más nervioso de la cuenta. Se le veía irritable y a veces no pensaba en nada que no fuera aquel dichoso negocio que yo había llegado a detestar... Lo culpaba de todo, cuando la verdad era que el problema éramos nosotros. O, sencillamente, lo que no éramos nosotros.

Escuché un ruido y giré la cabeza hacia el pasillo. El rostro adormilado de Adriana se asomó a la puerta.

—¿Estás bien? —preguntó en un hilo de voz.

—No lo sé...

Se sentó a mi lado, se recostó en el respaldo y llevó la mano hacia mi hombro para tirar un poco de mí. Me dejé hacer y me tumbé lentamente de lado, hasta apoyar la cabeza en su regazo, necesitada de toda su protección.

—Haley... Esto no será lo mismo sin ti... La vida me ha obligado a vivir separaciones para las que no estaba preparada, pero te juro por lo que más quiero en este mundo que nunca me he sentido más feliz y orgullosa de ti, aunque me duela el pecho cada vez que pienso que vas a marcharte... Pero te lo mereces, Haley. Sea lo que sea lo que estés pensando o sintiendo, esta es tu gran oportunidad de brillar y nadie la merece más que tú.

Sus dedos acompañaron sus palabras con una caricia pausada, ralentizada quizá por el sueño, o tal vez por el miedo que a ella también le producía mi inesperada partida. Pero, pese a todo eso, se sentía feliz. Feliz por mí, por mis sueños cumplidos, por mis esperanzas depositadas en ellos. Sin importar que salieran bien o mal. No esperaba nada a cambio. No pedía nada después de todo lo que habíamos compartido. No me reprochaba dejarla sola. Y, sin embargo, mientras una lágrima rodaba silenciosa por mi mejilla, yo solo podía pensar en la única persona que debería estar consolándome y que, no obstante, ni siquiera me había preguntado cuál era el motivo de mi insistencia para hablar con él.

—Mamá, lo tengo todo, no te preocupes.

Era consciente de que mis padres, Adriana y yo compartíamos un estado de ansiedad del que no éramos dueños. Los nervios se habían apoderado de cada uno de nosotros y el miedo a que llegara el momento del temido «adiós» nos paralizaba por completo a todos por igual. Sin embargo, mientras ellos revisaban una y otra vez la lista, enumerando todas y cada una de las cosas que debía llevarme mientras yo les decía que sí a todo con la cabeza sin prestarles demasiada atención, mis ojos no cesaban en sus intentos de perderse en el horizonte en busca de algo que no lograba encontrar. Toni no sabía nada, no iba a venir y yo era consciente; pero necesitaba comprobarlo, aunque únicamente sirviera para aliviar parte de aquella presión que sentía.

—Cariño, se acerca la hora. Tienes que entrar ya... —dijo mi madre sin querer mencionar nada al respecto de la extraña ausencia de Toni.

Tenía razón. Debía cruzar la zona de seguridad. Sin poder evitar que las lágrimas resbalaran a borbotones por mis mejillas, abracé a mis padres una y otra vez, sin poder desprenderme de su contacto. Era un espectáculo digno de ver, aunque no éramos los únicos que nos encontrábamos en tales circunstancias. Al final, me giré y abracé a Adriana, consciente de que, sin duda, iba a echarla tantísimo de menos como a mis padres, incluso en algunas ocasiones un poco más.

Nos despedimos entre promesas de llamarnos a diario y me encaminé con lentitud hacia la cola que me llevaría a la zona de los arcos de seguridad. Anduve sin dejar de mirar atrás cada pocos pasos, levantando la mano y lanzándoles cientos de besos con ella mientras mi voz había desaparecido y mi pulso latía contra mi piel con una fuerza fuera de toda órbita.

Sin embargo, cuando ya estaba a punto de dejar las cintas que limitaban la cola para entrar en la zona acordonada de seguridad, unas manos me asieron de los hombros, impidiéndome así dar un paso más. Me giré y me encontré de cara con los ojos llorosos y enrojecidos de mi mejor amiga, que me escrutaban sin perder detalle de mi inflamado rostro.

—Escúchame bien, porque solo lo diré una vez. Toni es un imbécil que no se merece ni siquiera uno solo de tus suspiros. Márchate, cruza el charco y conviértete en la mujer fascinante y libre que eres. Quiérete como nadie lo hará nunca y concédete todos y cada uno de los caprichos y las aventuras que se crucen en tu camino y desees vivir. No mires atrás y no llores por alguien que ni siquiera se ha preocupado por saber que te marchas. Eres lo que más quiero en el mundo y solo deseo verte feliz, y que cada vez que hables conmigo consigas que me muera de envidia por todo lo que estás viviendo en Nueva York sin mí. ¿Lo has entendido bien?

Afirmé con la cabeza y la abracé por última vez con una fuerza casi sobrehumana. No quería separarme de ella... No iba a poder hacerlo...

Al final, con la presión de los pasajeros que observaban la escena impacientes haciendo cola detrás de mí, le sonreí, me giré y lancé un nuevo beso a mis padres desde la distancia justo cuando el guardia comenzó a mirarme con cara de pocos amigos, antes de adentrarme en una zona en la que, a partir de aquel instante, estaría sola.

5

Llegué al aeropuerto JFK de Nueva York descompensada, con el pelo enmarañado y las articulaciones doloridas. Decidí que lo mejor que podía hacer era cambiar la hora de mi reloj de pulsera y, de ese modo, empezar a adaptarme al cambio cuanto antes.

El vuelo había resultado tedioso; demasiado, de hecho. Nos habían puesto tres películas durante el mismo y nos habían dado de comer en un par de ocasiones, pero nada de aquello logró calmar la inquietud que me poseía desde el lunes anterior. Tuve la gran suerte de que el asiento de mi lado fuera vacío y de que a mi izquierda quedara el pasillo. Por lo menos, dentro de la estrechez de aquel avión, pude acomodarme mejor que el resto de pasajeros.

Una vez pisé el suelo del aeropuerto americano, me desperecé y estiré brazos y piernas, pues los notaba entumecidos y un poco doloridos. Anduve por la terminal siguiendo todas las señales que encontraba a mi paso, buscando la cinta de carrusel por la que saldrían las maletas de mi vuelo. Las divisé después de unos largos minutos de espera en los que deambulé de un lado a otro en un espacio que no contaba más de diez metros de punta a punta. Si me viera desde fuera, seguramente hubiera pensado que estaba afectada por alguna clase de síndrome o trastorno obsesivo compulsivo. Cuando al fin las cogí —no sin ciertas dificultades para hacerlo—, me encaminé con aquellos dos armatostes en dirección a las puertas de salida al exterior.

El ambiente me recibió con una caricia fresca que, por curioso que pudiera parecer, agradecí sobremanera. Era un frío muy distinto al que yo estaba acostumbrada, y corría una húmeda brisa agradable.

Me dediqué a contemplar todo lo que había a mi alrededor antes de atreverme a dar un solo paso. Era increíble el constante ajetreo de gente que se movía arriba y abajo con la emoción —y la tristeza también— reflejada en el rostro. Los aeropuertos siempre habían poseído aquella particularidad. Era un lugar donde podías encontrar todo tipo de llantos, abrazos, expresiones y deseos. Distinguí a unos metros de distancia una zona reservada para taxis y encontré a un montón de ellos a la espera de recoger a su próximo pasajero. No me apetecía a meterme en el metro cargada como iba, así que me decidí por un taxi que, según la información que habíamos leído, no debería de costarme más de cincuenta dólares.

El conductor me recibió con una esplendida sonrisa y rápidamente se prestó a echarme una mano con las pesadas maletas. Aquello ya parecía mucho más americano. Tenía ante mí uno de aquellos vehículos totalmente amarillos con un cartel publicitario en la parte superior del mismo.

Una vez que nos acomodamos en el interior del vehículo, el taxista lo puso en marcha y, sin más dilación, nos adentramos hacia la que, a partir de aquel momento, sería mi nueva ciudad.

Todo me parecía absolutamente maravilloso. ¡Era tan de película...! Me sonaban los edificios, su estética y sus calles. Una parte de mí tenía la extraña percepción de haber vivido siempre ahí, y me la hubiera creído de no haber sido porque yo no había pisado esas tierras en toda mi vida. La gente paseaba por la calle ajena a todo, como si el mero hecho de ser neoyorkino no fuera de por sí algo especial.

De pronto, algo llamó todavía más mi atención. Por mi lado izquierdo, emergió toda una zona de verde vegetación que no esperaba poder contemplar tan pronto; árboles, hojas caídas por la llegada de un incipiente otoño que saludaba con timidez a los transeúntes, gente paseando de la mano sin dar muestras de preocupación alguna en sus vidas... Pude ver a parejas de corredores haciendo un poco de ejercicio y a niños corriendo, jugando a la pelota o con una cometa. Era una estampa idílica. Mi rostro debía de ser todo un poema, pues, cuando me giré hacia el conductor del vehículo, me di cuenta de que me observaba desde el retrovisor con una sonrisa dulce instalada en sus labios.

—Es Central Park, como ya habrá deducido —añadió en un tono muy paternal.

—Dios mío, ¡es maravilloso! —exclamé turbada por la majestuosidad de la visión.

—Pues, ¿sabe qué? Podrá disfrutarlo tantas veces como quiera... La dirección que me ha dado está a tan solo una manzana del parque.

Sonreí maravillada por mi suerte e hice un gesto afirmativo con la cabeza. Había buscado la localización exacta en Google Maps, pero ni siquiera de aquel modo pude hacerme una idea de lo hechizante que podía llegar a ser aquel lugar. Claro que todavía me faltaba conocer a aquel matrimonio, no debía cantar victoria antes de tiempo...

Sentí la tentación de escribirle a Adriana y decirle que ojalá estuviera conmigo para poder ver todo aquello. Le encantaría. Era fan de todas las películas americanas, de sus calles, de su música, de *Friends* y de *Sexo en Nueva York*.

—Llegamos. Este es el 111 de la calle 74 oeste —afirmó el conductor sacándome de mi ensoñación.

Cuando el coche por fin se detuvo, yo ya me hallaba totalmente conquistada por la visión. Era realmente bonita. Estaba frente a uno de aquellos edificios rojizos de apenas tres plantas, con acceso desde unas pequeñas escaleras que empezaban en la misma acera, delimitadas por unas barandillas negras forjadas, mientras que la hiedra se enredaba por aquella fachada de la que acababa de enamorarme. Juro que creí estar dentro de una película y no sabía muy bien cuánto tiempo iba a durar esa sensación que acababa de instalarse en el epicentro de mi estómago.

Me di cuenta de que el taxista me observaba con cierta impaciencia, lo que hizo que cayera en algo importante. Abrí el bolso y le entregué cincuenta dólares, sabiendo que con ello se estaba llevando tres o cuatro de propina si el taxímetro no me había engañado. Al salir del vehículo busqué rápidamente mi teléfono móvil con la intención de encontrar la captura de pantalla que le había hecho a la imagen de mis próximos caseros. Sin embargo, aquello no hizo falta pues, de pronto, haciéndome dudar de si me habían estado vigilando desde la ventana, aparecieron dos personas en la puerta principal del edificio. Se trataba de un matrimonio de mediana edad. Me hizo gracia que la señora Smith fuera tan y tan pelirroja, era la viva imagen de la señora Weasley en *Harry Potter*. Me encantó casi en el mismo instante en que la vi.

Transmitía, incluso en la distancia que nos separaba, una calma y una serenidad que eran capaces de palparse aun sin haber abierto la boca. Su sonrisa me recibía cordial, impaciente me atrevería a decir. Me vino a la cabeza cualquier película de miedo y caí en la tonta idea de que, a lo mejor, la señora que aguardaba por mí no fuera tan buena como pretendía hacerme creer con su angelical apariencia. Sin embargo, fue cosa de un visto y no visto, pues su mirada amable me aseguraba que, en su compañía, pocas cosas malas podrían sucederme. Era la imagen de una madre, nada más.

A su lado estaba su marido —supuse que lo era, ya que la asía por los hombros de un modo muy íntimo y cariñoso—. Era un señor con aspecto de bonachón. Alto, fornido, corpulento, sin mucho pelo pero mucho bigote.

Se acercaron hacia mí con cautela. No nos conocíamos y, en cierto modo, el temor quedaba patente en el ambiente. Sin embargo, a pesar de aquellos primeros segundos de incomodidad inicial tan propia de situaciones como la que estábamos viviendo, el nerviosismo comenzó a desaparecer cuando, una vez que nos encontramos a escaso metro y medio de distancia, la señora me recibió cariñosa entre sus brazos sin que yo hubiera podido esperarlo.

Me acerqué a ella —sorprendida por aquel abrazo inesperado— y su aroma a hogar me invadió por completo. Empezaba a creer que había sido realmente afortunada con la elección, al menos por el momento.

El señor Smith me tendió una mano en un gesto amable y correspondí su saludo con una enorme sonrisa.

—Bienvenida a tu nueva casa, Haley. Esperamos que te sientas bien aquí. Adelante, pasa y te la enseñaremos, así podrás comenzar a instalarte cuanto antes.

La señora Smith —Thelma— dio media vuelta y bajó los escalones uno por uno. Anthony agarró una de mis grandes y pesadas maletas y me hizo un ademán con la mano, invitándome a pasar delante de él.

Vivían en el primer piso, la primera puerta que encontrabas a la izquierda en el rellano principal. Cuando la abrió, una fragancia a té negro e incienso me recibió como un cálido abrazo. Justo frente a la puerta estaba la sala de estar. Tres sofás colocados alrededor de una mesita, justo enfrente de una chimenea, que confería a la estancia un halo de ternura y familiaridad. Había marcos con fotos en casi todas las paredes, aunque no me detuve a contemplar ninguna en concreto. Contaba también con una gran presencia de jarrones con coloridas flores, que aportaban luminosidad a la sala. A la derecha, justo al fondo de la misma, había la puerta que daba a la cocina. Era toda blanca y espaciosa, con una gran mesa de madera en uno de los extremos que seguramente debían de usar de forma habitual. En el otro extremo, justo detrás de la pared donde se encontraban los fogones y la encimera, había un hueco que daba lugar a un pasillo. Ahí dentro estaban los dormitorios. El primero correspondía al del matrimonio, el segundo me dijeron que era el de Owen, su único hijo, y al fondo encontré al fin el que iba a convertirse en mi dormitorio a partir de ese momento.

Mientras los seguía, Thelma me comentó que habían usado ese espacio como almacén. Sin embargo, cuando unos años atrás Owen se había marchado a la universidad, la casa se había quedado muy vacía y habían decidido alquilarla a jóvenes que necesitaran instalarse en la ciudad, ya fuera por estudios, trabajo o porque, simplemente, necesitaban un nuevo hogar. En un arrebato de sinceridad que para nada me esperaba, reveló también que siempre habían querido tener más hijos, pero que el destino no se puso de su parte y Owen fue su único regalo.

Anthony se dirigió hacia el salón para ofrecernos mayor intimidad. Y, a pesar de que mi cuerpo me pedía unos instantes de soledad para asimilar que aquella iba a ser mi nueva casa, Thelma decidió quedarse conmigo y ayudarme con las maletas, sin perjuicio de mis repetidos intentos de hacerlo a solas. Aquella señora era puro amor y se notaba que necesitaba cariño y compañía joven a su lado.

Así pues, mientras me ayudaba a colocar los jerséis y la ropa de invierno en el armario —ya me había dado por vencida en ese sentido—, me contó que, antes de mí, habían ocupado esa habitación dos chicos más. Todavía mantenía contacto con ambos, según lo que dijo, y sus ojos brillaban de forma especial al hablar de ellos. Era admirable el cariño con el que hacía todo aquello.

Me hizo falta una hora y media, más o menos, para lograr dejarlo todo un poco en orden, antes de que el señor Smith pudiera llevarse las maletas hacia el altillo que tenían para que así no ocuparan un espacio útil de la habitación de forma innecesaria. Me tumbé en mi nueva cama —ahora ya sí en la intimidad— y puse ambas manos detrás de la cabeza mientras contemplaba curiosa cada rincón del dormitorio. Después de todos aquellos días de temor e incertidumbre, ¿sería malo no sentir de repente ni una pizca de miedo? ¿Sería extraño no echar de menos a Toni? ¿Por qué me sentía como en casa?

Supuse que me había quedado dormida en algún momento. Lo supe cuando desperté al encontrar a la señora Smith tras la puerta, después de que hubiera llamado sigilosa un par de veces, preguntándome si me apetecería compartir la cena con ellos. Le pedí unos minutos para desperezarme y acepté gustosa la invitación, a pesar de que todavía continuaba un poco alterada debido al *jet lag*.

Me metí en el baño, que quedaba justo enfrente de mi dormitorio, y me lavé la cara con agua tibia. Se trataba de un baño peculiar, muy americano, por así decirlo. Todo lo que había en su interior poseía tonos rosados y violetas y una decoración floral muy antigua, pero que para nada desentonaba con el resto de la casa. Me puse el pelo en orden y salí de nuevo en dirección a la cocina. El olor que llegaba a través del estrecho corredor logró abrirme por completo el apetito. Entré y me encontré a los señores Smith sentados a ambos lados de la mesa, manteniendo una distendida conversación entre ellos. Todo parecía delicioso. Había rebanadas de pan recién cortado, una ensalada, mantequilla y una fuente de macarrones con queso que consiguió derretir mi estómago del todo. Aquellas eran precisamente las calorías que Adriana adoraba, y en ese momento, con el hambre que tenía y lo bien que olían, me iban a saber a gloria a mí también.

Thelma me sirvió un plato con cariño y luego hizo lo propio con su marido. Así pues, mientras les explicaba a qué me dedicaba exactamente y por qué motivo me había trasladado a Nueva York, comenzamos a cenar aquellos macarrones que, efectivamente, estaban más que deliciosos.

No llevaríamos más de cinco o diez minutos sentados alrededor de la mesa cuando escuchamos un ruido que provenía sin lugar a dudas de la puerta principal. Nos quedamos en silencio, justo a tiempo para oír cómo esta se cerraba con más brío del que debería. Los señores Smith se miraron sorprendidos sin comprender, hasta que un chico más o menos de mi edad cruzó la puerta de la cocina con el rostro ensombrecido y la mirada perdida.

—¡Owen! —exclamaron los dos al unísono.

—Cariño, ¿qué haces aquí? ¡No te esperábamos hasta la próxima semana! —exclamó su madre una vez que se hubo puesto en pie para acercarse a su hijo.

—¿Puedo quedarme? —dijo a único modo de saludo, lo que me pareció un poco impertinente por su parte.

—Claro, cielo. Eso no debes ni cuestionarlo, esta siempre será tu casa. ¿Qué sucede? —volvió a preguntar Thelma mientras le acariciaba con ternura la mejilla.

—Nada, mamá. Necesito estar solo. No me despiertes mañana, por favor.

Sin decir nada más y sin llegar a reparar siquiera en mi presencia, desapareció por el pasillo y se encerró en su dormitorio tras otro leve portazo.

A partir de aquel momento, la cena se convirtió en una sucesión de frases y lapsos de silencio incómodos en los que seguramente los señores Smith daban por hecho algo que yo desconocía. Ni siquiera me atreví a preguntar nada acerca de Owen.

6

El lunes llegué a mi nueva oficina un poco más temprano de lo debido. Pasé todo el fin de semana paseando por el centro de Manhattan y todavía no encontraba las palabras necesarias para describir lo increíble que me parecía mi actual realidad, y eso que el dominio del lenguaje era la parte más importante de mi profesión. Me había estudiado de memoria el camino que debía seguir desde la casa de los Smith hasta mi nuevo trabajo.

Como me había despertado muy pronto, debido en gran parte a los estragos del *jet lag* que todavía acusaba, decidí que ese primer día lo haría a pie. La oficina estaba situada en un antiguo edificio de apartamentos que había sido reformado por completo. Había dos porteros que custodiaban la entrada y que saludaban con educación a todos los que entraban y salían. Me hallaba frente a la puerta principal, al otro lado de la calle, con Central Park a mis espaldas. Observaba la entrada con temor y excitación. Tenía que lograr serenarme si quería dar una imagen profesional.

Giré sobre mí misma y desvié la mirada hacia toda la vegetación que ahora me quedaba de frente. Cerré los ojos y respiré profundamente unas cuantas veces de forma pausada hasta que recuperé de nuevo el control. Así pues, cuando por fin me sentí con fuerzas para dar el paso, eché un último vistazo a mi reloj para comprobar que continuaba siendo pronto y esperé a que el semáforo se pusiera en verde para cruzar al otro lado y entrar de una vez por todas en el edificio de Royal Editions.

Aquello era algo que escapaba de mis expectativas. El *hall* era amplio y luminoso y rezumaba lujo desde todos y cada uno de sus rincones. Justo en el centro había un gran mostrador circular con tres recepcionistas en el interior del mismo. Vi que dos de ellas hablaban a través de sus dispositivos de manos libres sin levantar la mirada de sus pantallas, por lo que me acerqué hacia la tercera para pedirle ayuda.

—Buenos días. Me llamo Haley Beckett. Hoy es mi primer día y no sé adónde debo dirigirme.

—Buenos días, señorita Beckett. Sea usted bienvenida a Royal Editions. Dígame, ¿a qué departamento se dirige? —contestó la chica con amabilidad.

—Vengo por un puesto de corrección bajo la supervisión de Agatha Simonds.

—De acuerdo —dijo justo antes de teclear algo en el ordenador—. Debe dirigirse a la tercera planta. Coja el ascensor de la derecha, la llevará directa al departamento de corrección y edición.

—Gracias.

—De nada. Que pase un buen día, señorita Beckett —me despidió con educación.

Me dirigí hacia el ascensor en cuestión y subí hasta el tercer piso acompañada por cuatro personas más a las que saludé con un cordial «buenos días». Iban todos ataviados con sus trajes y corbatas —o faldas y blusas en el caso de las chicas—, maletín en mano y mente distraída, seguramente perdida en cualquiera de los proyectos en los que debían de estar trabajando, mientras sostenían entre los dedos uno de aquellos vasos de cartón humeantes por el que en aquel momento yo pagaría una verdadera fortuna.

Cuando salí del ascensor, me topé de frente con una gran puerta de cristal que indicaba que me hallaba en el departamento correcto. Entré y, una vez más, me recibió otra secretaria con una sonrisa de catálogo en el rostro.

—Buenos días. Es usted la señorita Beckett, ¿verdad?

Hice un gesto afirmativo con la cabeza a modo de respuesta, invadida por una nueva oleada de súbita vergüenza. Ahora ya sí que no tenía escapatoria.

—Adelante —continuó la secretaria con educación—. Mi nombre es Violet. Su despacho es el de la derecha. Tiene un dosier con las indicaciones sobre su mesa y una tarjeta con todas las claves para el sistema de internet. Su compañera la espera dentro y le explicará todo cuanto necesite saber. ¿Tiene alguna pregunta?

—Supongo que muchas... —añadí sin poder evitarlo, lo que hizo cierta gracia a la secretaria.

—No se preocupe, todo irá bien —dijo esta vez de forma más confidente—. Está usted en buenas manos. Que pase un fantástico primer día.

De nuevo, hice un gesto con la cabeza y me dirigí hacia mi nuevo despacho con reparo mientras construía una imagen mental de cómo sería mi compañera que, una vez dentro de la estancia, comprobé que nada tenía que ver con la realidad.

—¡Buenos días! —saludó jovial tal y como me vio entrar por la puerta—. Tú debes de ser Haley, ¿verdad? Me llamo Lucy.

Lucy era... distinta. De melena rubia, pero un rubio platino —natural, eso sí— muy lejos del habitual, que incluso rozaba el albinismo. Me observaba a través de unas gafas de gruesa y redonda montura, curiosas y grandes. Tenía los ojos como dos bolas oscuras, muy abiertos y despiertos. Una boquita de piñón terminaba de darle ese toque tan peculiar a su rostro, que emanaba nerviosismo y simpatía a partes iguales. Era muy bajita a pesar de los tacones que lucía. Vestía unos pantalones ajustados y un jersey *oversize* oscuro, que le llegaba a la altura de medio muslo. Curiosa, cuando menos.

—Buenos días, Lucy. Encantada de conocerte.

Me indicó con la mano cuál era mi mesa —la de la izquierda— y me dirigí hacia ella dispuesta a acomodarme mientras ella continuaba poniéndome al día.

—Te sentirás muy cómoda en el departamento, ya lo verás; todos los compañeros son muy agradables. Bueno, la chica de maquetación y la responsable de edición, no tanto; pero, si les haces un poco la pelota, las tendrás contentas. Mira, el ordenador siempre está conectado —dijo, moviendo el ratón para desbloquear la pantalla sin coger apenas aire, mientras continuaba hablando a gran velocidad—. El sistema se conecta a la red central de Royal, por lo que siempre tendrás línea y acceso a los documentos que estés acreditada para ver. Pero eso no lo marcas tú, dirección ya se encarga de ir moviendo los archivos a una u otra carpeta.

Vale, me había tocado una compañera parlanchina. ¡Hablaba tan deprisa que apenas le hicieron falta más que algunos segundos para recitar todo aquello!

—En esta planta —prosiguió— estamos todos los que nos dedicamos a la corrección, aunque han intentado que nos sintamos menos apelotonados separándonos en estos pequeños despachos de dos en dos. Por lo general, en cada uno suele haber un corrector de cada idioma: yo corrijo manuscritos escritos en inglés y tú trabajarás con obras en lengua hispana.

Tomé asiento mientras que Lucy, a mi lado, continuaba explicándome todo aquello. Trataba de no perder el hilo de sus aclaraciones, pero, a decir verdad, su velocidad me dificultaba la tarea un poco más de lo previsto.

—Como supongo que te habrán contado, solo tendrás que hacer correcciones de estilo y, de vez en cuando, puede que te toque reescribir un poco el contenido. Mira, todos los dosieres que tengan que entrar a corrección te los dejarán siempre en la bandeja que tienes ahí a la izquierda —dijo sin pararse a respirar y señalando los archivadores que había en esa esquina de mi escritorio—. Los de la bandeja superior son los pendientes de una segunda revisión previa a la maqueta. Después de esto, la revisión final ya la hacen los correctores ortotipográficos, que están en el despacho de al lado. Son muy majos, ya verás, luego te los presento. Cuando te sean asignados los manuscritos, vas a ver una fecha de entrega en tu calendario. Cuenta con que, normalmente, tienes un par de semanas para cada original. También tendrás a disposición una *tablet* para que puedas leer y trabajar las obras en otra pantalla que no sea físicamente la del ordenador. No es gran cosa, tan solo sirve para que puedas trabajar en los originales si el ordenador no te va bien o si prefieres leer la obra antes de empezar a corregirla... Eso ya lo decides tú. En todo caso, la tienes ahí encima —dijo, señalando una esquina—. De todos modos, las cosas aquí funcionan como en cualquier lado: a mayor velocidad en tu trabajo, mejor consideración en tu despacho. Así de sencillo.

La miraba con una mezcla de admiración y aprensión. ¿Me habría equivocado al aceptar ese trabajo? ¿Me veía capaz de dar la talla?

—Eh, no te asustes —dijo, consciente de mi silencio—. Tengo que darte toda la información porque me han dicho que lo haga, pero no dejaré que te sientas desbordada. Todo parece una gran montaña al principio, pero te adaptarás. Además, me tienes al lado, cualquier cosa o duda que te surja, no dudes en preguntármelo, te ayudaré con todo lo que esté en mis manos.

—Gracias... —me salió como única respuesta.

—De nada. Mira, si quieres, ya puedes comenzar a situarte. Trastea un poco el ordenador, los archivos y el sistema operativo y, cuando te veas con fuerzas, puedes empezar con el primer dosier que tienes ahí. Es una traducción de Martha Stuart. Sus últimas novelas no son para lanzar cohetes, pero se dejan leer con facilidad.

Mis ojos hicieron chiribitas con solo imaginar que iba a tener entre mis manos el próximo manuscrito de Martha Stuart y Lucy, sin embargo, lo dijo como si nada, como si eso no fuera lo suficientemente espectacular. ¿Cómo era posible? ¿Cuándo había dejado el banquillo para formar parte de la liga profesional?

Al final, cuando conseguí que me dejara empezar a trabajar en silencio, después de trastear durante un rato el ordenador y ver que su sistema no era para nada complicado, abrí aquel manuscrito y me dispuse a comenzar a trabajar cuanto antes con él.

Ni siquiera fui consciente de que llevaba dos horas enfrascada entre sus páginas, subrayando algunas palabras y anotando aclaraciones, cuando Lucy me sobresaltó al poner su mano sobre mi hombro.

—Tenemos media hora para salir a comer, ¿quieres venir conmigo?

Llegué a sentirme desubicada. Me había metido tanto en la historia que ni siquiera sentía el hambre voraz que me poseía. Me puse en pie, cogí mis cosas y me dispuse a acompañarla.

Regresamos al cabo de media hora después de habernos comido un par de perritos calientes y de haber bebido casi medio litro de Coca-cola. América era un lugar que amaba y veneraba a partes iguales, pero sus hábitos culinarios dejaban muchísimo que desear y preveía que mi organismo acabaría viéndose gravemente afectado por ello pronto si seguía así. Nota mental: no volver a hacer caso a mi nueva compañera de trabajo en cuanto a lo que a la elección de comida se refería.

Mientras regresábamos de nuevo a la tercera planta, Lucy aprovechó para mostrarme el edificio por dentro, señalándome los puntos de interés como la denominada sala común, una sala donde había un par de sofás y un par de máquinas expendedoras de porquerías varias y refrescos, así como también algunas cafeteras de libre disposición. Aunque de estas últimas también había una en cada despacho. Estaba claro que los americanos no podían vivir sin café.

De regreso a mi nuevo despacho, volví a enfrascarme en la historia nada más acomodarme en la silla. De hecho, lo hice con tal intensidad que, sin darme cuenta, la tarde pasó en un visto y no visto. El reloj ya marcaba las seis cuando vi que Lucy se ponía en pie y comenzaba a recoger sus cosas.

—¿Te animas a tomar algo? —preguntó volviendo a despertarme de mi letargo—. Tu capacidad de concentración es abrumadora... Daba incluso miedo interrumpirte.

Su comentario me hizo gracia. Adriana solía decir lo mismo, pero ya estaba más que acostumbrada a que yo desapareciera en cualquier momento aunque siguiera sentada a su lado.

—Gracias, Lucy, pero prefiero regresar a casa. Todavía estoy amoldándome a la ciudad y al cambio de horario. Ha sido un día muy intenso y me siento un poco agotada... Otro día me apunto, sin falta.

—Vale, cielo. Descansa tanto como puedas, los primeros días siempre son duros.

Se despidió con un gesto de la mano y salió por la puerta escopeteada. Empecé a recoger mis cosas también y dudé sobre la posibilidad de poder sacar los manuscritos de la editorial y llevármelos a casa. No me había acordado de preguntárselo a Lucy y me daba cierto apuro comentárselo a la secretaria. Así pues, tomé la decisión de guardar la *tablet* en mi maletín y continuar trabajando desde casa. Si mañana me decían lo contrario, me disculparía por mi error y no volvería a hacerlo.

7

Algo entre los dos cambia sin querer...

Decidí regalarme un paseo por Central Park. Su inmensidad continuaba manteniéndome obnubilada y me hallaba perdida en su belleza y en todos y cada uno de sus mágicos rincones. Disponía de una calle central que lo atravesaba, pero, aun siendo consciente de que perdiéndome por algunos de aquellos caminitos tardaría un poco más de la cuenta, continué atravesándolos sin que aquello supusiera ningún inconveniente y me relajé con la imagen de la otoñal estampa que observaba a mi paso. Las hojas habían caído y danzaban esparcidas por el suelo, arrastradas por una suave corriente, cubriendo cada rincón como si se tratara de una cálida alfombra que te recibía con deleite. Había muchísimas parejas con sus hijos, así como otras que descubrían bajo los árboles el sabor de los primeros besos. Aquellas visiones, sin embargo, daban lugar a estados muy contradictorios para mí. Por una parte, me hacían sentir especial por permitirme la oportunidad de poder contemplar todo aquello en primera persona. Sin embargo, me sentía muy sola entre toda la infinidad de rascacielos, tráfico y personas a las que no conocía y que se me antojaban tan diferentes a lo que yo estaba acostumbrada.

Paseaba alrededor del lago cuando me detuve a observar a un pequeño grupo de patos que nadaban tranquilos por la orilla. Me recordaron tiernamente un breve e improvisado viaje a Londres que Adriana y yo hicimos un par de años atrás. Nos pasamos una mañana entera en Hyde Park, dándoles de comer a los patos y a todas las ardillas que, saltarinas, venían a nuestro encuentro tras unos cuantos cacahuetes lanzados a una distancia prudencial. Sonreí ante aquel recuerdo y la eché muchísimo de menos. Ojalá estuviera conmigo para poder vivir todo aquel sueño a mi lado. Así pues, con la intención de hacerla partícipe de aquel recuerdo, saqué del bolso mi teléfono móvil y una pequeña parte de mi interior se agitó al ver el nombre de Toni en la parte de las notificaciones. De un plumazo desaparecieron todos los buenos recuerdos, e incluso fui consciente de la repentina rigidez de mis facciones. Sin querer alargar más la situación, abrí el mensaje en cuestión y esperé casi sin respiración a leer su contenido.

«Jamás esperé que pudieras llegar a ser tan miserable como para dejarme tirado sin ninguna explicación. Espero que te vaya muy bien en tu nueva y sofisticada vida... y que no vuelvas jamás. Adiós.»

¿Por qué se sentía con el derecho de hablarme de ese modo? Después de todo..., ¿aquello era lo único que tenía que decirme? ¡Había intentado hablar con él durante los últimos días y ni siquiera me había concedido un solo minuto de su preciado tiempo!

Mientras todas esas preguntas se arremolinaban en mi cabeza produciéndome un dolor que me atravesaba por completo, me di cuenta de que, en realidad, ni siquiera me salían las lágrimas. Al contrario, por primera vez en los últimos días —¿o tal vez semanas?— sentí que, por fin, era completamente libre.

¿Me habría vuelto loca? Era consciente de que aquel pensamiento no era muy normal si teníamos en cuenta que mi recién estrenado exnovio acababa de dedicarme sus palabras más crueles. Sin embargo, no podía luchar en contra de mis sentimientos. Era libre y me sentía bien por ello, radiante, dueña de mi propio sino. No me sentía triste y, en cierto modo, aquello me desequilibraba un poco. No era normal... No podía ser normal después de todos los cambios que había vivido. Levanté la cabeza y respiré hondo, mientras dejaba que el aire fresco se colara por mi piel, por todo mi cuerpo, acariciándolo y rasgándolo al mismo tiempo, arrancando de él todo lo que ya no tenía cabida. Sentía como el oxígeno llenaba mis pulmones, y me alegré de que la vida me diera esta nueva oportunidad lejos de todo aquello que me había estado impidiendo extender las alas, alzar el vuelo y sentirme realizada. Quizá alguien pensara que era una egoísta o que no había querido a Toni de verdad. Tal vez fuera así, no lo sabía. Pero la realidad era únicamente esa, y yo... no podía hacer nada por cambiar la sensación que había invadido todo mi cuerpo.

Hubo algo en la distancia que me llamó la atención y eliminó de un plumazo el resto de ideas que colmaban mi mente. Achiné los ojos y enfoqué un poco mejor la vista para comprobar que, efectivamente, estaba en lo cierto. Me pasé una mano por la frente y calibré si sería correcto acercarme hasta allí; sin embargo, no encontré ningún motivo para no hacerlo, por lo que cogí el maletín que había dejado recostado contra mis piernas cuando saqué el teléfono y me encaminé hacia los pies de aquel árbol que ya no podía dejar de mirar.

—¿Owen? —pregunté una vez me encontré a escasos pasos del chico.

Sabía que era él, siempre había tenido muy buena memoria para las caras. No obstante, Owen ni siquiera había reparado en mi presencia cuando entró en la cocina el viernes pasado y no nos habíamos vuelto a cruzar durante todo el fin de semana, lo cual, por unos momentos, me hizo dudar.

Al escuchar su nombre, sin embargo, alzó la cabeza en mi dirección y me miró intrigado.

—¿Te conozco? —preguntó con el desconcierto reflejado en la mirada.

—No. Pero yo tampoco te conozco a ti... Por si te lo estás preguntando.

Sé que aquello logró descolocarlo todavía un poco más y, sin pretenderlo, su gesto de sorpresa me robó una inesperada sonrisa que me afané en disimular.

—Ah... Está bien saberlo, pues.

—¿Puedo sentarme contigo? —pregunté antes de que su recelo pudiera con su incertidumbre mientras me sorprendía a mí misma por el atrevimiento.

Owen me observó de nuevo, todavía más extrañado por la desconcertante petición. Sin embargo, desvió la vista hacia la hoja de un árbol que tenía entre las manos, de un marrón amarillento con hebras rojizas y pequeñas motitas oscuras casi imperceptibles, e hizo una mueca con los labios que acompañó de un gesto despreocupado de los hombros.

—Es un parque público..., no veo por qué no deberías poder hacerlo.

Le miré con atención mientras él hacía todo lo contrario conmigo. No volvió a alzar la mirada sino que, por el contrario, se mantuvo ausente, en un atolladero del que yo no formaba parte ni al que había sido invitada. Era curioso, porque ni siquiera le conocía..., pero no era necesario fijarse demasiado en él para poder darse cuenta de que aquel chico sufría por algo.

—¿Un mal día? —pregunté al fin, tras haber dejado pasar un prudencial silencio.

Owen no me contestó, alzó la cabeza y miró distraído hacia el horizonte, tal vez maldiciendo su suerte por haber permitido que me cruzara en su camino.

—Siento haberte molestado, no pretendía hacerlo.

Volvimos a sumirnos en un extraño e incómodo silencio y no fue hasta pasados un par de minutos más o menos cuando al fin se atrevió a hablar conmigo.

—No todos los días pueden ser buenos.

Le contemplé sorprendida y traté de ver a través de la transparencia de sus ojos. Me di cuenta de que Owen no era uno de aquellos tipos capaz de encandilar a cualquiera con su espectacular belleza, pero poseía un atractivo diferente y muy suyo que le confería un aura de inaccesibilidad, sin duda mucho más atrayente. Tenía la mirada turbia, perdida, y su rostro quedaba magnificado por aquel hoyuelo que coronaba la parte central de su barbilla y le daba un aspecto juvenil y jovial que no casaba para nada con su estado de ánimo. Todo él resultaba intrigante, como si necesitaras hacerle todas esas preguntas que, no sabías por qué motivo, se arremolinaban en tu cabeza.

—Estoy de acuerdo contigo.

Me miró de reojo, indeciso, mientras buscaba algún modo de encajar mi respuesta. Sin embargo, pude apreciar el brillo de sus ojos, tal vez fruto de la sorpresa por el mero hecho de que existiera alguien más en el mundo que pensara como él o que, simplemente, compartiera su estado de ánimo.

Owen recostó la cabeza hacia atrás y la apoyó contra el tronco del árbol que quedaba a sus espaldas. Tenía las rodillas flexionadas y los brazos apoyados en ellas. De una de sus manos colgaba un libro, en el que tenía un dedo introducido a modo de separador de páginas. Con la otra, continuaba jugueteando con la hoja entre los dedos. Traté de leer el título con disimulo y mi sorpresa fue descubrir que era uno de los grandes clásicos de la literatura inglesa: *Romeo y Julieta*. Era un ejemplar antiguo, a juzgar por el amarillento tono de sus páginas y del magullado aspecto de su portada. Y eso todavía lo hizo más especial. Y yo, que amaba la buena literatura por encima de todas las cosas, sentí que algo se removía de forma estrepitosa en mi interior, como si estuviera cerca de descubrir el tesoro más preciado del mundo.

—Esa edición parece una verdadera reliquia —dije sin poder contenerme.

Alzó la mano que sostenía el libro y le echó un rápido vistazo antes de dirigir la mirada hacia mí.

—¿Te gusta la literatura inglesa? —preguntó extrañado.

—Me gusta la literatura. Sin clasificaciones.

Pareció convencerle mi respuesta, pues creí distinguir un atisbo de sonrisa en la comisura de sus labios.

—No eres americana, ni tampoco inglesa. Tienes un leve acento que te delata... ¿De dónde eres? —preguntó con una curiosidad que también a mí me arrancó una sonrisa.

—Soy española, pero mi padre es americano... Casi siempre hablo con él en inglés, pero el castellano es la lengua que uso con más frecuencia. De ahí mi acento, supongo...

Volvimos a sumirnos en un extraño silencio que, por increíble que pudiera parecer, en ese momento no se me antojó incómodo. Owen mantenía cierta distancia entre nosotros, pero me gustó esa barrera que construía a su alrededor sin necesidad de palabras y que parecía ser algo que siempre le acompañaba. Durante toda mi vida había sentido predilección por las personas transparentes, puras y de claros sentimientos; sin embargo, Owen poseía un misticismo salvaje e indomable que parecía estar actuando como un imán para mí.

—Debo marcharme. Ha sido un placer...

—Haley. Me llamo Haley Beckett —añadí tendiéndole la mano después de ponerme yo también en pie.

Nuestros ojos se encontraron y me pareció distinguir un destello en los suyos, aunque no duró más de una milésima de segundo y su expresión continuaba serena e imperturbable.

Me dedicó una última sonrisa, dio un paso hacia atrás antes de dar media vuelta y, al fin, se encaminó hacia el sendero que quedaba a mi derecha sin volver a apartar la mirada del suelo que pisaba, supuse que en dirección a casa de sus padres.

Permanecí en esa misma posición durante algunos segundos más. Pensaba en lo extraño que había resultado aquel encuentro, a pesar de la comodidad con la que habíamos hablado. Owen parecía un chico culto, de los que saben siempre lo que dicen y callan cuando no pueden aportar nada con solidez. Por su aspecto, deduje que ambos compartíamos franja de edad, año arriba año abajo, lo cual, todavía me facilitaba más las cosas. Me enfrentaba a un mundo que para mí era desconocido, a una ciudad que se me antojaba enorme, y sentía la imperiosa necesidad de encontrar algún aliado con el que compartir mi soledad. Y, para qué engañarme... Me moría por conocer en profundidad a ese chico.

Sintiéndome muy diferente a como me sentía cuando había llegado a ese lugar, decidí quedarme sentada bajo la sombra de aquel árbol, saqué la *tablet* con el archivo de Martha Stuart y me enfrasqué de lleno en su lectura. Era increíble. Todavía no daba crédito a la suerte que había tenido al recibir esa petición de corrección. ¡Era como si todavía viviera en un sueño!

Cogí el teléfono móvil y le hice una foto al título del documento mientras me aseguraba que de fondo salía una perfecta y otoñal estampa de Central Park. Le apliqué un filtro, jugué con las luces y sombras y, cuando estuve contenta con el resultado, se la mandé a Adriana para que ella también fuera testigo de lo que estaba viviendo. Supuse que no contestaría, porque en Málaga debían de ser las doce y media de la noche y seguramente se habría quedado dormida en el sofá viendo cualquier serie. De repente, ese pensamiento me provocó una sacudida en el estómago. Nos encantaba tumbarnos por la noche y perdernos con cualquier comedia con la que reír a carcajadas y desconectar del mundo. Era lunes, por lo que tocaba capítulo doble de *New girl*. Dios mío, ¿cómo podía echarse de menos algo tan rutinario e insignificante?

El teléfono vibró entre mis dedos y me devolvió de nuevo a la realidad.

«Te envidio tanto como la nocilla blanca a la negra. ¡Disfruta de toda esa maravilla por las dos! (Ya me estás contando el argumento de la nueva novela de Martha Stuart... ¡Esto no se hace!)»

Aquello logró devolverme la sonrisa con la que terminé de catalogar aquel primer día como fantástico. Si cada uno de los días de mi nueva —y neoyorkina— vida iban a ser como este, estaba segura de que mi estancia en esta ciudad se convertiría en la mejor decisión que podría haber tomado, sin lugar a dudas. Al margen de cualquier otra cosa...

Al margen de lo que había sucedido con Toni.

8

Cuando alcé de nuevo la cabeza, con los ojos vidriosos y enrojecidos, me di cuenta del motivo por el cual me resultaba tan difícil continuar con la lectura. Había oscurecido y el parque estaba iluminado apenas por algunas farolas que seguían los distintos senderos de tierra que lo dibujaban.

Miré mi reloj de pulsera y fui consciente de que hacía un buen rato que debería estar en casa. No estaba muy segura todavía de cuál era la forma más correcta de comportarme con los señores Smith; sin embargo, creía conveniente compartir con ellos, por lo menos durante los primeros días, la hora de la cena. Ya fuera por respeto o por cortesía.

Recogí todas mis pertenencias en apenas unos segundos y me encaminé en la misma dirección que había tomado Owen antes. Mientras observaba curiosa lo que había a mi alrededor, me di cuenta de cuánto podía llegar a cambiar un mismo paisaje con el simple paso de las horas. La que poco antes me había parecido una estampa idílica, ahora se me antojaba oscura y peligrosa, como si temiera la posibilidad de que pudiera salir alguien de detrás de un árbol dispuesto a hacerme daño. Tuve la suerte de encontrar a una pareja al fondo del mismo camino que yo seguía y me apresuré a llegar hasta ellos, con la firme intención de seguir sus pasos a una distancia moderada y, de ese modo, evitar sentirme tan sola y desprotegida.

Llegué pasados unos eternos minutos a la calle de los Smith —con el pecho encogido y tembloroso— y por fin pude respirar un poco más tranquila. Ahora sí que había oscurecido por completo, aunque la ciudad, al contrario de lo que había sucedido en Central Park, no parecía haber perdido ni un atisbo de vida.

Continué el poco camino que me quedaba por recorrer hasta llegar a casa de los Smith y fui a llamar al timbre cuando me di cuenta de que llevaba en mi bolso la copia de las llaves que Thelma me había proporcionado la noche anterior. Me sentí extraña al abrir con llave una casa que no me pertenecía, como si estuviera adueñándome de una propiedad que no era mía. Pero tampoco sabía si a esas horas estarían cenando y no encontré apropiado molestarlos, obligándolos a acudir a mi encuentro y abrirme la puerta.

El olor a incienso mezclado con el inconfundible aroma de un buen té negro me sacudió nada más entrar, recordándome que aquel no era mi hogar, pero sí un lugar en el que sentirme como en casa. Escuché el tintineo típico de los cubiertos al chocar contra el plato y una conversación de fondo que alternaba palabras con pequeños lapsos de silencio. Dejé la chaqueta colgada en el perchero de la entrada, tal y como me había indicado Thelma, y me acerqué con cierto recelo —e incluso vergüenza— hacia la cocina. Los tres alzaron la mirada a mi encuentro; pero, sin duda alguna, fue la de Owen la que más me impactó. Sus ojos parecían estar interrogándome desde la distancia, aunque su rostro se mantuviera impertérrito, como si mi presencia ahí no le hubiera descolocado. Tal vez sus padres ya le hubieran puesto al corriente de mi estancia en esa casa, pero dudo mucho que hubiera relacionado a esa chica de la que le habían hablado con aquella con la que él mismo había estado esa tarde en el parque. Distinguí a la perfección cómo su cerebro ataba cabos y encontraba ahora sentido a mi intrusión en su espacio personal hacía tan solo unas horas.

—Hola, cielo —me saludó cariñosa la señora Smith—, te hemos guardado algo de cena por si llegabas a tiempo y te apetecía compartir este rato con nosotros. ¿Tienes hambre?

¿Que si tenía hambre? El aroma que desprendía aquel pudding había despertado a la fiera que aguardaba en mi estómago y que en ese momento rugía amenazándome con hacerme pasar vergüenza de forma totalmente gratuita. Supe que mi rostro reveló a la perfección mis intenciones cuando la mirada de Thelma se iluminó por completo, complacida por la expresión y el brillo de mis ojos.

—Siéntate con nosotros, ¡puedes comer tanto como desees!

Tomé asiento donde me indicó, concretamente entre ella y Owen, al tiempo que me servía una ración de aquel manjar que tan bien olía. Owen permanecía en silencio, como si nada de aquello fuera con él y tan solo se mantuviera ahí como un mero espectador más.

—¿Cómo ha ido el primer día? Pareces contenta.

La voz del señor Smith todavía me sorprendía, sobre todo por la gravedad y el marcado acento que poseía. Pero me gustaba. Me hacía sentir como si formara parte de una película en la que yo misma me había convertido en protagonista.

—Ha sido realmente fantástico. Al principio sentí miedo, no sabía si podría desenvolverme con soltura en un despacho tan grande. Siempre he trabajado desde casa... Pero Lucy, mi nueva compañera, me ha echado un cable desde el primer momento y la verdad es que entender el sistema que ellos siguen y adaptarlo a mi forma de hacer no me ha resultado tan tedioso como imaginaba.

—¡No sabes cuánto me alegro! —Thelma parecía realmente feliz por mi experiencia y sonreía con sinceridad mientras terminaba la ración que todavía quedaba en su plato.

—¿De qué trabajas?

Aquella pregunta me cogió desprevenida. Era la primera vez que Owen despegaba los labios desde mi llegada para hacer algo que no fuera llevarse comida a la boca. Desvié la vista hacia mi izquierda —donde él estaba sentado— y lo miré durante unas décimas de segundo antes de contestar, tratando de que no se notara mi sorpresa.

—Me han dado un puesto como correctora en Royal Editions.

Sus ojos se abrieron algo más de la cuenta, indicándome que aquel descubrimiento le había gustado e impresionado más de lo que esperaba. No sabía cuál de las dos cosas en mayor medida.

—¡¿Trabajas para Royal Editions?!

Parecía descolocado y asombrado por ello, lo cual consiguió que me sintiera poderosa, aunque no supiera muy bien el porqué.

—Sí, me gusta la literatura. Sin clasificaciones.

Añadí un especial énfasis a aquellas últimas palabras, queriendo con ello recordarle las que habíamos compartido esa misma tarde, detalle que no le pasó para nada desapercibido, aunque sus padres no repararan en ello ni tampoco en la tensión que manteníamos entre nosotros.

—Y tú ¿de qué trabajas, Owen? —añadí entonces con voz melosa, como si su nombre se deslizara a través de mis labios, provocándome cosquillas a su paso, del mismo modo que si me hubiera convertido en una encantadora de serpientes.

Vi que tragaba en silencio antes de contestar, manteniendo la mirada puesta en mis ojos, sin perder detalle alguno de ellos. ¿Se me habría corrido el rímel?

—Soy periodista. Trabajo para el *New York Times* principalmente, aunque también elaboro artículos para distintos medios que quieran contar con mis servicios.

Entonces fui yo la que quedó maravillada por el descubrimiento. ¿Había dicho el *New York Times*? ¡Aquello sí que era de película! Tenía que hablar con Adriana cuanto antes, estaba segura de que no se lo iba a creer.

—Un trabajo admirable. No te ponía cara de periodista, precisamente.

—¿Y de qué me ponías cara?

Aquella pregunta me traspasó. Su voz, algo rasgada, sonó como una melodía para mis oídos. Mis labios se secaron, la respiración se me agitó y la parte más baja de mi vientre estalló. Ni siquiera fui consciente de la silenciosa mirada que se lanzaron entre ellos los señores Smith, que seguían nuestra conversación atentos, aunque se mantuvieran ajenos a ella.

—Pues... no lo sé.

¿Cómo podía haberme anulado la capacidad de razonar de aquel modo? No me había planteado de qué podía trabajar Owen, tan solo me sorprendió que fuera periodista, nada más. Lo que no esperaba era que su voz pudiera provocar ese efecto en mí, como si todo a mi alrededor hubiera quedado eclipsado por él, reduciendo mi entereza a su mínima expresión. Jamás me había sucedido nada parecido con nadie. Pude distinguir a la perfección una sonrisa que se dibujó triunfal y disimulada en la comisura de sus labios, antes de dirigir la vista de nuevo hacia su plato y continuar degustando el pudding de su madre. No volvió a hablar durante el resto de la cena, en la que la conversación volvió a centrarse en mí. Me dediqué a charlar de forma distraída con los señores Smith, al mismo tiempo que mi cerebro trataba de encontrarle algún tipo de sentido a todo lo que estaba experimentando desde esa misma tarde y que, por algún tipo de magia que yo desconocía, se había incrementado desde que Owen me había dedicado su primera palabra.

Me encerré en mi dormitorio después de perder unos cuantos minutos en el baño. Sentía la piel tirante y algo seca, seguramente a causa del cambio en la temperatura ambiental, a la que todavía no estaba acostumbrada. Dejé la ropa sucia en un cesto de mimbre que Thelma me había dejado en un rincón del dormitorio, y el resto la colgué de forma ordenada en el interior del armario. No me veía con fuerzas para leer ni una sola palabra más si no quería que mis ojos se resintieran y el día de mañana resultara totalmente improductivo. Así pues, como si todavía viviera en Málaga y Adriana estuviera a punto de hacer acto de presencia junto a un enorme bol de palomitas, busqué en mi ordenador portátil el último capítulo de *New girl* que había visto junto a ella y seleccioné el siguiente, segura de que ella habría hecho lo mismo.

Sin embargo, cuando no debía de llevar más de diez minutos enfrascada en el capítulo, escuché unos leves golpecitos en mi puerta.

—Adelante —dije, segura de que Thelma se habría olvidado de decirme alguna cosa.

Para mi absoluta sorpresa, fue Owen el que apareció tras la puerta, provocando con ello que casi me cayera el portátil de encima de las piernas al tratar de tirar de la sábana y evitar así que pudiera descubrir mi nada sexi pijama de Harry Potter. Tenía que comenzar a reconsiderar la idea de comprarme pijamas un tanto menos pueriles.

—¿Puedo pasar? —preguntó desde el umbral de la puerta.

—No es un lugar público... —añadí, parafraseando sus propias palabras—, pero no veo por qué no deberías poder hacerlo. Al fin y al cabo, esta es tu casa.

Owen dio un paso al frente y cerró la puerta a sus espaldas. Sin ningún tipo de pudor, se acercó a mi cama y se sentó a los pies de la misma, apoyó la espalda contra la pared y dejó caer la cabeza hasta recostarla también en ella.

—¿Qué haces? —preguntó sin más, haciéndome dudar realmente de sus intenciones.

—Pues... Estaba viendo un capítulo de una serie que solía ver con mi compañera de piso.

—¿Compartías piso en España?

Sus ojos ahora me buscaron hasta encontrarse de lleno con mi mirada. Parecía realmente una pregunta sincera que no escondía nada más que simple y pura curiosidad.

—Sí, con mi mejor amiga. Llevábamos seis años viviendo juntas.

—Debe de ser una experiencia realmente bonita. Sobre todo si habéis aguantado tanto tiempo.

Le miré con detenimiento a los ojos, que, de nuevo, habían vuelto a perderse en algún punto concreto de las cuatro paredes que todavía no había decorado a mi gusto. Me saqué los cascos a través de los cuales había estado siguiendo la serie y dejé el portátil con delicadeza sobre la mesilla de noche.

—Vaya, veo que tu amor por la literatura llega hasta tu cama...

Me quedé paralizada y la sangre dejó de recorrer mis venas al escuchar su voz. Un leve cosquilleo nació en el centro de mi pecho y se esparció entonces por mi piel. Se me secó la garganta y sentía que mis labios estaban pegados. No comprendí a qué venían sus palabras hasta que me di cuenta de que, al dejar el ordenador sobre la mesilla, la sábana había resbalado dejando totalmente a la vista la camiseta del pijama con el escudo de la única escuela de magia y hechicería que adoraba con todo mi ser. Me ruboricé y mi rostro alcanzó un tono granate nada favorecedor. Además, ya no lucía ni rastro de maquillaje, lo cual, a pesar de que la lucecita de la mesilla fuera tenue, no ayudaba mucho a mantener cierta dignidad intacta en mi imagen. Sin embargo, aquello pareció hacerle gracia, aunque evitó mirarme directamente, como si pretendiera ofrecerme unos segundos para recuperarme del sofoco que estaba padeciendo y que parecía incrementar en cuestión de segundos.

—A mí también me gusta *Harry Potter* —expuso, dándome tiempo a reaccionar—. Sin lugar a dudas, el profesor Snape se ha convertido en uno de mis personajes favoritos.

Aquella última afirmación me hizo gracia y logró tranquilizarme un poco. A mí también me encantaba ese personaje y, de un modo tan sencillo, aquello se convirtió en nuestro segundo punto en común.

—No se merecía morir —añadí sin más.

Hizo un ligero movimiento con la cabeza mientras unía con fuerza los labios, como si acabara de desvelar una de las mayores verdades del mundo.

—No es difícil vivir con tu mejor amiga —dije entonces, retomando así la conversación anterior ahora que había recuperado el ritmo de mi respiración—. Cuando compartes afinidades y un nivel de tolerancia y respeto adecuados, la vida se convierte en algo fácil e incluso divertido.

—¿No preferías compartir piso con tu novio?

Su pregunta me desarmó por completo. Ya ni siquiera pensaba en Toni como mi novio. A pesar de que hacía apenas tres días que nuestra relación había llegado definitivamente a su fin, era como si él formara ya parte de un pasado lejano del que ya no recordaba —ni quería recordar— nada. Era una de las sensaciones más extrañas que había experimentado en toda mi vida... Un olvido capaz de sesgar mi memoria, de rectificarla y de darle un nuevo punto de vista, a partir del cual construir un nuevo futuro.

—¿Haley?

Escuchar mi nombre en sus labios me devolvió de forma abrupta a la realidad de mi dormitorio.

—No tengo novio —añadí contundente al fin como única respuesta.

—Pero supongo que lo habrás tenido en algún momento, ¿no?

—Como todo el mundo. Supones bien.

Me dedicó una nueva mirada cargada de escepticismo, buscando con ello algún tipo de dato que pudiera proporcionarle un poco más de información sobre mí misma a través de su analítica perspicacia periodística.

—¿Y no viviste nunca con él?

—¿Es que acaso esto es un interrogatorio sobre mi vida privada? —La pregunta, lejos de molestarme, me resultó incluso graciosa. No sabría decir a qué era debida su curiosidad, pero no me importó que quisiera hablar del tema conmigo. Por primera vez en mucho tiempo, me sentía libre; era como si mi mente no albergara recuerdos dolorosos, como si todo lo que sucedía a mi alrededor pudiera haber anulado lo que había vivido en los últimos meses junto a Toni. Y en parte, aunque fuera una ínfima y casi inexistente, me sentía culpable por sentirme feliz de haber terminado con toda esa historia.

—Simple curiosidad. Acabas de meterte en mi casa. Quiero saber qué clase de persona ocupa la habitación de al lado.

—Claro... Y pretendes descubrirlo a través de mi vida sentimental. ¡Qué detalle por tu parte!

Me contempló estupefacto por la salida, pues tal vez esperaba volver a anular mis capacidades con esa mirada de gato que tan bien sabía mostrar. Pero esta vez no lo consiguió, pues, lejos de amilanarme, su curiosidad había llegado a despertar a la mía, seguramente menos intuitiva que la suya pero, sin lugar a dudas, igual de vivaz.

—Tienes razón. Tan solo quería saber qué impulsaba a una chica a preferir la compañía de su mejor amiga antes que la de su pareja.

Volvimos a sumirnos en un extraño silencio en el que ambos analizábamos la trascendencia de la última afirmación. Yo no sabía qué se escondía tras su duda, pero empezaba a intuir que su repentina aparición en casa de los Smith tenía algo que ver con la desaparición de una mujer en su vida.

—No la prefería por delante de mi pareja —empecé a decir, con un tono de voz ahora mucho más suave, mientras la imagen de Adriana cruzaba mi mente—. Simplemente, no era el momento. Nunca he creído en las cosas precipitadas... y, lo que es más importante, ningún chico ha despertado jamás esa necesidad en mí. Por eso vivía con Adriana. Nos entendíamos a la perfección, nos compenetrábamos y decidimos compartir nuestras vidas. Los chicos iban y venían. Pero nunca llegó el día en el que uno de ellos lograra hacerse un hueco tan importante como para cambiar todos aquellos cimientos sobre los que habíamos erigido nuestras vidas.

Pareció quedar satisfecho con mi respuesta. Su mente volvió a perderse en un universo paralelo y sus ojos se opacaron, como si ya no estuviera a mi lado. Entonces, echó un rápido vistazo al reloj de su muñeca y, con parsimonia, se puso en pie y se encaminó hacia la puerta.

—Por cierto, yo no opino lo mismo —dijo, ya con los dedos sobre la manilla y la puerta entreabierta.

—¿Cómo dices?

—La muerte de Snape. —A pesar de que lo intenté, no entendía lo que quería decirme. Por suerte, él continuó sin que tuviera que pedirle que se explicara—: Su muerte era total y absolutamente necesaria. Ese era su destino. Y el destino no se puede cambiar. Nuestro sino está escrito desde el día en que nacemos, y en el caso del profesor Snape, sin su muerte, la gran causa por la que entregó su vida entera hubiera quedado en el olvido. Al morir por un motivo por el que él mismo entregó su integridad, su seguridad y toda su vida, su valentía se magnificó, su coraje se fortaleció y su muerte le enalteció. Por eso es mi personaje favorito. Porque, desde el primer momento en que juró amor eterno, lo hizo, confirmando su decisión al entregar su propia vida en honor de la de su amada.

Supe que mi boca continuaba abierta incluso después de que cerrara la puerta a sus espaldas tras dedicarme un cálido —aunque escueto— «buenas noches». Aquella reflexión me llegó al alma. No era un libro lo que Owen había leído; había vivido una historia, la había soñado y se la había hecho suya, dándole a cada uno de sus personajes el valor y la categoría que estos se merecían, convirtiendo a Severus Snape en el reflejo del amor eterno, en imagen de la pureza. Snape como símbolo de la honestidad y la integridad; como traducción del significado del término «siempre». Y yo quedé totalmente hechizada por sus palabras, segura de que jamás podría llegar a olvidarlas mientras me preocupaba por recuperarme con grandes dificultades del estrepitoso estruendo de cristales que había provocado mi corazón en el interior de mi pecho, al estallar con ímpetu contra las paredes que le servían de cobijo y que parecían retenerlo del modo que solo lo haría una prisión de alta seguridad.

¿Qué era lo que me estaba pasando? ¿Habíamos hablado únicamente de un libro, o me estaba permitiendo conocer mucho más de su vida de lo que llegaría jamás a descubrir?

9

El resto de la semana lo pasé emulando casi por completo lo que había sido mi primer día, con la única excepción de que no volví a compartir ni un segundo más con Owen, pues el martes tuvo que marcharse de casa cuando le pidieron un artículo sobre uno de los últimos espectáculos que se habían estrenado en Las Vegas.

Trabajé en la oficina sin descanso, acompañada de Lucy y su interminable capacidad para hablar. De ahí, regresé todas las tardes al mismo árbol en el que me había sentado junto a Owen el lunes y apuré el manuscrito hasta las siete, justo antes de que comenzara a oscurecer y volviera a sentirme igual de asustada que el primer día. Cené cada noche con los señores Smith y me deleitaba con todas las historias que me contaban sobre la ciudad. Me encantaba sentirme de forma perpetua dentro de una serie. Incluso había adquirido la reciente rutina de aparecer en la oficina con uno de aquellos gigantescos vasos de cartón llenos de café. Era solo cuestión de tiempo que acabara haciéndome con uno de esos sombreros que tan bien le sentaban a Anne Hathaway y con el que por fin empezaría a sentirme un poco más americana de lo que en realidad ya era.

Después de cenar, ya en la penumbra de mi dormitorio y bajo el tenue haz de luz del flexo, me enfrasqué de nuevo en la lectura de aquel manuscrito con el que tanto estaba disfrutando. Martha Stuart se había coronado, tenía en mis manos una verdadera joya y me sentía radiante al tomar conciencia de lo afortunada que era por poder ser una de las primeras lectoras de una historia que me estaba quitando el sueño.

Fueron tantísimas las horas que le dediqué que el mismo viernes tuve terminada por completo la corrección. Pero, de todos modos, no quise entregarlo hasta estar al cien por cien segura de la eficiencia de mi trabajo. Al fin y al cabo, era la primera entrega que realizaba para Royal Editions y más me valía hacerlo bien si pretendía labrar mi futuro en sus largos e internacionalmente influyentes brazos.

—Veo que ha trabajado a una velocidad propia de su currículo, señorita Beckett. Sabía que no me equivocaba con la elección.

Agatha ojeó por encima el archivo con el manuscrito que acababa de entregarle con las pertinentes correcciones.

Sonreí satisfecha por el cumplido y recibí sus palabras como agua de mayo para mi alma. Agatha tenía fama de mujer de hielo en la oficina, tal y como me había comentado Lucy un par de días atrás cuando empezamos a coger ya un cierto grado de confianza. Sin embargo, yo no quise ahondar en detalles, pues mis primeras impresiones habían sido buenas. Duras y estrictas, eso sí, pero al fin y al cabo, buenas.

—Trato de realizar mi trabajo a la mayor velocidad posible... Pero reconozco que gran parte de ello ha sido gracias a la pluma de Martha Stuart. Su historia me ha tenido abducida durante estos días... e incluso noches.

—¿Tiene alguna preferencia en cuanto a géneros literarios, señorita Beckett?

Su pregunta me descolocó.

—En cuanto a trabajo, no. Hasta ahora he corregido todo tipo de géneros literarios. Sin embargo, como lectora siento predilección por la novela romántica, en cualquiera de sus vertientes. Me gustan los clásicos y las historias contemporáneas, los dramas e incluso las comedias al más puro estilo Marian Keyes, impulsora y maestra predilecta del chick-lit, si se admite mi humilde opinión.

—¿Trabajar con este género produciría efectos positivos en sus entregas?

—Deberá disculparme, señora Simonds, pero no he comprendido la pregunta.

—Me refiero a que, si los manuscritos que le proporcionamos pertenecieran a este género, ¿cree que sería tan efectiva y rápida como lo ha sido en esta ocasión?

—Puedo trabajar con la misma profesionalidad en todos los géneros...
Pero es cierto que, cuando un manuscrito te absorbe tanto, es inevitable trabajar de un modo más ágil.

—De acuerdo. Tendré en cuenta sus consideraciones. Muchas gracias.

—A usted. Buenos días, señora Simonds —añadí a modo de despedida mientras en mi estómago se arremolinaban miles de inquietudes diferentes.

Llegué a mi despacho todavía extasiada por las palabras que Agatha me había dedicado. Creía en mi trabajo y en la efectividad del mismo. Y aquello solo podía significar que iba por el buen camino. Me sentía feliz, orgullosa y capaz de todo.

Cogí el teléfono móvil del bolsillo trasero de mi pantalón y tecleé veloz un mensaje para mi amiga, que, sin duda, continuaba a la espera de noticias buenas por mi parte.

«Primer proyecto entregado. Agatha está aparentemente contenta con el resultado y es posible que quieran delegarme novelas principalmente de género romántico. ¿Puede sonreírme más la vida?»

Fui a guardar el teléfono en el bolsillo después de leer un par de mensajes de mis padres y responderles con las buenas noticias cuando una nueva vibración del dispositivo anunció la entrada de otro mensaje de mi amiga.

No pude evitar la carcajada que me salió cuando el rostro en primer plano de la loca con la que había vivido tanto tiempo se adueñó por completo de mi pantalla. Estaba en pijama, desmaquillada y dispuesta a deleitarme con otra de sus tonterías. Era una foto en la que me mostraba una sonrisa radiante, aquella tan suya, con la que tantas veces había llegado a llorar de risa. Bajo la misma, había un breve mensaje que consiguió ablandarme un poquito más.

«La vida, no lo sé. Pero yo te mando otra sonrisa para que todo continúe funcionando tan bien por ahí. Te echo de menos. Esta primera semana sin ti ha sido muy... aburrida.»

Mis ojos se acristalaron mientras la melancolía de sus palabras se mezclaba con todas las emociones que acababa de vivir y con el cansancio fruto del duro trabajo de aquellos días.

—¿Estás bien? —preguntó Lucy—. ¿Ha sucedido algo con Agatha?

Sacudí la cabeza con energía y sonreí a mi compañera para darle a entender que todo había salido bien antes de que la pobre se preocupara un poco más.

—No... Tranquila. Es solo que... echo de menos a mi amiga. Nada más. Siempre le contaba todo lo que me pasaba, y ahora me ha venido a la cabeza lo mucho que me hubiera gustado tenerla a mi lado.

—Es difícil enfrentarte a todo esto a tantos quilómetros de distancia..., ¿verdad?

Me enterneció el tono que usó Lucy para referirse a algo que a mí me afectaba tanto. Claro que era difícil. Era lo más complicado que hubiera hecho jamás. Sin embargo, me sentía feliz y sabía que los míos también se alegraban por ello. Y aquello me daba fuerzas para continuar manteniendo todo mi aplomo intacto.

—Sí, aunque debo reconocer que mucho menos de lo que me llegué a imaginar. Son momentos concretos los que despiertan mis sentimientos, cosas a las que estás tan acostumbrada que no percibes como especiales hasta que, el día que no las tienes a tu alcance, te das cuenta de cuánto puedes llegar a añorarlas...

Su mirada cómplice me atravesó, mostrándome su conformidad con mis palabras. Sin embargo, el reloj no se detenía y nos quedaba mucho trabajo por delante, por lo que, tras una última y sincera sonrisa, nos sentamos cada una frente a nuestras respectivas mesas, dispuestas a terminar cuanto antes lo que nos quedaba de jornada. Así pues, agotada por mis sentimientos pero resuelta a no dejarme vencer por ellos, me dispuse a trabajar con la firme voluntad de no dejarme nada sin resolver antes de cruzar la puerta del *hall* principal y dar carpetazo a la primera semana de trabajo en Royal Editions.

Me adentraba en el que iba a ser mi primer fin de semana «oficial» en tierras neoyorkinas. El anterior no lo contaba, porque mi única prioridad había sido la de deshacer las maletas, conocer a mi nueva familia de acogida, visitar la zona y, sobre todo, superar el *jet lag* que todavía arrastraba muy a mi pesar.

Nunca me había considerado una chica a la que le gustara salir de noche, encerrarse en cualquier discoteca y dejar que pasaran las horas mientras el alcohol, la música y la compañía desconocida de mi alrededor se ocupaban del resto. Para nada. Adriana y yo solíamos salir por el centro de Málaga, o por el puerto, donde fuera que hubiéramos quedado con el resto de nuestros amigos de la facultad. En cada ocasión escogíamos un bar distinto, aunque alguno de ellos ya se había convertido en objeto de nuestra predilección. Nos encontrábamos ahí y compartíamos un buen rato de charlas y risas distendidas que no escondían más pretensiones que la de vernos y desconectar del mundo que nos rodeaba.

Eran las nueve de la noche del viernes, por lo que en Málaga debían de ser las tres de la madrugada. No tenía nada que hacer. Me moría de ganas de hablar con Adriana, de reírme un rato con ella y de desconectar, pero, sobre todo, me moría de ganas de no sentirme tan extraña.

Cogí el teléfono para mandarle un nuevo mensaje, cuando me di cuenta de que tenía un par de notificaciones pendientes de ser abiertas en la parte superior de la pantalla. Deslicé el dedo por ella y mi respiración se agitó justo después de leer el nombre del remitente. Toni.

«No sé hasta cuándo te va a durar esta pataleta y volverás de Nueva York. Ese trabajo no es para ti. Sabes que te viene grande. Cuando quieras, aquí te espero.»

Sentí una fuerte sacudida en el estómago y un intenso y amargo sabor subió por mi tráquea, como si mi propio organismo estuviera reaccionando con aversión a aquellas palabras o, mejor dicho, al autor de las mismas.

¿Pero quién se había creído que era? Mi garganta parecía haberse convertido en un puño y sentía un fuerte dolor que no sabía cómo detener. Las lágrimas me empañaron los ojos hasta que una de ellas, tímida y temerosa, se dejó caer por mi mejilla, dibujando un transparente camino a su paso. No me venía grande aquel trabajo. Había luchado durante toda mi vida por conseguir algo parecido y había llegado mi oportunidad. Tenía que convencerme a mí misma de que esa era la única realidad.

Me llevé el dorso de la mano a la comisura de los ojos y me sequé con fuerza, sin ningún tipo de feminidad, mientras sorbía por la nariz y ahogaba un silencioso sollozo. Había estado un tiempo saliendo con Toni y, hasta ese momento, no me había dado cuenta de la clase de persona que era realmente. Adriana supo calarle a la primera, pero a mí me encandiló como a una adolescente que se dejó llevar por sus ojos verdes, su sonrisa, sus locuras y sus gamberradas, que ya no correspondían a su edad. Y hasta entonces no había sido capaz de verlo. Por lo menos, con aquella claridad. Sabía que las cosas no funcionaban bien, que nuestra relación no se parecía demasiado a otras que tenía cercanas..., a otras en las que me hubiera gustado inspirarme. Discutíamos, nos veíamos poco y se nos había olvidado el sonido de nuestras sonrisas. Y... ¿a qué clase de persona enamorada podía sucederle algo parecido? Riñas innecesarias protagonizaban algunas noches, en las que siempre, todas y cada una de las veces, acababa justificándole por la gran cantidad de trabajo «de verdad» que él tenía, manteniéndome en todas esas ocasiones en un segundo plano, como si el dolor que me producía que la noche se hubiera torcido de ese modo ni siquiera importara.

Ahora, con la mente más fría y miles de quilómetros de distancia entre nosotros, comprendía que aquello no había sido más que una relación tóxica. Para los dos. Nos contaminábamos juntos cuando la realidad paralela era muy distinta. Llevaba años conviviendo con Adriana y nunca nos habíamos discutido hasta el punto de llegar a insultarnos con rabia, con la necesidad de herir a la otra. Pero con Toni sí que había sucedido. Él lo había hecho. Y yo lo había justificado y callado, pensando que era normal... y que solo se trataba de un simple «calentón». De nuevo, volvía a hacerlo, rebajándome una vez más, ninguneándome. Y, como siempre me pasaba, me quedé sin palabras con las que saber rebatir su ataque. Tal vez, si le dejaba hacer, acabaría cansándose... y olvidándose de que algún día llegamos a ser algo.

Apoyé la espalda contra la pared y me agarré fuerte a las rodillas, como si temiera caer si no me sostenía yo misma. Cerré los ojos y me permití, por primera vez en los siete días que llevaba allí, pensar en Toni y en todo lo que había vivido en los últimos meses a su lado. Adriana no aparecía apenas en ninguno de aquellos recuerdos, pues desde casi el primer día se mantuvo al margen de nuestra relación. Entonces, recordé la de veces que había llorado en las últimas semanas, dándome cuenta de que no habían sido semanas, sino meses.

Por cada sonrisa que Toni me regalaba, hubo días y días de absurdas disputas que podrían haberse evitado, de no ser por las ganas que él tenía de discutir. Yo no le encontraba sentido a todo aquello, pero de pronto me veía inmersa en alguna clase de discusión que, a pesar de no lograr entender cómo ni dónde se originaba, terminaba por formar parte de la misma, desgañitándome y resquebrajándome. Después, en alguna de las pocas —casi inexistentes— ocasiones en las que me atrevía a alzar un poco más la voz e imponerla sobre la suya, agachaba las orejas de lobo y se volvía todo ternura, pidiéndome disculpas, escribiéndome cartas en las que me juraba y perjuraba todo su amor y mandándome mensajes capaces de derretir al mismísimo Lucifer. Y yo, como siempre..., volvía a caer.

Y así una y otra vez.

Estaba tan absorta en mis propios pensamientos que no escuché siquiera los golpecitos en mi puerta. Esta se entreabrió ligeramente y Owen apareció tras la misma.

—¿Puedo pas...? ¿Sucede algo? —dijo entonces, interrumpiéndose a sí mismo al descubrirme en aquel estado.

Maldije mi suerte al permitir que Owen pudiera haberme encontrado presa de la indefensión y volví a pasarme la mano por el rostro, arrastrando con la manga del pijama el resquicio de cualquier lágrima que todavía pudiera quedar en mis mejillas.

—No... Estoy bien. Adelante —mentí preguntándome a mí misma por qué motivo le permitía el paso en tales circunstancias. Sin embargo, a pesar de que no me gustaba mostrarle mis debilidades a nadie, tenerle a mi lado en ese momento me ayudaría a sentirme un poco mejor.

—¿Ha pasado algo en el trabajo?

Tal y como hizo unas noches atrás, tomó asiento a los pies de la cama y apoyó la espalda contra la pared, quedando justo a mi izquierda.

—No. Todo bien. De verdad, no te preocupes. Era solo una tontería... ¿Cómo ha ido por Las Vegas?

Apreté los labios conteniendo en ellos toda la fuerza que necesitaba para dominar las lágrimas que amenazaban con brotar de mis ojos y Owen aceptó el cambio de tema sin rechistar, sin presionarme a exponer mis sentimientos. Se lo agradecí mentalmente, pues no me veía preparada para hablar de Toni con él. Por lo menos, no todavía.

—Ha sido agotador. Aquello es un no parar. ¿Has estado alguna vez?

Le miré divertida por la pregunta. No me imaginaba en Las Vegas, aunque era un viaje que tenía muy pendiente en mi lista de cosas que hacer antes de morir.

—Reconozco que se me da bien el póquer, pero no he tenido la suerte de poder ir todavía.

Owen alzó una ceja de forma cómica, seguramente asombrado por una respuesta que, intuí, era la que menos esperaba de entre todas las posibles.

—¿Sabes jugar al póquer?

—He estado en la universidad muchos años... Sé jugar a muchas cosas, sobre todo si hay cartas de por medio. ¿Es que no hacéis timbas universitarias aquí?

Desvió la mirada hacia el techo y sus labios se curvaron de forma intrigante. No era una sonrisa completa, ni tampoco una mueca. Pero me fascinaba el movimiento que adquirían estos cuando lo hacía, pronunciando todavía más el hoyuelo de la barbilla con el que se aniñaba su rostro.

—¿Quieres salir un rato?

—¿Cómo dices?

Su pregunta retumbó en mis oídos, como si se tratara de un eco lejano.

—Es viernes. He quedado con unos amigos para tomar unas cañas. Puedes acompañarme... Si te apetece, claro.

Medité sobre su propuesta. Al final, Owen se puso de nuevo en pie y se encaminó hacia la puerta, antes de volver a dirigirse a mí por última vez.

—Saldré en media hora... Por si te animas. Y, sea lo que sea, olvídalo. Tu vida, de algún modo, ha vuelto a empezar desde cero aquí.

Y sin saber cómo ni por qué, aquellas sencillas palabras lo cambiaron absolutamente todo. Las mismas que había pronunciado Adriana unos días atrás... Las mismas que yo debería seguir repitiéndome cada vez que pareciera haberlas olvidado.

10

Me detuve indecisa frente a mi armario. ¿Cómo solía vestir la gente en Nueva York para salir una noche de viernes cualquiera? Recordé mentalmente algunas escenas de mis series favoritas y pensé que, en ese sentido, españoles y norteamericanos nos parecíamos bastante. Así pues, opté por unos tejanos ajustados, unos botines de tacón y una camiseta ajustada con una camisa a cuadros por encima. Concluí el conjunto con un cinturón ancho y seleccioné uno de mis pañuelos favoritos.

Como no quería molestar demasiado ocupando el baño más tiempo del debido, había instalado en mi dormitorio un pequeño tocador en el que poder maquillarme o peinarme sin que nadie fuera consciente del tiempo que perdía para ello. Me decidí por una coleta a media altura y dejé un par de mechones sueltos alrededor de mi rostro, que convertí en tirabuzones con la ayuda de las tenacillas. Me maquillé con suavidad y me puse unas pestañas postizas, cuyo efecto siempre lograba animarme. Tenía los ojos azules y muy redondos y había aprendido a sacar partido de ellos gracias a la ayuda de Adriana. El tono oscuro de mi pelo hacía que estos destacaran como si fueran dos puntos de luz, iluminando la mirada y redondeando mis facciones. Me peiné el flequillo y le di un poco de vuelo con la ayuda de un espray fijador. Sí, el resultado era aceptable, y ya no había ni rastro de lágrimas bajo mis ojos.

Por último, me apliqué unas gotas de mi perfume favorito, cogí una de las chaquetas que colgaban tras la puerta y salí dispuesta a conocer gente nueva, a disfrutar del sabor de mi primera cerveza americana y, sobre todo, a olvidarme de todos aquellos recuerdos que todavía turbaban mi mente y cada resquicio de mi memoria.

Al salir, me topé casi de frente con Owen, que me esperaba de pie apoyado en el quicio de la puerta, jugueteando con su teléfono móvil entre los dedos. Vestía igual de informal que antes, por lo que me tranquilizó pensar que no acabaríamos en alguno de aquellos garitos de moda y lujo tan conocidos.

—Vaya, ¡menudo cambio! Te queda bien el flequillo así.

Aquel simple cumplido me sacó una renovada sonrisa y no pude evitar pensar en cuán equivocada había estado hasta ese momento. Por lo visto, los hombres sí que se fijaban en los detalles y no solo era mi padre el que notaba los cambios, por pequeños que estos fueran. Me sonrojé ligeramente.

—¡Tú dirás!

Me cedió el paso en un caballeroso gesto con la mano y me siguió a mi espalda, al mismo tiempo que podía percibir a la perfección el escrutinio de su mirada sobre todo mi cuerpo. Al pasar por su lado sentí un leve cosquilleo nervioso en la boca del estómago que ascendió en menos de un segundo hasta mi nuca, donde todo el vello se erizó sin contemplación. Sentía sus pasos a mi espalda y, sin saber por qué, mi pecho batía acelerado, deseoso de nuevas sensaciones y experiencias, preparado para cualquier cosa que pudiera pasar.

El bar al que nos dirigíamos estaba situado en el barrio Williamsburg, en Brooklyn, a no más de siete millas desde casa. Tardamos aproximadamente una media hora en llegar, unos minutos que se me antojaron segundos, pues no podía parar de contemplar todas las imágenes que se sucedían ante mis ojos a gran velocidad desde la ventanilla del coche de Owen. Cuando llegamos al puente de Queensboro, supe que mi nivel de maravillas contempladas a lo largo de mi vida había alcanzado una nueva máxima. Aquel puente separaba Manhattan de Brooklyn y lo había visto tantísimas veces en distintas películas que no me podía creer que fuera yo misma la que lo estuviera cruzando en ese momento.

Owen conducía tranquilo y, a veces, me lanzaba miradas distraídas a las que yo no prestaba ni siquiera atención, pero que percibía con absoluta perfección incluso desde la nuca.

—¿Te gusta? —me preguntó sin perder detalle de la carretera.

—Es alucinante. Hay tantas luces, tantos rascacielos..., tantos coches. Creo que todavía no me acabo de creer que esté teniendo la suerte de vivir todo esto.

—Quizá no sea suerte.

Giré la cabeza en su dirección y entorné los ojos, dubitativa. Creí haber entendido el sentido o significado de sus palabras, pero no estaba segura de que estas fueran en la misma dirección que mis deseos.

—No te sigo.

—Llevas una semana aquí y, por lo que me ha dicho mi madre, no has dejado de trabajar en ningún momento, dedicándole más horas de las que sabes que te van a pagar. No creo que sea algo puntual; es tu carácter. Eres constante y organizada, cualidades que se poseen desde pequeño. Así que no, no es cuestión de suerte, tan solo es el fruto merecido de un trabajo bien hecho. Además —añadió ahora con una sonrisa socarrona que no podía dejar de contemplar—, la noche no ha hecho más que empezar...

Tragué con ciertas dificultades, tratando de que no se notara en absoluto mi estado catatónico, y me froté las manos con disimulo, intentando eliminar de ellas el sudor que mis palmas habían generado en contra de mi voluntad. Su voz era grave y varonil, como la de un doblador de películas de acción. Una de aquellas que se colaban en tu mente y te susurraban todas esas palabras capaces de teñir tus mejillas cuando creías que nadie más podía oírlo.

Aparcamos el coche y anduvimos durante un par de manzanas hasta el que se suponía que era nuestro destino. Sentí un pequeño atisbo de decepción al llegar a la puerta pues, desde fuera, se trataba de un lugar que no pegaba en absoluto con mi idea mental de una noche en Nueva York. De hecho, tenía la típica imagen de taberna alemana. Imagen que, al abrir la puerta, se intensificó, pues parecía que nos hubiéramos trasladado a la Alemania más profunda y nos halláramos en la sede social de algún pueblecito de montaña. Resultaba incluso difícil de creer que un lugar como aquel pudiera encontrarse en la gran ciudad.

—¿Dónde me has traído? —pregunté sin apartar la vista de todos los detalles que configuraban aquel espacio.

—Bienvenida al Radegast Hall & Biergarten. Es una de las tabernas más conocidas en la ciudad, en cuanto a lo que a cervezas se refiere, claro. La descubrimos hace un tiempo y, desde entonces, se ha convertido en un punto de encuentro bastante frecuente.

El espacio estaba conformado por una estancia alargada, a cuyos lados había dos filas de mesas de madera con sendos bancos en los que tomar asiento. La gente se sentaba con continuidad y los grupos se mezclaban entre sí, creando de ese modo un espacio todavía más íntimo, como si todos fueran amigos. De las paredes —de obra vista— colgaban luces, cuadros y unas ventanas de rojos porticones. Los jóvenes sostenían enormes jarras de cerveza entre las manos, mientras charlaban a gran volumen con sus acompañantes. El vocerío era apabullante.

—Vayamos a buscar sitio —dijo Owen, divertido por mi expresión.

Me dejé llevar, tras contestarle únicamente con un gesto de la cabeza, y sentí un escalofrío cuando noté su mano sobre mi omóplato izquierdo, invitándome a continuar hacia el interior del establecimiento.

Allí había una gran barra, con enormes barriles y cientos de botellas de distintos tipos de cerveza. Conté hasta tres camareros, aunque me di cuenta de que la gente se levantaba y se dirigía hasta allí para pedir sus consumiciones.

Owen alzó la mano en dirección a la última mesa de la izquierda y dos chicos que había ahí sentados respondieron a su saludo del mismo modo.

—¡Eh, tíos! Mirad, ella es Haley —añadió tras chocar la mano de forma cariñosa con ellos—. Haley, ellos son Mike y Joël.

Les tendí la mano y tomé asiento entre Owen y Mike, mientras me quitaba la chaqueta y la dejaba junto a mí, en el mismo banco que ocupamos.

—¿Qué quieres tomar? —preguntó Owen, solícito.

—Pues... ¿Qué es lo más típico?

—No puedes marcharte de aquí sin probar una cerveza pilsner que se llama Radeberger —añadió esta vez Joël.

—Pues una de esas.

—¡Marchando!

Owen se dirigió hacia la barra y yo me quedé a solas con aquellos dos, sin saber muy bien cómo actuar. Sin embargo, Joël tomó las riendas de la situación, como si las conversaciones distendidas con desconocidos fueran su mayor especialidad.

—¿De qué os conocéis Owen y tú?

—Vivo en su casa..., por así decirlo.

Los chicos se miraron incrédulos, como si no lograran entender algún punto de la premisa que yo acababa de establecer.

—Y Sophie, ¿cómo lo lleva? —se aventuró a preguntar al fin.

—¿Sophie?

—Ya sabes, su novia. La que vive con él. De hecho, su prometida, como ella siempre se encarga de remarcar.

—No... Esto... Yo vivo en casa de los señores Smith, los padres de Owen.

Los chicos volvieron a mirarse y, justo cuando iba a preguntarles por esa tal Sophie, cuya existencia acababa de descubrir, Owen apareció de la nada portando con habilidad un par de frías jarras de cerveza.

—Vaya, Smith. Veo que tienes muchas cosas que contarnos desde la última cerveza —inquirió esta vez Mike en dirección al recién llegado, diciéndole a través de la mirada todo aquello que le pasaba por la mente.

Owen me miró tratando de indagar en mi rostro qué era lo que les había podido contar para que los chicos le avasallaran de un modo tan directo. Supuse que, de alguna forma, buscó en su cabeza las posibles preguntas que podían haberme formulado y, entonces, desvió de nuevo la mirada hacia ellos y se dirigió a los dos sin más preámbulos.

—Sophie ya no forma parte de mi vida y, por ahora, no tengo ganas de hablar del tema. Haley es española, vive en casa de mis padres temporalmente y la he invitado a tomar algo porque es viernes y todavía no conoce a nadie por aquí. Y ahora no se admiten más preguntas al respecto si no queréis que os vacíe esta jarra de cerveza por encima.

Los chicos, como si la escueta y nada detallada explicación ya les bastara, alzaron sus jarras esperando a que nosotros hiciéramos lo propio con las nuestras y, cuando así fue, las entrechocamos al mismo tiempo que un sonoro *cheers* salía de nuestros labios, antes de darle un largo trago a su contenido. Mientras la saboreaba, fría y amarga aunque exquisita, me pregunté cómo era posible que el chico que tenía justo a mi lado acabara de mencionar un compromiso roto del que no tenía ninguna constancia y, aun así, lograra mantener aquella mueca tan peculiar en el rostro, a medio camino entre una sonrisa perfecta y la puerta de entrada al mismísimo edén.

—Por una noche larga y como las de antes. Me alegro de que hayas vuelto, Smith. Te echábamos de menos en el grupo.

Sonrió y dio un nuevo trago con el que vació la mitad de la jarra de golpe. Menudo saque.

Me dediqué a seguir sus conversaciones, interviniendo en ellas con escasos monosílabos, mientras me hacía una idea de cómo era una noche típica americana. Me sentía en una nube, aunque algo en mi interior había despertado al conocer ese pasado —reciente— del que Owen no había mencionado detalle alguno, pero que confirmó todas mis sospechas iniciales sobre su repentina aparición. No había motivo para aquello, pero había algo en todo aquel asunto que logró sacudirme las entrañas. Sin embargo, decidí que era mi primera noche —una especie de «bautizo» neoyorkino, como estaba segura de que lo llamaría Adriana—, y estaba dispuesta a disfrutarla como era debido. Pensé en ella y sonreí sin más, captando así la atención de mis acompañantes.

—¿Qué es lo que te ha hecho tanta gracia? —preguntó Joël, atento a mi reacción.

—Nada, estaba imaginando lo mucho que disfrutaría mi mejor amiga si nos viera sentados en esta mesa, con semejantes jarras de cerveza en las manos y en un ambiente por el que pagaría una verdadera fortuna por conocer. ¿Os importa si hago una foto y se la mando?

Los chicos asintieron divertidos y los cuatro juntamos nuestros rostros mientras alzábamos las jarras. A riesgo de que yo terminara derramando la mía sobre alguno de nosotros cuando trataba de pulsar el botón del móvil, Owen se hizo al final con el mismo, alargó el brazo mucho más de lo que yo alcanzaba e hizo un par de fotos en las que cuatro sonrisas se convirtieron en el testimonio directo de lo que, desde el inicio, había prometido convertirse en una gran noche.

No fue hasta pasadas un par de cervezas cuando empecé a ser consciente del rojizo tono que habían alcanzado nuestras mejillas, así como del considerable ascenso de temperatura que había sufrido el interior del establecimiento. La tensión inicial se había desvanecido, y ahora me sentía mucho más cómoda en la compañía de aquellos tres.

Descubrí que se conocían de la universidad, pues, al igual que yo lo había hecho en Málaga, ellos también habían compartido campus e innumerables —y muy divertidas— anécdotas de lo que se suponía que era una fiesta universitaria, de las de verdad. Aquello no tenía nada que ver con las fiestas de los jueves por la noche que imperaban en España. Y cuando digo nada, quiero decir absolutamente nada. Las ocasiones las pintaban solas, y llenar una casa cuyos propietarios se marchaban de fin de semana confiando en el buen comportamiento de su hijo universitario era solo cuestión de un par de horas y miles de estados de Facebook compartidos. Las noticias corrían a una velocidad escandalosa.

Los chicos reían a carcajadas recordando aquellos momentos, y yo me sumé a ellos, contándoles también alguna de las anécdotas que había vivido junto a Adriana, a la que afirmaron querer conocer algún día.

Abstraídos como estábamos con todos aquellos recuerdos que nos robaron más de una carcajada, no nos dimos cuenta de que algo en el ambiente había cambiado hasta que escuchamos un fuerte vocerío que llegaba desde un rincón de la sala. Un grupo de jóvenes se había puesto en pie, luciendo todos ellos las camisetas del equipo de remo de la Universidad de Yale, mientras entonaban a pleno pulmón el himno de la universidad como si les fuera la vida en ello. Cuando terminaron, todos los presentes aplaudimos la actuación entre carcajadas, lo cual todavía les confirió más energía para dar un último grito como los que se dan los equipos justo antes de iniciar un partido. ¿De verdad estaba teniendo la suerte de vivir semejante acontecimiento? Owen tuvo razón desde el primer momento: iba a ser una noche que recordaría durante muchísimo tiempo.

Regresamos al coche cuando debían de ser las dos o tres de la madrugada. No estaba segura, ya que el alcohol se había ocupado de causar fuertes estragos en mi capacidad cognitiva, mermándola hasta dejarla reducida a escombros. Owen, mucho más sereno que yo, conducía en silencio. A esas horas de la noche ya no sentía que existiera entre nosotros la tensión del principio, ni la vergüenza inicial de dos desconocidos que apenas hubieran compartido cuatro palabras. Me sentía desinhibida, resuelta y algo más achispada de lo que era habitual en mí y, por encima de todo, me poseían unas ganas locas de acribillarle con todas esas preguntas que pudieran darme algún tipo de información sobre el chico que tenía a mi lado.

—¿Lo has pasado bien con esos dos? —quiso saber, rompiendo por primera vez el silencio que habíamos mantenido desde que subimos al coche.

—Lo he pasado bien con los tres —puntualicé, sin saber muy bien el motivo de ello.

Owen no hizo ningún gesto de alterarse por el detalle, aunque continuó en silencio durante algunos minutos más hasta que fui yo la que dio el paso.

—¿Qué sucedió con Sophie? —me atreví a preguntar al fin, como si tuviera algún tipo de derecho a realizarle una pregunta tan íntima.

—¿Qué te han contado?

—Nada... Dijeron que Sophie era tu prometida, y también quisieron saber cómo se había tomado lo de que yo viviera con vosotros... Hasta que les dije que, en realidad, vivo en casa de tus padres. Supongo que ya se ocuparon de atar cabos después.

—Sophie es agua pasada. Solo eso.

No quise preguntar nada más, ni siquiera me vi capaz de sacar un nuevo tema de conversación. Todavía sentía el calor de la cerveza y la euforia que, de algún modo, me había poseído. Pero había algo que no me gustaba. Owen parecía tan cerrado, tan hermético... Me moría de ganas de conocer más detalles sobre su vida, sobre su pasado y su historia. Era misterioso y, a pesar de que me hubiera permitido conocer aquella noche una parte de él, divertida y salvaje, había otra de la que no sabía absolutamente nada.

No podía imaginarle prometido. No podía crear una imagen mental en mi cabeza en la que él estuviera con una rodilla en el suelo, sosteniendo, frente a una chica —que, sin duda, debía de ser rubia, despampanante y espectacular—, un anillo con el que le juraría toda su eternidad. Aquello no casaba con él. Y lo peor de todo era que me dolía el hecho de que, a pesar de que no cuadrara con la estampa que me había creado de él..., había sucedido de verdad. Y eso me escocía todavía un poco más.

11

Nace una ilusión...

Ya en la soledad de mi dormitorio, hice algo que hacía mucho tiempo que no me concedía a mí misma. Mi mayor vía de escape había sido siempre el lenguaje, las letras, la literatura en cualquiera de sus vertientes, como últimamente solía repetir. Me recogí el pelo para que no cayera sobre mis ojos y me subí las mangas del pijama. Abrí la mesilla de noche y saqué de su interior una libreta que siempre me acompañaba en cualquiera de mis salidas. Había llenado cientos de ellas con ideas, pensamientos y reflexiones, y todavía las conservaba a buen recaudo. Jamás se me ocurriría tirarlas y sabía que Adriana no se desharía de ellas, pues continuaban entre muchas de las otras pertenencias que se habían quedado en Málaga. Para ciertas cosas todavía estaba muy chapada a la antigua. Reconocerlo era el primer paso. Y escribir era una de ellas.

Tomé uno de mis bolígrafos y jugueteé con él entre los dedos. Se me arremolinaban demasiadas ideas en la cabeza. Tantas que, de hecho, me costaba establecer entre ellas un orden determinado con el que poder escribir la primera palabra. Así pues, como si siguiera alguna clase de ritual, me acomodé en la cama, con el pecho apoyado contra la misma, alcé las piernas y crucé los pies entre ellos. A continuación, cerré los ojos, respiré hondo, los abrí de nuevo y llevé la vista hacia la página en blanco que se erigía vergonzosa frente a mí.

La temida página en blanco. Existían cientos de historias sobre ella. Miles de artículos de escritores que contaban sus experiencias para hacerle frente, para superar una barrera que solo la negación y el miedo podían construir. Un bloqueo capaz de alterarte y de adueñarse de parte de tu cordura, de tus pensamientos e, incluso, de tus deseos. Pero a mí no me había sucedido jamás. Nunca había sentido aquel miedo fruto de una escasez de inspiración.

Yo no me consideraba escritora, nunca lo había hecho. Era filóloga hispánica y correctora profesional, pero no escritora. Pero me encantaba escribir. Adoraba todas las sensaciones que experimentaba cada vez que transcribía en el papel una escena que transcurría de forma nítida en mi mente. Me encantaba sentir el hálito de felicidad que cada coma, cada espacio, cada pausa intencionada producían en la historia de unos personajes para los que siempre tenía un rostro definido. Escribir me transportaba, me eclipsaba, me permitía crecer y creer. Escribir me permitía vivir todas las vidas que el día a día no consentía. Daba rienda suelta a mis pasiones, pero también dejaba aflorar mis propios miedos. Los hacía patentes y me obligaba a superarlos. Tal vez algunos lo considerarían cosa de cobardes, pues esconderse tras un personaje para hacerle frente a algo temido no era precisamente una forma de dar la cara ante las adversidades de la vida, pero no me importaba. Escribir me había curtido. Me había permitido ver diferentes puntos de vista que tal vez a solas no hubiera llegado a materializar frente a mí. Era una forma de vida, una dosis de un elixir que me daba fuerza, que me renovaba por dentro, que me permitía volar.

No. Jamás le había temido a la página en blanco. Yo escribía porque lo necesitaba y solo lo hacía cuando mi cuerpo me lo pedía. Nunca me había obligado a cumplir un reto diario, un número de páginas que alcanzar antes de poder levantarme de la silla. Aquello no iba conmigo. Escribir era una expresión del cuerpo y del alma, nunca un deber. ¿Cómo podía obligar a que se manifestaran los sentimientos a mi antojo y voluntad?

El bolígrafo comenzó a deslizarse por aquel folio teñido de diminutos cuadraditos azules, construyendo una línea tras otra sin apenas dudar en ninguno de los trazos. Era como si funcionara con una fuerza y un conocimientos propios con los que yo no tenía nada que ver.

Desperté entumecida y con las extremidades doloridas. Abrí los ojos con somnolencia, sintiendo que mis pestañas pesaban tanto que tenía que tirar con fuerza de ellas. Una vez logré enfocar la mirada, presté atención a todo lo que había a mi alrededor. Al cabo de unos segundos, recordé que no estaba en mi casa.

Me había pasado la noche soñando con la vida de unos personajes a los que no conocía de nada, pero cuyas vidas me habían marcado a fuego, como si llevara compartiendo muchos años con ellos, un sentimiento extraño a la par que delicioso.

Me encerré en el cuarto de baño y me concedí una ducha reconfortante. Una vez que estuve lista y ya despejada por completo, anduve con una energía renovada hacia la cocina, desde la que me llegaba un intenso aroma a tortitas con sirope que estaban poniendo a prueba la integridad de mi habitual dieta.

—Buenos días, cielo —me saludó la señora Smith con su habitual tono maternal.

—Buenos días, Thelma. ¡Huele de maravilla...!

Puso frente a mí un plato con una montañita de tortitas y sirvió frente a mis ojos un humeante sirope desde una pequeña jarrita de porcelana blanca. Aquel desayuno no tenía nada que ver con lo que yo solía comer en Málaga..., pero fue superior a mis fuerzas. Con el tenedor ya en la mano, corté un trocito y me lo llevé a la boca bajo la expectante mirada de la mujer. Era como hacerse con un pedacito de cielo y degustarlo lentamente mientras todo el universo se reducía a lo que quedaba en el plato.

—Increíble, Thelma. Absolutamente deliciosas. ¡Tiene que darme la receta! —añadí justo antes de llevarme otro pedazo a los labios—. Estoy segura de que a mi amiga Adriana le encantarán.

—Claro. Cuando quieras te enseño a prepararlas.

Continuamos desayunando cuando me di cuenta de que éramos las únicas personas que había en la casa.

—¿Dónde están Owen y el señor Smith? —quise saber, extrañada por tal hecho.

—Owen se ha marchado por temas de trabajo. Creo que ha dicho que no estaría mucho tiempo fuera. Y Anthony ha ido a pescar de madrugada.

—¿A pescar?

Me extrañé nada más escucharlo. Aquello siempre sucedía en las películas. Los hombres, vestidos con oscuros trajes llenos de infinitos bolsillos que jamás llegarían a llenar, se ponían un gorrito del mismo color y, en compañía de otros hombres, se adentraban en las inmediaciones de algún lago recóndito con uno de aquellos jeeps que soportaban toda clase de rutas campestres, mientras se disponían a pasar un día sin más pretensiones que la de sentarse en una silla de tela, lanzar una caña y disfrutar de una buena cerveza sin la presencia de mujeres. Muy varonil todo.

—¿Eso también se hace en España? —quiso saber la mujer ante la mueca divertida que dibujaron mis labios.

—No... En España, los hombres quedan para tomar unas tapas y beber unas cañas. Y si pueden acompañarlo de las carreras de Fórmula Uno el domingo, pues mejor. Pero también los hay que prefieren dar un paseo por la montaña, salir a tomar algo o buscar actividades para hacer con los amigos antes de una buena barbacoa.

—¿Curioso, verdad?

—Sí..., supongo que es sorprendente la capacidad que tiene el ser humano de cambiar y modificar sus conductas en función de la cultura del territorio en el que nace.

—Pues sí...

Continuamos disfrutando del desayuno en la plenitud de nuestra calma interior. Entonces, recordé lo bien que me había sentido la noche anterior y pensé que aquel día tenía que visitar un sitio muy especial.

—¿Sabe dónde puedo encontrar una biblioteca?

—Por supuesto. De hecho, sé dónde puedes encontrar la mejor de las bibliotecas que verás en Nueva York.

—¿De verdad?

Supe que mis ojos irradiaban felicidad y que mi mirada hablaba por sí misma a través de la expresión de Thelma.

—La New York Public Library está muy cerca de aquí. A un par de millas solo. Puedes ir en transporte público o bien andando. No te llevará más de cuarenta minutos, y podrás ver todo Broadway de paso. Te lo recomiendo, si no tienes prisa.

—¡¿La New York Public Library está cerca de aquí?! —repetí el nombre en voz alta como para terminar de creerme lo que me decía—. ¡En absoluto me importa! De hecho, ¡me muero por ver Broadway en directo y por meterme en esa biblioteca!

La señora Smith sonrió ante el comentario, contagiada de mi repentino entusiasmo.

—¿Buscas algo en concreto?

—No... Pero me apetece rodearme de libros, de historias, de otras vidas. —Di un largo trago y terminé el poco zumo que todavía quedaba en mi vaso, después de que Thelma me sonriera, feliz.

Llegué a la biblioteca con la boca todavía abierta a causa de la impresión. Pasear por Broadway había sido una experiencia curiosa. La avenida estaba compuesta por enormes rascacielos de los cuales, desde el suelo, resultaba difícil divisar el final. Estaba lleno de tiendas con carteles luminosos que, de buena mañana, tenían todas las luces apagadas, pero cuyo despliegue de bombillas ya era de por sí alarmante. Descubrí infinitos locales en los que se anunciaban espectáculos y musicales que moría por ver. Era verdaderamente impresionante.

Sin embargo, aquello no terminaba ahí. Llegué a la biblioteca y no pude más que detenerme unos minutos frente a la inmensidad de aquel edificio y recorrerlo con la mirada de punta a punta. Se trataba de un bello edificio neoclásico. Estaba formado por tres plantas, la escalera principal de la entrada era de mármol y contaba con dos leones y dos fuentes. Accedí a ella por el Astor Hall, la inmensa entrada con la que contaba. Por lo que pude averiguar una vez que me encontré en el interior del edificio, la biblioteca contaba con unas veinte salas de lectura, exposiciones e informática. Busqué todos los datos almacenados en mi memoria sobre aquel edificio y recordé que en su catálogo se incluían algunos manuscritos de Shakespeare, una carta de Cristóbal Colón e incluso un borrador de la Declaración de Independencia de los Estados Unidos.

Me dediqué a deambular por aquellos corredores sin poder dar crédito a todo lo que veían mis ojos. Entonces, llegué a la sala principal de lectura, la

Rose Main Reading Room, una impresionante sala en la que se combinaba una enorme colección de libros con la más alta tecnología en informática. La conocía por innumerables películas, pues aquel escenario había sido uno de los recurrentes en la historia del cine. Fue entonces cuando me vinieron a la cabeza una escena de los *Cazafantasmas* y otra de *Sexo en Nueva York*.

Se trataba de un salón decorado con ostentosas lámparas y lleno de mesas de roble donde podías conectar tu portátil o sentarte a ojear algún libro. Y eso era precisamente lo que quería yo aquel día: libros. Libros, libros y más libros. Quería empaparme de ellos, respirar su aroma, deslizar los dedos por sus lomos, aquellos en los que había estampados los nombres de todos esos autores que tanto admiraba y los de aquellos otros que ansiaba conocer.

No era consciente de cuánto tiempo llevaba perdida en la inmensidad de aquellos estantes, ni tampoco de la sala en la que me encontraba, cuando mis ojos toparon de golpe con un ejemplar que llamó mi atención. Fue como si, a pesar del lomo marrón oscurecido y envejecido, llevara un cartel luminoso con una flecha y mi nombre escrito en ella. Me acerqué tanto como pude y lo leí una vez más antes de confirmar que estaba en lo correcto: Jeanne-Marie Leprince de Beaumont. Lo cogí con suma delicadeza, como si de una reliquia se tratara, y lo miré con detenimiento y adoración a la vez. *La Bella y la Bestia*. Sin duda, la edición no era la original, pero era un verdadero tesoro.

Adoraba todo lo relacionado con los cuentos y había crecido rodeada de Disney y de sus maravillosas historias. En numerosas ocasiones, había buscado en la literatura el origen de muchas de ellas, contrastando así las versiones con los clásicos y permitiéndome disfrutar de la magia de la imaginación. En el caso de *La Bella y la Bestia*, a pesar de que se había atribuido su origen a diferentes cuentos y autores, la que más peso había tenido en las últimas versiones era la historia de Beaumont.

Encontré una mesa vacía en uno de los rincones y colgué el bolso en la silla antes de embarcarme en aquel viaje. La historia narraba la vida de un mercader que tenía tres hijas. Dos de ellas eran caprichosas y presuntuosas y, a pesar de tener muchos pretendientes, se deshacían de todos ellos de ma-

los modos al no ver cumplidas sus pretensiones económicas. Bella —la tercera hija—, sin embargo, era todo lo contrario a ellas...

Acababa de terminar la lectura cuando noté que alguien posaba una mano
sobre mi hombro con delicadeza. Aquello me sobresaltó, pues solía ausentarme del mundo cuando me enfrascaba en una nueva lectura, por breve
que esta fuera.

—Señorita, tenemos que cerrar —me dijo uno de los trabajadores de la
planta.

—Ah..., de acuerdo. ¿Mañana está abierto?

—Solo de una a cinco de la tarde.

—Perfecto. Aquí estaré pues.

12

—Buenos días —saludó cordial la voz de Owen.

Se acercó a su madre y le dio un tierno beso en la mejilla. Aquel gesto tan normal, sin embargo, me sorprendió en él. Apenas le conocía, pero Owen solía mantener un halo de reserva y distancia. Su madre recibió gustosa la muestra de cariño y se afanó en dejar sobre la mesa lo que faltaba para completar el *brunch* del domingo.

Llevaba una hora junto a ella en la cocina y toda yo olía a delicioso beicon con maíz, almizclado con el inconfundible aroma de las tortitas francesas, el pan tostado y la mantequilla. Me brotaba colesterol desde el interior, aunque Thelma había tenido el detalle de prepararme alguna cosa que no proviniera de origen animal. Aquel día tenía tostadas con pepinillos, tomate y queso —tras afirmarle repetidas veces que lo único que evitaba en la medida de lo posible era la carne, no los derivados lácteos— y una gran variedad de mermeladas. Una mezcla de sabores cuando menos disparatada, aunque ocurrente.

El señor Smith se unió a nosotros después de Owen. Parecía feliz y descansado tras su escapada. Por lo visto, habían conseguido sacar un pez de unos cinco kilos —toda una hazaña, según ellos— que luego devolvieron al lago tras la foto de rigor. Yo no compartía mucho ese tipo de prácticas ni tampoco las comprendía, pero no me atreví a cuestionar sus hábitos. Apenas llevaba una semana con ellos y no pretendía ponerme en su contra a la primera de cambio.

—¿Te gustó la biblioteca? —añadió Thelma tras tomar asiento la última.

Como si aquel hubiera sido el pistoletazo de salida, dimos comienzo al desayuno-comida y cada uno de nosotros se lanzó a por una cosa distinta.

Las tostadas sabían deliciosas, y la mezcla de aromas de la mesa lograría abrirle el apetito a cualquiera.

—Es realmente impresionante... Mucho más de lo que imaginaba.

—¿Habláis de la biblioteca pública? —preguntó Owen con cierto asombro.

—Sí. Ayer fui a pasar un rato... Aunque al final me dieron las seis de la tarde sin darme apenas cuenta —añadí con cierta timidez en la voz—. Hoy tengo intención de regresar.

—¿Puedo acompañarte?

Alcé la vista con sorpresa, sin haber esperado una pregunta así por su parte. Pero no podía impedírselo.

—Claro. ¿Tienes trabajo?

—No. Tengo el día libre —añadió antes de llevarse un trozo de tostada con mantequilla a la boca.

A lo largo de mi vida había conocido muchísimos hombres, pero muy pocos habían mostrado su pasión por los libros, menos los que había conocido gracias a la carrera de Filología. Sin embargo, Owen no tenía nada que ver con ellos. A pesar de que pudiera parecer un tópico, cuando Adriana y yo queríamos conocer a chicos atractivos, no los buscábamos en mi facultad, sino que nos acercábamos a la de Ingeniería o bien a la de Económicas. De algún modo, Owen era una mezcla de todo aquello. Si bien no era uno de aquellos modelos dignos de portada para *Men's Health*, poseía un encanto innato y eléctrico. Además, su mirada, enigmática e infranqueable, suponía todo un reto para cualquiera que osara sostenerla, lo cual todavía enardecía más su belleza, tan distinta y peculiar. Fue algo rápido e indoloro, pero pude sentir a la perfección un aleteo tímido y precavido en el interior de mi estómago justo cuando su mirada se topó con la mía, desafiándola con una sonrisa que tan solo yo parecía poder ver.

Seguíamos nuestros pasos el uno al lado del otro por la gran avenida. A pesar de haber pasado tan solo veinticuatro horas desde que había paseado por ahí, volví a sentirme igual de maravillada que lo había hecho el día anterior.

—¿Pudiste verla de noche? —preguntó Owen al darse cuenta de la perplejidad de mi rostro.

—¿La avenida? No... Cuando salí de la biblioteca todavía era de día... y tomé otro camino.

—¿Te perdiste? —añadió divertido.

—No... —contesté sintiendo el azoramiento de mi rostro—. Bueno, vale, sí. Me perdí. Justo en el mismo momento en el que recordaba cuando mi madre me decía que caminara mirando por dónde pisaba. Ya veo que lo hacía por algo... ¡Estos edificios son alucinantes!

—Son verdaderos gigantes. Es como una especie de amenaza al cielo. Como si pretendiéramos plantarle cara y demostrarle todo lo que somos capaces de hacer. ¿Verdad?

Le lancé una mirada curiosa. Era una reflexión que ni siquiera me había planteado. Yo veía edificios enormes donde él veía horas de planos, estudios y desafíos. Me di cuenta de lo distintos que éramos en realidad y, por el contrario, de lo fácil que me resultaba estar a su lado. Sin embargo, comenzaba a hacerme una idea sobre él o, al menos, eso creía. Owen parecía analítico y perspicaz; en cambio, yo era soñadora y creativa. Dos puntos distantes, pero que el destino había querido que confluyeran en un mismo plano. Me agradaba su forma de ver las cosas.

Algo captó mi atención y di un saltito de júbilo que rápidamente aplaqué por vergüenza. Sentía el tono carmín de mis mejillas mientras trataba de disimularlo, intentando que no pensara que todavía no era más que una niña atrapada en un cuerpo de mujer.

—¿No sabías que existía el musical del *Rey León*? —preguntó entonces leyéndome la mente con precisión. Su voz ronroneó en mis oídos, como un rugido tímido y hechizante.

—¡Claro que lo sabía! ¿Cómo no iba a saberlo? En Madrid hace años que lo tienen en marcha, pero no he podido ir nunca —dije, tratando de rebajar el tono para que no se notaran mis ganas de poder asistir a una de sus funciones—. Adriana y yo intentamos organizar una escapada en incontables ocasiones —añadí, ahora con la imagen de mi amiga en la mente y un tono de confesión muy distinto al anterior—, pero nos salía muy caro, porque, además de las entradas, teníamos que pagar el viaje desde Málaga al centro de la capital... Tal vez me acerque alguna tarde de estas, ahora que lo tengo tan cerca. Aunque no será lo mismo sin ella.

El comentario quedó en el aire. Owen no contestó y continuó con la mirada perdida en el horizonte de la imponente avenida. Caminaba con ambas manos metidas en los bolsillos, con tranquilidad. Se notaba que no tenía prisa, una cualidad que pocas personas poseen. Nos hemos acostumbrado a vivir al límite cada día, como si este fuera el último, algo que todavía se ve más en las grandes ciudades. Como si no contáramos con las horas suficientes para cumplir con todas las tareas que la vida se afana en poner a nuestro paso. Cada vez son menos las personas capaces de disfrutar del tiempo libre, de saborear cada instante, de tomar aire, expirar y sentir que con eso ya era suficiente. Owen, sin embargo, parecía poseer una calma singular. No se movía con prisa, no parecía nervioso, como si poseyera la virtuosa habilidad de dejar la mente en blanco. Le miré de reojo y contemplé su perfil. Era delicado y estético, harmonioso en su conjunto. Me sacaba poco más de una cabeza de altura. Aquel día había optado por un jersey azul marino de cuello cruzado y unos vaqueros de un tono más claro, un poco anchos y de corte recto. Completaba el atuendo con unas botas en tono camel, que le conferían un *look* informal y masculino a la vez.

Giró la cabeza en mi dirección y nuestras miradas se encontraron en un limbo en el que nunca había estado. Tardé en reaccionar. Tanto que, cuando fui consciente de ello, ya era demasiado tarde. El fuego alcanzaba mi rostro como lo haría al asomarme al cráter de un volcán. Sentí el calor en la punta de las orejas y de la nariz mientras trataba de evitar que pudiera descubrir mi sonrisa nerviosa. Me afané en recuperar el ritmo habitual de mi respiración e intenté dejar de pensar en la inapropiada reacción.

Llegamos a la puerta de la biblioteca y volví a emocionarme al verla. Tal vez acabaría acostumbrándome y haciéndome mía la ciudad, aunque, por el momento, quería continuar deleitándome con todas esas sensaciones que me abordaban.

—Eres una mujer curiosa —dijo Owen mientras ascendíamos por aquellos escalones de mármol.

Su afirmación me hizo dudar. Ya había descubierto que él podía decir las cosas sin que se alterara ninguno de sus músculos faciales, por lo que descubrir el tono de las mismas se convertía en ocasiones en una tarea ardua y difícil. Pero no me lo tomé a malas. Quise pensar que más bien se trataba de alguna clase de cumplido encubierto por su parte. Sin embargo, no me pude contener.

—Y tú un hombre indescifrable.

Creo que mi respuesta también le cogió desprevenido. Me miró de reojo justo antes de mostrar un amago de sonrisa, una mueca extraña en la que curvaba sus labios hacia arriba, provocando que su hoyuelo alcanzara mayor profundidad. Sentí un pequeño escalofrío placentero y desvié la mirada para que no se diera cuenta de mi reacción.

Lo que yo decía... Indescifrable.

—¿Adónde quieres ir? —me preguntó ya en el interior del Astor Hall.

—No sé cómo se llama la sala en la que estuve... Pero puedo tratar de trazar de nuevo el mismo camino que seguí ayer.

—Adelante. Te sigo.

Hizo un ademán con la mano invitándome a tomar las riendas y a guiar el recorrido. Nuestros pasos se tornaron silenciosos, mimetizándose a la perfección con el silencio que dominaba en el lugar. Le sentía cerca de mí mientras me permitía el placer de evadirme de nuevo entre el cúmulo de sensaciones que la estancia era capaz de provocar en mí.

Llegamos al fin a la sala en cuestión y busqué entre los estantes en los que encontré el cuento que había leído la tarde anterior. Continuaba en su sitio, a la espera de que mis dedos volvieran a acariciarlo. Pero esta vez seguí mirando hasta encontrar otra versión de la misma historia, una edición distinta a la que ya había leído.

—¿*La Bella y la Bestia*? —preguntó asomando la cabeza por detrás de mis hombros.

Sentí su aliento rozando mi piel, que se erizó al instante a causa de la impresión. Olía dulce, como un humeante vaso de leche mezclado con esencia de vainilla y canela. Me noqueó durante unos segundos, en los que mi mente se negó a reaccionar.

—Sí —me obligué a responder al fin, no sin grandes esfuerzos—. Es uno de los cuentos originales en los que se han basado algunas de las versiones que hoy en día conocemos sobre la historia.

—¿Es la versión de Madame de Villeneuve o la de Beaumont?

Alcé la mirada y busqué sus ojos para descubrir si se estaba quedando conmigo de algún modo. Sin embargo, su expresión era sincera y expectante, mientras esperaba mi respuesta. Sentí un ligero cosquilleo en el fondo de mi estómago, indescifrable e inquieto.

—¿Las conoces? —dije al fin.

—Sí.

Con el libro aferrado contra el pecho, anduve con lentitud hacia una de las mesas que estaba vacía con Owen a mis espaldas, siguiendo el ritmo pausado de mis pasos. Me concentré para no tropezarme pues, de repente, parecía que mis piernas hubieran empezado a perder fuerza. Su mirada seguía clavada en mi mente, como si ya no pudiera apartar esa imagen de mí, y de nuevo volví a sentir ese extraño cosquilleo, solo que esta vez le tenía de espaldas y no pudo ver la sonrisa bobalicona que mis labios mostraron sin yo ser consciente de ello. Esperó a que me sentara en una de las sillas que había junto a una de las enormes mesas de roble y se apoyó en ella con ambas manos, mucho más cerca de mí. Su fragancia me envolvió una vez más, pero esta vez lo hizo de forma cómoda. Empezaba a acostumbrarme a ella, y el mero hecho de que así fuera me hizo sentirme bien..., como en casa.

—Voy a dar un paseo. Te veo en un rato.

Sin esperar mi respuesta, desapareció entre los estantes, dejándome a solas con aquel ejemplar entre las manos. Antes de que mi mente comenzara a elucubrar sus propias teorías al respecto de su repentina huida y lo que esta suponía para mí, abrí aquella otra edición y me dispuse a echarle un vistazo.

—¿Cómo puedes leer tan deprisa?

La voz de Owen me sobresaltó.

—¿Cómo dices? —pregunté sin comprender.

—Llevo unos minutos observándote. Es imposible que pases las páginas a tal velocidad y, al mismo tiempo, te enteres de algo.

Me sentí turbada por su confesión. No por lo de leer deprisa —pues aquello me pareció un verdadero halago—, sino por el hecho de saber que había estado siendo observada sin darme cuenta.

—Pensaba que tenías cosas más importantes que hacer que espiarme... —añadí un poco como reproche, sin poder borrar en realidad una media sonrisa.

—Soy periodista, mi única finalidad en la vida es observar y analizar.

—¿Ah, sí?

—Claro.

Se sentó en la silla que había justo a mi lado y se echó hacia atrás, acomodándose en el respaldo antes de cruzar los brazos sobre el pecho en una pose dotada de cierto aire casual. Giré mi cuerpo en su dirección, sin apartar la mano de la página en la que me había detenido. Tenía una expresión curiosa, misteriosa me atrevería a decir.

—¿Lo has terminado ya? —volvió a preguntar entonces, ante mi silencio.

—No.

—Pues deberíamos irnos.

—Todavía no es la hora.

—No he dicho que vayan a cerrar.

Lo miré con recelo y busqué algún tipo de explicación en su rostro. Por un momento, su enigmática sonrisa me hizo dudar. Su gesto resultaba todo un misterio que invitaba a indagar en él y hallar una respuesta. No quería ceder, por lo menos no tan fácilmente. Pero Owen tenía algo que, desde el primer día, me llamaba; de algún modo despertaba a una criatura ávida de nuevas sensaciones que habitaba en mi interior y cuya existencia desconocía hasta aquel momento. Me encantaba aquel cosquilleo nervioso que solo produce lo nuevo, y hacía demasiados años que esa parte de mí había caído en algún lugar del que no había sabido rescatarla. Sin embargo, a Owen le habían bastado un par de palabras para hacerlo... y me daba miedo acostumbrarme a esa sensación.

—Pero...

—Si quieres, yo te cuento el final —sentenció al fin.

No entendía a qué venía todo aquello ni por qué lo hacía. Conocía el final de la historia, por supuesto, pero lo cierto era que Owen me intrigaba, y quería descubrir su visión del mismo.

Cerré el libro sin añadir nada más. Pasó la lengua por sus dientes, bajo los labios, y su gesto me resultó todavía más atractivo. Aquel día me había pillado con la guardia baja y me sentía dispuesta a jugar a lo que fuera que estuviera jugando conmigo. Entonces, se puso en pie de un salto y yo le imité. Era como Alicia siguiendo al conejo blanco en busca de la entrada de su madriguera.

Dejé el ejemplar en uno de los carritos que había para las devoluciones. Sentía el bombeo de la sangre por mis venas mientras percibía la adrenalina de lo incierto, la magia de las primeras veces. Todas aquellas impresiones que solo se producen cuando ciertos elementos convergen en un mismo momento y en un mismo lugar. Cogí aire, me giré hacia él, que, divertido por aquello, puso su brazo en jarra invitándome a sujetarme y caminar a su lado. Aquel sencillo gesto me desconcertó todavía más si cabía, pero acepté sin cuestionar la naturaleza del mismo. Pasé la mano por el hueco de su brazo mientras contenía un impulso repentino de sonreír de forma pueril. Sentía mi estómago contrayéndose con fuerza, regalándome un par de sacudidas que me hubiera gustado contener cuando el calor de su piel, incluso bajo la tela del jersey, llegó a la mía. No sé si llegó a ser consciente de ello, pues su rostro se mantenía impertérrito con la misma sonrisa enigmática que antes. Jamás me había sucedido nada parecido ante un gesto tan sencillo. Me estremecí nada más sentir sus ojos clavados en mí, y juré que todas las estúpidas mariposas de mi estómago y yo mantendríamos una charla larga y tendida al llegar a casa.

—¿Y bien? —me atreví a preguntar después de aguardar inmóviles unos instantes en las amplias escaleras de mármol mientras nuestros ojos se acostumbraban al cambio de iluminación.

—Y bien... ¿qué? —contestó, rompiendo con ello todos mis esquemas mentales.

—¿No me has dicho que deberíamos marcharnos? —dudé—. Pensé que tendrías algún plan en mente... O tal vez un motivo suficiente como para hacerme salir de ahí dentro.

Sus ojos me pedían que aguardara, pues parecía estar a punto de darme una gran noticia; sin embargo, sus palabras me desconcertaban, y yo no era precisamente una persona que disfrutara con la incertidumbre y las sorpresas.

—Cualquier excusa es buena para montar un plan único, diferente y, lo mejor de todo, improvisado.

Le miré y contemplé su rostro con perplejidad y diversión a la vez. Fue entonces cuando me di cuenta de que ya no quedaba apenas nada de mi antiguo yo en mi propio cuerpo. La Haley que ahora me poseía quería jugar, divertirse y, por encima de todas las cosas, descubrir qué le pasaba por la mente a aquel chico que tenía frente a ella y que mantenía una pose de fingida indiferencia mientras aguardaba una reacción por mi parte que estuviera a la altura de su tentación.

—No entiendo nada, Owen —dije al fin, como respuesta al fuerte pulso que mantenían mis emociones. Mis piernas volvían a parecer gelatina mientras su sonrisa se ampliaba, todavía más juguetona y enigmática.

—No tienes por qué entenderlo. Dejémonos llevar.

Juro solemnemente que aquel chico me aturullaba un poco más en cada ocasión que despegaba los labios y se atrevía a decir algo. Sin embargo, a pesar de que Owen se me antojaba cerrado e ininteligible, había algo en todo aquel anillo de oscuridad que le rodeaba que, lejos de darme miedo, me atraía igual que el polen a las abejas. Quería conocerle más, ansiaba descubrir qué clase de persona era, cuáles eran sus motivaciones, sus gustos, sus canciones favoritas... Cualquier cosa que me revelara un poco más sobre su carácter. Owen era para mí la manifestación física de un símbolo interrogante gigante.

—De acuerdo —le reté.

Iniciamos el paso el uno al lado del otro, siendo él quien guiaba la dirección de los mismos. Caminaba con las manos en los bolsillos y yo, curiosa y divertida, imité su gesto. Estaba segura de que desde fuera conformábamos una escena digna de ver. La brisa fresca nos golpeaba el rostro con suavidad, moviendo en el aire los mechones de mi pelo, haciendo que estos ondearan tras de mí con cierta elegancia.

—¿Quieres que te lo cuente entonces? —preguntó, trastornándome de nuevo.

—No lo sé —contesté, juguetona—. ¿Acaba bien?

Aunque no me hacía falta su explicación para saberlo, seguía queriendo conocer su punto de vista.

—¿Qué es para ti bien?

—Pues lo mismo que para el resto del mundo, supongo. Un final que no haga que desee tirarme de los pelos y luego arrancarle la cabeza a alguno de los personajes.

Me miró con una media sonrisa, como si tratara de descubrir si esta vez era yo la que le estaba tomando el pelo o, efectivamente, no conocía el final de la historia.

—Vaya... No te imaginaba tan agresiva. —Rio, y esta vez el sonido de su risa fue real... y precioso.

—No soy agresiva. Soy... emocional —respondí siguiéndole el juego, con la inocente idea de que, con ello, quizá volviera a hacerle reír del modo que acababa de hacerlo.

—¿De las que suspiran en voz alta cuando el príncipe se declara, rodilla en el suelo, ante su amada princesa?

Su comentario, evidentemente jocoso, no logró herirme en absoluto. Lejos de ello, me reafirmé en mí misma, en mi carácter y en mi manera de vivir la literatura. Sí. Me emocionaba y suspiraba mientras leía, e incluso me había llegado a reír a carcajadas sin ser consciente de que la gente que había a mi alrededor me miraba sin comprender, como si estuviera loca. Y no me avergonzaba reconocerlo.

—De las que aman si el protagonista ama. O de las que lloran si la historia duele hasta desgarrarte. ¿Algún problema?

Owen no desvió la mirada que mantenía puesta en el suelo, en el lugar donde iban pisando sus pies. Sin embargo, no me pasó en absoluto desapercibido su gesto de admiración ante mi respuesta. Fue apenas imperceptible, pero no se me escapó. Y fue casi mejor que su sonrisa. Solo casi.

—Acaba bien, entonces. Con muchos besos y estrellitas de colores alrededor de los protagonistas.

Sin poder evitarlo, y sin ser consciente de que mi cerebro hubiera mandado esa orden, le di un manotazo en el brazo, suave, que él recibió con diversión. Reparé en la confianza de aquel gesto y, sobre todo, en el tono que habían ido adquiriendo nuestras conversaciones con el paso de los días. ¡Días! Empezaba a sentirme realmente cómoda en su compañía, un sentimiento que estaba segura de que ambos compartíamos. A pesar de la vergüenza y la timidez iniciales, que todavía se interponían a ratos entre nosotros, estábamos consiguiendo soltarnos cada vez más.

—¿Bestia se vuelve príncipe? —dije entonces, retomando de nuevo el tema que nos ocupaba. Su siguiente respuesta sería crucial para saber un poquito más de él... aunque fuera gracias a su forma de ver y entender un simple y clásico cuento.

—Bestia siempre será lo que es..., una bestia. Es Bella la que al fin le ama a pesar y por encima de ello, y por eso lo ve como un príncipe.

—Eso no es cierto —masculló, medio convencida de ello.

—¿Tú crees? —Su constante incertidumbre me abrumaba.

—No lo creo, ¡es así! —continué, siguiendo aquella conversación que cada vez me gustaba más.

—Disney te tiene el seso absorbido —afirmó, llevándose el dedo índice hacia la sien antes de dar un par de toquecitos en esa zona—. ¿Nunca has pensado en el mensaje que se esconde tras la historia? Se convierte en príncipe, simplemente, para que los niños entiendan que la belleza está en el interior. Pero Bestia tiene una naturaleza salvaje y es Bella la que termina enamorándose de él, sin importarle su aspecto ni lo que piensen los demás. El amor puro no tiene rostro, Haley. No tiene cara. Para ti, el aspecto de tu príncipe será uno y para otra mujer, será otro. Porque cada uno de nosotros vemos la belleza en algo diferente. —Le escuchaba sin perder detalle de una sola de sus palabras—. ¿Acaso no te has preguntado nunca cómo alguna de tus amigas podía acostarse con algún tipo al que no le vieras nada especial? Y no me mientas, que eso lo hacéis todas.

Aquella confesión me sacó una sonrisa. Tenía razón. Claro que lo había pensado. Pero eran los ligues de Adriana, la que se acostaba con ellos era ella solita. ¿Qué más me daba a mí con quién lo hiciera?

—Pues esas «bestias» —añadió con un nuevo gesto de comillas con los dedos— también se convirtieron en príncipes... aunque nunca cambiaran de aspecto.

De pronto, sus pies se detuvieron y yo, que todavía andaba perdida en la moraleja, reparé por primera vez que habíamos regresado a Broadway. Owen se había parado ante un gran cartel que logró acaparar toda mi atención.

—¿Crees que ha llegado ya esa ocasión que esperabas? —dijo sin dejar de observarme, señalándome con la cabeza hacia el teatro que quedaba a sus espaldas y que yo veía de frente.

Miré hacia el mismo y luego volví la vista hacia su rostro, para luego repetir el gesto de nuevo. Y después, una vez más. Estaba que no cabía en mí de la emoción mientras trataba de procesar si lo que estaba pensando era justamente lo que me estaba proponiendo, pues, de lo contrario, hubiera resultado una broma de muy mal gusto por su parte. No obstante, su sonrisa fue la encargada de confirmar todas mis sospechas y, mientras lo hacía, algo muy potente despertó en mi interior, para luego esparcirse por todas mis terminaciones nerviosas.

—¡¿Quieres ir a ver el musical del *Rey León*?! —pregunté en un tono de voz aguda e infantil impropio de mí, sin poder disimular el brillo de mis ojos y el repentino baile saltarín de mis pies.

—No veo por qué no... Las críticas son excepcionales y lo tenemos al lado. ¿Acaso tienes algún plan mejor? —Hizo una pausa significativa antes de continuar—. Curiosamente, me sobran dos entradas.

Ni siquiera fui consciente de que le estaba abrazando. Sencillamente, lo hice. Mis brazos se enrollaron alrededor de su figura y lo acogieron con fuerza y sin reparos, como si de algún modo encajaran, o como si hubieran crecido los centímetros exactos para rodearle. Su pecho, que ahora latía junto a mi oído, parecía tener el hueco ideal para mi cabeza, que se negaba a desprenderse de la dureza de aquel torso al que tocaba por primera vez. Sin embargo, cuando fui consciente de lo que realmente hacía, me desprendí de su contacto tan rápido como le había abrazado, sintiéndome abrumada al pensar en la insensatez de haber traspasado los límites tan pronto.

—Lo siento... —añadí sonrojada.

No pareció importarle, al contrario, parecía feliz con mi respuesta, tan natural e imprevisible.

—Todavía falta una hora...

—¿Por qué hemos salido tan pronto de la biblioteca entonces?

—Porque pensé que me resultaría mucho más difícil convencerte... —De nuevo creí ver aquella sonrisa que, por un momento, aparcó todo lo demás—. ¿Te apetece que tomemos algo mientras esperamos?

—De acuerdo... —dije sin poder contener el júbilo—. Pero esta vez invito yo.

Asintió feliz e inició el paso a mi lado, mientras yo tenía la sensación de que algo comenzaba a deshacerse en mi interior. Bajaba la guardia y mis barreras comenzaban a alzarse, permitiendo el paso de sensaciones que antes no conocía y que en ese momento comenzaban a resultarme increíblemente irresistibles. Miré hacia mi izquierda, donde él caminaba apacible, y sonreí una vez más, agradecida del paso que había dado, consciente de que empezaba a ser muy probable que no llegara a arrepentirme de haberlo dejado todo atrás.

Todo.

13

Las últimas semanas de octubre y todas las de noviembre se difuminaron frente a mis ojos sin concederme la posibilidad de prestarles demasiada atención. Había cosas que no podía cambiar y mi entrega por el trabajo era la principal de ellas. Sin embargo, a pesar de dedicarle el máximo de mis esfuerzos, había empezado a concederme la posibilidad de soltarme un poco y dejarme llevar, la mayoría de veces en compañía de Owen, que se había convertido en un elemento habitual de mi rutina diaria, y ahora, pasadas unas semanas y sin que él fuera consciente de ello, yo esperaba con ganas que llegara ese momento de la noche en el que se colaba en mi habitación, normalmente tras llamar un par de veces, y me acompañaba con la serie de turno. De hecho, gracias a él había descubierto dos en concreto que me tenían fascinada, aunque me negaba a reconocerlo, evitando así darle motivos para que se regodeara con un molesto «te lo dije». Aquella batalla, por ahora, la tenía ganada. Era consciente de que no era un plan increíble, original ni destacable, pero con el paso de los días su compañía se había vuelto una constante con la que me sentía cómoda. Aguardaba inquieta, incluso comenzaba a ponerme nerviosa cuando pasaban las horas y veía que llegaba tarde... temiendo que quizá esa noche encontrara un plan mejor. Y ese pensamiento había empezado a asustarme, ya no solo por el hecho de que temía la dirección de mis propios sentimientos, sino por la simple idea de pensar que, seguramente, ese «plan mejor» acabaría llegando... Eso me agitaba el pulso y la respiración, y yo no estaba acostumbrada a que nadie despertara en mí semejantes sacudidas.

Era sábado y desperté con la sensación de tenerlo todo hecho, como si no hubieran elementos pendientes en mi vida. Me dediqué a perder algunos minutos jugueteando con el teléfono móvil entre los dedos mientras mis ojos se acostumbraban a los rayos de luz que se colaban por la persiana, presagiando uno de aquellos días soleados tan típicos de finales de otoño. Cuando me di cuenta de que llevaba así más de una hora, decidí poner fin a aquel improvisado deseo de procrastinar que me había poseído y que tan poco casaba conmigo.

Me puse en pie y deambulé hacia el armario. Al pasar frente al espejo, me giré por instinto a contemplar mi reflejo. Mi piel lucía tersa y radiante, como si empezara a acostumbrarse al clima neoyorkino. Tenía el pelo revuelto y las mejillas sonrosadas. Me sonreí y lo recogí con los dedos en un gesto natural, buscando de qué manera me sentaban mejor aquellos rizos espesos y frondosos que la naturaleza me había dado en un fastuoso intento de intensificar el ritmo de mis mañanas. Era curioso lo fácil que resultaba recogerlo con elegancia cuando iba despeinada y lo complicado que llegaba a ser cuando realmente más lo necesitaba. Me miré con detenimiento y me sentí bonita. Era uno de aquellos días en los que te sientes bien contigo misma, radiante y exuberante, tanto que podrías llegar a comerte el mundo. Cogí el iPod que había sobre el tocador y me puse los cascos antes de dejarme llevar por la música, que salía a través de ellos a un volumen tan alto que logré que desapareciera todo a mi alrededor. Bailé frente al espejo y me divertí con todas esas payasadas que, en otra vida, solía compartir con Adriana. De hecho, tal fue mi abstracción que ni siquiera reparé en la inoportuna presencia de Owen, que me observaba con una mueca divertida desde el umbral de la puerta con el cesto de la colada entre las manos. La visión me paralizó en seco.

—Oh, vamos... No pares, ¡por favor! —suplicó sin poder dejar de reír.

Le dediqué una mirada furibunda que quedó camuflada tras una sonrisa. Me había pillado y, en realidad, me importaba más bien poco, aunque mis pulsaciones no opinaran lo mismo.

—¿Sabes? Para llamar a la puerta solo debes llevar los nudillos hacia la hoja de madera y dar dos o tres golpecitos sobre ella. Te lo enseñan en el parvulario, y te aseguro que no resulta muy difícil.

Me saqué los auriculares y volví a dejarlos sobre el tocador, antes de pasarme una mano por el pelo y recomponerlo hasta dejarlo mínimamente presentable.

—Lo he hecho... Pero no contestabas y me he visto en la obligación de entrar para comprobar que no te había pasado nada malo. Era mera... preocupación —contestó con una sonrisa descarada que removió lo poco que todavía quedaba dormido en mi interior mientras me repasaba de arriba abajo.

Fui consciente por primera vez de la poca ropa que llevaba puesta. Había dejado para lavar mi pijama favorito el día anterior, y por la noche llegué tan cansada que me desvestí y me puse por encima una camiseta ancha que tenía en uno de los cajones, y que en ese momento traté de alargar con las manos para esconder lo poco que ya pudiera quedarle por ver.

—¿Qué quieres a estas horas? Sueles estar durmiendo los sábados por la mañana.

—Te traía la ropa limpia.

—¡¿Cómo?! —Me acerqué a él y le arrebaté de las manos el cesto de mimbre con toda mi ropa doblada con mimo y decoro por las inconfundibles manos de Thelma, mientras un aroma a lavanda fresca y jabón me llegaba desde la misma—. Le dije a tu madre que no era necesario... Puedo ocuparme de mis cosas, no quiero ser una carga para ella.

—No lo eres. Es así. No le arrebates una de sus mayores alegrías —continuó sin moverse de donde estaba apoyado mientras observaba con atención cómo yo dejaba el cesto sobre el escritorio para ordenarlo más tarde.

Me turbé cuando, al girarme, me di cuenta de que sus ojos habían recorrido mis piernas de un modo disimulado que solo llegué a intuir.

—No creo que su felicidad dependa de lavar mi ropa —masculle tratando de desviar su atención.

—Yo no he dicho eso.

Hizo un rápido movimiento y se encaminó hacia mi cama, completamente deshecha, ocupando el que, por derecho, ya consideraba que era su sitio, y lo hizo esta vez sin mirarme directamente de un modo que pudiera incomodarme, pues, a pesar de todo, yo continuaba apenas sin ropa.

—Ella es feliz cuidando de sus polluelos y, te guste o no, te has convertido en su cisne preciado. No te lo he contado nunca, pero sé que mi madre deseaba que fuera una niña —continuó con la misma diversión reflejada en el rostro.

Me di cuenta de que acababa de salir de la ducha cuando, al pasar por mi lado antes de sentarse en la cama, dejó una estela del perfume que siempre le acompañaba. Hugo Boss, según mis pesquisas —y el frasco que había en uno de los estantes del baño—. Reaccioné al instante, pero pude detener mis instintos antes de que se me ocurriera cometer cualquier estupidez por su culpa. No me reconocía. No conocía a la Haley que reaccionaba de un modo tan visceral frente a un estímulo tan natural como era la fragancia de un hombre. Sin que se notara demasiado, me fijé en su pelo, todavía húmedo, y sentí un leve aleteo en el estómago. Seguramente tendría hambre, me afané en autoengañarme para no continuar con la treta en la que Owen me estaba haciendo caer, seguramente sin ser consciente de ello.

—Hubieras sido una niña muy alta —continué con sus suposiciones, desviando así la atención del único punto al que en realidad me apetecía llevarla.

—Tienes razón. Las prefiero más bajitas —respondió con una desfachatez a la que no estaba acostumbrada en él. Me giré y busqué sus ojos con el gesto sorprendido, a lo que respondió sosteniéndome la mirada, logrando que se me secara la garganta sin saber muy bien el porqué.

—Vamos, vístete —dijo, rompiendo el extraño silencio que se había interpuesto entre los dos—. Vayamos a pasar el día fuera.

Sentí su afirmación como una orden a la que no se me pasaría por la cabeza desobedecer y traté de buscar una explicación a aquel comportamiento tan impropio en mí. No solía responder bien a los estrictos mandatos de los demás, quizá por eso siempre había preferido trabajar por mi cuenta. Sin embargo, desde mi llegada a Nueva York, habían cambiado demasiadas cosas y supuse que incluso yo estaba haciéndolo también.

—¿Y si tenía otros planes en mente?

—¿Los tenías? —Me desafió con aquella sonrisa capaz de desarmar a un ejército y que no sabía por qué me gustaba tanto provocar desde la primera vez que la descubrí.

—Quizá —lo reté. Me encaminé hacia el armario y busqué alguna prenda que fuera acorde a su sencilla y casual forma de vestir. No sabía adónde pretendía llevarme y, aunque me lo estuviera pasando bien desconcertándolo, lo cierto es que me moría de ganas de acompañarle.

Esas últimas semanas habían servido para unirnos mucho más. Me sentía bien a su lado, y tenía la impresión de que podía hablar de todo con él.

Resultaba divertido y a la vez estimulante, pues en la mayoría de ocasiones las conversaciones se convertían en mucho más que un simple intercambio de palabras u opiniones. Tenía el don de argumentar, de darle la vuelta a las cosas, de esgrimir réplicas y refutar afirmaciones. Y siempre lo hacía con elegancia y educación. Me encantaba perderme en todas y cada una de sus reflexiones, aunque nunca lográramos entrar en detalles personales. Ejercía a la perfección como compañero de aventura, y si el destino había querido ponerlo en mi camino yo no era quien para desmerecerlo, ni mucho menos para enfrentarme a lo que su presencia provocaba en mí.

—En ese caso, me voy. ¡Que pases un buen día!

Se puso en pie y, al pasar por mi lado, me revolvió la melena en un gesto desenfadado con el que, sin saberlo, volvió a paralizarme de los pies a la cabeza. Sentí una corriente eléctrica desde tantos puntos a la vez que no supe ni siquiera cómo reaccionar hasta que ya estaba cruzando de nuevo la puerta en dirección al pasillo que separaba nuestras habitaciones, para desaparecer así momentáneamente de mi vista.

—Oh, por cierto —dijo, volviendo atrás, ahora con una mueca enigmática y desconcertante—. Me olvidaba. Necesito que me expliques esto.

Metió la mano en el bolsillo trasero de su pantalón y sacó una prenda de algodón blanca y muy pequeña que tardé unos segundos en reconocer. Palidecí por completo mientras la desdoblaba, ahora consciente de lo que era, al mismo tiempo que toda mi piel alcanzaba temperaturas de infarto.

—¡¿En serio?! —dijo, ahora ya sin poder ahogar una sonora carcajada.

Apenas me dio tiempo a contemplar el inconfundible logotipo del famoso Central Perk en la parte frontal de mi ropa interior. Di un par de rápidas zancadas y se la arrebaté de las manos antes de darle un manotazo en el pecho, mientras él reía sin parar al ver que todo mi rostro se tornaba de un rojo carmín muy poco favorecedor.

—¡Eres un cretino! —espeté sin poder borrar una estúpida sonrisa de los labios que me negué a dejarle ver mientras intentaba cerrar la puerta en sus narices. Me llevé una mano al pecho y le hablé desde el interior de mi dormitorio—. Dame veinte minutos. Me ducho y salimos.

—Pensaba que tenías mejores planes que pasar el día con un cretino —escuché a través de la fina ranura que había quedado entreabierta—. Voy a preparar el desayuno, mientras. Te espero en la cocina. Y, por favor —continuó después de unos segundos en los que creí que ya habría desaparecido—, concédeme el honor y póntelas.

La cerré de un golpe seco mientras le escuchaba reír a través del pasillo por el que se alejaba en dirección a la cocina. Permanecí en esa posición durante algunos segundos sin poder borrar una boba sonrisa de mis labios. Parecía que Owen se había despertado juguetón y a mí, la verdad, me apetecía dejarme llevar. Sin planes, sin orden y sin rigor preestablecido, siguiendo el único rumbo que marcaba su sonrisa.

—¿Adónde vamos? —pregunté una vez que nos encontramos ya en la calle.

—¿Te apetece un paseo por el río Hudson?

—¡Me parece una idea maravillosa!

Se contagió de mi júbilo e iniciamos el paso con una nueva sonrisa. A pesar de que ya llevaba un par de meses viviendo ahí, todavía me quedaban tantos rincones por descubrir que incluso me avergonzaba reconocerlo. Trabajaba tantas horas que apenas me quedaba tiempo para vivir. Pero no podía quejarme, había llegado a la ciudad de las promesas con un sueño y no quería perderlo tentando a la suerte y perdiendo las horas haciendo de turista. Ya llegarían días mejores en los que dispusiera de un poco más de calma.

Llegamos al cabo de un rato en el que anduvimos por las calles de Manhattan sin prisa alguna. Era agradable, todo parecía despejado. A pesar de que el ritmo en la ciudad jamás se detenía, el fin de semana era distinto. Los rostros de la gente no reflejaban tensión y no era tan fácil encontrar maletines y trajes de alta costura.

Pedimos un café con canela, vainilla y una fina capa de nata en un puesto ambulante que había en la linde del parque, y que nos sirvieron en uno de aquellos inmensos vasos de cartón sin los que ya no podía vivir. Sabía delicioso.

—¿Cómo estás? —me preguntó Owen mientras caminábamos por el paseo que bordeaba el río.

Me sorprendió una pregunta tan diferente a las que solía hacerme siempre. Era una de aquellas que se hace a alguien que hace tiempo que no ves, o cuando sabes que ha pasado por una situación complicada en su vida.

—Bien... ¿Por qué lo dices?

—No lo sé. Me apetecía saberlo. Llevas unas cuantas semanas viviendo en otro continente muy lejos de los tuyos... Supongo que a veces debe de ser duro.

Consideré un momento mi respuesta. Había momentos en que echaba muchísimo de menos a Adri y a mis padres, sí. Sobre todo cuando la soledad me vencía y me dejaba amilanar por los recuerdos...

—A veces lo es, no te lo negaré.

Di un sorbo al café en silencio. En el fondo me daba miedo confesar que, a pesar de extrañarlos tanto, me encantaba mi nueva vida, así como todas y cada una de las oportunidades que esta me estaba brindando.

—¿Y cómo te sientes en casa? Debe de ser difícil pasar de vivir sola a regresar con «los padres»... —continuó, haciendo un gesto de comillas con los dedos, consciente de que sus padres no eran los míos, aunque muchas veces actuaran como tales.

—La verdad es que no me creo la suerte que he tenido al caer en vuestras manos. Cuando Adri y yo buscábamos un apartamento en el que alojarme, me pareció una idea tediosa y nada me apetecía menos que mudarme con un matrimonio... Pero, ¿sabes?, Todavía no ha llegado el día en el que me haya arrepentido de haberlo hecho.

Le miré y le dediqué una sonrisa cómplice a la que respondió con otra igual. Me estremecí y aferré mis dedos con fuerza al vaso de cartón.

—Hombre, no te negaré que es divertido ganar una hermana llegado a cierta edad...

Hermana. Una sola palabra que impactó con fuerza contra el centro de mi pecho. ¿Eso es lo que yo era para él? ¿Y por qué me afectaba de aquel modo?, ¿es que acaso quería ser otra cosa? Desvié la mirada hacia todo aquel paraje que nos rodeaba para no dejarle entrever lo que acababa de provocar en mí, para lo cual, además, no tenía ninguna explicación lógica. Hacía un día soleado y bonito. Había niños correteando sobre las zonas ajardinadas, bicicletas que serpenteaban por el carril bici y cientos de personas que habían salido a disfrutar de su tiempo libre. Los rascacielos se alzaban a nuestro alrededor de forma imponente y todo aquel bullicio que caracterizaba a la ciudad llegaba de fondo, como si fuera su propio hilo musical, su banda sonora. Sin embargo, ninguno de todos esos detalles fascinantes consiguió apartar la molestia que me había producido esa palabra...

El teléfono emitió un par de pitidos que me alertaron de la entrada de un nuevo mensaje. Abrí la aplicación y, al leer el nombre del remitente, me tensé de repente: Toni. No me lo esperaba. Hacía días que no me escribía y, sin embargo, ahí volvía a la carga, tan oportuno como siempre. Maldije mentalmente mi suerte y leí el mensaje con temor a encontrarme una nueva perla de las suyas. Efectivamente, así era.

«Debes de estar muy ocupada metiéndote en la cama de otros cuando no tienes ni un solo minuto para acordarte de lo que has dejado atrás. Sin miramientos. Eres la mujer más fría con la que me he cruzado jamás, y espero que tus nuevos amigos neoyorkinos se den cuenta de ello y te dejen tan sola y tirada como me has dejado tú.»

Tragué con dificultad, tratando de llevarme con ello todas las malas vibraciones. Mi corazón se detuvo por un momento en el que todo lo demás dejó de existir, ya ni siquiera veía el río que quedaba a mi izquierda o todos aquellos rascacielos cuya existencia resultaba casi imposible de obviar.

Owen lanzó una mirada disimulada en mi dirección y supe que había notado algo, pero se mantuvo al margen. Me concedió aquellos minutos que tanto necesitaba mientras seguíamos caminando por el paseo, en absoluto silencio, bebiendo a sorbos el café en el que deposité mis esperanzas de mantenerme firme. Guardé el teléfono en el bolso. Toni me destruía. Destruía mis sueños, mi capacidad de volar y mis pasiones, y luego las pisoteaba sin piedad. ¿Por qué seguía haciéndolo también desde la distancia?

—Sea lo que sea, pasará.

Inspiré profundamente sin poder mirar a ningún lugar en concreto y traté de recuperar el aplomo. Sentí el brazo de Owen a mi alrededor y su refugio se convirtió en un salvavidas. Apoyé la cabeza en su hombro y continué el paso sin decir nada. Sus labios se posaron sobre mi cabeza y me besó una única vez, casto y respetuoso. Alcé los ojos en su dirección y me topé con los suyos, en los que vislumbré un dolor que no me era en absoluto desconocido. De algún modo sabía por lo que estaba pasando y, por tanto, también sabía que, antes o después, se me acabaría pasando. Solo que yo deseaba que esa sensación desapareciera cuanto antes, y lo único que pude hacer fue darle las gracias a las fuerzas del destino que habían permitido que su vida y la mía confluyeran en un mismo punto.

—¿Quieres hablar de ello?

Volvió a atacar contra mis recuerdos, aquellos que había decidido guardar en una cajita, muy al fondo de una cápsula invisible que decidí tragarme un tiempo atrás.

—No éramos un equipo... o, simplemente, no éramos. A secas —me sorprendí confesando.

—¿Cuándo te diste cuenta de ello? —Giré el rostro hacia él y le miré, probablemente con una mueca que decía mucho de cómo me sentía en aquel momento—. Déjalo, no quería incomodarte... No es asunto mío —declinó al percatarse de que no me sentía del todo a gusto con la conversación.

Sin embargo, me di cuenta de que en realidad no había hablado del tema con nadie todavía. Ni siquiera con Adriana. Tan solo había sucedido, me había ido y había dejado atrás a Toni, sin concederme una última oportunidad para pensar sobre ello.

—Adriana se dio cuenta antes que yo. Pero no quise hacerle caso.

—No siempre es fácil ver lo que no queremos ver.

Me separé de Owen para asimilar lo que significaban sus palabras. Me dolía que me creyera tan ingenua como para no saber diferenciar al lobo cuando este me enseñaba las orejas. De todos modos, no podía culparle; negarme a aceptar que con Toni había sido justamente así no hubiera servido más que para continuar engañándome a mí misma. Y aquello no pensaba seguir haciéndolo, y menos después de haber necesitado un océano de por medio para ver que hacía falta ser sincero con uno mismo para ser feliz.

—No te culpes... Luchaste por algo en lo que creíste y eso es digno de admirar.

—Pero estaba equivocada.

—¿Y cómo ibas a saberlo si no te arriesgabas?

—A veces, arriesgarse no es la mejor idea.

—Peor es el arrepentimiento por no haber llegado a hacerlo.

Continuamos el paseo en silencio. Traté de asimilar esa última afirmación que tantas veces había escuchado, el temido y famoso «y si...». Pero, a veces, quedarse con la duda quizá podía aportar una mayor felicidad que la pérdida que podía acarrear una mala decisión o un paso dado en falso...

—¿Sabes? —continuó, mientras yo todavía seguía dándole vueltas—. Probablemente te acomodaste con una situación que, a pesar de no ayudarte a sentirte realizada, no te suponía demasiados impedimentos para afrontar el día a día. Era tu zona de confort, y no supiste salir de ella hasta que te surgió la oportunidad de venir aquí.

Me fastidió que pensara así de mí. No tenía ningún derecho a hacerlo, y menos todavía a hablarme como si no fuera más que una niña inocente incapaz de tomar las riendas de su propia vida.

—No es que seas precisamente el más indicado para dar ese tipo de lecciones... Romper un compromiso a la primera de cambio no es el mejor ejemplo de lo que se considera salir de una zona de confort.

El destello de sus ojos me fulminó como un rayo, atravesándome en apenas unas milésimas de segundo. Sabía que me había pasado y me maldije mentalmente por ello. Nunca había sido una de aquellas personas que arremetían con todo cuando se sentían acorraladas, y no me gustaba serlo. Owen no se merecía un ataque como el que acababa de proferir contra él cuando solo trataba de ayudarme.

—Lo... Lo siento. No debí decir eso.

No me atreví a mirarle a la cara, y supe que él tampoco volvió a dirigir la vista hacia mí durante un buen rato. Me odié y me sentí defraudada conmigo misma. Lo que había prometido ser una gran, soleada y divertida mañana se había estropeado por mi estúpida salida de tono.

Los minutos pasaban y el miedo se ceñía a mi garganta, de la que ahora me llegaban dolorosos pinchazos nerviosos.

—Hagamos una cosa —me sorprendió al cabo de un rato entre toda aquella hilera de pensamientos mezclados con un insoportable silencio—, yo no vuelvo a molestarte con todo lo de tu ex y tú no vuelves a mencionar a Sophie.

—Te doy mi palabra de que así será —respondí antes de que se lo pensara mejor. Hubiera accedido a cualquier cosa que me hubiera pedido con el fin de recuperar el buen ambiente que se había mantenido entre los dos hasta el momento.

Le miré de reojo y vi que apretaba la mandíbula antes de alzar la vista hacia el cielo, que lucía radiante y despejado, para luego bajarla y continuar el paso sin parecer inmutarse con todo lo que nos rodeaba.

—Eso que ves al otro lado es Nueva Jersey —continuó, cambiando bruscamente de tema.

Con la mano me indicaba un lugar justo al otro lado del gran río Hudson. Al igual que Nueva York, el horizonte estaba coronado por cientos de rascacielos colocados de forma ceremoniosa. Nos acercamos hacia la valla para poder contemplarlo mejor y nos apoyamos en ella con la vista perdida en el paisaje que se abría ante nosotros.

—La verdad es que tienes razón, no fui del todo consciente de que no era feliz a su lado hasta que llegué a Nueva York —me sorprendí confesando—. Cuando mi avión aterrizó aquí, me di cuenta de que ya no era la misma persona, aunque necesité que pasaran unos cuantos días para confirmarlo. Me habían bastado apenas unas horas de vuelo para dejarlo todo atrás; lo bueno y lo malo. Y, lejos de lo que cabría esperar..., no me sentí mal por ello. Al contrario —continué, sabedora de que tenía toda su atención puesta en cada una de mis palabras—. Respiré un aire distinto, el aliento de una nueva vida que me esperaba para recibirme con los brazos abiertos. Y supe que no me había equivocado. Había salido de mi zona de confort —añadí con especial énfasis en esas últimas palabras, tratando de recuperar la complicidad en su mirada—, y me sentía radiante por ello. Y, sí, de lo único que me arrepiento es de no haberme atrevido a dar el paso antes.

—¿Y te arrepientes de haber acabado en una casa en la que cualquiera puede colarse en tu habitación e interrumpir alguna de tus series favoritas?

Giré el rostro en su dirección y descubrí de nuevo su media sonrisa, aquel amago de curvatura en los labios que tanto decía y, a la vez, tan poco mostraba. Su hoyuelo se marcaba con fuerza cuando lo hacía, aniñándole el rostro y tornándolo más suave y delicado. Supe que estaba firmando la paz con aquella tontería, y se lo agradecí tanto que poco me faltó para lanzarme a su cuello y disculparme una y otra vez por mi desafortunada salida. Me fijé en todos los detalles de su rostro, en cada arruga que delineaba la comisura de sus ojos, en las disimuladas aunque persistentes ojeras que siempre lucía y en la barba con la que a veces se rebelaba contra los usos y costumbres sociales, pero que aquel día lucía incipiente, y que le confería una elegancia y una masculinidad que podrían volver loca a cualquier mujer.

—Jamás me ha molestado que entres en mi dormitorio, ni que compartas algunos capítulos conmigo —dije, ahora sin poder evitar que mis labios mostraran un atisbo de felicidad que ya no podía esconder—. Aunque me haya tenido que acostumbrar a no ponerme el pijama hasta el último momento...

—¿Haces eso por mí? —preguntó visiblemente divertido.

Nos incorporamos y anduvimos hasta el amplio paseo, donde reanudamos la marcha hacia ningún lado en concreto. Se trataba únicamente de pasear, como si no existiera nada más importante que eso.

—No hago nada por ti. Lo hago por mí —puntualicé sin poder evitar que se notara lo radiante que volvía a sentirme tras haber dejado atrás lo que podía haberse convertido en mi primer mal día en la gran ciudad.

—Pues a mí me gustan tus pijamas. Sobre todo el que llevabas la primera vez que me colé en tu dormitorio. Reconozco que ahí me robaste el corazón —añadió, llevándose cómicamente las manos al pecho y fingiendo un suspiro de amor.

Mis mejillas recobraron el tono rosado que momentos atrás habían perdido y un cosquilleo lleno de vida insufló fuerzas a todas mis extremidades. No sabía si habían sido sus palabras o el modo en que las había dicho, pero consiguió que todo mi organismo reaccionara de un modo muy peculiar y electrizante que, a decir verdad, me encantó.

—Gracias... —dije al fin sin poder contenerme más.

—No hay de qué. ¿Sabes? —continuó, después de pasarme un brazo sobre los hombros—. Necesito una aliada en esta tierra de nadie, una con la que poder mantener una conversación interesante el día que todo esto explote y acabemos en una isla desierta. Y tú pareces una chica lista.

—Esto... Supongo que..., gracias —contesté con una sonrisa que no disimulaba lo estimulantes que me habían resultado esas palabras—. Pero no creo que te gustase ser mi acompañante en una isla desierta. Resultaría de muy poca ayuda para conseguir algo que llevarnos al estómago y mantenernos con vida.

Mientras decía todo aquello, no pude evitar crear una imagen mental de lo que acababa de describir. Nos imaginé a los dos en una isla desierta, sin nada más que una paradisíaca vegetación a nuestro alrededor y... bueno, no me resultó en absoluto desagradable. Al contrario.

¿¡Qué era lo que me estaba sucediendo!? ¿Por qué pensaba en aquello?

—¿Nos estabas imaginando de verdad? —espetó de repente con una sonora carcajada.

De cuello para arriba alcancé temperaturas no aptas para pieles pálidas como la mía, y mi rostro se volvió de un rojo escarlata.

—Has visto demasiadas veces *Lost* —continuó sin dejar de reír. Y agradecí que cerrara el comentario con esa salida y no con otra con la que hubiera conseguido turbarme más todavía, si es que era posible.

Rendida por completo a lo inevitable, me contagié de su risa y me dejé llevar con naturalidad. Parecía tener una gran virtud que cada vez creía conocer mejor; sabía estudiar a las personas y sabía contagiar su estado de ánimo. Si Owen reía, era imposible no hacerlo con él; y, si estaba decaído, acababas sintiendo que tu día no había sido del todo completo. Era algo que no dejaba de sorprenderme. Empezaba a entender por qué se le daba tan bien su trabajo, pues era capaz de hacerte hablar incluso de aquello que no querías mencionar, y lo hacía de un modo tan natural que ni siquiera te importaba acabar relatando aquellos pasajes de tu vida por los que quizá no quisieras volver a viajar.

—¿Te apetece un perrito caliente? —dijo, tras un rato de embriagador y revitalizante silencio.

Sin embargo, le miré de forma escéptica, sin poder entender cómo era posible que, con la gran cantidad de información que retenía en la cabeza, no fuera capaz de recordar que evitaba la comida basura tanto como me resultara posible.

—No puedes decir que eres una auténtica neoyorkina hasta que no pruebes los perritos que venden en el carrito que hay junto al puente.

—¡Es que no soy neoyorkina!

—Lo sé... Es divertido escucharte hablar en español con tu amiga o con tus padres por Skype.

—¿¡Escuchas mis conversaciones?! —exclamé, sorprendida y alarmada al mismo tiempo.

—¿Y eso qué más da? No entiendo el español... Además, es imposible no hacerlo, tu cama y la mía están separadas por una fina pared. ¿Qué esperabas?

Su afirmación me dejó fuera de juego por unos instantes. No había sido consciente de ello, y de pronto caí en la cuenta de lo cerca que llegábamos a dormir en realidad. De nuevo, el aleteo despertó justo cuando él volvía a dirigirse a mí.

—Pero me gusta cuando repites tantas veces eso de... ¿cómo era? —dijo, creando expectación con su pregunta, en la que ahora tenía puesta toda mi atención—. «Soy mu felíh...» —continuó, juntando las manos frente al rostro, mirando al cielo y parpadeando de forma muy repetida como si de un dibujo animado se tratara, tras lo cual recuperó su postura habitual y continuó hablando como si nada—. Después de escucharte decirlo tantas veces, lo busqué en Google. Me alegra saber que eres feliz.

Escuchar a Owen imitar el español, o más bien un burdo intento de acento andaluz, pudo conmigo y, por mucho que traté de fingir un mínimo de molestia por su comportamiento, comencé a reír a carcajadas mientras le pedía que volviera a repetirlo con el móvil preparado para grabarlo y poder chantajearle en algún momento posterior. Pero no lo conseguí.

—Vamos, te invito a un perrito. No acepto un no por respuesta. Por lo menos, pruébalo... Si no te gusta, ya me lo comeré yo.

Giró hacia la derecha para cambiar de dirección y le seguí con complacencia, consciente de que, a pesar de que aquel no fuera a ser más que un simple y ordinario perrito caliente, degustarlo se convertiría en una de aquellas experiencias que continuaba sumando a mi diario de a bordo de aquella nueva vida a la que cada vez me estaba volviendo más adicta..., sobre todo si contaba con la presencia de Owen.

14

Tiemblan de emoción...

Los días siguieron pasando, y empecé a sentirme como si verdaderamente estuviera en casa y a hacer mías algunas costumbres americanas. El otoño se despidió con prisas y el frío invernal se plantó ante nosotros sin previo aviso.

A pesar de que mis padres se habían ofrecido a ayudarme a pagar un vuelo para pasar las fiestas junto a ellos, decidí quedarme en Nueva York. Había oído hablar en innumerables ocasiones de la magia que reinaba en las calles de la ciudad en aquella época del año, que, de hecho, era una de las más cotizadas. Y, como no sabía si volvería a tener la oportunidad de vivirlo tan de cerca, no quise quedarme con la duda y arrepentirme en un futuro de no haberlo aprovechado. Así pues, hablé con mi familia por Skype y les felicité las Navidades mientras les enseñaba a través de la pantalla todos los regalos —envueltos, eso sí— que pretendía mandarles a casa. Había cobrado mis primeros dos sueldos íntegros y logré ahorrar bastante, a pesar de las compras y de lo que me costarían los envíos. ¡Me moría de ganas de que pudieran desempaquetar todos los regalos! Sobre todo Adriana... ¡Ojalá pudiera ver su cara cuando descubriera el nuevo colgante de Tiffany's & Co que le había comprado!

Pasar la Navidad lejos de los míos resultó un poco duro, aunque los Smith se comportaron de forma tan adorable conmigo que me sentí una más de la familia; sin embargo, estar en Nueva York en Nochebuena fue tan increíble como lo describían en todas las películas.

Dejé la taza de té sobre la mesa, me acomodé en mi escritorio, encendí el ordenador portátil y me dediqué a pasar una a una todas las fotos de los últimos días en la ciudad mientras desde el salón me llegaba el rumor de los Smith, que tomaban el café con unos amigos.

Durante esos días había ido a patinar sobre hielo a Rockefeller Center con Lucy, con la que cada día me llevaba mejor. Salíamos en un montón de fotografías muriéndonos de risa y, en otras de ellas, tratando de ponernos en pie después de un sinfín de patosas caídas que me dejaron los glúteos llenos de moretones. Sin embargo, hubo una en concreto que me hizo especial ilusión volver a recordar. Aquella tarde fuimos testigos de una de esas situaciones tan únicas que solo algunos afortunados logran ver a lo largo de su vida. De repente, muy cerca de donde nosotras nos encontrábamos, la gente comenzó a arremolinarse nerviosa hasta formar un gran corro. Había muchísima expectación y muchos se tapaban la boca con un brillo especial en los ojos mientras aguardaban, en un silencio capaz de paralizarte por completo, la respuesta de la chica a la que un joven atrevido, rodilla en el suelo y anillo en mano, acababa de pedirle matrimonio. No los conocíamos de nada, pero ninguna de las dos pudo evitar un par de lágrimas cuando se fundieron en un abrazo y todos los espectadores comenzaron a aplaudir. Incluso llegamos a mirar a nuestro alrededor en busca de cámaras ocultas, pues aquello era tan difícil de presenciar en primera persona que nos costaba pensar que fuera real.

Pasé más fotos de aquella tarde y llegué a otras en las que salíamos frente a los escaparates de Bergdorf Goodman y Bloomingdale's, cuyos maniquíes y decoraciones de todo tipo atraían cada año a miles de personas. Después de ahí, Lucy me llevó a Macy's. Ahora lo recordaba, ellos eran los primeros en marcar la llegada de la Navidad, pues daban inicio a su iluminado el día de Acción de Gracias, una celebración cuya importancia no entendí hasta vivirla con los Smith.

Continué deslizando el dedo en el ratón táctil del ordenador y una foto se detuvo en la pantalla, sacándome una nueva sonrisa. Owen y yo aparecíamos cogidos por los hombros, riéndonos sin poder remediarlo mientras ambos tratábamos de evitar que el móvil cayera al suelo. Recordaba la ocasión como si acabara de vivirla ahora mismo. Hacía muchísimo frío y tuvimos la brillante idea de hacernos un *selfie*. Sin guantes y a lo loco. Toda yo temblaba de los pies a la cabeza, aunque en realidad era un temblor que nada tenía que ver con el frío que hacía a esas horas...

Me había llevado a Harlem, un barrio que logró robarme un par de suspiros de admiración. Después de ahí habíamos ido a comer a un restaurante del centro y, a continuación, nos adentramos en el mercado de Navidad de Bryant Park, un lugar que me pareció absolutamente maravilloso.

La siguiente foto llegó a mis ojos sin previo aviso, permitiéndome revivir de nuevo uno de los momentos que tal vez más me habían marcado desde mi llegada. En ella solo salía Owen. Me había llevado a tomar un chocolate caliente con un *candy cane*, uno de aquellos palitos de caramelo blanco y rojo en forma de bastoncito. Recordaba a la perfección el momento en el que la hice, sin que él se percatara de ello. Fue entonces cuando me di cuenta por primera vez de que sentía algo por él... Algo muy especial y distinto, algo que me costó admitir y con lo que no había contado cuando decidí mudarme a Estados Unidos. Puse el móvil en silencio, para que no se escuchara el clic de la cámara, y le hice creer que le mandaba un mensaje a Adri mientras le observaba a través de la pantalla, maravillada por la serenidad de su expresión al remover aquel chocolate con impasible naturalidad. Tenía un brillo peculiar en los ojos y lucía la melena revuelta, después de haberse puesto y quitado el gorro durante el día en incontables ocasiones. Sin embargo, era otra cosa la que me había llevado a inmortalizar el momento. En la foto se le veía sonriente. Su mirada se dirigía hacia la taza. Se mostraba natural y feliz, y la expresión de su rostro me absorbió por completo.

En las últimas semanas habíamos seguido compartiendo muchísimos momentos. Salíamos a pasear, a correr juntos, al cine, e incluso habíamos regresado a la biblioteca muchísimos días, lugar en el que nos sentábamos a trabajar en una misma mesa, cada uno perdido en sus cosas. Descubrí que Owen era un tipo meticuloso, analítico, organizado y muy metódico. Cuando proponía estudiar cualquier detalle relacionado con el artículo que fuera a presentar, lo hacía siguiendo un mismo procedimiento: observaba, estudiaba, analizaba, contrastaba y escribía. De aquel modo, garantizaba siempre la fiabilidad de todos sus trabajos, demostrando su valía y merecida reputación. Era consciente de que todavía no conocía nada de su pasado ni quién era la persona que tenía delante, pero aquel día, con la taza entre las manos, Owen dejó al descubierto por primera vez una pequeña parte de aquel armazón que se había creado como coraza y que no dejaba que nadie traspasara: le encantaba el chocolate. Algo tan sencillo y que le volvía realmente loco. O, tal vez, le encantaban los recuerdos que traía implícita aquella taza humeante cubierta de una esponjosa capa de nata. Lo contemplaba embelesado, embebido por su aroma e hipnotizado por su sabor. Su expresión pudo conmigo... Y, de pronto, deseé ser yo la que provocara aquel deseo en un hombre. En él.

Y fue así como descubrí que lo que Owen despertaba en mí cada vez tenía un poco menos de amistad...

Me sorprendí a mí misma sonrojada en la soledad de mi dormitorio. Me ardían las mejillas, y sentí un repentino calor azorando todo mi cuerpo mientras seguía contemplando aquella imagen. No podía pensar así en él. Owen y yo no teníamos nada que ver. Entonces, como si el destino quisiera jugármela un poco más, escuché unos pasos al otro lado del pasillo que se detuvieron frente a mi puerta. Llamó con los nudillos de forma casi inaudible y, como siempre hacía, apareció tras ella sin esperar respuesta, provocando esta vez que casi me diera un infarto.

—¿Qué veías? —añadió divertido al ver cómo me afanaba en cerrar la pantalla del ordenador antes de que pudiera descubrir que era precisamente a él a quien estaba observando—. ¿No estarías viendo una película subidita de tono, no? No tienes cara de que te gusten ese tipo de filmes.

—Tú qué sabrás lo que me gusta —contesté a la defensiva, todavía con las mejillas más sonrojadas mientras rezaba para que no se diera cuenta de mi estado de turbación.

—Uy..., parece que alguien se estaba portando mal... —farfulló sin dejar de reír en tono burlón—. Va, déjame ver qué es lo que estabas haciendo. ¡Te has puesto igual de roja que el jersey de mi madre!

Owen reía descarado mientras tomaba asiento, como ya era costumbre, a los pies de mi cama.

—Algún día te enseñarán a pedir permiso antes de entrar a los sitios —le recriminé, todavía más azorada, aunque no lograra enfadarme con él ni borrar esa estúpida sonrisita de mis labios.

—Es mi casa. Mi madre me enseñó que entre familia no deben existir secretos. Además, sabes que te encanta que lo haga.

—Eres un creído —arremetí, aunque en realidad tenía toda la razón. Continué entonces siguiéndole el juego—. Además, tú y yo no somos familia.

—Vives en mi casa, así que..., como si lo fueras.

Aquella afirmación, sin saber muy bien el porqué, me suspendió de inmediato, del mismo modo que lo hizo cuando me había equiparado con una hermana. «Como si lo fueras», repetía mentalmente una y otra vez en aquel lapso de tiempo que te permiten apenas unos segundos. Yo no quería ser su familia, no por lo menos del modo en el que este concepto se planteaba en mi cabeza. Mis padres eran mi familia, Adriana era mi familia, los señores Smith tal vez llegaran a ocupar también ese puesto, pero ¿Owen? Me sorprendí debatiendo en mi fuero interno sobre lo que él representaba realmente para mí —aunque sabía que distaba mucho de la idea de familia—, y temí la potencia con la que cada vez me afectaban más sus palabras. Hasta el momento, no había sido consciente de haberme planteado siquiera cuál era el papel que quería que Owen representara en mi vida y, sin embargo, en ese momento me hallaba en plena lucha con mis propios sentimientos, dilucidando el motivo por el cual me había molestado que me considerara parte de su familia.

—De acuerdo. Pues, entonces, cuéntame uno de tus secretos —dije con los dientes más apretados de la cuenta, mientras hacía grandes esfuerzos para no permitirle descubrir la verdad.

El dormitorio quedó en silencio, tal vez a la espera de que la conversación se dirigiera hacia otro lugar y no tomara aquel camino con el que parecía no encontrarse muy cómodo. Cogió aire, respiró profundo y exhaló de nuevo.

—De acuerdo. Pero solo uno.

Aquello sí que no me lo creía. Le había desafiado medio en broma, pues hacía semanas que ya lo había dado todo por perdido en lo que se refería a él y a su recelosa intimidad.

—Vaya. No esperaba esta respuesta —añadí antes de pasarme una mano por la nuca, pensativa—. No es necesario que me cuentes nada por obligación. Era solo una broma...

—No es por obligación. Llevas un tiempo en esta casa y hemos hecho muchísimas cosas juntos. Es normal que quieras saber más sobre mí.

—¿De veras lo crees así?

—Sí. A mí también me apetece conocerte. Las españolas sois un tanto... peculiares.

Una vez más, su generalización no me gustó, aunque me esforcé en que no se diera cuenta de ello. No era porque hablara de las españolas en sí, sino porque, en el fondo, quería que me viera como un elemento único..., que me viera solo a mí. Mi cuerpo parecía rebelarse por primera vez contra algo que, hasta la fecha, yo no sabía ni que existía. No me consideraba una chica celosa y, sin embargo, Owen parecía haber activado el botón de alarma, aquel que me ponía en guardia ante cualquier comentario que fuera susceptible de poder tener una doble interpretación.

—De acuerdo. Hagamos una cosa. Que cada uno lance una pregunta al otro, y este deberá responderla con absoluta sinceridad.

—¿Este es el mejor plan que se te ha ocurrido para el penúltimo día del año? —añadió socarrón.

—No veo que tú tengas uno mejor, cuando todavía continúas encerrado en mi dormitorio preguntándote si te atreves o no a jugar a este juego.

Abrió la boca dispuesto a replicarme, pero esta vez no le salieron las palabras. Había logrado noquearle y, sin esperarlo, aquello me hizo sentir realmente bien. De hecho, no llegué a plantearme si aquel era el mejor plan para el penúltimo día del año... Tan solo me tentaba la idea de compartir un rato con él, eso ya me bastaba. Aunque tuviera que disimularlo con todas mis fuerzas.

—Tú ganas. Pero yo pregunto primero.

—De acuerdo.

Como si nos dispusiéramos a batirnos en duelo, ambos tomamos posiciones. Sentados cada uno en un extremo de la cama, Owen se descalzó y subió también los pies sobre la misma. Cruzamos las piernas como dos indios y nos sostuvimos la mirada, expectantes, esperando con ganas el pistoletazo de salida.

—¿Por qué le permites que siga pisoteando tu sueño?

Sus palabras me llegaron en un ronroneo ronco. Tuve que bajar la mirada y recuperar el recuerdo del que me hablaba. En las últimas semanas habíamos conversado sobre miles de cosas, entre ellas, sobre mi vida en España y también sobre Toni, del que ahora ya conocía algunos detalles más. A pesar de que nos habíamos prometido no hacerlo en nuestro paseo por el río Hudson, lo cierto era que el pacto consistía en no sacar el tema del ex del otro. Sin embargo, podíamos hablar de ello si era uno mismo quien lo hacía. Fue durante alguna de las sesiones de palomitas y series en las que a mí me salió hacerlo. Quizá porque necesitaba desahogarme, o tal vez porque me apetecía sacar de mí todo lo que llevaba almacenando durante tanto tiempo. Owen era realmente bueno escuchando, y me gustaba su modo de ver las cosas. Sin embargo, él prefirió no sacar el tema de Sophie y yo lo respeté sin plantearme quebrantar nuestro pacto a la primera de cambio. Sabía que podía contar conmigo, y estaba segura de que, cuando se sintiera preparado, me lo contaría.

Fue justo en uno de esos días de confesiones desenfadadas cuando le hablé de alguna de las salidas de Toni, así como también de alguno de esos mensajes en los que me decía que yo no valía para esto y que dejara de perder el tiempo. No obstante, en aquel momento, cuando me pasó por la cabeza la idea de este juego, no esperaba una pregunta tan profunda por su parte. De hecho, una parte de mí —de la que no tenía constancia hasta entonces— había deseado que su elección tomara un cariz más... picante. Me reprendí mentalmente por ello nada más pensarlo. No quería hablar de Toni. No quería pensar en él. Sin embargo, aquel juego lo había empezado yo misma, y no me quedaba más remedio que dar ejemplo si quería que fuera él quien respondiera luego.

—No se lo permito. Sigo trabajando en lo que me gusta y, que yo sepa, todavía sigo aquí.

Supe que mi respuesta no le había convencido, al igual que tampoco me convenció a mí misma.

—No has hecho ningún intento por pararle los pies de una vez por todas.

—Eso no es cierto —contraataqué, ahora molesta.

—Dime: ¿cuántas veces le has contestado en los meses que llevas aquí?

—Eso es otra pregunta. Habíamos quedado en una solo —añadí a la carga.

—Forma parte de la misma. Considéralo un anexo.

Permanecí en silencio durante unos instantes más, me estaba poniendo de mal humor.

—Ninguna.

—Entonces, se lo estás permitiendo. Y mi pregunta es: ¿por qué?

—Quizá, si no le contesto, dejará de escribirme y terminará olvidándose de mí.

—O tal vez, esperas no tener que enfrentarte a él mientras dejas que el tiempo haga todo el trabajo por ti.

Me detuve a pensar sus palabras. Tenía razón, una parte de mí deseaba que el tiempo se convirtiera en olvido y Toni dejara de molestarme de una vez por todas. Nunca se me habían dado bien los enfrentamientos, y mucho menos cuando había sentimientos de por medio.

—¿Le has olvidado? —murmuró, interrumpiendo mis cábalas.

—Con esa ya van tres —añadí únicamente.

—Pero ¿lo has hecho?

—Supongo.

—Entonces, no le has olvidado.

—Ya no forma parte de mi vida —contraataqué de nuevo.

—¡Pues aléjale de forma definitiva! ¡Hazlo ahora! Yo te ayudo si quieres.

—No tiene sentido que le envíe un mensaje ahora diciéndole que se vaya a la mierda.

—Lo que no tiene sentido es que alguien se permita el lujo de decirte para qué o para qué no vales. Eso, en todo caso, deberías decidirlo tú.

Tragué con ciertas dificultades mientras sentía que miles de agujas me atravesaban. Pero no iba a desmoronarme y mucho menos frente a él, que, por mucho que no me gustara, tenía toda la razón.

—Solo debes dejarle claro que no vuelva a molestarte más. Tu vida no le pertenece. No permitas que te robe ni uno solo de tus minutos.

Algo muy potente se removió en mi interior. Era como si mis entrañas rugieran, felinas y despiadadas. Robarme los minutos. Eso es lo que había hecho Toni conmigo. Robarme tiempo y vida que no recuperaría, mientras que me ofrecía únicamente desdichas, noches de llantos gratuitos y menosprecios. No, él no se merecía mi tiempo, aunque hubiera necesitado a Owen para darme cuenta de ello.

Cogí el teléfono móvil y busqué a Toni entre los contactos, antes de detenerme una vez más, indecisa.

—¿Qué le digo? —pregunté al fin en apenas un hilo de voz.

—Lo que realmente sientes. Con eso bastará. Pero, si quieres un consejo... —dijo antes de hacer una breve pausa en la que buscó mi mirada—. Sé contundente. Suele ser mucho más efectivo con nosotros.

Entonces, lo vi claro. Lo único que tenía que hacer era despedirme. Decir adiós a todo lo que tenía que ver con él. Despedirme de la persona que había osado cuestionar mis decisiones, mis pasiones, mi vida. Ya no tuve ninguna duda, y mis dedos comenzaron a deslizarse por la pantalla como si llevaran tiempo esperando mi permiso para hacerlo.

«No voy a desearte que te pudras en el infierno, ni a decirte que eres el ser más despreciable en la faz de la tierra. Tan solo voy a pedirte una última cosa: no vuelvas a escribirme más. Hasta nunca, Toni.»

—Ya está —dije al fin, después de observar que el mensaje constaba como recibido.

—¿Te encuentras bien?

Le miré distraída, en cierto modo ausente, y afirmé con un gesto de cabeza en respuesta a su pregunta. No tenía ganas de llorar. No me salían las lágrimas al imaginar cómo se sentiría al leer mi mensaje.

Volvimos a sumirnos en aquel extraño silencio, segura de que él también recordaba algún momento de su vida en el que hubiera experimentado lo mismo que yo estaba viviendo en ese momento. Quizá en un acto egoísta, o tal vez porque necesitaba cambiar de atmósfera con desesperada urgencia, fijé mi atención en él y, entonces, hablé.

—Mi turno.

Owen desvió la mirada y supe que le incomodaba la sola idea de tener que exponerse a mí, fuera cual fuera la pregunta que yo le tuviera preparada. Sentí su nerviosismo palpitando confuso a través de sus venas, como si aquello pudiera detectarse incluso en el aire que respirábamos. Y me di cuenta de que no estaba preparado para ello, que no quería hacerlo, a pesar de que aceptaría con aplomo mi pregunta.

Comprendí un poco mejor en ese momento que no todos éramos iguales. A mí siempre me había tranquilizado hablar con alguien sobre mis preocupaciones, sacarlas de dentro y tratar de buscar un nuevo punto de vista con el que vencer mis temores. Pero Owen era distinto. Era impenetrable y vivía aislado de los sentimientos, confinándolos en su fuero interno, aquel que no quería compartir con nadie. Y entonces lo tuve claro. Solo tenía una opción, y sabía que era la mejor de todas y la única que yo quería usar.

—¿Cuál es tu helado favorito?

Había esperado mi pregunta con miedo y tal vez aquello fue lo que le hizo tambalearse ligeramente al escuchar mis palabras. Todavía continuaba con la cabeza ladeada, pero sus ojos me buscaron en la penumbra, tratando de descifrar si se trataba de una broma o no.

—Eh, no vale echarse atrás ahora. Me has prometido que contestarías con sinceridad... —le animé.

Tragó de forma visible mientras recuperaba lentamente su posición inicial. Se irguió, como si se hubiera sacado un enorme peso de encima, y se pasó una mano por la revuelta y agitada melena. Hacía ya un tiempo que no se cortaba el pelo y algunos mechones ondeados le caían con gracia sobre los ojos, escondiendo todavía más su mirada.

—¡Espera! —dije alzando la mano frente a él, cortándole justo cuando iba a responder—. Déjame adivinar... Tienes cara de... ¡Chocolate!

Owen sonrió divertido, ahora mucho más tranquilo que antes, y me hizo un gesto afirmativo con la cabeza.

—Punto para ti. Es mi sabor favorito. Desde siempre. En el fondo, soy todo un clásico. Como todos esos libros que tanto te gustan.

Aquellas palabras bastaron para desestabilizarme. Owen atraía hacia él ciertas partes de mi cuerpo que escapaban confusas de mi control. Sentía el latido de mi corazón anclado en mi pecho, y la potencia de su bombeo me taponaba incluso los oídos. «Como todos esos libros que te tanto te gustan», me repetí mentalmente una vez más, como si necesitara confirmarme que, efectivamente, esas palabras habían salido de sus labios.

Mientras yo estaba sumida en una vorágine de sensaciones, Owen se puso en pie, se calzó de nuevo y se encaminó hacia la puerta.

—Gracias —añadió a medio camino entre el dormitorio y el corredor, justo antes de sonreír y desaparecer de mi vista.

—Gracias a ti... —susurré casi sin voz.

De nuevo, me encontré a solas en el interior de mi habitación, que ahora conservaba intacto su aroma. «Como todos esos libros que tanto te gustan», repetí por segunda vez..., convencida de que, en realidad, jamás había disfrutado ninguna lectura tanto como lo estaba haciendo con esta historia en la que los protagonistas éramos solo Owen y yo.

15

Nochevieja llegó sin darme tiempo a asimilar que era la primera vez que viviría el cambio de año lejos de los míos. En Nueva York, por lo visto, la tradición decía que el día treinta y uno nadie debía quedarse trabajando hasta pasadas las doce del mediodía. Como no deseaba convertirme en la excepción, por primera vez desde que había comenzado a trabajar para Royal, recogí todo lo que tenía esparcido por la mesa de trabajo y me dispuse a marcharme después de que Lucy lo hubiera hecho también. Sabía que su invitación para acompañarla a tomar un café seguía en pie de forma perenne, aunque hubiera desistido en recordármelo cada día. Sin embargo, por algún motivo que todavía no atinaba a adivinar, me apetecía estar sola.

Recapacité sobre ello mientras me encaminaba hacia el ascensor, que compartí con otros cinco trabajadores que parecían perdidos en sus propias cavilaciones. Manhattan era una ciudad perfecta para perderse en el interior de uno mismo. Deambulé por la avenida principal, colindante con uno de los extremos de Central Park, y me dediqué a observar con detalle a todas las personas que se cruzaban a mi paso a gran velocidad. Era increíble la gran cantidad de trajes y maletines que podían circular al mismo tiempo por un mismo lugar. Sin embargo, nadie parecía disponer de un par de minutos que poder dedicarse a sí mismos, disfrutando así de los placeres que cosas tan sencillas como inspirar y expirar sin sentir que tenemos prisa pueden proporcionar. Todavía no estaba segura de que ese tipo de vida fuera lo que siempre había deseado, pero me gustaba continuar sintiendo que la decisión estaba íntegramente en mis manos y que no dependía de nadie más.

Sin haberme percatado de ello, un dulce y embriagador aroma a azúcar y canela invadió mis fosas nasales y sonreí ante la única imagen que me vino a la cabeza. Una humeante taza de chocolate caliente que se filtraba entre mis recuerdos cada vez que necesitaba evocar una sonrisa, y que hacía tan solo unas horas que había contemplado por última vez. Cerré los ojos, aspiré con fuerza y miré el cartel de entrada. «Maddy's Cupcakes», pude leer. Me acerqué un poco al acristalado escaparate, cubierto de un romántico halo de vapor, en el que destacaba el contraste del cálido ambiente interior del establecimiento con el gélido frío invernal de la calle, y lancé una tímida mirada hacia dentro. Todo el mobiliario era de madera clara, desde las paredes hasta el mostrador, y estaba decorado con objetos pintados en colores *vintage* a base de pintura a la tiza. Tras la barra, descubrí a una chica que seguramente debía de tener mi edad. Parecía feliz, satisfecha con aquel pequeño palacio que regentaba con esfuerzo. Lucía un delantal en un tono verde pastel y el pelo recogido en una coleta desenfadada, con un par de mechones que caían despeinados a lado y lado de su rostro, enmarcándolo y dulcificándolo todavía más. Sobre una bandeja metálica, sirvió un par de *cupcakes* justo antes de colocar también dos tazas y servir en ellas un chocolate caliente. Me acerqué todavía más y contemplé la escena con una inusual admiración mientras que, de algún modo, la describía en mi cabeza para después poder usarla en alguno de mis escritos. Quería hablar de aquella cafetería, quería sentir su calidez y transmitir todo lo que estaba experimentando tan solo estando cerca de la puerta. Así pues, dispuesta a recoger algún detalle más que pudiera servirme, empujé la hoja de madera y cristal de la que colgaban unas coloridas guirnaldas y me adentré en aquel pequeño rincón sacado del edén, que tanto desentonaba entre todos aquellos rascacielos que recorrían las calles de la ciudad.

Me vi obligada a cerrar los ojos cuando el aroma me envolvió por completo, abrazándome antes de acompañarme hacia el mostrador principal. Se estaba bien en aquel lugar. La luz era cálida y tenue a la vez, y todo el expositor estaba presentado con elegancia. Había magdalenas de todos los colores y sabores, con coberturas y glaseados que invitaban a desear probar un pedacito de cada una de ellas. Todavía no conseguía entender cómo era posible que no hubiera descubierto antes esa cafetería después de todas las semanas que llevaba viviendo en la Gran Manzana.

—Buenas tardes —me saludó la chica del mostrador en tono amable.

Levanté la mirada y me crucé de frente con la suya. Irradiaba felicidad. No me extrañaba que no le quedara ni una mesa vacía en todo el local.

—Hola —saludé con cierta timidez.

—Lo siento... No me quedan mesas vacías, pero puedes ocupar uno de los taburetes de la barra.

—Oh..., no te preocupes —aseguré, pensando en el hecho de que ni siquiera sabía que iba a tomarme algo hasta ese preciso instante—. Esto... ¿Qué le recomendarías a un cliente que es la primera vez que prueba un *cupcake*?

La chica —Maddy, como podía leerse en la pequeña plaquita de madera que colgaba de su pecho a modo de pin— me sonrió encantada con la pregunta.

—¿Cuál es tu mayor pasatiempo en invierno?

—¿Cómo dices? —Su pregunta me descolocó.

—Si quieres que te recomiende el mejor sabor para ti, necesito saber algún dato que pueda decirme algo sobre la clase de mujer que eres...

—Ah... —¿Lo diría en serio?—. Pues, en ese caso, me gusta taparme con una manta y leer. Si puede ser cerca del calor de la lumbre, mejor.

—Bien. Entonces, es fácil.

Se movió tras la barra y se acercó hacia el mostrador de las magdalenas. Les echó un rápido vistazo y acto seguido, con una pinza larga en las manos, tendió el brazo y cogió una que tenía un aspecto delicioso —como todas las demás—. Parecía de un color ligeramente más tostado que el resto y tenía una cobertura brillante en un tono marfil.

—Canela, esencia de naranja y yogur, con nueces caramelizadas y cobertura de vainilla. Perfecta para los amantes de las historias dulces, capaces de robar un pedacito de tu corazón.

La miré a los ojos, maravillada por el ofrecimiento que acababa de hacerme. Era indudable el motivo por el que aquel lugar estaba abarrotado de gente: Maddy no vendía simplemente una magdalena con la que matar el hambre antes de continuar con tu camino... Te ofrecía una invitación que no podías rechazar, un pase vip a un lugar en el que el tiempo parecía haberse detenido.

—¿Quieres un poco de chocolate también? Está recién hecho y, entre tú yo —añadió a modo de confesión, con una sonrisa todavía más divertida—, no encontrarás otro igual. Es una receta de mi abuela.

—Por favor.

Sonrió satisfecha con la venta y, sin entretenerse más, depositó frente a mí una bandeja en la que dejó un plato con aquel *cupcake* que me moría por probar mientras se daba la vuelta dispuesta a coger una taza para llenarla de chocolate.

—¿Haley?

Escuché su voz apenas a un par de pasos de distancia a mis espaldas y todo mi organismo reaccionó. Un leve hormigueo nació en mi estómago y comenzó a trepar, astuto, por mi pecho, justo antes de que un disimulado escalofrío tensara el vello de mi nuca. Me giré hacia él sin poder borrar una sonrisa de mi rostro y me encontré de frente con la guinda de aquella escapada improvisada, que parecía haberse convertido en la más perfecta que quizá hubiera llegado a imaginar.

—¿Qué haces aquí?

—He salido antes de trabajar... Pasaba por la calle y... no me he podido resistir.

Uno de los mechones cayó sobre mi rostro y me afané en apartarlo mientras me preguntaba por qué no podía dejar de sonreír.

—Maddy es increíble. Nadie en todo Manhattan puede igualar su talento.

Owen alzó la vista hacia la chica y le guiñó un ojo, pues ella había escuchado sus palabras. No pareció ruborizarse, pero sentí un vestigio de aquel hormigueo suave que a cualquier mujer le gustaba experimentar a veces. Sin embargo, Maddy continuó a lo suyo, terminando de servir el chocolate en una taza de porcelana en tono menta que me moría por llevarme a los labios.

—¿Por qué no te sientas con nosotros?

Fui a responder, traicionada por mi propia sonrisa, antes de que me diera cuenta de que había usado un plural que no solo nos incluía a él y a mí. Durante las décimas de segundo en las que él todavía esperaba una respuesta, miré hacia el lugar en el que indicaba su brazo extendido y descubrí a la chica que, minutos antes, había pedido también un par de tazas de chocolate caliente. Se me removieron las entrañas, pero, antes de que Owen pudiera darse cuenta de ello, giré la cabeza hacia él, me pasé una vez más el traicionero mechón de pelo tras la oreja en un alarde de seducción improvisado y reuní todas mis fuerzas para volver a esbozar una sonrisa, esta vez fingida, antes de declinar su proposición con elegancia y disimulo.

—No te preocupes... —atiné a decir mientras buscaba alguna excusa creíble—. Tengo mucho trabajo y buscaba un sitio en el que esconderme y poder continuar con el manuscrito... —resolví, ahora segura de que no había fisuras en mi explicación.

—Ah... Ok. Te dejo trabajar, pues.

Se pasó una mano por el pelo. Me fijé en uno de aquellos destellos dorados que bajo la cálida luz de las bombillas iluminaron su melena, dándole todavía más vida de la que ya tenían.

—Nos vemos en casa, Haley.

Hice un gesto afirmativo con la cabeza y sonreí con los labios apretados mientras mi estómago refunfuñaba ante el tono con el que había pronunciado mi nombre, con un especial acento marcado. O quizá solo me lo pareció, porque me sentía molesta. En sus labios, mi nombre parecía que sonara con más fuerza de la que siempre había creído que poseía. Le seguí con la mirada y contemplé su espalda con disimulo mientras regresaba a la mesa en la que le esperaba la chica.

—Serán seis dólares.

Escuché su voz, pero no reaccioné hasta pasados unos segundos de estupor. Me giré y me topé con la mirada interrogativa y singular de Maddy, que parecía saber mucho más de lo que jamás se atrevería a reconocer. Saqué el monedero del bolso y le tendí un billete. Sujeté la bandeja de colores y, tras dedicarle una última sonrisa agradecida, me encaminé hacia un rincón de la barra, el más apartado del bullicio. La deposité con cuidado sobre la madera y me senté en el taburete. Abrí el azucarillo con cuidado, negándome a dirigir la mirada hacia la mesa que Owen ocupaba con la chica. Sin embargo, mientras le daba vueltas al chocolate, no pude evitar levantar la cabeza y buscarlos de nuevo. Era como tratar de oponerse a la fuerza que podía ejercer una prensa hidráulica, no tenía ningún sentido.

Los estudié con la mirada en absoluto silencio. La chica era realmente preciosa. Su melena, de un negro azabache brillante, caía lisa y sedosa como la más perfecta y suave de las telas sobre su espalda, acariciándola con sugerente descaro. Tenía los ojos rasgados, casi afilados, así como también lo eran sus facciones, felinas y atractivas al mismo tiempo.

Sacudí la cabeza, consciente de que no me estaba comportando como debería. ¿Qué derecho tenía a cuestionar lo que Owen hiciera o dejara de hacer con otras chicas? ¿Por qué, de repente, me molestaba tanto verle en compañía de esa chica? Sin saber cómo había sucedido, me enfrentaba a una retahíla de pensamientos que jamás antes había poseído. Así pues, dispuesta a desviarlos cuanto antes de aquel amargo cauce que estaban tomando, saqué la agenda de mi bolso, en la que llevaba la cuenta de casi todos los acontecimientos que ocupaban mi día a día, y deambulé con parsimonia sobre sus páginas. Estaba repleta de anotaciones, de colores e incluso de imágenes. Siempre había sido uno de mis pasamientos favoritos. La usaba a modo de diario y agenda a la vez, y las guardaba con cariño desde hacía años. Constituían los retazos de mi vida, los momentos de alegría y también los de desilusión. Las pasé una a una con cuidado, volviendo a enumerar para mí misma las tareas que tenía pendientes para esa semana que todavía me quedaba por delante. Después, la pasé de largo y también lo hice con la siguiente. Y también con otras dos más.

Me había trasladado un mes más adelante, y mis dedos se detuvieron en seco ante una imagen. Era una foto que apenas recordaba cuándo había sacado. Estaba ahí pegada, con dos de esas cintas adhesivas de colores con las que tanto disfrutaba decorando la agenda. La miré con detenimiento y traté de enfocar todavía más la vista en busca de algún detalle que pudiera ser sinónimo o reflejo de lo que se consideraba felicidad. Toni y yo aparecíamos sentados, tomando un batido que sosteníamos frente a nosotros, sonrientes. Pasé los dedos con suavidad sobre la misma, como si de aquel modo pudiera acariciar los rostros de un pasado que en ese momento se me antojaba demasiado lejano. Era el día de nuestro aniversario y lo tenía marcado desde hacía tiempo, aunque lo hubiera olvidado por completo. Sin embargo, a pesar que de que no fue mi voluntad, no pude evitar comparar esa instantánea con todas las que había ido sacando desde mi llegada a Nueva York. No me hacía falta tenerlas delante, pues las había visto en innumerables ocasiones. Del mismo modo, tampoco me hubiese hecho falta tener esa frente a mí para darme cuenta de que allí no había ni rastro de aquel brillo especial en los ojos que solo la dicha o la libertad podían proporcionar. No había fulgor en sus ojos, ni amor en los míos. De hecho, no había nada más que dos personas compartiendo un batido. Tal vez dos amigos, o quizá dos conocidos.

Con cuidado, arranqué la cinta adhesiva sin dañar la foto y la sostuve frente a mi rostro antes de darle un sorbo a la taza de chocolate. Cerré los ojos y dejé que este se deslizara por mi garganta con suavidad. Era absolutamente delicioso. Maddy tenía razón; estaba segura de que no había nadie en toda la ciudad que pudiera igualar la receta de aquel pedacito de cielo que había teñido mis labios y había acariciado mi lengua con deleite. El teléfono móvil vibró en el interior de mi bolsillo, sacándome por completo de la pequeña catarsis a la que había sucumbido en apenas unos segundos. Abrí la aplicación de WhatsApp y me topé con un mensaje de Owen. Con cierto recelo, alcé la mirada y lo busqué, a la espera de una explicación al hecho de que estuviera mandándome mensajitos mientras estaba con otra chica.

Sus ojos me sorprendieron con disimulo. Prestaba atención a la chica, que parecía estar explicándole algo a juzgar por el elegante movimiento de sus manos, en completa armonía con el de sus labios, mientras me lanzaba disimuladas miradas, manteniendo los labios apretados, en aquel gesto que tanto empezaba a conocer cuando quería esconder una sonrisa y que no hacía más que pronunciar su hoyuelo.

Sentí una leve sacudida en el estómago y abrí el mensaje sin poder esperar más. Emergió frente a mis ojos una foto en la que aparecía yo misma. Sostenía la taza con una mano y la foto con la otra. Tenía los ojos cerrados y una sonrisa que nunca había sabido mostrar frente a mi propio reflejo en un espejo. No era una sonrisa fingida. Era real, palpable, sincera y, sobre todo, libre. Deslicé el dedo para abajo, ciertamente conmocionada por mi propia imagen, y me encontré un pequeño texto.

«Lo siento. No he podido contenerme. Estabas preciosa.»

Sentí el calor recorriéndome, tiñendo mis mejillas, el cuello e incluso la punta de las orejas. Me ardían las manos, y los ojos me centelleaban mientras mis labios me obligaban a mantener una sonrisa que, por mucho que quisiera, no podía eliminar. Sentía el pequeño temblor de la punta de mis dedos y el suave batir de mi pecho, ahora animado y convulso. El hormigueo de mi nuca era intenso y demoledor, una odisea de sensaciones que ningún hombre había provocado jamás en mí, y menos aún a más de cinco metros de distancia. Ninguno excepto Owen, claro.

Levanté una vez más la mirada, pero esta vez no pude cruzarme con sus ojos. No miró hacia mí ni apartó la vista de ella. Sin embargo, la chica no era la destinataria de su sonrisa, ahora implacable, mientras pasaba la lengua sobre sus labios, perfilándolos en un alarde de absoluta sensualidad. Sabía que le estaba mirando y estaba evitándome a toda costa, mientras yo luchaba por mantenerme firme. Estaba acalorada y sentía que mi cerebro ya no trabajaba al ritmo que debía. Owen lo había llevado a un punto del que ya no creía que hubiera retorno y, sin embargo, mientras yo me debatía entre todas aquellas impresiones a las que no estaba acostumbrada, él continuaba frente a esa chica que había despertado todos esos celos que por lo visto, habitaban en mi interior.

Confundida por lo que estaba sucediéndome, cogí el bolso y me encaminé hacia el baño. Necesitaba lavarme la cara y rebajar la temperatura que esta había alcanzado. Me encerré en el interior, dejé el bolso sobre una repisa y no me entretuve ni un segundo más. Abrí el grifo y metí las manos bajo el mismo, antes de llevarlas hacia mi rostro y deslizarlas sobre él con suavidad. Tuve el cuidado suficiente para no alcanzar mis ojos y destrozar el poco maquillaje que todavía permanecía intacto en ellos. Me mojé las mejillas y también la nuca. Repetí el gesto una y otra vez hasta que, al mirarme al espejo, vi que mi reflejo ya no mostraba la ardiente necesidad de un deseo que desconocía por completo. Aquel comportamiento era impropio de mí. No estaba acostumbrada a él, y me abrumaba sentir que mis emociones podían dominar por completo a mi propia voluntad. Cedía a ellas como una colegiala. ¿Cómo había llegado a aquella situación? No sabía si había sido el chocolate, la sonrisa de Owen o sus palabras. Tal vez hubiera sido la combinación de las tres cosas, en cuyo caso debía tomar la precaución de evitar que volvieran a coincidir en una posterior ocasión...

Me sequé el rostro con cuidado y tiré el papel a la pequeña papelera que había bajo el lavamanos. Saqué del bolso un estuche de tela y cogí un colorete del interior con el que volví a dar un poco de color a mis mejillas. Me mesé el pelo con cuidado y me apliqué un poco de perfume. Volvía a ser yo misma.

Volvía a estar al mando de las respuestas de mi organismo y, cuando estuve plenamente convencida de ello, me colgué el bolso del hombro y me dirigí hacia el exterior del baño.

Me topé tan de repente con la firmeza de su pecho que ni siquiera tuve tiempo de reaccionar. El espacio que había entre la puerta del baño de mujeres y el de hombres eran tan estrecho que difícilmente cabíamos los dos a la vez.

—Lo siento... —murmuré, sin ser realmente consciente de que era precisamente él quien estaba frente a mí.

Aspiré su inconfundible aroma, y fue entonces cuando descubrí sus ojos clavados en los míos, con un brillo tan diferente y enigmático que invitaba a perderse en ellos. Se me aceleró el pulso en una décima de segundo mientras esperaba que se apartara y me permitiera escapar de una situación en la que no tardaría en perder el control sobre mí misma.

Ninguno de los dos se atrevía a decir nada, lo cual todavía me descolocaba más. Necesitaba pedirle que se apartara para que pudiera pasar, tanto como necesitaba que mi pecho continuara en contacto con el suyo. Sentía su pulso disparado y su respiración agitada debajo de un sospechoso afán de aparentar tranquilidad.

Sin esperarlo, sentí el roce de su pulgar en la comisura de mis labios y su cálida mano envolviendo mi mejilla. Tragué con dificultad en un silencio sepulcral, mientras me afanaba en controlar las irrefrenables ganas de besarle que me estaban poseyendo.

—Tienes un poco de chocolate todavía... —dijo, acariciando con el pulgar la zona donde terminaban mis labios, electrizándola y tornándola más sensible de lo que jamás había sido. Estaba segura de que no había ni rastro de chocolate en mi piel y, sin embargo, fui incapaz de reaccionar para comprobarlo.

Las luces del baño, que respondían a uno de aquellos interruptores de duración temporal, se apagaron, sumiéndonos sin esperarlo en una oscuridad a la que nuestros ojos tardarían unos segundos en acostumbrarse. No me moví ni un solo centímetro de donde estaba, ni siquiera cuando presentí que ya no eran sus dedos sino sus labios los que rozaron el extremo de los míos. No llegó a besarme, me acarició, lo justo para que su aliento se mezclara con el mío, creando una composición de chocolates cuya receta nadie llegaría a emular.

—Me encanta cuando se te dispara el pecho y se te acelera el corazón. Tratas de disimularlo, pero lo único que consigues es retarme a que vuelva a intentar conseguirlo una y otra vez —susurró junto a mi oído.

Acto seguido, desapareció en un movimiento tan rápido que incluso me costó apreciarlo. Me quedé inmóvil en la misma posición en la que había sucedido todo aquello, sintiendo el pecho desbocado, repiqueteando contra mi esternón, y mi fuerza comenzaba a flaquear contra aquellos embistes emocionales con los que Owen me atacaba. Di un paso hacia atrás, volví a cerrar la puerta del baño y apoyé la espalda contra la pared antes de llevarme una mano hacia el pecho. Cerré los ojos e inspiré. Cogí aire con fuerza y, luego, aguanté la respiración durante unos segundos antes de exhalar un suspiro. Una risa nerviosa comenzó a salir de mi interior lentamente, ascendiendo hasta liberarse de mi garganta, convirtiéndose en una silenciosa carcajada que compartí únicamente con mi reflejo. Giré la cabeza y me busqué a mí misma. Me brillaban los ojos de un modo peculiar, como si ellos mismos contuvieran toda la luz de la estancia, que ahora parecía envolverme únicamente a mí. Con suavidad, me llevé una mano hacia el labio y acaricié la zona en la que los suyos habían entrado en contacto con los míos. Se trataba únicamente de unos milímetros. Un espacio que contenía las más plácidas de las sensaciones pudiera llegar a albergar. Me sonreí frente al espejo y volví a llevarme una mano hacia el pelo. Era como si acabara de salir de la cama después de haber compartido una noche de las que solo suceden en las películas. Jamás un hombre me había excitado de aquella manera. Me temblaban las piernas, y sentía que mi vientre vibraba ansioso. Y todo ello, únicamente por un leve contacto de apenas un par de segundos.

Cuando intuí que mis piernas volvían a obedecerme, me dispuse a salir de nuevo hacia el exterior del baño. Crucé la sala como si estuviera rodeada de un aura de protección y suavidad y me encaminé hacia mi taburete, frente al que todavía aguardaba la bandeja. No volví a lanzar una mirada hacia la mesa que Owen ocupaba con la chica ni tampoco tomé asiento. Así pues, todavía en pie, terminé el contenido de la taza sintiendo que mi boca era poseída por un extraño e intenso sabor celestial. A continuación, me fijé en que la foto que había encontrado en mi agenda seguía ahí. La miré por última vez y sonreí ante la nueva oportunidad que la vida me había dado para dejar atrás todas aquellas cosas que habían ocupado mi anterior rutina sin aportar ni una sola chispa de felicidad. Sentía verdadero agradecimiento hacia el hombre que me miraba desde aquel papel de apenas cinco centímetros acompañado de una Haley a la que ya ni siquiera recordaba. Gracias a él sabía que deseaba conocer mi propio límite. Y, gracias a él, sabía que todavía me quedaban muchas sensaciones por experimentar. Owen tenía razón, no iba a permitirle que pisoteara ninguno de mis sueños nunca más.

La dejé boca abajo sobre la bandeja y coloqué la taza encima, ya vacía. Cogí el *cupcake* con cuidado, justo antes de alzar la mirada por última vez y despedirme de Maddy, que me observaba con una curiosidad divertida.

—Gracias por todo —dije antes de darme la vuelta y encaminarme hacia la puerta sin volver la vista atrás.

16

Al llegar a casa, la señora Smith me recibió con una amplia sonrisa, mucho más entusiasta que la que ya de por sí lucía de forma habitual. Todos estaban preparados para la noche más especial del año y la euforia podía respirarse en el ambiente, en cada esquina.

Comí poco, pues aquel inesperado y renovador *cupcake* fuera de horas había logrado matar el hambre que pudiera tener. Eso, junto a aquel intenso hormigueo que de forma incesante recorría mi estómago desde hacía un buen rato, había conseguido que este se cerrara por completo.

Me refugié en el dormitorio, dejé las cosas de cualquier manera sobre la mesa y me tumbé en la cama antes de dejar caer la cabeza sobre la mullida almohada y mirar al techo. No podía dejar de sonreír, y empezaba a desconcertarme que así fuera a continuar el resto de la tarde. Owen había dado un paso inesperado y a una parte de mí le había encantado, y ahora estaba deseosa de más. Sin embargo, estábamos hablando de Owen, y eso no podía olvidarlo. Continuaba siendo el chico hermético, cerrado y meticuloso de siempre, y lo que acababa de suceder en el Maddy's no cambiaba nada. Adriana me había prevenido sobre esa clase de hombres. Una y otra vez decía lo mismo: «Un chico que, pasado un cierto tiempo, continúa representando un gran enigma para ti, es porque esconde algo. No te fíes».

Recordar aquella afirmación me descolocó. En realidad, no tenía ni idea de quién era Owen, qué era lo que le gustaba aparte del chocolate, o cuáles eran sus aficiones al margen de su dedicación concienzuda y casi exclusiva al trabajo... Tan solo conocía de su pasado lo poco que la señora Smith me había contado, y él, en cambio, parecía conocerme como un libro abierto. Yo no ha-

bía temido exponerle mis miedos, mis anhelos..., explicarle qué había sucedido en España o cuánto echaba de menos a los míos. Me sentía furiosa conmigo misma por haberme permitido comportarme de un modo tan inocente.

Me incorporé de un salto y llevé el cuerpo hacia adelante. Apoyé los codos sobre mis muslos y el rostro sobre las manos en una actitud abiertamente pensativa. ¿Qué estaba haciendo con mi vida? ¿A qué estaba jugando? Sentí una vez más que la sangre se abría paso por mis venas de forma estrepitosa, como si formara cúmulos y estallara a borbotones. Me ardía. Estaba comportándome como una verdadera ingenua, y todo por un simple beso que ni siquiera podía considerarse como tal. Empecé a deambular por la estrecha estancia, un par de pasos a un lado y lo mismo hacia el otro, siguiendo el vaivén de ideas que corrían por mi mente como si de una carrera de Fórmula Uno se tratara.

—¿Estás lista?

Su voz me paralizó. Esta vez ni siquiera picó a la puerta. Podría haber estado cambiándome de ropa o quizá desnuda y él, sin embargo, había entrado como si tuviera derecho a ello o como si ni siquiera entendiera que pudiera llegar a cuestionarme su forma de entrometerse en mi vida. Me giré hacia él con el rostro ensombrecido y me encontré con aquel hombre por el que parecía que mis hormonas respiraban. Bajo el tenue haz de luz del pasillo, sus mechones todavía se reflejaban más y contorneaban sus marcadas facciones. Llevaba un par de días sin afeitarse y, por mucho que me lo negara a mí misma, le sentaba de maravilla. Todos mis músculos se destensaron, como si ejerciera alguna clase de poder sobrenatural en ellos. Tenía que aferrarme a la poca fuerza que quedaba en mi interior.

—¿Para qué? —dije al fin, tratando de no mostrar ningún tono que reflejara mi estado de nervios.

—Vamos, ¡es la última noche del año! —exclamó, haciendo un visible gesto con los brazos como si no entendiera por qué no reaccionaba—. ¿No pretenderás quedarte en casa, no?

Le observé con cierta reticencia. Hacía apenas un rato que le había visto con una chica, el mismo que hacía que sus labios habían rozado los míos, y ahora, como si nada de todo eso hubiera sucedido, estaba plantado frente a mi puerta sugiriéndome pasar la Nochevieja juntos.

—¿No tienes planes con tus amigos?

—Siempre que tú no los tengas conmigo.

Sus palabras me abrasaron la piel como si acabara de exponerme a los rayos del sol en una playa paradisíaca al mediodía. ¿Qué clase de proposición escondía una afirmación como esa? ¿Qué demonios estaba pasando entre nosotros? Una vez más, mi pecho reaccionó con celeridad a su provocación y bombeó con fuerza a pesar de mis intentos de evitarlo. Recordaba a la perfección lo que me había dicho en el interior del baño del Maddy's y, sin duda, estaba volviendo a provocarme. Su sonrisa lo confirmaba. Debía de ser más fuerte que él. Tal vez le gustara únicamente el juego y fuera uno de aquellos tipos que adoraban pasarse la vida provocando a todas aquellas mujeres que parecían caer locas de deseo ante sus encantos. Y yo me negaba a ser una más, por lo que la única manera de demostrárselo era, simplemente, seguirle el juego.

—No creo que seas el hombre más indicado con quien compartir una noche tan importante como la de hoy.

Su rostro dibujó una mueca que me gustó todavía más. Le había descolocado, y eso consiguió armarme de valor. Ahora me hallaba en una posición muy diferente, a pesar de que ninguno de los dos se hubiera movido ni un solo centímetro.

—Deberías tener argumentos con los que poder sostener esa afirmación.

Sus palabras sonaban a desafío, y el temblor de mis rodillas me alertó de que estaba perdiendo fuerza ante ellas. Dio un paso al frente y se acercó todavía más a mí hasta detenerse cuando apenas nos separaban unos cincuenta centímetros. Me miró a los ojos y, de nuevo, me mostró aquella sonrisa que tan estudiada tenía. Con expresa lentitud, fue alzando el brazo hasta dejarlo tendido frente a mí, ofreciéndome una mano a la espera de que la cogiera. Sentí miedo. Miedo a desmoronarme tal y como mi piel volviera a rozar la suya. Tenía demasiado reciente el sabor de sus labios, aunque apenas me hubiera dado tiempo a degustarlo. Era una presa fácil, y tentaciones como aquella no hacían más que demostrarlo. Pero me había hecho una promesa al marcharme de mi ciudad natal. Me la había hecho a mí y se la había hecho a mi mejor amiga. Había venido a lanzarme a la piscina, a dejar los miedos atrás y a dejarme la piel en vivir todas aquellas experiencias que la vida me

pusiera delante. Y, por mucho que intentara negármelo a mí misma, Owen se estaba convirtiendo en la mayor de todas ellas.

No pude más que ceder a su petición. Levanté la mano casi con temor y la puse sobre la suya.

—Prepárate para descubrir lo que es una verdadera noche de fin de año.

Tiró de mí y, sin pensarlo, le seguí. Salimos corriendo por el pasillo y aparecimos en la cocina en apenas un segundo. Thelma se sorprendió por la repentina aparición y nos observó divertida, mientras yo seguía los apresurados pasos de Owen sin perder de vista el suelo y evitar así tropezar con algo.

—Adiós, mamá. ¡Feliz Año Nuevo! —dijo, justo antes de darle un cariñoso beso en la frente al pasar junto a ella.

Le obligué a detenerse y me acerqué a ella, todavía atónita por lo que estaba sucediendo.

—¡Que tenga un feliz Año Nuevo, Thelma! —exclamé, ahora ya contagiada por completo de la ilusión de Owen.

La mujer correspondió a mi abrazo y nos despidió con una sonrisa sincera.

—¡Id con cuidado ahí fuera y, sobre todo, pasadlo bien!

Escuchamos sus palabras ya desde el umbral de la puerta del recibidor. Apenas nos dio tiempo a coger los abrigos y los guantes antes de salir disparados a la calle.

—¿Pero adónde vamos con tantas prisas?

—¿Recuerdas ese capítulo de *New Girl* que tanto te gusta? ¿Ese en el que consiguen que toda una calle ilumine sus casas para que Jess pueda ver las luces de Navidad?

Le miré con una emoción sobrevenida reflejada en el rostro. Claro que lo recordaba, era una de mis escenas favoritas. Le seguía los pasos, rezagada pero invadida por una felicidad que quizá jamás llegara a volver a experimentar.

—Si no corremos, no llegaremos al pase. ¡Hoy es el último día para verlas!

—¡¿Qué?! ¿Lo dices en serio?

Sus pasos todavía aceleraron más el ritmo, y decidí seguirle sin ni siquiera plantearme que iba a llegar sudando adonde quisiera que estuviéramos yendo.

—¿No decías que no era la clase de hombre indicado para una noche como la de hoy?

Me mordí el labio antes de contestar a su manifiesta provocación y continué corriendo para alcanzarle, pues cada vez me resultaba más difícil hacerlo.

—Vamos, dame la mano. Iremos más deprisa.

—¡No quiero llegar sudando!

—Lo que no vas a querer jamás será que termine esta noche.

Sus últimas palabras me arrollaron como un tren de mercancías que no se detiene. Impactaron contra el centro de mi ser y lo hicieron estallar en mil pedazos. No entendía cómo era posible que pudiera sentir tantas cosas diferentes al mismo tiempo por un hombre. Y, sin embargo, lo único que quería era conocerle, cada minuto que pasaba, un poco más. En cuantos más sentidos, mejor.

Así que me así a la mano que me tendía y me dejé llevar, como si mis pies flotaran sobre el suelo.

Seguimos corriendo por las calles atestadas de gente que, como nosotros, parecía eufórica. Todo el mundo sonreía y abría paso cuando nos veían correr hacia ellos sin intención alguna de querer detenernos. Al final, cuando creí que ya no iba a resistirlo más, Owen se detuvo en seco junto a una cola de personas que aguardaban, felices.

Me detuve con él y apoyé las manos sobre mis muslos mientras hacía grandes esfuerzos por recuperar el aliento.

—Esta semana no es necesario que salgas a correr... —añadió, justo antes de guiñarme un ojo mientras él también se ocupaba de recuperarse.

—Supongo que no... ¿Dónde estamos?

—En el llamado Christmas Lights Tour —dijo antes de inspirar sonoramente—. Tal vez esta sea la única ocasión de que vivas una noche de fin de año como solo Nueva York ofrece... No sería justo que no te ayudara a lograrlo, ¿no crees?

Le contemplé sin poder evitar que mis labios se curvaran en una sonrisa. Parecía sincero de verdad, lo que todavía me asustaba más, aunque no lo suficiente como para desear marcharme cuanto antes de su lado.

—¿Y qué es lo que sacas tú de todo esto?

—Nada... —dijo, y no pude evitar un disimulado suspiro—. Ya te he dicho que me gusta cuando te pones nerviosa. ¿Acaso hay una noche mejor que esta para conseguirlo?

Tuve que desviar la mirada hacia otro lado y obligarme a mantener la compostura. Pero mis mejillas habían decidido volver a traicionarme, hecho que no le pasó en absoluto desapercibido. Sonrió complacido por el hecho de que sus planes hubieran salido como esperaba y le golpeé un brazo con suavidad. Al fin y al cabo, si no puedes con tu enemigo..., únete a él, ¿no?

—¿Quién eres tú y qué has hecho con el Owen que creía conocer?

—Créeme, jamás has llegado a conocer al verdadero Owen.

Por suerte, había llegado nuestro turno. Y digo que suerte porque, si hubiera tenido que reaccionar de algún modo distinto que no fuera el de pagar el *tour* al chico que esperaba con cara de ser el único que no estaba disfrutando de la magia de ese día, no hubiera podido hacerlo. Mi sangre se había congelado y ya no quedaba ni rastro de ella. Todo orbitaba a mi alrededor y en mi cabeza repetía una y otra vez esas últimas palabras que me había dedicado. Quería conocer a ese Owen que acababa de mencionar, y lo deseaba tanto que el resto de cosas dejaron de tener sentido en ese preciso instante.

Cuando dejamos atrás la última de aquellas casas decoradas con miles de bombillas y figuras navideñas, sus palabras todavía repiqueteaban en mis oídos. Había sido maravilloso. Jamás imaginé que ver en directo todas esas calles repletas de casas decoradas hasta el último detalle podría llegar a convertirse en una experiencia tan agradable. Empezaba a dudar realmente de si algún día llegaría un momento en el que por fin dejaría de sentirme como si estuviera dentro de una película, pero me gustaba que así fuera. Todo, absolutamente todo, era nuevo para mí. Y aquella tarde se estaba convirtiendo en la más especial por muchas cosas a la vez.

La temperatura había descendido notablemente y sentía el gélido frío invernal colándose por cada resquicio de mi cuerpo. Owen, sin que yo se lo pidiera, me envolvió entre sus brazos mientras seguíamos andando hacia un destino que no conocía aún. Me sentí extraña durante un breve lapso de tiempo, aunque apenas duró un suspiro, pues sus brazos, lejos de amilanarme, me hacían sentir como en casa. Era realmente confuso y a la vez reconfortante que alguien como él pudiera hacerme sentir algo parecido. Seguía sus pasos en absoluto silencio. Desde mi llegada, Lucy, Thelma y Owen se habían convertido en mis principales pilares. Ahora que iba a terminar el año, pensaba en ello y me sentía realmente afortunada de tenerlos en mi vida. Al margen quizá de las últimas inquietudes que Owen parecía haber despertado en mí, pasar junto a él la noche de fin de año se me antojaba el mejor plan del mundo, el único que deseaba en realidad. A su lado, sin razón aparente, me sentía segura, protegida. Pero también me sentía libre, entera y, sobre todo, muy en contacto conmigo misma. Me gustaba hablar con él, reírme de sus comentarios y tratar de imaginar la dirección que a veces podían tomar sus pensamientos cuando se perdía en su propio silencio. Del mismo modo que, cuando se ausentaba durante unos días por cuestiones de trabajo, le echaba de menos. Me había acostumbrado a sus repentinas intromisiones en mi dormitorio cada noche, y disfrutaba viendo algún capítulo con él; teníamos gustos dispares pero compatibles a la vez. Me di cuenta de lo presente que llegaba a estar en mi vida, y me asustó pensar que algo pudiera estropearlo. Todavía con sus brazos envolviéndome con un cálido abrazo, giré la cabeza hacia él y le sonreí, sin nada más allá de la placentera percepción de estar en el lugar adecuado en el momento indicado.

—Gracias, Owen. No tenías por qué hacer todo esto por mí.

Giró el rostro hacia mí y también me mostró una sonrisa, tan sincera que deseé poder guardarla para siempre en mi memoria. Tenía la punta de la nariz enrojecida a causa del frío y sus ojos centelleaban más de lo habitual.

—No me las des. Si te soy sincero, no había ningún plan que me apeteciera más que pasar la noche contigo. Me gusta la forma en la que todo parece sorprenderte. Es como si, de forma constante, vivieras siempre una primera vez. Y, francamente..., a veces, tu mirada, tu ilusión..., todos tus gestos me dejan sin palabras. Es como si necesitara conseguir sorprenderte una y otra vez y lograrlo se hubiera convertido en mi mayor quebradero de cabeza.

—Vamos..., que no soy más que un constante reto para ti, ¿no? —dije, para seguirle el juego y ganar tiempo para destensar el nudo que se había aferrado desde mi garganta hasta la parte más profunda de mis vísceras.

—Eres mucho más que eso para mí.

Quizá fuera uno de esos momentos en los que debías liberar a tu pecho de la presión que albergaba y dejarlo detonar con todas sus fuerzas. Me costaba respirar y continuar caminando a la vez, más todavía cuando seguía sintiendo su brazo sobre mis hombros y tenía que resistirme a lanzarme y abrazarle con fuerza. Me costaba entender el sentido de todas aquellas palabras, no sabía si me las decía un amigo o un hombre que tal vez buscaba algo más. Pero, sobre todo, me costaba entender que alguien pudiera renunciar a experimentar sensaciones como las que yo estaba viviendo. Porque, al fin y al cabo, ¿para qué vivir sin arriesgarse a sentir?

—Creo que lo tendremos difícil para entrar.

Sus palabras me devolvieron de vuelta a la tierra de forma abrupta. Frente a nosotros, miles de personas aguardaban creando una masa homogénea de cuerpos en las calles.

—La gente empieza a llegar a las dos de la tarde a Times Square para vivir la cuenta atrás y el famoso Ball Drop. Creo que será imposible que lleguemos hasta una posición razonable desde la que podamos verlo —añadió.

Volví a llevar la vista al frente y me perdí en la inmensidad de aquella masa de personas que aguardaban entre gritos y júbilo, formando un gran estruendo. Desde algún lugar, a través de grandes altavoces, se escuchaba al cantante que en aquel momento estaba en un escenario entreteniendo al público. Era un verdadero espectáculo digno de ver.

—Pensaba que no te rendías tan fácilmente... —respondí, con un mohín de fingida desilusión que pareció creerse.

—Haley, es imposible. ¿Es que no lo ves?

—Tengo un plan. Tal vez funcione.

Sus ojos se abrieron más de la cuenta. Nos hallábamos el uno frente al otro, y su mueca se tornó realmente divertida mientras aguardaba expectante a mis próximas palabras.

—¿Cómo llamarías a tu hijo?

—¡¿C... Cómo dices?! —Su leve tartamudeo me ganó por completo.

—Vamos..., ¿me vas a decir que nunca lo has imaginado?

Me sentía radiante. Todo a nuestro alrededor había desaparecido y, de nuevo, solo quedábamos los dos, sumergidos en una de nuestras disparatadas conversaciones.

—Vale... Acepto el juego —dijo al fin, fingiendo pensar realmente en la pregunta—. En ese caso... Creo que la llamaría Luna.

—¿Te estás quedando conmigo? ¿Como Luna Lovegood?

—¿Qué pasa? Sabes que sin ella la saga no sería lo mismo; además, ¡cada uno tiene sus propios gustos! —se defendió, cruzando los brazos a la altura del pecho.

—De acuerdo. Pues, ¿sabes qué? Resulta que Luna se ha perdido entre el gentío. Y, como buenos padres... —continué mientras su rostro cambiaba a cada una de mis palabras—. Como buenos padres, deberíamos ir a su encuentro. ¿No crees?

Esta vez fui yo la que le tendí la mano a la espera de que aceptara lo que le estaba proponiendo hacer. Tras unos segundos de espera, Owen volvió a sonreír y aceptó, entrelazando una vez más sus dedos con los míos. Podría llegar a habituarme a la sensación que me producía su mano junto a la mía, aunque nunca me acostumbraría a la necesidad de sentir su contacto tan a menudo.

—Tres, dos, uno... ¡Vamos!

—Luna, ¡Luna! ¡¿Dónde estás, Luna?! —empezó a gritar él, abriéndose paso entre el gentío sin soltarme de la mano—. Señora, ¿ha visto a una niña por aquí? Tiene diez años, es morena y tiene unos ojos azules y enormes como los de su madre —le dijo a una señora, señalándome con la mano que le quedaba libre sin ser consciente de que al escuchar su última palabra mi estómago se había revuelto por completo hasta hacerme levitar desde la zona más céntrica de mi cuerpo, la misma que servía de cobijo para todas las emociones y que resultaba imposible de ignorar.

Owen me miró y aprovechó el instante en el que la señora me observaba para guiñarme un ojo socarrón. Así pues, divertida por lo absurdo de la situación, decidí perderme por completo en la locura que yo misma acababa de iniciar y le seguí el juego.

—¡¡Lunaaaaaa!! —grité a pleno pulmón—. ¡¡Lunaaaaa!!

Aceleró el paso conforme se adentraba entre todas las personas que debían de llevar horas esperando la caída de la bola. Sus dedos oprimían con más fuerza mi mano y un escalofrío definió el contorno de mi columna. A pesar del frío, empezaba a sentir un fuerte e intenso calor que provenía de mi interior. A nuestro alrededor todo eran gritos e ilusión, rostros felices, euforia y júbilo mezclados con el inconfundible aroma de la tensión, los nervios y todas las promesas que verían el punto de partida en apenas unos minutos.

—¡¡Lunaaaaa!! ¡¡¿Dónde estás, Luna?!!

Escuché su grito en la distancia, como si a mi alrededor se hubiera creado el vacío, una de las típicas escenas más propias de un videoclip en las que el protagonista se encuentra en medio de una discoteca, observando todo lo que sucede a su alrededor y, al mismo tiempo, ajeno a ello. Ya no escuchaba ni uno solo de los gritos de las personas que me rodeaban ni sabía por qué saltaban. Sentía empujones mientras la mano de Owen tiraba de mí y me guiaba. Era increíble. De pronto, ante la fuerza de mi mano, se giró para observar lo que pasaba y me topé con sus ojos sin ser consciente ni de lo que los míos reflejaban. Sin embargo, me bastó mirarle tan solo un segundo para descubrirlo. De nuevo, su sonrisa me embrujó, esta vez mucho más amplia y exuberante de lo normal. Él tampoco podía esconder todo lo que estaba sintiendo esa noche.

—Vamos... No llegaremos... ¡Apenas quedan unos minutos! —me apremió, dando un par de suaves tirones de mi mano.

Pero ya no pude reaccionar. Habíamos avanzando muchísimo de forma milagrosa. Estábamos completamente rodeados por miles de personas de infinitas nacionalidades diferentes. Los altavoces emitían la música a unos decibelios casi imposibles y fue entonces cuando supe que ya no necesitaba nada más de lo que tenía. Alcé la mirada y desde donde estábamos veíamos, aunque fuera de forma muy lejana, el edificio desde el que caería la gran y brillante bola que, sin haberla presenciado jamás en directo, conocía a la perfección.

—Quedémonos aquí... —dije, consciente de que era imposible que me hubiera escuchado.

Sin embargo, entendió mi deseo a la perfección. Tardó unos instantes en reaccionar y, al final, se acercó todavía más a mí con lentitud, sin dejar de mirarme a los ojos.

—¿Estás segura? Desde aquí apenas podremos verla...

—Quiero quedarme aquí. Quiero sentir el estallido de alegría a mi alrededor y perderme en él. Quiero grabar este momento para siempre y poder revivirlo cada vez que quiera al cerrar los ojos... Quiero...

Empezamos a escuchar la cuenta atrás en voz alta y volvimos a buscarnos en silencio con la sorpresa reflejada en el rostro.

—Owen... ¿Qué...? —intenté preguntar sin acabar la frase que dejé a medias.

—No puede ser... —murmuró sin entender nada.

Se llevó la mano hacia la muñeca contraria y apartó la tela del abrigo para descubrir qué hora era. Adiviné su gesto a la perfección, pues yo también había perdido la noción del tiempo al adentrarnos entre el gentío. No sabía si habían pasado diez minutos o diez horas.

—Haley, vamos, ¡pide un deseo! ¡Pensaba que era más pronto!

—No... Yo, no... —No estaba preparada. Mi cerebro no reaccionaba, y todos aquellos gritos no hacían más que dificultarme la tarea.

—Cinco...

—¡Vamos, Haley!

Su cuerpo, ahora mucho más cerca del mío, me esclavizaba y seguía sin saber cómo reaccionar todavía.

—Cuatro...

Debía pensarlo bien.

—Tres...

La única oportunidad de vivir un sueño.

—Dos...

La única oportunidad de sentirme viva.

—Uno...

Y entonces lo tuve claro y lo deseé con todas mis fuerzas. Deseé que la vida no dejara de sorprenderme, de brindarme oportunidades para crecer y continuar soñando. Y, sin saber por qué, deseé que el hombre que tenía al lado permaneciera conmigo, ofreciéndome la capacidad de descubrir todo lo que hasta la fecha no había experimentado.

El estruendo fue demoledor. Luces, bombas de brillante confeti que estallaron desde lo alto de los edificios, gritos, fuegos artificiales y, de pronto, sus labios buscando los míos. Sentí el suave impacto de su rostro contra el mío y su mano en mi nuca antes incluso de que fuera consciente de lo que verdaderamente estaba sucediendo. Su lengua no buscó la mía. Era un beso tan casto como anhelante. Sentí que me ahogaba, como si me hubieran atado un arnés al pecho y me empujaran hacia el cielo, provocando que toda yo levitara. Me elevé, mientras su mano continuaba en mi nuca, dándome calor y sosteniéndome. No pude soportarlo más y fui yo quien separó los labios, buscando los suyos con deseo y desesperación. Puse las manos alrededor de su cuello y le besé como jamás había besado a un hombre, mientras toda mi piel se deshacía ante su contacto. Me derretía, perdía peso y fuerza mientras sus labios me devoraban ávidamente. Sabía a chocolate. Owen sabía al más exquisito y exclusivo de todos los chocolates que hubiera probado jamás.

Pasó sus manos por la parte baja de mi cintura y me levantó del suelo. Alcé las piernas y comenzó a girar sobre sus pies. Nuestros labios se separaron y abrí los ojos para encontrarme con los suyos, irreconocibles y embriagadores. Sonreímos ante la sobrevenida felicidad que ambos sentíamos hasta dejar que una carcajada se fundiera en el cielo, aquel que ahora se llevaría gran parte de los deseos de todos los que estábamos ahí, de sus promesas y sus miedos. Redujo la velocidad y escondí la cabeza en el hueco de su cuello mientras recuperaba el aliento. Inspiré un par de veces mientras sus brazos continuaban aferrados alrededor de mi cintura. Las primeras notas de la famosa canción de Frank Sinatra, oda a aquella ciudad que me había acogido con la promesa de cambiarme por completo, comenzaron a sonar y fuimos separándonos mientras nuestros pies seguían el ritmo de la música en ese espacio de apenas un metro cuadrado, como si lleváramos toda una vida bailando juntos.

Le seguí los pasos y le contemplé por última vez con una comprensión tácita reflejada en el rostro. No quería que me preguntara nada sobre lo que acababa de suceder, ni tampoco que me dijera realmente que todo aquello había sido un error y que no debía hacerme ningún tipo de ilusión o idea que nada tuviera que ver con lo que realmente podía haber entre nosotros. Y, como si de algún modo pudiéramos leernos la mente, decidimos no volver a mencionarlo sino que, por el contrario, aceptamos perdernos en todo aquel torbellino de emociones, en todas y cada una de esas sensaciones que se abrían paso desde el mismísimo esternón. Mañana ya simularíamos que esa noche no había existido jamás.

Decidí dejarme llevar y no pensar cuál era el paso que debía dar a continuación. Dejé de pensar en lo que debía hacer al día siguiente, en la faena que tenía pendiente y en todas las cosas que había planificado durante la semana. Dejé de pensar en mí, en él y en todo lo que nos rodeaba. Únicamente, dejé de pensar y sonreí.

Y por primera vez me di cuenta de que era yo misma la que escondía el verdadero secreto de la felicidad y, al mismo tiempo, que era yo misma quien había estado saboteando mis propios sentimientos durante toda la vida.

17

Dos días después seguía agotada, pero no quería mostrarme débil. Agatha no podía descubrirme en ese estado, a pesar de que las horas de innumerable trabajo me estuvieran consumiendo con estrepitoso fervor. Seguía trabajando a destajo, y había llegado el día en el que, entre las blancas y luminosas paredes de Royal Editions, entregaba mi proyecto número diez. Sin embargo, sentía que la cantidad de faena me consumía y la cuantía de horas que pasaba leyendo y corrigiendo comenzaba a pasarme factura, aunque los incentivos económicos luego hicieran que olvidara temporalmente toda la frustración inicial de cada entrega.

Ese día, el despacho se me antojaba más pequeño de lo habitual. Sentía cierto grado de asfixia, me faltaba espacio, y mi mente también lo presintió con claridad. Lucy había pasado gran parte del día de un lado a otro y, en parte, me fue bien que así fuera. Necesitaba unos minutos para mí sola, para despejarme y, sobre todo, para poder mentalizarme de todo lo acontecido en los últimos días.

Me acerqué a la cafetera que había en una esquina, siempre encendida y a media carga, como si alguien acabara de utilizarla, y me serví uno de los cafés más largos que me hubiera preparado jamás. Con el vaso lleno hasta arriba, regresé hacia mi mesa, lo dejé al lado de la pantalla y revisé el correo electrónico en busca de actualizaciones. Me tranquilizó pensar que todo seguía en orden. Todo menos mi corazón, claro. Escuché entonces unos pasos a la entrada de mi despacho y me giré pensando que se trataba de Lucy, cuando descubrí que era Violet, que había aparecido con un nuevo dosier en las manos.

—Buenas tardes, Haley. Sé que es un poco tarde, pero te traigo un nuevo documento. Petición directa de Agatha.

—Hola, Violet. Descuida —dije sujetando la carpeta que me tendía—. ¿Directa? De acuerdo, le echaré un vistazo ahora mismo.

—Esto... Tienes en las manos algo absolutamente confidencial. Sabes lo que significa, ¿verdad?

Aquello sí que terminó de descolocarme. Llevaba ya unos meses trabajando para Royal y, a pesar de que todo lo que me había llegado a las manos había sido tratado con exclusividad y confidencialidad, el hecho de que Violet lo remarcara me hizo temer de lo que podía tratarse. Así pues, cuando esta desapareció de nuevo en dirección a la recepción, abrí la carpeta roja. Tardé en reaccionar cuando leí la primera página, en la que había escritos los datos del autor al que pertenecía el manuscrito. Automáticamente, mis dedos comenzaron a temblar como por arte de magia y sentí el sudor bajo la palma de las manos.

Tenía nada menos que la próxima novela de Corina Fox en mi poder.

Corina era la autora hispanohablante más internacional, prolífica, galardonada y polivalente del género romántico actual. Se la conocía en gran número de países como la mujer con las historias más deseadas del momento. Cada libro que publicaba era un verdadero éxito, y alcanzaba cifras de ventas millonarias en cuestión de días. ¡Y yo tenía su próxima publicación entre las manos! Era una especie de Agatha Christie de la romántica, con un plus añadido como personaje mediático y televisivo. Se la rifaban en los programas de tertulias y sus entrevistas superaban las miles de visitas en Youtube en apenas unos minutos, lo que se traducía en un importante incremento de las ventas cada vez que se hablaba de ella.

Tuve que darle un largo sorbo al café antes de poder asimilar lo que tenía delante. Corina Fox... Tenía todas y cada una de sus treinta y cinco novelas, y algunas de ellas me las había leído en más de una —y de dos— ocasiones. Conocía su estilo, depurado y perfecto, y el cambio de registro que había experimentado entre las publicaciones, como si tuviera la virtuosa habilidad de convertirse en distintos escritores a la vez.

Abrí de nuevo la carpeta y leí el título una vez más: *El verano de las promesas rotas*, por Corina Fox. Me temblaban todos los músculos, que parecían haberse puesto en guardia. Estuve tentada de ponerme en pie y dar saltitos de alegría por todo el despacho, pero no quería perder ni un solo minuto más antes de sumergirme en la lectura de aquella historia.

El rostro de Adriana se materializó ante mí y supe que tenía que hacerla partícipe de aquello. Así pues, cogí mi teléfono móvil, tapé con una mano el título de la novela y dejé únicamente a la vista el nombre de la autora. Encuadré la foto, apliqué un fondo en el que se desdibujaba todo excepto el nombre y se la mandé por WhatsApp.

«¡¿EN SERIO?! ¿¿Sabes cuánto te estoy odiando ahora mismo?? ¿Lo percibes? ¡¿Pero qué es lo que he hecho yo para merecerme esto?! ¿De verdad que no hay un huequito para mí en diseño? Joder, ¡qué suerte tienes!»

Su respuesta fue casi inmediata. No tardó ni un par de minutos en contestar. Me hicieron gracia sus comentarios, y supe que no existía una forma más real de hacerme saber lo emocionada que estaba con la idea de que fuera a trabajar en la próxima novela de Corina Fox.

«¡¡Júrame que me contarás de qué va…!!»

«No puedo mandar nada por WhatsApp, correo o cualquier otro medio de comunicación a distancia», añadí como única respuesta, haciéndola sufrir un poco más.

«Nadie ha dicho que no puedas hablar por Skype. Ahí no queda registro de ninguna conversación. Quedamos el domingo por la tarde, bueno, noche para mí. Ya te lo habrás terminado. Apúntalo en la agenda, es una cita ineludible. Love you.»

«Ya veremos.»

Lo acompañé con una de esas caritas sonrientes que tanta gracia me hacían. Adriana sabía que no le fallaría, ¡me moría de ganas de hablar con ella! Miré el reloj y vi que apenas quedaban diez minutos para que terminara mi jornada; así pues, entusiasmada ante la perspectiva de lo que me había deparado aquel día, me dispuse a guardar en mi maletín la carpeta con la petición y una copia del manuscrito original, que esta vez sí me entregaron en papel, justo cuando Lucy entraba de nuevo por la puerta del despacho. Se detuvo al descubrir lo que estaba guardando y me miró, enarcando las cejas con una mueca curiosa.

—Esa carpeta roja solo la lucen los documentos confidenciales —dijo señalando el dosier sin querer darle más importancia a mis palabras—. ¿Es muy secreto?

Recapacité sobre la pregunta. ¿Cuántos autores tenían el lujo de poder esconder sus manuscritos tras carpetas rojas? Supuse que la duda se reflejó en mi rostro de forma evidente, pues Lucy, que sabía cuánto se valoraba la confidencialidad en la editorial, no quiso ahondar más en ello.

—Déjalo. No quiero meterte en un compromiso —añadió cogiendo también su maletín, pues su jornada también había llegado a su fin—. Por cierto, puedes sentirte muy afortunada... No es habitual que cedan manuscritos tan importantes a los que llevan menos de dos o tres años trabajando para Royal... Debes de ser muy buena. Felicidades.

Dicho esto, se marchó, mientras yo me quedaba totalmente colapsada por el comentario. No tenía constancia de la relevancia que les otorgaban a aquellos manuscritos. Sí, podía hacerme a la idea, pero de ahí a saber que, si no llevabas cierto tiempo en la empresa, no tenías acceso a ellos... iba un trecho.

Cogí el maletín, que protegería con toda mi fuerza en caso de ser necesario. Era la primera vez que me planteaba la posibilidad de un atraco en pleno Manhattan... ¿Sabría alguien lo que llevaba a cuestas? ¿Me estarían esperando a la salida?

Me despedí de mis compañeros y cogí un taxi para regresar a casa de los Smith. Ese día ni siquiera me atreví a pisar las inmediaciones de Central Park, y eso que tenía una de las entradas principales frente a la puerta de la editorial.

Los Smith se extrañaron por mi pronta llegada, pues nunca solía aparecer antes de las siete u ocho de la tarde. Sin embargo, les expliqué que tenía muchísimo trabajo y sonrieron comprensivos antes de que me encerrara una vez más en el dormitorio. Dejé las cosas de cualquier modo, me recogí el pelo en un moño despeinado, me saqué los tacones, cambié el vestido por una sudadera y un pantalón de algodón y me senté en la cama.

Me disponía a realizar uno de los viajes literarios más esperados de mi vida cuando escuché unos suaves golpecitos tras la puerta. A continuación,

Thelma asomó la cabeza tras la misma y le permití el acceso sin ningún reparo. Vi que llevaba en sus manos una bandeja con un bol humeante junto con una ensalada que tenía una pinta increíble. Comenzaba a sentir verdadera adoración por esa mujer.

—Cielo, como imagino que no vas a salir hasta mañana de la habitación, te dejo sobre la mesa un caldo vegetal y una ensalada. Come lo que quieras, pero come algo. No puedes estar trabajando sin comer.

—Gracias, Thelma. Es usted un amor. Ahora cenaré, siento no acompañarlos, pero es que tengo mucho trabajo.

—De eso quería hablarte, cariño —dijo con un sentimiento maternal que me hizo vibrar—. ¿No crees que estás trabajando demasiado estas últimas semanas? Pareces más delgada, y los pómulos se te marcan mucho más que cuando llegaste a esta casa...

La miré con verdadera devoción. Esa mujer había nacido para tener hijos, era como si tuviera la imperiosa necesidad de hacerse cargo de sus polluelos, aunque no compartiera sangre con ellos y el destino no hubiera querido darle más hijos. Y yo, como me sentía tan lejos de toda mi familia, terminé por adoptarla como mi nueva madre. Le pedía consejos, me dejaba cuidar y, sobre todo, le permitía regalarme todos aquellos mimos que su enorme corazón le obligaba a repartir.

—Es el trabajo de mis sueños..., no puedo fallarles.

—A la única persona en el mundo a la que no puedes fallar nunca es a ti misma, y a tus principios. No te sientas en deuda con ellos. Estás ahí porque vales, porque eres la mejor en tu trabajo... No porque les debas nada. ¿Me oyes? Es importante que lo recuerdes siempre.

Escuché sus palabras con fascinación. Poseía tanta sabiduría que lo único que pensaba era en lo bien que se llevaría esa mujer con mis padres. No pude más que abrazarla.

—Gracias, Thelma. Sus palabras siempre me ayudan.

—De nada, cielo. Y ahora, come. Por favor. No quiero que un día vengan tus padres de visita y piensen que no te cuidamos lo suficiente.

Aquel comentario me sacó una nueva sonrisa.

Sin dilatarse más en el tiempo, desapareció del dormitorio dejándome de nuevo a solas con mis pensamientos. Me puse en pie y me dirigí hacia el escritorio, donde me senté frente toda la comida y comencé a devorar con una extraña convicción en mi interior. Tenía toda la razón, me había ganado aquel puesto con muchísimas horas de trabajo que había cargado a mis espaldas. Pero había algo más que me retorcía el estómago y me comprimía las ideas, algo que mantenía mi mente totalmente enajenada.

El manuscrito.

Empecé a leer con verdadera ansia mientras cenaba, sin apenas tomar ningún apunte sobre algunos de los datos que iba conociendo. Pero me bastó poco más de una hora de lectura para darme cuenta de que algo no iba bien. Aquello no tenía nada que ver con ninguna de las novelas que había leído de Corina Fox. Era como si me estuvieran tomando el pelo con el encargo. Después de darle muchas vueltas al asunto, pensé que tal vez se tratara de mi primera novatada en la empresa. Según Lucy, no entregaban manuscritos confidenciales a nadie que no llevara unos años en la editorial. Sin embargo, yo tan solo contaba unos pocos meses en mi puesto. ¿Por qué deberían de haberme escogido a mí? En ese momento, todo empezó a cobrar un poco más de sentido en mi embotado cerebro. Tenía que tratarse de eso. No podía ser de otro modo. Seguramente, los chicos habían cogido uno de aquellos manuscritos que pasaban desapercibidos sin pena ni gloria en la editorial y debían de haberle cambiado la primera página, introduciendo el nombre de Corina y añadiendo al dosier una carpeta roja con la que respaldar la petición. Por eso no me había llegado nada por correo electrónico ni una copia digital del archivo en la que poder trabajar, como siempre hacían. Claro; seguro que era eso.

Terminé de leer lo poco que me faltaba para terminar la historia, ahora ya por pura curiosidad, sobre las doce y media de la noche. Estaba agotada y un insoportable escozor se había apoderado de mis ojos. Abrí el primer cajón de la mesilla y cogí uno de aquellos tubitos de cuentagotas con suero fisiológico que tan bien me venían para la vista. Mientras me las aplicaba con una dominada habilidad, tuve la sensación de haber perdido el tiempo con una broma. Me había obligado a mí misma a terminar el manuscrito para que no pudieran pillarme en un fuera de juego, si es que existía una remota posibilidad de que fuera un encargo real; pero, tras recapacitar sobre ello repetidamente, llegué a la única conclusión de que era imposible que no se tratara más que de una simple jugarreta de mis compañeros. Al día siguiente lo averiguaría sin falta.

En ese instante caí en la cuenta de otra cosa. Volví a mirar el reloj. No me había equivocado. Eran las doce y media... y Owen no había aparecido. Vale que tampoco me había puesto ninguna serie, o quizá su madre le había advertido de que estaba trabajando y que no debía molestarme. Pero aquello nunca había sido un impedimento para que se colara en mi dormitorio, aunque fuera solo para preguntarme si estaba bien. Sentí una pequeña sacudida. Cogí la manta y me tapé con ella después de apagar la luz de la mesilla. En cuanto la oscuridad se cernió sobre mí, una única imagen acudió de nuevo a mi cabeza: la noche de fin de año. El confeti caía a nuestro alrededor mientras gritos jubilosos envolvían un beso que no había podido olvidar y que estaba segura de que jamás podría hacerlo. Me llevé los dedos hacia los labios y los acaricié antes de dibujar una sonrisa tímida. Su sabor, de algún modo, seguía impregnado en ellos. De un modo más propio de una adolescente, llevé la misma mano con la que los había acariciado hacia la pared que separaba nuestras camas y le imaginé durmiendo apenas a unos centímetros de distancia. Ese pensamiento, sin esperarlo, comenzó a darme el calor que buscaba, o quizá lo hizo el imaginarle tumbado a mi lado, sonriéndome como había empezado a hacerlo durante las últimas semanas.

—Buenas noches, Owen... —susurré casi sin despegar los labios, preguntándome si eso era propio de una mujer enamorada... o si estaba empezando a volverme completamente loca.

Las evidentes ojeras que surcaban mis ojos al cruzar la puerta acristalada del despacho delataban mi estado a la perfección. Violet me saludó desde la recepción, igual de elegante que siempre. Llegué a mi mesa casi arrastrando los pies, dejé el maletín sobre la misma y me quité la chaqueta para dejarla en el colgador. Cogí la carpeta y, en silencio, me dirigí hacia la mesa de Lucy antes de dejarla caer frente a ella provocando que casi cayera de la silla por culpa de la impresión.

—¿Estás loca? —gritó sacándose los auriculares que la habían mantenido ajena a mi aparición—. ¡No te había oído entrar! Por poco me matas del susto... Tía, menuda cara llevas. ¿Qué pasa?

Señalé la carpeta con frustración y puse los brazos en jarras.

—No lo sé. Dímelo tú. ¿Sabes algo de esto?

Lucy me miraba sin comprender, como si no supiera por dónde iban mis insinuaciones. Empezó a molestarme que estuviera llevando la broma demasiado lejos. A continuación, volvió a girarse en la silla hacia su mesa, abrió la carpeta con cuidado y leyó el nombre de Corina a la velocidad de la luz.

—¡¡Qué fuerte!! ¿¡Te han dado su manuscrito?! ¡Llevo años deseando ser de las primeras en leer algo suyo!

—Claro. Corina. Déjalo ya, ¿vale? Os habéis pasado con la bromita. Qué horror, en serio. Todavía no sé ni por qué lo he terminado...

—¿Y a ti qué te ha dado esta mañana? ¿De qué broma me hablas?

Su expresión me pareció sincera, lo que me desquició todavía más. Era muy buena mintiendo, debía permanecer atenta.

—¡Oh, Lucy, por favor! Sabes perfectamente que eso no es de Corina Fox. He leído todas sus novelas y esta tiene de Corina lo que yo de Michael Jackson... Y te aseguro que no tengo ni idea de cantar —sentencié poniéndome más nerviosa de la cuenta.

—Mira, Haley. No sé qué es lo que estás insinuando, pero yo no tengo nada que ver en ello. ¿Por qué o quién iba a mentirte con el manuscrito?

—Tú misma dijiste que no daban confidenciales a aquellos que no llevaban cierto tiempo trabajando en la editorial —repliqué, ya molesta.

—También te dije que, si lo habían hecho, debía ser porque tu trabajo es realmente bueno. ¿Qué mosca te ha picado?

Le sostuve la mirada con la mandíbula apretada, tratando de poner orden a todo lo que estaba escuchando. Lucy no parecía mentirme, su lenguaje no verbal acompañaba sus palabras e indicaba claramente que comenzaba a sentirse fastidiada conmigo.

Me senté en mi silla y suspiré profundamente antes de volver a dirigirme a ella.

No entendía nada.

—Eso no puede ser un trabajo de Corina Fox —añadí volviendo a señalar la carpeta que todavía aguardaba sobre la mesa de Lucy—. Es una basura.

Lucy me miró sin comprender, como si lo que acababa de afirmar fuera una blasfemia cuya implicación pudiera acarrear terribles consecuencias.

—Anda ya, no puede ser tan malo.

—Créeme, Lucy. Lo es. El argumento es flojo, no hay dinamismo, el hilo conductor se pierde a lo largo de los capítulos, los personajes no tienen fuerza ni carisma y el lenguaje... es soez, barriobajero, y denota un estilo nada depurado. —Cogí aire y me llevé una mano a la frente antes de proseguir—. Esto no pertenece a Corina Fox.

Lucy respiró hondo y me miró con detenimiento, ayudándome a encontrar una explicación que pudiera darles sentido a mis afirmaciones. Deslizó la silla sobre las ruedecillas y se acercó a mí, quedando las dos frente a frente.

—Cielo. Creo que no se trata de ninguna broma... Me parece que acabas de toparte con el que se va a convertir en tu talón de Aquiles. ¿Has recibido algún correo de Agatha?

Enarqué una ceja y, sin añadir nada más, me dirigí al ordenador y tras esperar unos instantes a que se cargara la configuración, actualicé mi bandeja de entrada. Lo había recibido. Había un correo cuyo asunto mencionaba aquel manuscrito confidencial y algo sobre una edición de contenido. Me giré de nuevo hacia mi compañera antes siquiera de abrirlo y descubrir qué quería Agatha.

—¿Qué quieres decir?

—Llevo años trabajando en Royal y por mis manos han pasado autores que constituyen verdaderos hitos literarios. Sin embargo, tú ahora estás al otro lado. En muchas ocasiones te presentarán historias buenas, argumentos impactantes, pero con una narración y un estilo de muy baja calidad. Tú trabajo es conseguir que aquello brille con luz propia, mientras luego te creas una úlcera en el estómago cuando ves que ellos reciben todo el reconocimiento de gran parte de tu trabajo, que queda relegado y confinado en el anonimato. No es oro todo lo que reluce, Haley; y ahora juegas en otra división. —Tomó un respiro y volvió a mirarme a los ojos antes de continuar con su última afirmación—. Si no quieres hundirte, desde hoy mismo elimina cualquier mito que pudiera residir en tu mente. Te será mucho más fácil trabajar de este modo.

Me devolvió la carpeta.

—Lo siento, Lucy. Siento haberte acusado sin pruebas.

—No te preocupes, cielo. Es normal. A mí también me pasó la primera vez que recibí mi primera decepción en forma de manuscrito.

—¿Y qué se supone que debo hacer ahora?

Me sonrió con dulzura y puso su mano sobre mi rodilla, presionó ligeramente y volvió a dirigirse a mí.

—Convertir esa basura en el próximo éxito de Corina Fox.

18

Con diferencia, aquella se convirtió en la mañana más improductiva de todas las que llevaba trabajando en Royal Editions. No pude hacer nada. Tan solo pasaba una página tras otra, tratando de encontrar un hilo conductor al que acogerme, pero no había manera. Aquello era un verdadero desastre. Sentía la rabia y la frustración repiqueteando en mi estómago. Era la primera vez que me sentía tan enfadada, la primera en la que mi propio trabajo, el que siempre me había colmado de felicidad, me enfurecía y hacía que incluso llegara a detestarlo.

Me dirigí al baño y me lavé la cara con agua fría. Tenía que cambiar de aires, refrescar mis ideas. Agatha había confiado en mí para aquel encargo y, por mucho que me doliera, debía cumplir con mi cometido.

Regresé a mi mesa algo más tranquila y decidí abordar el proyecto con otra perspectiva. Debía darle la vuelta y proponérmelo como mi propio reto. Así pues, cogí un par de folios en blanco, un lápiz y algún bolígrafo y me dispuse a elaborar un esquema a partir del cual iría hilvanando todos los sucesos, personajes, ideas y demás propósitos que planteaba la novela.

Llegué a casa todavía alterada, pero no me dejé vencer. Cené con los Smith a la hora de siempre y después me encerré en mi dormitorio. Sin embargo, no me apetecía trabajar y era consciente de que me vendría bien liberar al cerebro de toda la presión que lo mantenía obstruido. Así pues, una vez ya me hube puesto el pijama, opté por una serie, para así poder perderme a mí misma en un universo paralelo en el que Corina Fox no existiera. Seleccioné un capítulo de *Friends*, pues, a pesar de saberme casi todos los diálogos de memoria, continuaba siendo una de mis opciones predilectas.

Tan solo llevaba un par de ellos cuando los nudillos de Owen llamaron a la puerta, justo antes de que esta se entreabriera ligeramente.

—¿Se puede?

—Hola, Owen. Adelante. —Mi cuerpo reaccionó al instante, tensándose expectante. Respiré hondo e hice un esfuerzo para que no se notara cuánto me alegraba tenerle conmigo.

—¿Qué haces? —dijo ocupando su sitio habitual.

Su fragancia me envolvió y, por un momento, todas las preocupaciones del día desaparecieron, mientras una imagen fugaz de su rostro pegado al mío cruzaba por mi mente en apenas un segundo. Seguía sin poder quitármela de la cabeza, y menos aún si le tenía tan cerca. Me había prometido a mí misma no mencionar nada al respecto de la noche de fin de año o de aquel beso que para mí lo había cambiado todo. Absolutamente todo. Él parecía manejar sus emociones a la perfección, y aquello solo me hacía sentir más indefensa. Quizá para él no fuera más que un juego, tal vez alguien con quien entretenerse. Pero para mí era todo tan nuevo, tan distinto y profundo a lo que había vivido o conocido, que la sola idea de pensar que podía no ser igual para los dos me frenaba y no me permitía sacarle el tema, por miedo a sentirme rechazada, cuando él había pasado a significarlo casi todo para mí.

—Nada importante, he visto un par de capítulos de *Friends* —me afané a responder, recuperando parte del hastío que me poseía desde la mañana. Tal vez así me resultara más fácil.

—¿Sabes que el edificio del rodaje no queda muy lejos de aquí?

—¿No eran estudios de grabación? —pregunté, empezando a entusiasmarme.

—En muchos casos sí, pero también hacían filmaciones exteriores. Podría acompañarte un día si te apetece.

—Oh, sería fabuloso, Owen. ¡Claro que me gustaría!

Se fijó en el cambio que surtieron sus palabras en mi rostro, calado ahora por la felicidad de aquel descubrimiento inesperado, y supe que se alegraba de haberme dado un motivo para dejar atrás lo que fuera que me estuviera preocupando. Incluso yo misma sentía el brillo de mis ojos, que de repente parecían desprender luz propia.

—¿Qué tal tu día? —añadí tratando de cambiar de tema. Quería alargar como fuera su estancia en mi dormitorio, en mi cama... Que no volviera a irse y yo me quedara sola de nuevo.

—Un poco duro. Hay veces que este trabajo resulta frustrante.

—Pues ya somos dos.

—¿Un mal día en la editorial? —preguntó, tal vez alarmado por el nuevo y repentino cambio de humor. Se acomodó un poco más y una parte de mí gritó en silencio, feliz de que así fuera.

—No sé si es un mal día, o no... Quizá, simplemente, no haya sido mi día.

—Si quieres desahogarte, puedes hacerlo conmigo. Ya sabes cuánto me seduce la idea de escuchar nuevas historias.

Lo pensé detenidamente. Me moría por contarle lo de Corina, lo frustrada que me hacía sentir aquel manuscrito. Estaba segura de que él podría comprenderme en ese sentido, como muy pocas personas podrían llegar a hacerlo. Pero me traía de cabeza el estúpido pacto de confidencialidad que acompañaba la propuesta de corrección de la novela de Corina, y que no me permitía hablar del tema con nadie.

—Me han asignado una corrección de un autor al que creía admirar hasta ahora.

—¿Y cuál es el problema? —añadió con cierta vacilación en la voz.

—Ninguno, supongo..., más allá de la decepción que me ha producido saber que no todo es lo que parece. —Hice una pausa significativa, dejé el portátil sobre la mesilla, me dejé caer hacia atrás y suspiré antes de continuar con mi explicación, sin que él me interrumpiera—. Siempre creí que para ser un gran escritor debías trabajar duro desde el primer momento. Pensé que no se trataba de un capricho, sino de un oficio... Un trabajo con muchísimas horas de dedicación, de planificación, de estudio de campo, de sacrificio... Sin embargo, tener ese manuscrito entre las manos me ha demostrado que tal vez lo tenía idealizado, pero que no se corresponde con la realidad. —Exhalé un suspiro antes de continuar—. No me malinterpretes, sé perfectamente que hay escritores mediocres, pero es que estamos hablando de uno de los grandes... Hasta ahora no me había enfrentado a un encargo tan importante, y pensé que, cuando llegabas a cierto nivel, era porque realmente tras la obra había un trabajo que merecía toda la fama, el prestigio y el dinero que esa publicación puede suponer.

Owen no hizo el intento de desmentir o desacreditar mis palabras. En silencio, se llevó una mano hacia su ondulada melena y deslizó los dedos entre ella, mesándola de forma repetida.

—Hablas como si se hubiera roto una parte de ti misma.

Sus palabras me obligaron a pensar qué era lo que de verdad me había afectado tanto como para sentirme tan molesta con el proyecto.

—Voy a hacerte una pregunta y quiero que me respondas de verdad, con toda la sinceridad del mundo —añadió—. Cierra los ojos y respira hondo.

—¿Qué dices?

—Hazme caso, va. Prometo no hacerte nada... —añadió divertido.

Cavilé sobre esa última afirmación mientras mi estómago comenzaba a agitarse nervioso. La habitación mantenía la penumbra que la lucecita de mi mesilla proporcionaba a la estancia. Era un lugar acogedor en el que refugiarse, donde las sombras de nuestros cuerpos sobre la pared dibujaban una idílica estampa en la que desearía perderme. Fui consciente, por primera vez desde que había entrado Owen, de que llevaba el pijama puesto y, sin embargo, no me había importado lo más mínimo ser descubierta con ese aspecto. Le dediqué una mirada estudiada, enarcando los ojos y buscando en los suyos alguna explicación de lo que se proponía, pero Owen suponía siempre una barrera infranqueable, un muro desde el que proyectaba una lobreguez que me atraía con absoluta perdición. Entonces, claudiqué y me dejé hacer. Cerré los ojos, respiré tal y como me había pedido, y esperé.

Sentí la calidez de sus manos posándose sobre las mías, mientras un hormigueo nacía entre mis dedos y ascendía pausado a través de mi piel. Mi sangre burbujeaba y mi pulso incrementaba su ritmo al mismo tiempo que me obligaba a mí misma a mantener la respiración constante. No podía averiguar qué hacía Owen, ni tampoco veía su rostro. Continuaba con los ojos cerrados, como si no quisiera nada más que experimentar todo lo que él quisiera pedirme. Dejé de pesar, empecé a levitar de forma suave y mi voluntad dejó de obedecerme... Seguramente, hubiera hecho todo cuanto me hubiera pedido aquel hombre.

—¿Cuál es tu verdadero sueño? —me susurró entonces junto al oído.

Casi por casualidad, sentí el roce de su barba en la mejilla y los músculos de mi espalda se tensaron, conteniendo uno de los escalofríos más intensos que me hubiera gustado experimentar en la soledad de mi dormitorio una y otra vez, en bucle. Sentí la calidez de su aliento rozando la parte más alta de mi cuello, donde terminaba la mandíbula, y, de refilón, aquel inconfundible aroma a chocolate que él siempre parecía desprender. Entonces, mientras me concentraba en todo lo que estaba experimentando y en las vibraciones de cada músculo, me di cuenta de que había esperado algo que no tenía nada que ver con lo que acababa de suceder. Me había preparado para su contacto y mis labios aguardaban ansiosos esperando un beso que no llegaría. Me ardían, al igual que ardía mi vientre, donde sentía unas fuertes convulsiones que estaba segura de que tardaría en controlar. ¿En qué estaba pensando?

Abrí los ojos, abrumada, consciente de que seguramente él no tardaría en darse cuenta de la predisposición de mi cuerpo al suyo. Tenía que evitarlo. Owen y yo no estábamos en la misma sintonía.

—¿Cómo has dicho?

—Te estoy proponiendo un viaje introspectivo. Adéntrate en tu propia mente y confiésate a ti misma qué es lo que verdaderamente deseas.

Creo que por primera vez en toda mi vida sentí dolor dentro de mí misma, pero no era un dolor físico, era totalmente distinto. Estaba forzando a mi cerebro a trabajar a un ritmo al que no estaba acostumbrado, y mucho menos bajo presión. Pero me puse a prueba. Saboreando la cercanía de su piel, cuyo aroma me llegaba a la perfección, embriagándome a su paso y esclavizándome por completo, volví a cerrar los ojos y me permití pensar sin más obstrucciones ni censura. Lo de Corina me había dañado el alma, sí. Pero no lo era todo. Descubrir que el trabajo de Corina no era tan impoluto como yo imaginaba no fue más que la evidencia física de lo que siempre me había temido. Había dedicado toda mi vida a las letras, a la escritura, al lenguaje. Lo amaba por encima de todas las cosas y lo había erigido como el motor de mi vida y motivo de mi existencia. No podía cambiarlo, era parte de mi propia historia. Entonces lo vi claro...

—Siempre soñé con ver mi nombre en alguna portada, una historia de la que poder sentirme orgullosa. Una que hiciera sentir a los demás todo lo que yo siento cuando escribo —confesé entonces, sorprendiéndome a mí misma por el atrevimiento. Era la primera vez que lo decía en voz alta, y Owen había sido el primero en escuchar algo que, hasta ahora, ni siquiera yo misma había contemplado como posible. Pero no se rio ni adoptó una mueca de burla. Owen me miró como si no le impresionara tal revelación, como si la conociera mucho antes incluso de que yo hubiera sido consciente de ella.

—Ves, el primer paso siempre es el más difícil —añadió con una sonrisa que me cautivó.

—¿No te extraña... en absoluto? —pregunté temblorosa. No había hablado de eso con nadie y todavía me hacía sentir insegura hacerlo, pero con él todo era distinto y aquello tan solo lo confirmaba. Una vez más.

—¿Acaso debería?

—No..., supongo. No lo sé. Es solo que... nunca había sido consciente de que esto es lo que tal vez más deseo —afirmé con palpable timidez.

—¿No te lo habías planteado antes?

Entorné la mirada y le observé dubitativa. No sabía muy bien a qué se refería con aquella insinuación, aunque comenzaba a hacerme una ligera idea.

—Quizá no había llegado mi momento. Hasta ahora me bastaba con corregir. De hecho, me gusta hacerlo, me siento cómoda y no me da miedo lo que el lector pueda pensar después al leer la obra.

—Yo no pienso que un escritor tenga «su momento». ¿Acaso no tienes ninguna historia escrita?

Llevaba escribiendo desde que había empezado a dominar el abecedario sin la ayuda de nadie. Tenía un sinfín de escritos en distintas libretas, ideas, párrafos sueltos, pensamientos... Pero eran cosas mías y que no me había atrevido a compartir antes con nadie.

—Oh, vaya... ¡Eres de las que se avergüenza de que alguien pueda leer algo suyo! —exclamó entonces, desarmándome por completo.

—Sí, ¡¿y qué?! —salté rápidamente a la defensiva.

—Vamos, Haley. Eres lectora y correctora profesional, la pureza lingüística personificada. ¿Qué es lo que te da miedo?

Me daban miedo muchísimas cosas, tantas que no tenía ninguna intención de comenzar a enumerarlas.

—Déjame leer alguna de ellas. Por favor.

Su mirada suplicante me ablandó, pero no lo suficiente como para que terminara cediendo a su repentino capricho. No. Jamás le había prestado a nadie ninguno de mis escritos, ni siquiera a Adriana. Owen no iba a ser el primero, aunque fuera el único que conociera mi secreto. Ni hablar.

—No —sentencié con rotundidad.

Jamás había tenido reparos en contarle algunas de mis intimidades a mi mejor amiga, así como, por lo visto, tampoco había tenido problemas para abrirme con Owen y dejarle ir descubriéndome lentamente. Pero cuando escribía lo hacía liberándome de todos los prejuicios, de todas las normas, de la estricta manera con la que nos han obligado a ver la vida. Era algo que hacía conmigo misma, donde la censura no existía y la plenitud de los sentimientos se desarrollaba en un plano en el que solo ellos adquirían el protagonismo. No estaba preparada para abrirme de aquel modo, para que nadie pudiera adentrarse en mí de esa forma.

Apretó los labios y mantuvo la sonrisa a raya, sin dejar de observarme con determinación. Cogió aire por la nariz, juntó ambas manos sobre las rodillas y se dejó caer hacia delante, apoyado sobre los antebrazos.

—¿De quién se trata?

—¿Cómo dices? —pregunté sin comprender.

—El proyecto. Me refiero a quién ha sido el causante de tu decepción. No me parece que sea tarea fácil defraudarte y mucho menos con un manuscrito pendiente de corrección, por eso creo que se esconde un nombre muy importante tras este trabajo que te han encomendado y me muero por saber quién es capaz de derrumbarte de este modo. Por cierto, si hay que partirle las piernas, sabes que puedes contar conmigo, ¿no?

Su repentina salida logró romper la tensión de mi rostro. Le di un leve empujón cariñoso y me estremecí al sentir la dureza de su bíceps bajo la mano, incluso en una postura relajada como la que mantenía. Pero, tras su afirmación, temía decirle el nombre y que se riera de mí por tener quizá unas expectativas tan... comerciales. Owen tenía pinta de ser uno de aquellos tipos que consumían histórica, artículos y ensayos como si de agua se trataran. Pero no parecía estar interesado en la romántica, y ni mucho menos parecía ser de aquellos hombres que la calificaban como el género literario que verdaderamente era y no la menospreciaban en cada una de sus menciones.

—Corina Fox.

Creí percibir una mueca en su rostro y un cambio de actitud. Owen se tensó, aunque hizo esfuerzos colosales por esconder la reacción. Estaba segura de que conocía aquel nombre, pero se mantenía igual de impenetrable que siempre, lo que me dificultaba un poco las cosas.

—¿Puedo preguntar de qué va? —se atrevió al fin.

—Es confidencial. No sé si debería..., ya sabes —insinué sin querer decirle que todavía no confiaba en él lo suficiente como para contarle lo que me traía entre manos.

—Entiendo. —Y, sin más, se puso en pie y se encaminó hacia la puerta, acompañado de aquella sombra que siempre parecía ir con él—. Si quieres un consejo, empieza a creer un poco más en ti. Vales mucho. Buenas noches.

Desapareció sin apenas darme tiempo a reaccionar ni a desearle que él también pasara unas buenas noches. Me di cuenta de que no quería que se marchara tan pronto, pues aún tenía muchas cosas que me apetecía contarle. O, simplemente, esperaba poder compartir algún capítulo con él. En realidad, cualquier cosa que supusiera tenerle un rato más a mi entera disposición me hubiera bastado.

Dejé las cosas a un lado, apagué la luz y me tumbé boca arriba, repitiendo una y otra vez sus últimas palabras. No había habido ni rastro de duda en su voz. Lo dijo con rotundidad y aplomo, con la confianza con la que se afirman las cosas de las que más seguros estamos. Una pequeña lágrima silenciosa bordeó mi sien y se deslizó hacia mi pelo. ¿Cuántas veces me había dicho Toni que me buscara otro empleo? ¿Cuántas me había recordado que las oportunidades solo eran para los mejores, y que yo no era uno de ellos?

Me permití pensar un poco en él y recordé cuántas veces me había sentido pequeña a su lado; pequeña en el sentido más egoísta de la palabra, la sensación de que nadie valora tu trabajo, tu pasión, todo por lo que tú vives. Pero es que eso no lo había hecho solo con lo que a mi empleo se refería. A su lado un buen día también dejé de sentirme mujer, de sentir la necesidad de sonreír en la oscuridad de mi dormitorio al recordar un beso en concreto o una caricia. Dejé casi de necesitar aquella complicidad que solo compartes con algunas personas. Y tampoco las cosas cotidianas a su lado eran especiales. Me llevé la mano al rostro y retiré un par de lágrimas más que no me había dado cuenta de que estaban mojándome la almohada.

Qué diferente se había vuelto mi vida. Qué diferente era todo al lado de Owen. Sin duda alguna, la forma en la que había pronunciado aquellas palabras había arañado una tela importante con la que yo había protegido mis sentimientos, mi ego y mi confianza. Él creía en mí y solo había necesitado unos meses para hacerlo. Tal vez no me deseara como yo empezaba a desearlo a él, tal vez él no sintiera lo mismo que yo, pero no mintió cuando me dijo que valía mucho. Sencillamente, él lo creía. Sin más. Y yo le creía a él. A lo largo de los últimos meses habíamos hablado en incontables ocasiones sobre el trabajo y sobre nuestras inquietudes, nos habíamos adentrado en el otro, tratando de conocernos mejor. Por eso me enfadé todavía más conmigo misma por no haber sido capaz de animarme a buscar todas esas emociones en Toni, por haberme conformado con... nada.

Sorbí por la nariz y me obligué a pensar en todo lo bonito que estaba viviendo en Nueva York. Toni no se merecía ni una sola de esas lágrimas, aunque yo necesitara sacarlas de dentro, como si con ello estuviera eliminando los pocos resquicios que todavía me quedaban de él. Pensé una vez más en la noche de fin de año, pero también pensé en el *tour* de las luces, en el chocolate con caramelo, en los paseos sin rumbo que solíamos dar, con las manos en los bolsillos y manteniendo conversaciones que parecían no tener fin... Owen era hermético con su vida íntima, pero era uno de los mejores conversadores que había conocido en toda mi vida. Y, para qué negarlo..., su sonrisa, sus labios, la forma en la que se le ondulaba el pelo ahora que lo llevaba un poquito más largo... eran, sencillamente, arrebatadores.

19

Bella y Bestia son

Pasé gran parte de la mañana del domingo perdida en los infinitos rincones que escondía Central Park. Después del tiempo que llevaba allí viviendo, sentía que todavía tenía miles de cosas por descubrir. Me enfundé unas mallas, una camiseta ajustada y la sudadera, y me calcé las deportivas justo antes de recogerme el pelo en una coleta bien tensa. Me puse unas gafas de sol y me despedí de los señores Smith después de haber compartido el desayuno con ellos un par de horas atrás.

Hacía un día radiante. El sol en Nueva York convertía las calles en imágenes dignas de las mejores postales. Llegué a las inmediaciones del parque en un par de minutos, aprovechando las escasas dos travesías que me separaban de ahí para calentar los músculos. Me detuve para coger aire, llenar los pulmones y expirar con complacencia. Me sentía viva, fuerte, enérgica. De algún modo, desperté tras haber pasado toda la noche sumergida en una espiral de sueños que habían actuado en mí como una inyección moral de energía y positivismo. Por un lado, estaba Owen y su dichosa manera de colarse en mi cabeza cada vez con mayor frecuencia. Negar la evidencia resultaba absurdo. Era pensar en él y sonreír. Sin más. Aunque me doliera no haber hablado aún de aquel beso en el que no podía dejar de pensar. Por otro lado, había algo que me había servido para cargarme la pilas esa misma mañana: la certeza de que Corina no iba a poder conmigo, aquella era solo una prueba. Me habían tentado y querían comprobar hasta dónde llegaría para cumplir con mi trabajo. Pues les iba a demostrar de cuánto era capaz por mantener mi puesto, por hacerme un nombre. Tan solo tenía que pulir el manuscrito, y de ideas iba sobrada.

Podía hacerlo.

Me sonreí, tensé un poco más la coleta con los dedos y conté hasta tres antes de iniciar la carrera. Soplaba una brisa fresca y agradable que golpeaba con suavidad mi piel y que olía a flores silvestres, a aventuras que todavía no habían sido iniciadas, a sueños por cumplir... Sin detenerme, seleccioné una de las listas de mi iPod y dejé que las notas se apoderaran de mis oídos y de mí. El efecto fue inmediato: todo mi organismo reaccionaba con inyecciones de adrenalina y euforia, cuyos efectos sentía bajo toda mi piel. Ya no me podía detener.

Me crucé con algunos corredores más que, a su paso, me saludaron con una cordial sonrisa, y continué bordeando el lago seducida por la belleza de aquel paraje. Los altísimos rascacielos quedaban ahora tan lejos de mi alcance... Sobrepasaban algunas de las copas de los árboles, que lucían verdes y vivas, con una naturalidad solo propia de aquel lugar. Era un paisaje que debía ser contemplado para poder sentir la magia que transmitía. Su esencia, su categórica majestuosidad.

Empezaba a sentir la fatiga que causaba estragos en mi respiración. Detuve un poco el ritmo y continué corriendo a una velocidad más moderada al mismo tiempo que seguía mentalmente la letra de las canciones que salían de mis auriculares y no pensaba en nada más que no fueran las notas de las guitarras que inundaban mi cerebro.

Llegué a casa de los Smith pasado un buen rato desde mi partida, agotada pero feliz. Me sentía pletórica, descargada y renovada a la vez. Thelma sonrió divertida cuando me vio cruzar el salón con aspecto sudoroso, algo muy impropio respecto de mi habitual y sofisticado estilo. Saludé con la mano, incapaz de pronunciar palabra alguna, mientras me dirigía de forma automática a mi dormitorio para coger algo de ropa con la que vestirme después de la ducha que acababa de ganarme. Iba dando pasos distraída mirando la pantalla del iPod cuando, justo antes de llegar a la puerta del dormitorio, choqué con algo y me di de bruces sin que me hubiera percatado de la inesperada presencia, del mismo modo que si un roca se hubiera interpuesto de golpe en mi camino.

—¡Oh...! —exclamé llevándome la mano a la frente, que había impactado directa contra el curtido pecho de Owen.

—Deberías mirar por dónde pisas, tienes la cabeza muy dura.

—No sé si debería tomármelo como alguno de tus cumplidos —contesté con total desfachatez sin disculparme por el despiste. El hormigueo en mi estómago regresó.

—¿De dónde vienes?

—De una gala benéfica con Brad Pitt y Hugh Jackman —respondí, todavía entre jadeos.

Pude apreciar a la perfección la sonrisa que Owen se obligó a esconder tras mi comentario..

—Podrías haberme avisado —continuó como si nada—. A mí también me gusta salir a correr.

—Estabas durmiendo y necesitaba conectar conmigo misma. ¿Me permites? —añadí señalando la puerta de mi dormitorio, que él bloqueaba con su ancha espalda—. Además, dudo que pudieras aguantar mi ritmo...

Owen se apartó unos centímetros, lo justo para dejarme pasar entre el marco de la puerta y él, por lo que inevitablemente le rocé con mi brazo izquierdo. Entonces, se acercó con agilidad a mi oído, justo antes de susurrar algo a escasos centímetros de mi piel.

—Si quieres, un día te demuestro cuál es mi verdadero ritmo... A ver si va a resultar que eres tú la que no puede aguantarlo.

Sus palabras me atravesaron y me fulminaron. Me quedé inmóvil en aquel mismo punto, justo en el umbral de la puerta, a la misma distancia del interior del dormitorio que del pasillo, y me partí en mil pedazos a la vez. Tragué con dificultad, temerosa de que el movimiento de mi nuez pudiera alertarle de la forma en la que había conseguido poner todos mis sentidos en alerta. Entonces, de reojo pude ver que pasaba la lengua sobre sus dientes justo antes de mostrar una sonrisa triunfal con la que terminó de desarmarme. Contuve el latido agitado que se concentraba en el centro de mi pecho, y le miré por última vez antes de cerrar la puerta en sus narices. Apoyé la espalda contra la misma, recosté la cabeza y tomé una gran bocanada de aire al cerrar los ojos. Sentía el calor en mis mejillas, y no precisamente a causa del esfuerzo por la carrera. Mis manos sudaban, mis piernas flaqueaban, mi vientre se revolucionaba y mis muslos, ahora sensibles, se humedecían temblorosos y expectantes. ¿A qué narices jugaba? ¿Qué era lo que quería?

Escuché al fin cómo sus pasos se alejaban de mi puerta mientras imaginaba a la perfección la sonrisa triunfal de su rostro, tan capaz de turbarme.

¡Maldita testosterona!

Abrí el armario y seleccioné unos tejanos y un jersey de punto, de cuello ancho y mangas caídas. Cogí la ropa interior y un par de toallas y me dirigí de nuevo hacia la puerta. Abrí con cautela, casi con miedo, mientras un nuevo sentimiento de excitación se apoderaba de mi organismo, o del adolescente cuerpo tras el que, sin darme cuenta, me había escondido. Ni rastro de Owen, el corredor parecía despejado.

Cuando me encerré en el dormitorio de nuevo eran las cuatro de la tarde. Había compartido la comida con los señores Smith, después de que estos me contaran que Owen había salido con una amiga. Sentí un leve pinchazo en el pecho al imaginarle riendo con otra chica o paseando sin más pretensiones que la de disfrutar de su compañía. A pesar de que no me apetecía verle justo después de la insinuación que —de forma gratuita— me había dedicado, esperaba que él también estuviera en casa y pudiera compartir la comida con nosotros. Eso, o, simplemente, me molestaba el hecho de que, después de soltarme tal comentario, se marchara tan tranquilo con cualquiera de sus amigas. Eso sí que me molestaba.

Me perdí a mí misma hasta comprender al fin que había estado dando palos de ciego desde el primer día. Owen no parecía tener otro interés en mí más que el de alterarme por puro goce y disfrute propio, o tal vez por inflar su estúpido ego, y actuaciones así no hacían más que evidenciarlo. Quizá yo era la única que se había empeñado en ver lo que no existía entre nosotros. Pero no podía negarlo... No podía seguir obviando lo que sentía por él. Se me había adherido a la piel, recorría mi sangre y me recordaba una y otra vez lo fácil que podía resultar sonreír al sentir que todo era perfecto. Todo menos sus sentimientos, claro, tan herméticos como siempre. Respiré profundamente y contuve un bufido airado. Recordé entonces cuando había dicho que me consideraba parte de su familia. El comentario, en un principio bienintencionado, no lo había encontrado fuera de lugar, aunque algo en él no había terminado de encajarme. No estaba segura de querer ser parte de su familia, no por lo menos en un sentido fraternal. Yo no albergaba esa clase de sentimientos por Owen. Ya no podía negar que me encantaban todas y cada una de las intromisiones nocturnas en mi dormitorio, y cuando estaba fuera de la ciudad por trabajo era cuando más lo notaba. Me gustaba la fragancia que, al marcharse, dejaba impregnada en mis sábanas. Me gustaba pensar que dormíamos apenas a unos centímetros de distancia. Y, sobre todo, me gustaba pensar que aquello que cada noche sucedía en el interior de mi dormitorio nos pertenecía, solo a él y a mí.

Me senté en la cama y dejé caer la cabeza hacia atrás, abatida, justo antes de cerrar los ojos. Maldije a Owen. Mientras yo pensaba en él y en las estupideces que cruzaban a toda velocidad mi cabeza, él debía de estar degustando un delicioso *coulant* de chocolate junto a una chica que, aunque no sabía muy bien por qué motivo, imaginaba despampanante. Siempre las imaginaba despampanantes si se trataba de él. Quizá la culpa era mía por haber entendido mal todas sus señales. Owen era libre de salir con quien quisiera, y no tenía ningún sentido que yo me sintiera como lo hacía. No tenía derecho a pedirle o exigirle nada. Aunque, pensándolo mejor, tal vez un poco sí... Durante todos aquellos días habíamos compartido demasiadas cosas, momentos que habían impactado en mí como nunca antes lo había hecho nada: el primer encuentro en Central Park, las salidas cuando ambos teníamos un rato libre, las tazas de chocolate caliente, aquel inesperado beso en Nochevieja... Claro que tenía derecho a sentirme como lo hacía. Si no sentía lo mismo por mí, ¿por qué me hacía pensar que a su lado era capaz de levitar? ¿Por qué me dijo lo que me dijo junto a la puerta del baño del Maddy's? ¿Por qué le gustaba acelerarme el corazón a cada minuto?

Volví a maldecirle. A él y a mi suerte. Cada vez mis sentimientos eran más fuertes, más potentes, y también más mezquinos. En ambos sentidos. Tanto, que incluso me costaba ponerles orden, reconocerlos. Por un lado, deseaba que solo tuviera ojos para mí y, al mismo tiempo, que se alejara y dejara de torturarme del modo que lo hacía. Aunque, para ser justos, estaba segura de que no lo hacía de forma consciente. Sin embargo, esos pensamientos desaparecían casi tan deprisa como habían aparecido y, al final, después de todo aquel caos mental en el que me había sumido durante los últimos días, el único recuerdo que permanecía fresco, intacto y capaz de sobreponerse al resto era el de Nochevieja..., el de cada uno de los besos que ese día nos dimos.

Me llevé los dedos a los labios y los acaricié evocando la eléctrica descarga que provocó cuando rozó esa zona con los suyos. Cerré los ojos y pensé en ellos y también en su mirada, oscura y cristalina a la vez, y en su hoyuelo... Todo en él me resultaba distinto y se fundía en mi recuerdo como azúcar en el fuego. Se impregnaba en las paredes de mi memoria y se pegaba a ellas, adherido con fuerza, sin poros ni filtraciones. Durante los últimos meses, Owen había formado parte de muchísimos momentos compartidos, quizá por eso me dolía que parte de aquel tiempo se lo estuviera dedicando a otra persona, que no me lo concediera a mí.

Di un respingo cuando el altavoz de mi ordenador comenzó a emitir aquel inconfundible pitido que tan bien conocía y que me alertaba de que Adriana me esperaba al otro lado de la línea. Me acomodé en la cama y coloqué el portátil frente a mí sobre la silla que normalmente estaba junto al escritorio. Cogí el estuche de la manicura y comencé a preparar todo aquel arsenal de esmaltes y utensilios para pintarme las uñas mientras hablaba con ella. Me había encaprichado de una manicura francesa, que era lo que solía hacer en su compañía los domingos por la noche mientras veíamos cualquier chorrada que emitieran en Paramount Comedy.

—¡Holaaaaaaaaaa! —La voz de Adriana resonó con fuerza entre las paredes, antes de que me diera tiempo a graduar el volumen y evitar así que todo el vecindario pudiera estar al corriente de nuestra conversación.

—¡Holaaa! —contesté con el mismo entusiasmo—. ¿Cómo estás? Pon la webcam ya, ¡necesito verte!

—Voy. Espera, que la tenía tapada para evitar posibles tragedias... —Se hizo el silencio antes de que la imagen de mi amiga apareciera de golpe en pantalla—. Tía, ¡estás radiante! Espera... ¡¿Te estás haciendo la manicura sin mí?!

—Hombre, si quieres te recojo en un rato... Ah no, espera, ¡que nos separa un océano entero!

—Jo, qué quisquillosa te has vuelto desde que estás en New York City...
—añadió divertida con un marcado y fingido acento yanqui, antes de guiñarme un ojo de forma cómplice.

—Calla y ve a buscar tus pintauñas. Así será como si estuviéramos juntas en casa.

—De acuerdo, me gusta la idea. Dame un segundo.

Vi como Adriana desaparecía de la pantalla y de fondo se dibujaba ante mí el salón del que había sido mi hogar durante años. Lo observé con una nostalgia sobrevenida mientras me cercioraba de que todo seguía igual. No había cambiado nada durante todo aquel tiempo, y la sola idea de que así fuera, en parte, me tranquilizó. Entonces, Adriana apareció con su estuche entre las manos y volvió a tomar asiento en el sofá antes de dirigir la vista hacia mí de nuevo.

—Ya está. —Adriana lo abrió, buscó algo en el interior del estuche y levantó la vista hacia la cámara—. Bueno, ¿qué...? ¿Vas a contarme de una vez?

Sonreí, feliz de recuperar —aunque solo fuera por un rato— la vitalidad de mi amiga, mientras sentía que, a pesar de los miles de quilómetros que nos separaban, continuaba tan cerca de mí como siempre.

—¿Qué quieres que te cuente?

—Supongo que me estás tomando el pelo... Corina Fox. ¡¡YA!!

La miré con suspicacia, alargando el momento mientras meditaba cómo explicarle todo lo que había sentido por culpa de aquel estúpido manuscrito. Me recosté contra la pared y comencé a limarme las uñas, creando un halo de expectación con el que sabía que la estaba desquiciando. Adriana no era precisamente la paciencia personificada, y a mí me encantaba poner sus nervios a prueba.

—Un segundo más y te cuelgo. ¡Tú misma!

—De acuerdo —volví a sonreír—. Digamos que es... complicado.

—¿Complicado? Anda ya, ¡estamos hablando de Corina!

—Es que... Verás. Corina Fox no es como creíamos que era.

—No vas a colármela. No te creo. Estamos hablando de una de las grandes. Tú lo sabes.

—Sí, claro. Y precisamente porque lo sé es por lo que te digo que no es lo que parece. ¡El manuscrito no tiene nada que ver con todo lo que hayamos podido leer de su bibliografía!

Adriana alzó una ceja, escéptica, sin poder dar crédito a lo que le estaba diciendo, como si estuviera tratando de descubrir si le tomaba el pelo o no.

De pronto, la puerta de mi dormitorio se abrió y Owen entró sin que hubiera podido esperarlo, y mucho menos sin que hubiera tenido tiempo a reaccionar.

—¿Puedo? —dijo acercándose hasta donde yo estaba, sin esperar tampoco una respuesta por mi parte. A continuación, tomó asiento a mi lado para mi total y absoluta sorpresa... y también de Adriana—. ¿Qué serie ves hoy?

Owen dirigió la vista hacia la pantalla justo a tiempo para percatarse de la presencia de mi amiga, que contemplaba la escena con una mezcla de fascinación y admiración a la vez. Siempre había sido muy expresiva.

—¡Hola! —saludó Owen en dirección a ella.

—Ho..., hola. Tú debes de ser Owen —contestó, haciendo uso de su estudiado inglés aunque con un marcado acento andaluz.

Owen sonrió, como si el hecho de que yo le hubiera hablado de él a mi amiga le hubiera gustado.

—¿Qué tal por España? —preguntó de nuevo, adueñándose sin permiso ni miramientos de la atención de mi amiga.

—Bien. Aunque preferiría estar en una taberna como la que llevaste a Haley... Me muero por probar una de esas cervezas.

—Eh, eres de las mías. ¡Me gusta!

Owen terminó de acomodarse a mi lado después de recostar la espalda contra la pared, como si no tuviera ninguna intención de desaparecer de ahí y permitirnos aquel rato de intimidad que ambas habíamos pretendido compartir.

—¿Habéis comido bien? —inquirí sin evitar emplear un tono hosco, que para nada le pasó desapercibido.

Owen alzó la ceja y me miró de reojo al mismo tiempo que su hoyuelo se pronunciaba, señal inequívoca de que hacía esfuerzos por disimular una sonrisa. Hizo un leve movimiento con los labios y dirigió la vista hacia la pantalla, donde mi amiga contemplaba la escena como si estuviera a nuestro lado.

—Está celosa —le dijo entonces a Adriana, haciendo un gesto con la cabeza hacia mí con el que me señalaba de forma evidente.

—¡Yo no estoy celosa! —salté sin poder evitarlo.

Hizo un mohín con los labios y todo mi vello se erizó en respuesta a todos sus estímulos. Se me secaron los labios mientras su mirada me derretía como un helado al sol.

—Solo era una broma —añadió, satisfecho de haber logrado su propósito.

—¿Te importaría dejarnos a solas? Estábamos tratando de mantener una conversación a la que, por cierto, no estás invitado.

—¿Ves cómo me trata? —añadió de nuevo, divertido, en dirección a mi amiga, que mostraba una inevitable sonrisa que más tarde yo misma me encargaría de borrar—. Le cedo mi casa, la llevo a descubrir la ciudad y luego me echa de su dormitorio como si no fuera más que un perro al que acariciar a su antojo.

—¡Eso no es verdad! —contesté irritada por la injusta acusación—. Y perdona que te corrija, pero esta es la casa de tus padres, ¡son ellos los que me acogieron!

Nos sostuvimos la mirada durante unos instantes. Parecía impasible, y mantenía cierta expresión interrogante en el rostro. Sabía que se estaba divirtiendo con todo aquello, que disfrutaba poniéndome en tensión; como si no tuviera ya suficiente con todo lo que estaba viviendo. Me exasperaba. Su rostro era un interrogante constante, al igual que su vida. Y, mientras, yo cedía a cada uno de sus intentos, permitiéndole conocer mis puntos débiles, que él atacaba con un acierto y una precisión absolutos.

—¿En España también estaba siempre a la defensiva? —volvió a preguntar en dirección a mi amiga—. Cuéntame cosas sobre ella. Quiero conocer a la mujer que se ha colado en mi casa y que no consigo que confíe en mí... por mucho que lo intente.

No cabía en mí de la perplejidad. Aquello ya era el colmo. ¿Cómo podía tener tal desfachatez? Sin embargo, mi sorpresa no terminó ahí, pues Adriana, lejos de aliarse conmigo y ayudarme a echar de mi dormitorio a aquel tipo que amenazaba la estabilidad de mi vida, se recostó sobre el respaldo del sofá y comenzó a hablar con él como si yo ni siquiera estuviera presente.

—Pero bueno, ¡esto ya es lo último! —Me dejé caer de espaldas también y traté de centrarme en las pinzas que sostenía entre las manos, con las que comencé a cortar impaciente las pieles sobrantes que había alrededor de mis uñas.

Sin embargo, cuando llevaban algunos minutos hablando, mi negatividad inicial desapareció por completo. Aquellos dos se habían caído bien desde el minuto cero y, entre las preguntas indiscretas de Owen sobre la vida en Málaga y los intentos fallidos de mi amiga por disimular su marcado acento del sur, terminé sumándome a ellos y riéndome de lo absurdos que resultaban algunos de sus comentarios.

—Os dejo, chicas... Antes de que esta morena decida acabar conmigo. Ha sido un placer conocerte, Adriana. ¡Espero repetir en alguna otra ocasión!

—¡Lo mismo digo!

Pasó una mano por mi melena, revolviéndola juguetón, me guiñó un ojo de forma misteriosa y, acto seguido, se puso en pie, se dirigió hacia la puerta sin volver la vista atrás y me dejó ahí pasmada, mientras todo mi organismo se aceleraba por culpa de aquel breve y espontáneo contacto.

—¿Por qué has tardado tanto en presentármelo? —inquirió Adri, una vez que estuvo segura de que Owen se había marchado, devolviéndome así de forma salvaje a la Tierra.

—¿Qué pasa?

—No lo sé..., dímelo tú.

Su insinuación no daba margen de error, y yo no iba a entrar en la conversación. No quería que nadie más fuera testigo de mis sentimientos, ni siquiera mi mejor amiga, mi otra mitad. Ella, la que me conocía como nadie, se daría cuenta de que lo que sentía por él iba más allá de lo físico, si no lo había hecho ya, después de todo el tiempo que yo llevaba tratando de luchar contra la evidencia. No; si no lo admitía, no existía. Era así de simple.

—¿Te recuerdo que hasta hace unos minutos lo único que te interesaba de mi vida era la nueva novela de Corina Fox? —me desvié con astucia.

—La leche, ¡se me había olvidado! —exclamó entonces, provocando con ello que recuperara parte de la tranquilidad que había perdido desde el mismo instante en el que Owen había entrado en mi dormitorio—. ¡Cuéntamelo ya!

Recuperé el aliento y sonreí satisfecha. ¡A veces resultaba tan fácil distraerla...!

—Como te he dicho antes, no hay demasiado que contar. ¿Qué prefieres saber: el argumento o mi opinión?

Adriana se lo pensó mientras dedicaba una mirada distraída a los diferentes tonos de esmalte de uñas entre los que dudaba.

—No quiero saber el argumento, perdería la gracia y prefiero descubrirlo por mí misma. Cuéntame la verdad. Aquello que realmente te preocupa.

Dudé antes de confirmar mi sentencia.

—Es una verdadera aberración para la literatura.

Adriana alzó la vista hacia la pantalla mientras tensaba una de sus manos para que no hubiera riesgo de estropear las uñas que acababa de pintar con estudiadas pinceladas. Se acercó un poco más, tratando de encontrar en mi expresión algún tipo de señal que le indicara que le estaba tomando el pelo. Sin embargo, sabía que no le mentía y eso todavía la descolocó más.

—Exageras —añadió al fin.

—Adri, he leído cientos de novelas a lo largo de mi vida. ¿Cuántas veces me has oído afirmar que una de ellas fuera una aberración?

—Muchas —contestó concluyente.

—¿Y en cuántas ocasiones me equivoqué?

Adriana volvió a quedarse pensativa hasta que su rostro comenzó a tensarse, sin poder dar crédito a lo que escuchaba.

—Pero... no puede ser. Debe de tratarse de un error. Quizá te hayan dado un manuscrito que no era.

—No... Te aseguro que es de Corina.

—Pero... entonces, ¿qué vas a hacer?

—¿Qué crees que puedo hacer? No tengo alternativas...

—A ver, ¿estamos hablando de corregir mucho o de reescribir una novela?

Dejé las cosas sobre la cama y centré por completo mi atención en la pantalla. Había perdido las ganas de hacerme la manicura y todo volvía a girar en torno a Corina, con la que tantos vaivenes emocionales había sufrido a lo largo de la semana.

—Ambas cosas.

Adriana me imitó y también lo dejó todo a un lado, mientras soplaba sin esmero sus uñas en un gesto que conocía a la perfección.

—Me sabe fatal que tengas que enfrentarte a esto sola... Puedo hacerme una ligera idea del infierno por el que has debido de pasar estos días.

—Ahora ya lo llevo mejor —añadí al fin, para quitarle hierro al asunto y que no se sintiera tan mal por no poder estar a mi lado—. Lucy, mi compañera, me ayudó bastante con esto. Reescribiré la novela y luego la entregaré. Será mi propio reto, como si me pusiera a prueba.

—Ya, pero corregir una novela no es lo mismo que reescribirla. De hecho, no tiene nada que ver. ¡Corina se llevará todo el mérito de un trabajo que no le pertenece!

—¿Y qué hago? ¿Renuncio, vuelvo a meterlo todo en maletas y pierdo el trabajo de mi vida?

Nos sumimos en un silencio doloroso. Ambas conocíamos de antemano las consecuencias de mis actos, fuera cual fuese el camino que tomara. Pero perder no entraba en mis planes. No había viajado hasta Nueva York para esconder el rabo entre las patas y huir a la primera ocasión en que las cosas no funcionaran como yo deseaba. No. Había venido a luchar por un puesto, a ganarme la confianza de una de las dos editoriales más grandes y prestigiosas del mundo. Si tenía que pasar por el aro y hacerle el trabajo sucio a Corina, lo haría. Pero con la cabeza bien alta.

—¿Cómo crees que te sentirás cuando pasees por una librería y veas uno de esos ejemplares sin que tu nombre aparezca en la portada?

Su pregunta me desconcertó. Nunca había hablado con Adriana de aquello. Había decidido especializarme en la corrección, era la manera más fácil de trabajar en lo que me gustaba y no sentirme expuesta, y siempre había corregido todos los manuscritos que me encargaban con cierta devoción y fascinación. Pero también era cierto que jamás había llegado a mis manos ningún ejemplar de alguien cuya relevancia literaria pusiera en jaque mis propias aptitudes. Me tomaba todos los encargos como retos y, cada vez que paseaba por las librerías, los observaba con amor fraternal. Deslizaba los dedos por sus portadas, con cariño, como si yo fuera la única en el mundo, aparte de su autor, que conociera el verdadero secreto que escondían sus páginas.

—Eso no importa ahora. Se trata de un encargo, nada más. El mundo está repleto de *ghostwriters* —zanjé al fin.

Adriana ladeó la cabeza y no opuso más resistencia. Aceptó mi decisión y resolvió que la única forma de terminar con aquello de forma airosa era unirse a mí y ayudarme en lo que estuviera en sus manos. Tal y como siempre habíamos hecho la una con la otra.

—Ok. Saldremos de esta, ya lo verás. Estoy contigo, y sé que puedes lograrlo con éxito.

20

El resto de la tarde no quise hacer nada más que tuviera algún tipo de relación con los libros. Estaba agotada, mentalmente exhausta. La charla con Adriana había resultado confusa. Por un lado, tal y como siempre sucedía, las horas habían pasado volando, hasta que los estragos del sueño comenzaron a hacer mella bajo sus ojos, que lucían unas marcadas ojeras que parecían oscurecer por segundos. Era la una y media de la madrugada en España cuando al fin colgamos la llamada. Por un momento, me sentí extraña. Pensé en todos los días que había pasado lejos de mi verdadero hogar, de mi familia, de mi mejor amiga... Me sentía bien en casa de los Smith, pero había momentos en los que las costumbres y la sangre trepaban por mi interior y se aferraban con fuerza con la firme intención de dificultar mi respiración.

Me tumbé en la cama y puse las manos bajo la nuca. Había una pequeña motita oscura en el techo, seguramente habrían pasado algunos años desde la última vez que lo pintaron. Fue tras esa simple y aparentemente inofensiva reflexión cuando me dio por pensar cuánto tiempo necesitaría yo para acostumbrarme al cien por cien a todo aquello que ahora componía mi vida, e incluso pensé en si algún día llegaría realmente a hacerlo o si tan solo lo aceptaría y me resignaría a ello.

Ladeé la cabeza con suavidad y me topé con la sonriente imagen de mis padres, que siempre me acompañaban por las noches desde el marco que había sobre la mesilla. Echaba de menos abrazarlos, sus constantes y cariñosas discusiones y también el olor que inundaba la casa cuando mi madre cocinaba. Sin darme cuenta, me fui dando la vuelta hasta quedar de lado sobre la cama. La lucecita de mi mesilla era la única que acompañaba la penumbra del dormitorio, ahora que en la calle había caído la noche como si un telón hubiera descendido para anunciar que había finalizado el último acto. Hacía tiempo que no me permitía pensar con tanto silencio a mi alrededor, y lo agradecía. Sentía la respiración pausada, como si tomara consciencia de cada bocanada de aire. De hecho, de algún modo me sentí liberada, pues, sin saberlo, me dejé arrastrar por el sueño hacia un lugar en el que todo quedó completamente difuso.

Sentí un agradable cosquilleo a la altura de mi nuca y sonreí al mismo tiempo que me estremecía por completo. Intenté volver a sumergirme en el sueño que acababa de romperse, pero volví a sentir el mismo cosquilleo suave y moví un hombro ligeramente mientras todo el vello de mi brazo se erizaba en una agradable corriente eléctrica. Abrí los ojos muy lentamente y tardé unos segundos en lograr enfocar lo que tenía delante; en el mismo momento en el que lo hice, reaccioné con fuerza y me incorporé de un brinco. Owen estaba agachado frente a mí, a escasos centímetros del lugar en el que hasta hacía unos escasos segundos estaba mi rostro. Tuve que serenarme para controlar de nuevo el ritmo de mi respiración y ahogar un grito al darme cuenta de que debían de ser las tantas de la madrugada y seguramente los señores Smith debían de estar dormidos hacía horas.

—¿Owen...? ¿Qué haces aquí? —titubeé sin acabar de entender qué hacía en mi dormitorio.

—Te habías quedado dormida con la luz encendida y la ropa puesta.

Su aliento estaba teñido del inconfundible aroma que dejaban unas cuantas cervezas. Su voz sonaba más grave y rasgada de lo habitual, con mayor lentitud aunque con la misma seguridad de siempre. No estaba borracho, pero sus ojos achispados resultaban muy delatores.

—¿Estás bien? —quise saber, preguntándome si la inesperada visita al bar tenía algo que ver con Sophie.

—Pensé que tal vez debía apagarte la luz, y luego... parecías tan tranquila...

Sus ojos me contemplaban sin ver, como si solo ellos pudieran observar algo que los demás no podríamos alcanzar a apreciar. Su mirada, penetrante y dura, no se apartaba de mi rostro. Iba de los ojos a mis labios, siguiendo pausada un camino del que no se salía ni un solo milímetro. La temperatura del dormitorio ascendía, y traté de echarme para atrás hasta dar con la espalda en la pared y, así, evitar que pudiera contemplar que me había sonrojado. Owen se incorporó y apoyó las manos en el colchón, a lado y lado de mis piernas, mientras acercaba su rostro hasta el mío con una parsimonia que logró acelerar todas las venas, las arterías y cada uno de mis vasos sanguíneos. Contuve la respiración sin poder entender qué era lo que estaba pasando mientras su rostro cada vez estaba más cerca del mío. Intuía los músculos de sus brazos a través del jersey, ahora que estaban en tensión aguantando parte del peso de su cuerpo. Tal vez seguía dormida y aquella era la segunda parte de un sueño del que, de hecho, no quería despertar.

—Eres preciosa, Haley... Tienes la piel fina y suave, como la arena de una playa paradisíaca.

Tragué con esfuerzo mientras escuchaba las palabras que se deslizaban por sus labios con suavidad, en un ronroneo apenas audible. El aroma de su aliento acarició mi rostro y, lejos de molestarme, puso en guardia todos mis sentidos. La cerveza en sus labios tenía que saber infinitamente mejor. Sospeché que mi capacidad de hablar había quedado relegada. Mi yo racional había desaparecido para darles prioridad a mis sentidos, que ahora batallaban por ser los protagonistas de todos los estímulos que, con ebria maestría, Owen me provocaba.

Su rostro estaba tan cerca del mío que, si volvía a despegar los labios, estos se rozarían con los suyos. No estaba preparada para ello y, sin embargo, me moría por que lo hiciera de nuevo. Quería volver a sentir todas las cosas que me había hecho sentir en Nochevieja, su sabor, las cosquillas de mi estómago, las vibraciones de mis piernas. No me reconocía. Jamás había sentido nada igual. De hecho, jamás me había hallado en una situación parecida.

—Quiero que seas libre, Haley.

Su voz llegó tarde a mis oídos, pues el roce de sus labios con los míos me noqueó al momento. No llegó a besarme, tan solo me rozó y, sin embargo, hubiera firmado un pacto con el mismísimo diablo a cambio de que jamás dejara de experimentar todo lo que estaba sintiendo. Mis manos temblaban. Mi pecho subía y bajaba a gran velocidad mientras mis labios continuaban inflamados y expectantes, atemorizados por el efecto demoledor de la corriente eléctrica que parecían haberme trasmitido los suyos.

Me armé de valor, inspiré y noté que me mareaba ligeramente antes de poder añadir ninguna palabra.

—Siempre he sido libre.

—Entonces...

No pude contenerme más. Acerqué el rostro hacia él y sellé mis labios en los suyos, silenciando lo que hubiera querido decir a continuación. Se dejó caer un poco más sobre mí y sentí el peso de su cuerpo. Se hizo hueco entre mis piernas hasta que su pecho quedó apoyado sobre el mío. Todos y cada uno de los rincones de mi piel reaccionaban con celeridad a su contacto, con una mezcla de dolor y pasión al mismo tiempo, del mismo modo que si hubieran quedado en carne viva, sintiendo con una intensidad irracional cada roce de su piel. El bombeo de su pecho contrastaba con el mío, creando una estrepitosa melodía desacompasada y muy difícil de imitar. Sin embargo, no existía una música en el mundo que me apeteciera escuchar más que esa.

Su boca encajó con la mía y sentí la suavidad de su lengua. Estaba ávido de placer y ebrio de lujuria. Lo sentía en sus manos, que recorrían mi cuello con deleite, y también en el vértice de mis piernas, donde su estado era todavía más palpable. Sentí que me humedecía y que le necesitaba como no había necesitado nada antes. Como si me ahogara bajo el mar y sus labios fueran el único modo de proveerme de oxígeno, y sus manos, las que pudieran quitar el plomo de mi cintura, cuyo peso no me permitía liberarme. Tenía razón, no era libre. No lo había sido nunca hasta que él entró en mi vida dispuesto a ponerla patas arriba.

Enredé mis dedos en sus mechones, deslizándolos con suavidad entre ellos. Parecían hilos de seda dorados. Sus besos, a cada segundo que pasaba, se tornaban más intensos y sentía la dureza de su barba sobre mi barbilla, seguramente enrojeciendo la zona, lo que acabaría dejando una sospechosa marca sobre ella que ya me preocuparía por disimular con maquillaje. Mis suposiciones habían sido correctas: la cerveza en sus labios sabía infinitamente mejor. Le besé con todos los anhelos de mi corazón expuestos, como solo se besa cuando realmente no deseas nada más en el mundo. Sin embargo, cuando su mano comenzó a descender desde mi cuello, contorneando el lateral de mi pecho, me di cuenta de que no estábamos en igualdad de condiciones. Volví a pensar en el hecho de que Owen, por algún motivo que desconocía, se había colado en mi dormitorio medio borracho y que eso podía convertirse mañana en una barrera entre nosotros. No quería que la incomodidad se interpusiera en nuestra relación y, a pesar de que me moría por continuar besándole, sabía que era la única que podía detener a tiempo lo que estaba a punto de suceder.

Le besé por última vez, manteniendo indemne el tacto de sus labios sobre los míos, y me separé lentamente alzando un poco la cabeza, dejando manifiestas mis intenciones. Abrí los ojos y él me imitó con cierta lentitud. Nuestras miradas se encontraron y me obligué a sonreírle, a pesar del dolor que me producía mi propia decisión. Tenía la respiración alterada y me sentía predispuesta a él de un modo salvajemente diabólico. Necesitaba saciar la pantera que rugía en la parte baja de mi vientre, y necesitaba que lo hiciera él; pero no en el estado en el que se encontraba.

—Haley... —susurró junto a mis labios, buscándolos de nuevo.

Creí que iba a desfallecer. Su voz sonó grave y ronca, espesa y sensual. Apretó la mandíbula mientras sus ojos me interrogaban en busca de una respuesta que le convenciera. Estaba deseoso de mi contacto, pero yo no quería cubrir las carencias de un recuerdo que no me pertenecía, no quería convertirme en un parche para el dolor de un corazón roto. Quería que me deseara solo a mí y que no necesitara de unas cuantas cervezas para atreverse a besarme como lo estaba haciendo.

—Owen, has bebido demasiado... —dije, sintiendo que ni mi propia voz me pertenecía y que no hacía más que traicionarme.

—Haley... —tentó de nuevo, acercándose una vez más. Su pecho rozó el mío y su cadera se apretó contra mi vientre, donde pude sentir la dureza de algo que prometía mucho más que un simple temblor de piernas y gritos de placer ahogados. Jamás había sido consciente de cuántas emociones distintas podía provocar el simple roce de un cuerpo contra otro.

—Owen, para... Te lo suplico... —imploré casi al borde de las lágrimas. No sentía pena, ni tampoco estaba enfadada, pero sufría una presión sobre mi pecho desconocida, fruto de la batalla que mantenía contra mis propios sentimientos. Deseaba continuar con aquello, pero sabía que no era lo correcto. Y, si él no lo veía, debía hacerlo yo.

Me miró por última vez, a la espera de la confirmación de mi mirada. Tenía los ojos vidriosos, cubiertos por una tela acuosa transparente. Era la imagen más pura y agresiva del placer. Nunca me habían mirado así y, sin pretenderlo, me sentí desnuda frente a él, aunque no me avergonzaba lo más mínimo por ello. Al contrario, deseaba que continuara mirándome de ese modo tan impropio e indecoroso.

Al final, del mismo modo que si una alarma se hubiera activado en su cabeza, se echó para atrás de un salto, tal vez dándose cuenta por primera vez de lo que había estado a punto de suceder.

—Lo..., lo siento —titubeó con la incertidumbre reflejada en el rostro—. Lo siento mucho, Haley. Esto... Será mejor que me vaya —continuó ya en pie, como si el miedo comenzara a causar estragos en su capacidad cognitiva—. Buenas noches.

Desapareció por la puerta tambaleándose, y permanecí inmóvil en la misma posición en la que me había dejado mientras me maldecía por haber permitido que la Haley obediente y cabal hubiera hecho acto de presencia en ese preciso instante; cuando, por primera vez, la más salvaje y ávida de nuevas experiencias se había empezado a abrir paso en mi interior, clamando a gritos lo que durante tantos años había reprimido, obligándose a pensar que todo aquel placer que describían en las novelas no existía. Ahora sabía que sí, que era real, palpable, y quizá el motivo por el cual alguien pudiera llegar a perder la cabeza y no desear nada que no fuera experimentar una y otra vez aquel subidón de adrenalina que en ese instante no sabía cómo calmar.

21

Después de todo el tiempo que llevaba trabajando en Royal, esa fue la primera ocasión en la que tardé mucho más de dos semanas en entregar el proyecto que me había sido asignado. La corrección de Corina me había ocupado cientos de horas, y empezaba a pensar que el sueldo de ese mes no iba a compensar tal hazaña. La peor parte había sido la reescritura de la historia; había tenido que crear esquemas, páginas con apuntes sobre los personajes, sobre sus vidas, sus pasiones... Cuando llevaba tres semanas trabajando en ello, Violet me hizo llegar un aviso de Agatha en el que se me instaba a presentar una sinopsis y un informe sobre cómo avanzaba el proyecto. Trabajábamos muchos departamentos en ese mismo manuscrito, y por ello se nos exigía una comunicación distinta a la habitual.

Una de las mañanas en las que el caos imperaba en la oficina, apareció Marcus —el de diseño— en mi despacho, hecho que incluso llegó a sorprenderme.

—Hola, Haley. Necesito tu ayuda.

—Claro, dime —dejé las gafas sobre el teclado y giré sobre mi silla hasta quedar frente a él, que se había sentado en uno de los extremos de mi mesa.

—Es sobre la portada de Corina.

—¿Ya estáis con ello?

—Claro, quieren la edición a la venta en poco más de un mes. Una maldita locura. Y la portada se hará pública pasado mañana.

—¡¿Cómo dices?!

—Sí. A mí también me gustaría estrangular a alguien..., pero es lo que hay. Así es como funciona el prestigio de Royal... —añadió con toda la mordacidad que pudo.

—Pero Agatha no me ha dicho nada al respecto... ¡Pensaba que tenía más margen para trabajar la historia!

—Para eso me envían a mí, para que, de una forma «sutil» —añadió haciendo el gesto de comillas con los dedos—, te diga que corras si no quieres acabar de patitas en la calle.

—¿Y qué pasaría si me negara... o si no llegara a tiempo? —rechisté enfadada, con los brazos cruzados sobre el pecho y sin poder creer lo que estaba escuchando.

—Que podrías empezar a despedirte de este mundillo, porque Agatha se encargaría de que no volvieras a encontrar trabajo en ninguna editorial durante el resto de tus días.

—Joder... —masculle sin cortarme—. Bueno, dime, ¿qué necesitas?

—Estamos diseñando la portada y no tenemos muy clara la idea. Necesito que me digas unos elementos sobre los que trabajar.

Le expliqué un poco por encima la historia sin entrar en demasiados detalles.

—Vaya... Esperaba algo distinto —añadió tras mi breve explicación—. En todo caso, creo que con esto ya podremos hacer algo decente. ¿Hay algún elemento que sea absolutamente importante en el desarrollo de la trama?

—Sí —dije tras tomarme unos segundos para pensar en ello—. Una rosa blanca. Marca el antes y el después en la vida del protagonista. Es el símbolo del amor que siente por su mujer, que fallece en el mismo accidente en el que él pierde la mano. Siempre le acompañará en todos sus viajes.

—Perfecto. Te mando un par de bocetos esta tarde para que puedas decirme si está en sintonía con la historia. ¿Te parece?

—De acuerdo.

Marcus desapareció del despacho rápido como una flecha. Me di cuenta de que era la primera vez que los chicos del departamento de diseño venían a pedirme opinión. Comenzábamos a conocernos todos en la oficina, bueno, más bien yo empezaba a conocerlos, pues todos ellos llevaban tiempo trabajando en Royal. Podría decirse que nos caímos bien desde un principio, y la cosa fue a mejor gracias a la cena que maquetación había organizado unas semanas atrás. Pero en ninguno de los proyectos manteníamos apenas comunicación. Cada uno de nosotros trabajaba a su ritmo en las peticiones que llegaban, y lo de Corina estaba resultando ser todo un acontecimiento al que no terminaba de acostumbrarme.

Miré el reloj y sentí el efecto de la ansiedad en mi interior. Tres semanas. Tres malditas semanas para terminar la corrección, el diseño, la maquetación, la impresión y la distribución... Lo que significaba que, como muy tarde, mi parte debía ser entregada a finales de esa misma semana. Se habían vuelto locos. Aquello escapaba de todo orden y lógica.

Cogí la agenda que había sobre la mesa y abrí el documento de Corina en el ordenador. Por suerte, ya había terminado de reescribir la historia, por lo que solo faltaba revisar una y otra vez que todo estuviera correcto. Puse el marcador en el capítulo en el que estaba trabajando y seleccioné la herramienta del contador. Si quería cumplir con el plazo, tenía que trabajar sobre cuarenta mil palabras diarias. Durante cuatro días.

Me dejé caer hacia el respaldo de la silla y me llevé los dedos hacia el puente de la nariz para liberar la tensión que se me acumulaba en aquella parte. Cogí aire un par de veces y respiré hondo antes de volver a pensar en nada más. Iba a poder con aquello. Yo podía. Me habían puesto una prueba de fuego y tenía que pasarla.

Así pues, movida por una nueva inyección de obligada energía, volví a incorporarme en la silla, me puse unos cascos que Lucy me había recomendado unas semanas atrás y que silenciaban todo a tu alrededor, y me dispuse a trabajar.

El resto de la semana pasó en un abrir y cerrar de ojos. Mis ojeras iban en aumento cada día y la fatiga comenzaba a hacer mella en mí. Todos los que estábamos trabajando en el proyecto de Corina parecíamos sacados de la misma película de muertos vivientes. Caminábamos apenas sin fuerzas por los pasillos de la editorial, arrastrando enormes vasos de café con los que tratar de paliar de forma improductiva los estragos del sueño.

La portada de Marcus era impresionante. Esa misma mañana se había hecho pública y los chicos de marketing daban saltos de alegría con los resultados de la publicación. Miles de hashtags recorrían Twitter hablando de Corina, cientos de estados de Facebook habían sido compartidos e Instagram ardía con la foto de la portada. Daba la sensación de que no existiera nada más importante en el mundo que Corina y su nueva publicación.

Sentada una vez más frente a mi mesa, sentí vértigo. Una náusea recorrió mi estómago y todo se desfiguró a mi alrededor. Las miles de personas que estaban hablando de Corina iban a conocer una historia que, en realidad, tenía muy poco que ver con ella. Sí, la idea principal era de Corina, eso no lo podía negar. Pero me había visto obligada a cambiar tantos detalles que el manuscrito original había perdido incluso relevancia. De algún modo, iba a exponerme a la opinión pública por primera vez y lo iba a hacer por la puerta grande. Ya había encargados miles de ejemplares y, de hecho, esa misma tarde ya se superaban las cifras que avalaban la primera edición.

Sentí verdadero pánico. No iban a leer a Corina, iban a leerme a mí. Y nadie, aparte de los que trabajábamos en Royal, tenía ni idea de eso. Me puse en pie y me dirigí hacia el cuarto de baño. Me lavé la cara con agua helada hasta que mi piel ya no soportó la temperatura. Alcé la mirada y contemplé mi reflejo —demacrado y agotado— frente al espejo. No parecía que fuera yo misma. En los últimos meses había cambiado mucho. Tenía los pómulos marcados y me veía obligada a hacer uso del maquillaje a diario para disimular las ojeras. ¿En quién me había convertido? Una fuerte convulsión me sacudió el estómago y el desayuno subió por mi garganta. Me encerré en uno de aquellos cubículos y me liberé de la presión del mismo, mientras un intenso sabor amargo se apoderaba de mi boca.

—Haley, ¿estás bien?

No la había escuchado entrar en el baño, pero reconocí de inmediato la voz de mi compañera.

—Sí... Creo que no me ha sentado bien el desayuno... —añadí desde el interior de aquel espacio en el que continuaba encerrada.

Llevé los dedos al estómago y lo masajeé en círculos. Lentamente desaparecía la presión y recuperé el ritmo jadeante de mi respiración. Pero todavía me sentía extraña, casi desvalida.

—Te he traído un vaso de agua... ¿Estás mejor?

Salí unos segundos después y mi propio reflejo me golpeó con dureza de frente una vez más. Lucy estaba apoyada de espaldas al mármol y sostenía entre sus dedos un vaso de agua que agradecí en silencio.

—No tengas miedo. Saldrá bien. Todos tus trabajos son excelentes y la editorial está contenta contigo. ¿Qué es lo que sucede con Corina que te afecta tanto?

La miré con cariño y me di cuenta de que Lucy empezaba a ocupar en mi vida el lugar de Adriana. Aunque jamás llegaría a sustituirla, claro. Pero su presencia constante y su cariño me bastaban para no sentirme tan sola, y le estaría eternamente agradecida por ello.

—Hay mucho de mí misma puesto en esta historia... —añadí, consciente de que aquello debía de sonar inmaduro para el puesto que se suponía que ocupaba.

—Entonces, disfruta como nunca de esta oportunidad.

Alcé la mirada y busqué sus ojos. Estaba tranquila y transmitía la serenidad que a mí tanta falta me hacía.

—Mira, Haley. Escribir y exponerse a la opinión pública da miedo. Verdadero terror, si me apuras. Pero tienes la suerte, y por ahora lo consideraremos como tal, de que tú lo harás con el nombre de Corina. Tómatelo como una prueba de fuego. Si ella triunfa, para ti será una gran satisfacción personal. Estarás en miles de estanterías y millones de personas alabarán tu trabajo, el que has realizado por medio de un tipo de seudónimo... Sin embargo, si Corina fracasa con la publicación, lo hará ella sola, pues nadie sabrá nunca que aquel trabajo no le pertenecía. ¿Cómo lo ves ahora?

Su reflexión me hizo pensar con mayor claridad y logró tranquilizarme. Tenía razón. Me leerían muchísimas personas, pero ninguna de ellas conocería jamás de mi existencia.

—Gracias, Lucy. Necesitaba que alguien me ayudara con esto.

—¿Sabes? Hay muchos escritores que han salido a la luz después de pasar años recluidos en despachos haciendo importantes trabajos de corrección, ya sea ortotipográfica, de estilo o de contenido... Quién sabe, ¡a lo mejor estoy hablando con la próxima estrella del mundo literario!

—Anda, ¡calla! —añadí, ahora ya sonriente, dándole un suave golpecito en el brazo.

—Voy al despacho a buscarte algo de maquillaje... El hecho de que tú misma te veas con mejor cara te ayudará a que también veas las cosas de otro modo. Espérame aquí.

Le dediqué una última sonrisa de agradecimiento y esperé su regreso en el interior del cuarto de baño. Tenía razón, todo iba a salir bien. Tenía que salir bien.

El lunes por la mañana entregué finalmente el proyecto. Estaba agotada y apenas me quedaban fuerzas. Echaba de menos la compañía de Owen, su sonrisa y su forma de hacerme desconectar de todo. En realidad, echaba de menos otras cosas de él, pero con el paso de los días estaba aprendiendo a mantener al margen todos los pensamientos y las emociones que me impedían seguir adelante con normalidad. Necesitaba un respiro. Había trabajado sin descanso durante todo el fin de semana, dos días en los que había sobrevivido gracias a las atenciones —y pequeñas reprimendas— de la señora Smith. Dios mío, cómo adoraba a aquella mujer. ¿Qué hubiera sido de mí sin ella? Decidí que esa misma tarde le compraría algún detallito con el que agradecerle todo lo que estaba haciendo por mí. No quería que pensara que me aprovechaba de sus cuidados. De hecho, yo pagaba solo por el alquiler de mi dormitorio, todo lo demás era un extra por el que los señores Smith no me permitían abonar ni un solo dólar de más.

Violet entró en mi despacho y me sobresaltó de forma inesperada.

—Haley, Agatha quiere verte —dijo con una expresión que no supe descifrar.

—De acuerdo. Gracias.

Me puse en pie rápidamente. No quería hacer esperar a la directora. ¿Qué podía querer ahora? Había entregado el trabajo a primera hora de la mañana, tal y como me habían indicado. ¿Iban a despedirme igualmente?

Llegué a la puerta en la que había un pequeño cartelito en el que podía leerse el apellido de Agatha y llamé con los nudillos, consciente de que mi respiración volvía a acelerarse. Sentía el pálpito incluso en el cuello, y aquello no iba a facilitarme la tarea. Pero ya no había vuelta atrás. Así pues, respiré hondo tres veces y, después de escuchar la voz de Agatha indicándome que podía pasar, giré el pomo entre mis dedos y me adentré en la espaciosa y acristalada estancia.

—Buenos días, señorita Beckett. ¿Cómo se encuentra?

Su pregunta me sorprendió, aunque no quise entrar en más análisis. Fuera lo que fuese lo que quisiera decirme, esperaba que lo hiciera cuanto antes.

—Buenos días, señora Simonds. ¿Ha habido algún problema con mi entrega? —añadí entonces, ahondando directamente hacia el epicentro de mi preocupación.

Me miró con suspicacia y levantó una ceja antes de proseguir.

—No. De hecho, le he echado un vistazo por encima y considero que ha hecho usted un gran trabajo. Los chicos de redacción darán la última opinión en cuanto acaben su lectura y, si todo está conforme, procederemos a enviar el manuscrito a maquetación.

Sonreí, pero no lo hice con mucho ímpetu. Continuaba agitada. Todo aquello me provocaba un gran cúmulo de emociones que me estaba costando horrores gestionar.

—Quería agradecerle todo el trabajo y la dedicación que ha empleado en este proyecto. Por ello, hemos creído conveniente que su labor sea compensada con unos días de permiso retribuidos, que bien se ha ganado. Además, al tratarse de un proyecto confidencial, su trabajo estaba ligado a un incentivo económico del que usted no tenía conocimiento.

—C... ¿Cómo dice? —tartamudeé sin poder evitarlo.

—Los proyectos de gran envergadura van ligados a un incentivo económico en función de los objetivos. Me veo obligada a pedirle que, por favor, firme estos documentos antes de proseguir con la explicación.

Con una mezcla de temor y curiosidad, tomé la fina carpeta que Agatha me tendía y la abrí sin decir nada más. Leí por encima el documento mientras en mi rostro se dibujaban a la perfección mis dudas.

—¿Qué es esto?

—Una cláusula de absoluta confidencialidad. Usted asume la responsabilidad de sus actos y da su palabra de que no hará pública su implicación y posible coautoría en la redacción de la nueva publicación de Corina Fox. Supongo que entiende la magnitud de tal acuerdo.

Tragué de forma costosa antes de hacer un gesto afirmativo con la cabeza. Claro que lo entendía, pero, en el fondo, una parte de mí estaba dolida por el hecho de que, después de todos aquellos meses, se estuviera poniendo en duda mi integridad.

—No crea que solo se lo hacemos firmar a usted... —añadió como si me hubiera leído la mente—. Es una cláusula anexa a todos y cada uno de los proyectos considerados como confidenciales para Royal Editions.

Me sentí extraña. ¿Cuántos correctores habría en la sombra, escondidos tras grandes éxitos y silenciados bajo la misma cláusula que me presentaban a mí? Sin embargo, sabía que no tenía más opciones, y que proponer el estudio legal de aquel contrato iba a suponer un obstáculo en la consideración y la reputación que tanto me estaba costando labrarme.

—De acuerdo —dije al fin, justo antes de estampar mi firma en el documento.

—Bien. Como iba diciéndole, este contrato va ligado siempre a un incentivo económico que sustenta la implicación en el mismo y con el que pretendemos compensar, de algún modo, su aportación a la publicación. Así pues, de cada una de las ventas que se haga, a usted le corresponde un uno por ciento a partir de ahora. Eso significa que, de entrada, su sueldo sufrirá un importante aumento, pues la primera edición saldrá al mercado con cien mil ejemplares y ya se está trabajando en la previsión de una segunda edición. De nuevo, reitero lo dicho anteriormente: toda esta información está protegida por la cláusula que acaba de firmar y, por ende, no podrá salir de este despacho ni una sola palabra de lo que hemos hablado.

Poco faltó para que se me salieran los ojos de las órbitas al escuchar aquel dato. ¿Me correspondía un uno por ciento de las ventas de Corina? Al final iba a resultar que mis horas extras de trabajo sí que iban a tener algún tipo de compensación... Una gran compensación, de hecho.

—Intuyo que es la primera vez que recibe un incentivo de este calibre... Su cara habla por sí sola.

—Sí... No la voy a engañar. También es la primera vez que hago una «corrección» de tal envergadura —respondí con un sarcasmo del que Agatha, por suerte, pareció no darse cuenta—; así que, en cierto modo, supongo que es normal que me sorprenda por ello.

—No lo haga, señorita Beckett. Es usted muy buena en lo suyo.

—Gracias. —No supe qué más añadir. Me quedé en silencio y me pasé una mano dubitativa por la nuca. Hacía días que me asaltaba una duda de forma recurrente y quería hablarlo con ella, aunque nunca encontraba el modo de hacerlo—. Verá, señora Simonds, ya que estoy aquí, me gustaría saber si puedo hacerle una pregunta acerca de otro aspecto...

—Claro.

—Cuando me contrataron, me contaron que este proyecto formaba parte de una prueba piloto y que mi puesto estaba unido a la viabilidad de la misma. Me gustaría saber si está funcionando bien y qué perspectivas hay sobre mi continuidad en la empresa... Si no es mucho pedir.

—Verá, señorita Beckett —dijo, como si pronunciando tantas veces mi apellido lograra remarcar la distancia entre nosotras—. Los proyectos de este tipo no suelen ofrecer números concluyentes hasta pasados, como mínimo, unos tres años de su puesta en marcha. La prueba inicial sobre su trabajo fueron los primeros encargos que le asignamos y que, cabe decir, entregó con resultados óptimos. Por tanto, estamos contentos con su labor en la editorial y nuestra intención es mantenerla en nuestro equipo mientras dure, como mínimo, la totalidad del proyecto. Así pues, no debe temer por su puesto, por lo menos por ahora.

Su explicación me tranquilizó, mucho más incluso que el descubrimiento del incentivo. Llevaba meses trabajando duro y me daba verdadero pavor perderlo todo en cuestión de segundos. Respiré hondo, por primera vez tranquila en las últimas semanas. Esta última corrección me había deteriorado, y sentía que había quedado afectada por el efecto del «huracán Corina», tal y como lo habíamos denominado Adriana y yo.

—Puede tomarse tres días libres. Se los ha ganado. Necesito que regrese el viernes con la misma energía de siempre. Muchas gracias.

—Muchísimas gracias a usted, señora Simonds.

Regresé sin demorarme hacia mi despacho, donde comencé a recoger las cosas con prisa, antes de que la directora cambiara de opinión. Avisé a Lucy de las novedades y le informé de mi ausencia en los próximos tres días, despidiéndome de ella con un gran abrazo, ahora ya con energías renovadas.

Me despedí de todos los compañeros que encontré a mi paso y salí del ascensor al llegar al rellano principal, mientras me cuestionaba mentalmente la inmerecida mala fama de la que gozaba Agatha Simonds.

¿Acaso era yo la única que veía un cordero donde los demás veían un lobo?

22

Hoy igual que ayer... Pero nunca igual

Aproveché aquellos tres días para desconectar por completo del trabajo y recuperarme un poco a mí misma. Tal y como llegué a casa, después de entregarles a los señores Smith un vale para un fin de semana en las afueras —cosa que me agradecieron colmándome de abrazos de los que no pude zafarme hasta pasado un buen rato—, me encerré en mi dormitorio y me tumbé en la cama, de la que no salí hasta la mañana siguiente, ahora ya con una nueva imagen.

Me decanté por algo de ropa cómoda. Después de recogerme el pelo en una coleta, me coloqué tras la pantalla del ordenador y elaboré una lista con todos aquellos lugares de la ciudad que todavía no había tenido la oportunidad de conocer. Llevaba cuatro meses viviendo en Nueva York y todavía no había visitado lugares tan emblemáticos como la Estatua de la Libertad. Así pues, después marcar un orden de prioridades, me apunté las correspondientes direcciones en un trocito de papel que guardé en el bolsillo antes de salir a la calle.

A pesar de que estábamos entre semana, la ciudad continuaba con su habitual bullicio y movimiento ininterrumpido de transeúntes y turistas. Estuve tentada de hablar con Owen y decirle si quería acompañarme en mi ruta, pero descubrí que, tal y como pasaba a veces, había vuelto a marcharse unos días por cuestiones de trabajo. Era tan imprevisible como el tiempo, y no supe si agradecer que así lo hubiera querido el destino.

Me poseían sensaciones agridulces desde hacía días. No habíamos avanzado. No habíamos hablado del tema ni tampoco nos habíamos besado de nuevo. Y me dolía. La sensación de incertidumbre me mareaba porque, mientras él lograba mantenerse en pie, como siempre, como si no hubiera pasado nada entre nosotros, mis sentimientos hacia él no hacían más que confundirme. Ya no tenía dudas. Me había enamorado de él y lo había hecho con una potencia desmedida. Las horas las pasaba trabajando y pensando en el momento en el que llegaría a casa o, mejor dicho, el instante en el que él llegaría a casa y, después, abriría la puerta de mi dormitorio para invitarme al cine, a dar un paseo o, si era de noche, ver el capítulo de turno.

Sin embargo, de algún modo parecíamos haber vuelto a la normalidad, aunque entre nosotros levitara una pregunta constante que ninguno de los dos se atrevía a hacer. Tal vez fuera mejor así y, por mucho que me doliera evocar en mi mente el recuerdo de lo que había sucedido, lo mejor sería comenzar a olvidarlo, como si en realidad solo hubiera sido un sueño... o parte de alguna de las novelas con las que tanto me gustaba fantasear. Al fin y al cabo, tenerle a mi lado tal y como siempre lo había estado me tranquilizaba y compensaba en parte los estragos de mis confusos sentimientos. Aunque el mero roce de su piel provocara un vuelco a mi estómago y tuviera que convencerme de que, en realidad, él nunca sería para mí.

Los días comenzaron a pasar y la semana llegó a su fin casi tan rápidamente como se había presentado. La ausencia de Owen me permitió escucharme a mí misma y perderme, en todos los sentidos. Le había echado muchísimo de menos, por supuesto. Añoraba su compañía, su forma pausada de hablar sobre cualquier cosa, andar a su lado y aquella sonrisa que me moría por volver a ver. Mentiría si no dijera también que había echado de menos muchas más cosas, cosas que ni siquiera existían entre nosotros, pero debía seguir adelante, y si obviarlas era la única manera, más me valía empezar a hacerlo.

El viernes regresé a la oficina y Lucy me recibió entre sonrisas, lo que hizo que me sintiera como en casa. Recordé una vez más a Adriana e imaginé lo mucho que le gustaría visitar las instalaciones de Royal y conocer a las nuevas personas que ahora ocupaban mi vida. Pensé entonces en la última reunión con Agatha. Abrí una nueva ventana en internet y busqué la página web de mi entidad bancaria para comprobar si ya habían realizado el ingreso del incentivo. Me desinflé al ver que no había ni rastro de él; sin embargo, volví a animarme al comprobar el montante total que llevaba ahorrado en aquellos meses. Era verdad que con el elevado sueldo de Royal podría permitirme independizarme a las afueras de Manhattan y vivir en mi propio apartamento, pero me sentía tan bien en compañía de los Smith que todavía no me veía preparada para embarcarme yo sola en dicha aventura. Siempre había compartido apartamento, y la simple idea de enfrentarme sola al mundo, y más en una ciudad tan grande, todavía me abrumaba.

Sin darme cuenta, los primeros atisbos de la primavera comenzaron a notarse. Habían pasado tres meses desde la noche de fin de año; tres meses en los que no había podido dejar de pensar en sus besos, en su forma de mirarme, la misma con la que seguía torturándome día tras día. Con el paso de los días había aprendido a sobrellevarlo. A decir verdad, no me había quedado otra opción. Había comenzado a escribir de forma constante, casi a diario, y lo hacía para mí, para sacar de dentro todo lo que no se me permitía mostrar. En todas aquellas páginas en blanco, que llenaba a un ritmo vertiginoso, decidí volcar todo lo que sentía, mis pensamientos y también la forma de enfrentarme a ellos, como si yo misma tratara de dar con una solución. Me fue bien. Aunque con ello no lograra dejar de temblar en presencia de Owen, por lo menos el peso de mi pecho se aligeraba un poco y me permitía seguir respirando en un mundo de emociones que empezaban a venirme grandes.

También me dio tiempo a descubrir que me había vuelto un poco kamikaze, pues, pese a ser consciente de que cada hora que pasaba junto a Owen daba lugar a cientos de minutos de torturas, de pensamientos contradictorios y de tener que repetirme una y otra vez que debía olvidarme de él, ni siquiera así lograba dejar de compartir aunque fuera un solo segundo con él. Solo uno de ellos hacía que mi día cobrara un poquito más de sentido, y con eso, por lo visto, a mí ya me bastaba para afrontar con energía renovada el siguiente día. Sabía que en algún momento aquello acabaría explotándome en la cara, era perfectamente consciente de ello y, aun así, me aferraba a él como lo haría a una cuerda con la que tuviera que cruzar un acantilado, confiando en que, pasara lo que pasase, no permitiría que cayera al abismo.

Por otro lado, echaba muchísimo de menos a mi familia y también a Adriana, pero había aprendido a mimetizarme en aquella ciudad hasta sentirme casi por completo integrada en ella. Salvaba mi relación con el castellano a través de mis correcciones, pues yo me encargaba de las ediciones en español mientras que Lucy hacía gran parte de las inglesas, idioma nativo de gran parte de los autores que llegaban a Royal. Aquel despacho en el que tantas horas pasaba junto a ella se había convertido en un segundo hogar, como si compartiera mi habitación universitaria con una compañera a la que ya consideraba mi amiga.

—¿Cómo puedo ver el desglose de ventas de una publicación?

—No puedes —respondió sin más dilación desde su mesa—. Solo tienen acceso a él los editores. Ningún otro departamento puede saber nada al respecto de las cifras.

—Ah... Es que acabo de recibir un informe con una valoración sobre la novela de Corina... La ponen por las nubes.

—¡Eso es realmente bueno para ti! —exclamó risueña.

—Según dicen, es, hasta la fecha, la mejor posicionada en el mercado de todas sus obras. Hablan ya de una tercera edición... y tan solo ha pasado un mes desde su publicación.

—¡¿Tercera ya?! —Lucy recibió el dato con sorpresa y felicidad—. ¡Es fabuloso! ¡Y en gran parte eso es gracias a tu trabajo!

De nuevo, algo se removió en el interior de mi estómago. Tal vez Lucy tuviera razón y aquello se debiera en parte a mi trabajo... Pero me abrumaba pensar en ello, pues me provocaba sensaciones muy contradictorias. Por un lado, me sentía pletórica por haber sido parcialmente la causante de aquel éxito. Sin embargo, me dolía que nadie llegara a conocer mi implicación en el mismo, pues todo el mundo atribuiría siempre todas y cada una de las palabras de la historia a la supuesta y gran Corina Fox... Aunque mi nombre apareciera de forma secundaria en una de las páginas del principio a las que nadie solía prestar atención.

—Te acostumbrarás... —añadió Lucy, seguramente tras contemplar el amasijo de sensaciones que reflejaba mi rostro—. Ya lo verás. Es solo cuestión de tiempo.

Recordaba los días de trabajo en la novela como un absoluto caos que ahora ya había pasado a formar parte del pasado. Según pude averiguar, antes de mí habían pasado por un puesto parecido al mío diferentes correctores españoles, aunque solo yo había entrado a formar parte de la plantilla de la empresa a partir de la creación de la prueba piloto, que consistía principalmente en la compra de originales que se traducían directamente dentro de las dependencias de Royal. Con ello se evitaban contratos intermedios de compra y venta de derechos de traducción. Royal Editions captaba a los autores y los editaba, por lo que todo salía desde las dependencias centrales de Nueva York, una más de las excentricidades de Agatha, que quería a sus profesionales cerca y así evitar pasos intermedios que restaban tiempo y dinero. Sin embargo, continuaba existiendo una representación de la editorial en los países en los que esta operaba que era, básicamente, la que se encargaba del trato directo con los autores. En ellas no se llevaba a cabo ningún otro trabajo que no fuera el de firmar contratos y reunirse con los autores. El proyecto tenía previsto que, desde su puesta en marcha, todo saliera desde la central neoyorkina.

Me dediqué a perder un buen rato curioseando entre mis perfiles en redes sociales. En ello estaba cuando, al revisar mis cuentas, me percaté de que aquel día, al igual que había sucedido durante los últimos, Corina era el nombre que más sonaba. Se habían compartido fotos, montajes con los personajes principales, a los que infinidad de chicas habían imaginado con rostros de actores. Había reseñas capaces de dejarte sin habla y cientos de comentarios en Amazon, Google, iTunes y otras plataformas de publicación. Parecía que todo el mundo estaba disfrutando con la historia del neurocirujano y alababan el cambio de registro que había experimentado la autora, cuyo lenguaje se había visto enriquecido y había logrado que el lector se envolviera por completo en la atmósfera y el clima de aquella desgarradora historia de amor.

Continué leyendo reseñas y todas ellas avanzaban en la misma línea. ¿Tal vez me hubiera pasado al corregir? ¿Tan evidente era el cambio en el estilo de Corina? De tanto en tanto, una sonrisa fugaz cruzaba mi rostro cuando descubría líneas que agasajaban algo que había sido de mi única y entera aportación. Sin embargo, la mayoría de tiempo me sentía enfadada y disgustada, pues todo aquel éxito jamás me pertenecería...

De pequeña, en alguna ocasión me había imaginado a mí misma como una escritora de aclamada trayectoria. No echaba de menos el componente mediático de Corina, pues nunca había sido una persona de mucho contacto social. Pero me encantaba imaginarme viviendo en una casita de campo, perdida en medio de algún paraje maravilloso, rodeada de naturaleza salvaje, mientras me dedicaba a pasar las horas escribiendo sin más necesidad que la de perfeccionar mi propia técnica y continuar permitiendo que miles de lectores pudieran vivir infinitas vidas aparte de las suyas.

—Haley, Agatha quiere verte. —La voz de Violet me interrumpió, sin concederme más información con la que hacerme una idea de lo que podría desear la directora.

—Voy ahora mismo —contesté poniéndome en pie.

Llegué al despacho preguntándome una y otra vez qué podría haber pasado para que Agatha requiriera de mi presencia, pero no hallaba ninguna respuesta que lo justificara.

—Buenos días, señora Simonds —dije tras escuchar su voz indicándome que pasara—. Me han dicho que preguntaba por mí.

—Sí, señorita Beckett. Siéntese.

Su tono era el mismo de siempre y nada me alarmó de que algo pudiera estar yendo por mal camino, aunque todavía sentía el leve hormigueo en mi estómago.

—Supongo que a estas alturas ya debe de estar al corriente de todas las novedades en lo que a la novela de Corina se refiere. ¿No es así?

—Sí. Estos días he leído algunos artículos y comentan que se ha convertido en la mejor de sus obras hasta el momento... ¿Se refiere a eso?

—Exacto. Y sí, así es. Los números la abalan y los lectores de todo el mundo la aclaman. Hemos recibido mensajes de grandes críticos literarios en los que se felicita a la autora y a la editorial por el magnífico trabajo realizado con Corina. Ensalzan su talento y hablan de su nuevo resurgimiento, gracias a esta última publicación.

La escuchaba asombrada sin saber qué responder. Me dolía que la agasajaran de aquel modo... ¡Era mi trabajo el que adulaban! Pero no podía quejarme, había firmado aquel estúpido contrato y me había comprometido a no decir nada al respecto... Corina siempre sería la imagen de mis horas, mi esfuerzo y mi tiempo invertidos.

—Se da cuenta del gran trabajo que ha hecho, ¿verdad?

—La mayor parte del mérito es de Corina —dije, más como protocolo que por sinceridad—. Tan solo reescribí una parte y corregí lo que necesitaba de algún retoque.

—Exacto. Reescribió la novela y la convirtió en su mayor obra de arte.

Hice un gesto con los labios con los que traté de dibujar media sonrisa, aunque no tuviera nada que ver con lo que realmente sentía en mi fuero interno.

—Queremos que sea también usted la que trabaje el próximo manuscrito de Corina.

—¿Cómo dice? —me salió sin poder evitarlo.

—¿Es que acaso no le agrada la idea? —añadió, sorprendida por mi tono.

—Sí... Claro. Sí, sí. —me apresuré a corregir sin ningún orden mental—. Gracias. Es un honor que confíen tanto en mí.

—Me alegra saberlo —continuó antes de hacer una pausa significativa que me provocó un leve escalofrío que, por suerte, logré disimular—. Sin embargo..., hay algo que debería saber.

—Usted dirá... —añadí ahora ya con temor.

—Corina nos entregó este manuscrito hace tiempo. Lo teníamos guardado porque necesita una dedicación que ninguno de mis empleados hasta el momento era capaz de otorgarle... No obstante, creo que, después del éxito de su trabajo, es usted la persona más indicada para llevar a cabo este proyecto.

—Gracias, señora Simonds. Es un honor que piense así sobre mí...

—Necesito que lea bien la novela. La estudie, la comprenda y la convierta en un nuevo éxito con el que superar las cifras que está alcanzando la presente. Sé que puede lograrlo. Haga lo que tenga que hacer con ella.

—Pero... —comencé a decir justo antes de que Agatha me interrumpiera de golpe.

—Por supuesto —empezó a decir—, este proyecto irá acompañado de un mayor incentivo con el que compensar las horas, la dedicación y la profesionalidad con la que tratará este asunto... Al margen del que le corresponde por confidencialidad, claro.

¿Dos incentivos por un mismo proyecto? ¡Estábamos hablando de muchísimo dinero! No solo había pasado de ser una simple correctora que trabajaba como autónoma desde el salón de su casa a formar parte de la plantilla de una de las dos mejores editoriales del mundo, sino que, además, me proponían trabajar en el que seguramente sería el proyecto más ambicioso del año. Aquello resultaba abrumador.

—Sé que tal vez pueda sentir un poco de vértigo ante esta petición, señorita Beckett. Pero quiero que sepa que Royal Editions confía plenamente en su trabajo y tenemos todas las expectativas puestas en usted. Sabemos que puede hacerlo.

—De acuerdo —me sorprendí a mí misma respondiendo de forma inesperada, a pesar de que me hubiera gustado poder recapacitar sobre el tema antes de aceptarlo sin más.

—Así me gusta. Me alegra saber que está con nosotros.

Abrió uno de sus cajones y sacó del interior una carpeta negra. La abrió con cuidado y extrajo de ella unos papeles que deslizó sobre la mesa hasta dejarlos frente a mí.

—Este es su nuevo contrato. Léalo y hágame todas las preguntas que estime oportunas.

Cogí aquellos folios y comencé a leerlos con turbación, pues la presencia de Agatha me intimidaba demasiado. Me sentía observada, como si estuvieran siendo analizadas cada una de mis reacciones y gestos. Iba pasando uno por uno aquellos párrafos sin encontrar ninguna diferencia con el proyecto anterior. Pedían confidencialidad y discreción, además de dedicación y profesionalidad. Nada nuevo que no les hubiera dado hasta la fecha. Sin embargo, cuando llegué casi al final del contrato, hubo una de las cláusulas que me llamó la atención. La leí dos veces más antes de confirmar lo que había entendido a la primera y, a continuación, formulé la pregunta en mi cabeza antes de dirigirla a ella.

—¿Tendría que pagar a Royal en caso de incumplimiento del contrato de confidencialidad?

Agatha hizo un gesto con los labios y entornó los ojos ligeramente antes de contestar. Al hacerlo, dibujó en el rostro una sonrisa extraña y me miró fijamente.

—Sí. Pero no creo que esto suponga un problema para usted, ¿no? —añadió más bien como un desafío—. Sus posibles ganancias a raíz de su trabajo compensan con creces lo que perdería en caso de incumplimiento de dicho contrato. Esa cláusula existe únicamente para evitar filtraciones y malas prácticas. Es una cláusula estándar que va unida a los contratos más importantes. No es nada personal, aunque no creo que deba darle miedo. Su trabajo es limpio y sincero, ¿no?

—Sí... Sí, claro —me afané a confirmar con rotundidad.

—Pues no se preocupe más por ello y piense en lo que gana aceptando el proyecto: tendrá su nómina actual y el uno por ciento de las ventas de la novela por confidencialidad, más un uno por cierto de las ganancias totales generadas por la misma, ya sea por ventas, publicidad, eventos o demás.

Hice números mentales a gran velocidad y me di cuenta de que aquello suponía una gran suma de dinero. Incluso demasiado.

—Qué me dice entonces... ¿Estamos en el mismo barco?

—Sí —dije sin detenerme a pensarlo más.

Cogí el bolígrafo que había junto a los papeles y firmé aquellos documentos que, a partir ahora, conformaban la línea que separaba el antes y el después de mi vida.

—Felicidades, señorita Beckett. Acaba de firmar un excelente acuerdo. En unos minutos le haré llegar el manuscrito. A partir de este momento, dejo el trabajo en sus manos. Ocupe el tiempo que estime necesario y entrégueme una obra con la que superar todas las cifras actuales. Confío en usted y en su recién demostrado talento.

—Gracias. Espero estar a la altura —añadí poniéndome en pie y sujetando una copia del contrato entre las manos mientras me encaminaba hacia la puerta—. Que tenga un buen día, señora Simonds.

—Igualmente.

Cuando Violet me entregó la carpeta roja, me di cuenta de que volvía a tener entre las manos algo que valía cientos de miles de dólares. Tal vez millones. Y lo tenía yo, como si nada. Como si aquello fuera lo más normal del mundo.

—¿Otra vez? —inquirió Lucy sin poder contener la sorpresa que mostraban sus ojos ante el descubrimiento del color de la carpeta que contenía mi nuevo trabajo.

—Sí...

—Bueno... Tendremos que celebrarlo, ¿no? Eso sí, pagas tú... Que, por lo visto, últimamente te los ganas muy bien —añadió mordaz, aunque sin ningún rastro de maldad en el tono de voz.

Le dediqué una mueca de burla y quedamos en salir a tomar algo una noche de fin de semana.

De nuevo en mi mesa, coloqué los papeles a un lado, junto a la agenda y los apuntes, y puse el manuscrito frente a mí. Me detuve a contemplar la parte frontal de la carpeta roja durante unos minutos sin saber muy bien qué debía hacer. Me daba miedo abrirla. Si Agatha había admitido que hacía tiempo que ese documento aguardaba en su propiedad y que nadie había sabido trabajarlo como era debido, estaba claro que no podía esperar nada bueno de la historia.

23

Siempre, al arriesgar, puedes acertar tu elección final

Tumbada en la soledad de mi dormitorio, sobre la mullida cama de la que ya me había encariñado, cerré la carpeta tras leer la última página. Era domingo por la tarde, había tardado tres días en terminar la lectura y me sentía tan apesadumbrada que ni siquiera quise levantarme de la cama.

Me froté los ojos, y luego los cerré antes de suspirar un par de veces. Trataba de oxigenar mi cerebro, pero me costaba discernir con claridad.

No podía ser posible. Aquello no me podía estar pasando a mí.

Si el primer manuscrito de Corina había resultado ser una basura —hablando claro—, este segundo dejaba al primero en un pedestal. Era... Ni siquiera sabía cómo definir lo que era. No existía ningún hilo central que mantuviera la continuidad del argumento; los personajes parecían sacados de algún cajón de remiendos, como si los hubiera reciclado y colocado ahí sin preocuparse de que se relacionaran con verosimilitud; y el lenguaje utilizado..., mejor no hablar de ello. Desconocía el motivo de aquello, pero me parecía absolutamente indignante que alguien con ese nivel cultural tan bajo pudiera denominarse a sí mismo escritor.

Sentía la frustración y la rabia recorriendo mis venas, acechando mis entrañas y supurando por mi piel. A pesar de todo el dinero que fuera a ganar con aquel proyecto, estaba realmente enfadada. En mi interior se libraba una importante lucha entre mi corazón y la razón... Siempre había sido fiel a mí misma, a aquello en lo que yo creía. A lo largo de mi carrera profesional había rechazado algunos manuscritos que me habían llegado —aunque no muchos—, y el motivo siempre había sido el mismo: no iba a hacerme cargo de la reescritura de una historia cuyo autor no había sabido darle vida. Podía corregir, pero no me apetecía hacerle el trabajo sucio a nadie. Sin embargo, con el texto de Corina me pagaban precisamente para eso y, además, para que lo hiciera sin contárselo a nadie... Y eso me traía de cabeza. No era mi trabajo. Yo era correctora, nada más.

Me puse unos pantalones cortos de correr y una camiseta ajustada. A continuación, me anudé los cordones de las deportivas y me recogí el pelo en una trenza. Busqué el iPod y me puse los cascos, subiendo el volumen mientras que Kelly Clarkson y su famoso *Stronger* se hacían con el control de la situación.

Salí de la habitación y la suerte quiso que me cruzara con Owen, que justo llegaba de unos días de trabajo en Texas. Sentí una fuerte sacudida en el estómago, pero me sentía tan agobiada que ningún otro pensamiento pudo hacerse con el control de los otros. Y lo agradecí mentalmente..., no estaba en condiciones de pensar en él.

—Eh, ¿sales a correr? —preguntó a modo de saludo.

—Sí —contesté mientras me sujetaba un brazo con el otro y lo tensaba para estirar los músculos, y me obligaba a pensar en cualquier cosa que no fuera lo guapo que estaba.

—¿Puedo acompañarte? Me iría bien desahogarme.

—Owen, no te lo tomes a mal. Necesito pensar, de verdad.

—Puedo ir contigo y no decir nada en toda la carrera. Yo también he tenido un mal día. Déjame acompañarte... Por favor.

Su mueca, su voz y sus ojos ganaron la batalla. Me ablandé y le permití que me acompañara, con la condición de que cumpliera con su palabra. Le esperé en la entrada mientras continuaba calentando, al mismo tiempo que tarareaba las canciones que iban sucediéndose de forma aleatoria en el reproductor. Pero no se hizo rogar demasiado. Owen cruzó la puerta y la visión casi me paralizó. Llevaba puesto un pantalón de deporte tipo básquet y una camiseta con las mangas cortadas. Al igual que yo, había optado por coger su iPod y ponerse los cascos. Mejor, así sería más fácil evitar las tentaciones. Me sonrió y se puso a mi lado imitando mis movimientos, sin ningún tipo de burla en las formas. Toda yo reaccioné a él, al aroma de la fragancia que todavía continuaba impregnada en su piel. Me miró de nuevo, me guiñó un ojo juguetón y creí que caería de bruces ahí mismo. Sin embargo, no nos hizo falta decir nada más, nos dedicamos una última mirada cómplice e iniciamos la carrera a un ritmo tranquilo pero constante.

Corríamos el uno al lado del otro, absortos en nuestras cosas. Guiábamos la ruta de forma indistinta, a veces siendo él el que marcaba un giro y otras decidiendo yo la calle que tomar a continuación. Central Park nos acogió con complacencia. Recorríamos sus senderos, bordeando aquel gran lago que ya empezaba a conocer realmente bien, e incluso pudimos ver a las ardillas correteando por el césped, subiendo y bajando de los árboles, atentas a los visitantes que les traían cacahuetes.

Llegamos a una fuente y nos detuvimos por inercia. Estábamos agotados y nos faltaba el aliento. Al mirar el reloj, me di cuenta de que en aquellos meses había recuperado mi ritmo habitual de carrera. Desde que había cogido como rutina salir a correr tres días por semana, volvía a gozar del mismo aguante que mantenía en Málaga.

—¿Estás bien? —pregunté al fin, dirigiéndome a él por primera vez desde que habíamos salido de casa.

Owen, que acababa de meter la cabeza bajo la fuente, la sacudió un par de veces, haciendo que miles de gotitas de agua salpicaran por los aires. Se incorporó de nuevo, se pasó una mano por la melena y se echó el cabello hacia atrás para que no le molestara en los ojos.

—¿Quieres que hablemos? —preguntó divertido, haciendo alusión a mi condición inicial antes de continuar—. Sí... He pasado unos días duros, nada más. ¿Cómo vas tú?

Volvimos a ponernos en marcha, ahora a un ritmo más pausado y tranquilo. Habíamos guardado los auriculares y corríamos con la única compañía del otro y de los sonidos de la envolvente naturaleza de aquel parque. Era increíble cómo, a pesar de estar en medio de la ciudad, parecía que te hubieras perdido en un recóndito lugar del planeta, totalmente alejado del bullicio y ajetreo de la urbe.

—Me han vuelto a ofrecer un proyecto importante... y me trae un poco de cabeza.

Owen no se detuvo ni tampoco pareció inmutarse demasiado, al contrario, continuó mirando al frente mientras reflexionaba sobre mis palabras.

—Eso es bueno, ¿no?

—Depende. La confidencialidad es buena..., pero creo que esta vez me supera.

—¿Qué quieres decir?

—Económicamente hablando, que me concedan proyectos confidenciales es un gran incentivo. Se pagan muy bien..., mucho —añadí siguiendo el ritmo que, sin pretenderlo, había vuelto a incrementar mientras él me seguía sin problemas—. Pero es que lo que me piden esta vez es que haga todo el trabajo, mientras otra persona será la que se lleve el mérito del mismo.

—¿Tan mal está?

—Simplemente, no está. Es como si no hubiera nada. La idea sobre la que trabajar es floja, el estilo inmaduro, los personajes vacíos...

—Pero debe de tratarse de alguien muy importante si te lo han ofrecido de forma tan confidencial. Según lo que me contaste, eso solo lo consiguen algunos autores... Pero ¿cómo es posible que lo permitan?

—Porque da dinero.

Necesitaba poder hablar con alguien de todo lo que sentía y sacarlo de dentro para que dejara de martirizarme... Y Owen parecía comprender mi situación. Siempre parecía hacerlo. Él también sabía lo que significaba trabajar bajo las órdenes de los que pagaban para que luego, en muchos casos, tu trabajo no fuera reconocido una vez que viera la luz.

—Supongo que no puedo saber de quién se trata, ¿verdad?

Recapacité sus palabras. No quería que Owen pensara que no confiaba en él. Su forma de actuar me había enseñado mucho sobre la clase de persona que tenía al lado, y empezaba a creer que verdaderamente era un hombre de palabra.

—¿Puedo confiar en ti? —respondí al fin, poniéndome a mí misma entre la espada y la pared.

—Solo si tú crees que puedes hacerlo.

La forma en la que lo dijo, sin atisbo de dudas en la voz, me atravesó, y sentí ese calor tan típico que solo él lograba despertar bajo mi piel. Lo hacía.

Por algún motivo que todavía desconocía, Owen sería una de las pocas personas en el mundo a la que le confiaría mi propia vida.

—De nuevo, Corina Fox —sentencié al final sin poder dar marcha atrás.

Me pareció ver que su expresión cambiaba y sus músculos se tensaban al escuchar aquel nombre, igual que había sucedido en la anterior ocasión. Aunque tal vez fuera una simple coincidencia.

—¿Crees que el éxito de Corina se debe al trabajo de otros escritores?

—¿Cómo dices? —pregunté sin comprender.

—Haley, en muchísimas ocasiones se ha mencionado que cada una de sus novelas presenta un género y una forma totalmente distintas, es un hecho bastante comentado. Como si incluso las hubieran escrito personas diferentes...

—Sí..., lo sé.

—¿Es que no lo ves? —preguntó, esta vez mirándome a los ojos buscando en ellos mi conformidad.

—¿Crees que todas sus novelas han sido escritas por otras personas? ¿Todas? Vale que los dos originales que he leído sean un desastre, pero seguro que es solo... una coincidencia —dije intentando convencerme de algo de lo que empezaba a dudar seriamente.

—Creo que hay algo muy oscuro detrás de la imagen de Corina.

Continuamos corriendo en silencio, concediéndonos de forma tácita un rato para recapacitar sobre lo acontecido.

—No es tan descabellado lo que dices, pero no quiero ni saberlo. Prefiero hacer mi trabajo y olvidarme de ella.

—Sabes que, si continúas dándoles cifras, seguirán ofreciéndote a ti sus trabajos, ¿verdad?

—Sí..., lo supongo.

—¿Y eso te hace feliz? —Como siempre, directo donde más dolía.

—No lo sé. Y aunque vayas a decirme que, si no lo sé, es porque no me hace feliz... —añadí recordando las miles de charlas que habíamos mantenido sobre temas parecidos. Me dedicó una mirada extraña con la que me acarició el alma, y experimenté un pinchazo inesperado en el estómago que me descolocó en gran medida—, ahora mismo lo único que sé es que tengo un contrato que me blinda y que, si se me ocurre incumplirlo, me llevará de cabeza a la mendicidad en las calles de Nueva York.

—Pues entonces, no lo pienses más —dijo dando por zanjada la conversación.

El lunes llegó deprisa y, una vez más, volvía a sentirme exhausta y agotada, igual que había sucedido con el anterior proyecto de Corina. Tenía la capacidad de minar mis ánimos y adueñarse de mi energía. Me agotaba solo de pensar en ella. Había pasado prácticamente toda la noche en vela cavilando sobre el maldito manuscrito y en todo el trabajo que iba a llevarme lo que Agatha me había pedido. Por ese mismo motivo, después de darle muchas vueltas al tema, creí oportuno hablar con ella sobre Corina, para asegurarme de saber exactamente lo que se esperaba de mí.

—Buenos días, señora Simonds. Me gustaría hablar con usted sobre un tema importante —saludé con educación al cruzar el umbral de la puerta.

—Buenos días, señorita Beckett. Usted dirá.

El despacho mantenía una temperatura más bien fresca, como si su fama de mujer de hielo tuviera algún tipo de fundamento verídico que yo todavía no había descubierto. Tragué con dificultad y repasé mentalmente lo que quería decirle antes de abrir la boca y dar un paso en falso. Tomé asiento en el sitio que había frente a su mesa y mantuve el manuscrito de Corina en el interior de la carpeta roja. Sentía los nervios por todos los recovecos de mi cuerpo, un instinto que me ponía en alerta y me avisaba de un peligro inminente.

—Verá..., es sobre la novela de Corina Fox.

—¿Sucede algo con el manuscrito?

—No... Bueno, sí. Quiero decir... —dije tartamudeando y sintiendo que se desdibujaba el orden mental que llevaba establecido—. La cuestión es que lo he leído ya y he empezado a tomar algunas notas, pero...

—¿Sí?

Iba a resultarme mucho más difícil de lo que me había imaginado. En mi cabeza, los argumentos sonaban bien, pero frente a aquella mujer de alma infranqueable todo parecía distinto. Sin embargo, era ahora o nunca.

—No estoy segura de poder trabajar con esta historia y presentar una corrección en condiciones.

Agatha clavó sus fríos ojos en los míos y me estudió con detenimiento antes de hacer un movimiento más. A continuación, apoyó los codos sobre su escritorio, entrelazó los dedos y ladeó la cabeza con lentitud, en un gesto que logró cortarme la respiración. Aquello no podía acabar bien.

—¿Cómo dice?

—Verá..., el manuscrito está en unas condiciones... deplorables. Si me permite el atrevimiento. No hay mucho que yo pueda hacer por él.

—Creí que era usted una verdadera profesional —añadió en un ataque que no esperaba.

—Lo intento. Pero esto escapa totalmente del ámbito de la corrección, mucho más de lo que ya sucedió en la anterior ocasión y mucho más de lo que esperaba.

Esta vez logré que mis palabras salieran de entre mis labios de forma continua, sin cortes. Fui precisa y creí ser lo suficientemente directa y contundente como para que Agatha entendiera lo que estaba queriendo decirle.

—¿No se siente afortunada por tener ese manuscrito entre las manos? —me tentó con suspicacia.

—Claro que me siento afortunada. Pero no puedo corregir algo que no tiene ni pies ni cabeza.

—¿Cómo ha dicho?

—Mire, señora Simonds. He adorado a Corina y todas sus historias desde que la primera de ellas llegó a mis manos. No creí que existiera nada en el mundo que pudiera hacerme más feliz que trabajar en sus novelas. Pero jamás esperé que esto que ha pasado pudiera llegar a suceder. —Hice una marcada pausa, retomé el aliento y continué antes de que comenzara a arrepentirme de mis propias palabras—. Corina debería reescribir esta novela antes de pasar a corrección. Esto no puede salir al mercado... ¡Arruinaría toda su carrera!

Agatha se puso en pie y su altura se me antojó peligrosa. Tragué con dificultad y en absoluto silencio mientras esperaba sus palabras como una sentencia. Su mirada era turbia y no podía ni imaginar qué era lo que pasaba por su cabeza. Bordeó con lentitud su gran escritorio, una mesa acristalada que mantenía impoluta, y se acercó hacia mí. Acto seguido, se apoyó contra la misma y cruzó los brazos sobre el pecho en una actitud defensiva y distante.

—Creo que no ha entendido cuál es su tarea en este proyecto. —Sentí sus palabras, afiladas como puñales, y la escuché en absoluto silencio. Ni siquiera oía el jadeo de mi propia respiración... ni nada que delatara que todavía continuaba viva—. Su función es convertir esta novela en un éxito. Me da igual lo que tenga que hacer para ello. No quiero saber si anula algunas partes, si reescribe otras o si les cambia el nombre a los personajes. Ni siquiera quiero saber si me entrega una obra entera inédita. Lo que quiero es un nuevo *bestseller* que me haga ganar mucho dinero y prestigio, y eso solo lo conseguiré si le pongo la firma de Corina. De lo contrario, ya puede salir por esa puerta y no volver a cruzarla nunca más. ¿Me ha entendido ahora?

El mundo se derrumbó bajo mis pies, y quedó reducido a cenizas y escombros. Me habían liberado de la venda que cubría mis ojos y por fin veía la realidad de lo que realmente suponía aquel trabajo. Ahora entendía la fama que se había ganado Agatha Simonds y el poco cariño que albergaban por ella sus trabajadores. Era despiadada, arrogante, ostentosa y ambiciosa. Y me tenía atada de pies y de manos.

—Quiero un cinco por ciento —me escuché a mí misma decir en voz alta, sin saber de dónde provenía mi propia voz y la firmeza de mis palabras.

—¿Cómo ha dicho? —inquirió, acercándose mucho más a mí, aunque sin lograr intimidarme por ello.

—Quiero un cinco por ciento de las ganancias. Si lo que va a hacer es adueñarse de un trabajo exclusivamente mío cuyo reconocimiento jamás obtendré, como mínimo quiero un cinco por ciento. Y un viaje a la Riviera Maya con todos los gastos pagados.

—¿Quién se cree que es para pedir eso?

—El viaje no es por placer —masculé desinhibida de toda la timidez que siempre me había caracterizado en momentos tensos como aquel—. La historia transcurre en la Riviera Maya y no puedo escribir sobre algo que no conozco, y mucho menos con la precisión que una novela requiere. Es un viaje de documentación. Lo del cinco por ciento es el precio que pongo a mi trabajo, si todavía quiere que lo haga.

Nos sostuvimos la mirada con fuerza, casi con intimidación. No iba a dejar que se saliera con la suya, al fin y al cabo eran ellos los interesados en que fuera yo la que hiciera todo el trabajo sucio.

—Las cifras hablan solas y la novela que reescribí sigue generando miles de ventas y opiniones positivas. Si quiere que vuelva a ser yo la que se encargue de este proyecto, estas son mis condiciones.

Agatha, tras dedicarme una última mirada cargada de odio, dio media vuelta y se encaminó de nuevo hacia su silla, situada al otro lado de la mesa.

—De acuerdo —añadió al fin para mi total y absoluta sorpresa—. Contrate el viaje cuando quiera y haga el cargo a la editorial. Diez días, ni uno más. Sobre lo otro, le ofrezco un tres por ciento.

Recapacité sobre su respuesta. Ni siquiera esperaba que aceptara nada más aparte del viaje, así que el tres por ciento me pareció bien, si tenía en cuenta que acababa de jugarme mi puesto y mi reputación a un todo o nada. De hecho, estaba segura de que me iban a despedir en cuanto entregara la nueva novela de Corina. Pero, por lo menos, me iría con una gran suma de dinero en mi cuenta corriente con la que poder sobrevivir durante un tiempo mientras encontraba un nuevo trabajo.

—Acepto.

—De acuerdo, le haré llegar la cláusula anexa en un rato. Ya puede procurar que su trabajo salga a la perfección. Buenos días, señorita Beckett.

—No dude que pondré todo mi empeño en ello. Buenos días.

Crucé la puerta y la cerré a mis espaldas. Mis piernas flaqueaban, y me faltaba el aire. De repente me di cuenta de lo que acababa de hacer y sentí unas fuertes convulsiones en el estómago, seguidas de unas náuseas que me desestabilizaron. ¿Cómo me había atrevido a desafiar de aquel modo a Agatha Simonds?

Sin embargo, cuando creía que ya no iba a soportar mucho más tiempo la presión de mi pecho, reparé en que lo que había hecho no era nada más que defender mi trabajo y a mí misma. Había pedido lo que yo estimaba oportuno, porque así me lo había pedido el corazón, no la codicia. Había seguido mis principios y había reclamado solo lo que me pertenecía... No había hecho nada malo.

Y, entonces, respiré. Mis pulmones se llenaron de aire en una bocanada que me supo a gloria, a satisfacción, a felicidad. Abrí los ojos de nuevo y di un primer paso hacia el ascensor, ahora ya con decisión, sin miedo.

Aquel era el principio de algo nuevo, de una nueva semilla que acababa de sembrar en mi camino y de la que estaba segura que iba a extraer muchos frutos.

24

Cuando llegué al aeropuerto de Cancún, creí que moriría asfixiada por el calor. Al cruzar la puerta exterior, el cambio de temperatura me recibió como una bofetada. La humedad resultaba casi insoportable y toda mi piel se humedeció a causa del sudor y del clima. Mi pelo se encrespó en cuestión de segundos y mi piel escupió el poco maquillaje que todavía quedaba en mi rostro.

Había tardado solo una semana en programar el viaje. Lo tenía todo más o menos pensado y organizado, pues había elaborado una previsión de las actividades que quería realizar en función de las experiencias que vivían —o que quería que vivieran— los personajes de la novela. De hecho, ni siquiera me costó demasiado encontrar a un guía de actividades, pues el chico de la agencia me recomendó a la misma empresa que había contratado él en una de sus escapadas al Caribe.

Me pareció impresionante ver cuantísimos chóferes esperaban a sus clientes con listados y carteles entre sus manos en el aeropuerto. Cada uno de ellos vestía los colores de su agencia turística, como si todos funcionaran siguiendo un mismo patrón. Busqué en mis billetes el nombre de la que se encargaba de mi traslado y continué andando hasta divisar a un señor —que debía de medir más o menos lo mismo que yo— con un cartel en las manos con el nombre de la misma.

—Buenas tardes. Viajo con Join y me dirijo al Hotel Barceló Resort. ¿Es usted el encargado del desplazamiento?

No me di ni cuenta de que todo aquello lo había dicho en inglés, sin caer en la cuenta de que allí me entenderían igualmente en español. Sin embargo, el señor, mejicano sin duda, me recibió con simpatía y me respondió de igual modo en un perfecto acento americano que ya quisieran muchos.

—Buenas tardes, señorita. Dígame su nombre y lo comprobaré en la lista, por favor.

—Haley Beckett.

—Aquí está. Sí, usted viaja conmigo. Si no le importa, esperaremos aquí al resto de pasajeros de la lista y luego iniciaremos el trayecto.

—De acuerdo, gracias.

Tenía sentimientos contradictorios. Por una parte, me dolía pensar en el motivo que me había llevado a ese caribeño destino. Era como si no me perteneciera, como si no se hiciera justicia al desplazarme ahí para cumplir con un propósito tan poco ético como el que me traía entre manos. Sin embargo, siempre había querido visitar el Caribe, ¡me moría de ganas de bañarme en aguas cristalinas y tumbarme bajo la sombra de una palmera!

Cogí el teléfono móvil y me hice una primera foto en aquel destino. Algún día Adriana me reprocharía todas las instantáneas que le había estado mandando durante estos últimos meses. Me senté sobre la enorme maleta, encendí la cámara frontal del móvil y encuadré la imagen para que quedara perfecta. El cielo azul relucía a mis espaldas y un par de palmeras acompañaban el resto del marco escogido. Sí, esas iban a ser definitivamente mis vacaciones, a pesar de todo lo que había vivido, de las malas vibraciones y, sobre todo, de aquella estúpida seudoescritora que no sabía conjugar un simple verbo.

Me dediqué a observar con atención al resto de pasajeros con los que compartiría trayecto. Había tres parejitas con impolutas y recién estrenadas alianzas en sus dedos. Algo se removió en mi interior, pero no le di mayor importancia. Algún día llegaría mi momento... Y si no, me iría con Adriana de fingida luna de miel. Por otro lado, una señora de unos cincuenta años apareció junto a tres niñas que debían de ser sus hijas y que sonreían risueñas mientras hablaban en un acento español que no me costó ubicar: Cádiz. Reí con disimulo por sus comentarios, pues se notaban las horas de vuelo que llevaban encima y las ganas que tenían de llegar por fin al hotel.

Una vez que estuvimos todos, el chófer nos indicó la furgoneta con la que viajaríamos —era como un minibús con capacidad para doce pasajeros— y, por orden, fuimos dejando nuestras maletas en el portaequipajes y escogiendo un sitio en el interior del vehículo. Me sentía observada cada vez que uno de los pasajeros saludaba al pasar a mi lado y buscaban con la mirada algún tipo de acompañante. Incluso, atisbé un cierto rasgo de pena por parte de alguna de aquellas recién casadas —con las que no debía de llevarme mucha distancia en edad— al darse cuenta de que viajaba sola. Si supieran que tenía entre mis manos la novela de una de las escritoras románticas más aclamadas internacionalmente, estaba segura de que su expresión sería totalmente distinta.

El conductor puso en marcha el vehículo y me dejé llevar por el suave traqueteo de la *van* —tal y como descubrí que la llamaban ellos— mientras observaba en silencio todo el paisaje que íbamos recorriendo. Era tan distinto a todo lo que conocía...

No me di cuenta de que habíamos llegado hasta que unas manos suaves me zarandearon con dulzura por el hombro.

—Señorita, ya estamos.

Desperté desubicada, sin recordar en qué punto del trayecto me había quedado dormida. Estaba agotada del viaje, de las horas de vuelo y, sobre todo, por todo aquel cúmulo de sensaciones con las que no acababa de sentirme cómoda.

Me percaté de que era la última que quedaba en el interior del vehículo mientras el guía me esperaba sonriente desde la puerta de la furgoneta con mi maleta esperando junto a él. Me tendió una mano con amabilidad y me ayudó a bajar al mismo tiempo que mi cerebro todavía trabajaba embotado por todo lo que estaba viviendo.

—Este es su *lobby*, señorita Beckett, el Barceló Maya Beach. El hotel consta de cuatro más, todos ellos comunicados entre sí. En la recepción le harán el *check-in* y le entregarán las llaves de la habitación y la pulsera con el «todo incluido». Que tenga una feliz estancia.

—¡Muchísimas gracias por todo!

Me hallé sola frente a la entrada de aquel majestuoso *lobby* —lo que yo siempre había llamado la recepción de un hotel— y me detuve a contemplarlo todo impresionada. La visión era apabullante.

¡Estaba en el Caribe!

Anduve hacia el interior del vestíbulo. Como ya había comenzado a oscurecer, habían encendido las luces, creando así una imagen todavía más acogedora y maravillosa, si es que aquello era posible. Se trataba de una recepción espaciosa, de unos quince metros de largo aproximadamente. En el centro de la misma había una piscina decorativa, en medio de la cual sobresalía una fuente con luces de colores. Olía extraño... A mar y a cloro a la vez..., a sensaciones nuevas, a experiencias pendientes de ser vividas. Era como si las paredes de aquel vestíbulo, coronadas por arcos y columnas que todavía embellecían más la visión, escondieran cientos historias que jamás podrían llegar a ser contadas por sus protagonistas. Historias de amores eternos, de amores fugaces, de amistades felices, de familias unidas... Olía a plenitud, a prosperidad, a perpetuidad.

Olía a leyendas secretas que jamás llegaría a descubrir.

Esperé mi turno, paciente, en la recepción mientras me hacía un par de fotos con la piscina de fondo. De pronto, una chica ataviada con uno de aquellos trajes típicos se acercó a mí con una bandeja y una copa en la que sostenía un cóctel de bienvenida. Acepté gustosa y se lo agradecí con una sonrisa, antes de darle un trago. Estaba deliciosa. Me dediqué a observar con un poco más de detalle lo que me rodeaba. Absolutamente todo el personal del hotel vestía un uniforme que consistía en trajes típicos mejicanos, aunque sin el habitual sombrero al que todos estábamos acostumbrados. Las chicas lucían todas ellas un moño a la altura de media cabeza, engominado y tensado a la perfección. Todas resplandecían con un maquillaje impoluto. Y lo más curioso era que todos los allí presentes mostraban a los clientes unas sonrisas más que radiantes, como si aquel fuera el trabajo de sus vidas. Contagiaban el buen humor que ya de por sí traían los huéspedes, convirtiendo la recepción en algo todavía más especial.

—Aquí tiene la tarjeta de su habitación. Deme la mano derecha para que pueda colocarle la pulsera. Con ella tendrá acceso a todos los bufés libre del *resort*, incluidos también los que no formen parte de su *lobby*. Además, todas las piscinas están equipadas con bar propio, al que podrá acceder desde el interior y el exterior del agua y donde, evidentemente, también tiene incluidas todas las bebidas. —Tomó una leve pausa mientras me cortaba el sobrante de la pulsera, justo antes de continuar aquel discurso que tan bien se tenía aprendido—. Para cualquier duda puede dirigirse al personal del hotel. Al margen de los bufés, en los que podrá comer o cenar mostrando su pulsera, aquí tiene una invitación para cada uno de los cinco restaurantes temáticos del complejo turístico, a los que podrá ir de forma gratuita una sola vez. El botones se encargará de subir ahora mismo el equipaje a su habitación. Bienvenida a la Riviera Maya, señorita Beckett. Esperamos que su estancia aquí resulte muy agradable.

Agradecí su amabilidad antes de coger todo lo que me ofrecía. Metí los documentos en el maletín que llevaba conmigo y, cuando comprobé que el carro con mi maleta ya había desaparecido, me dispuse a disfrutar de mis pequeñas y bien merecidas vacaciones.

Anduve por uno de los laterales del vestíbulo del hotel, contorneando la piscina decorativa —en la que estaba prohibido meterse— y lo hice siguiendo unos preciosos caminos rematados con porches tropicales. Llegué al primer bar, situado en un pequeño rincón en el que un camarero servía cócteles a un par de clientes que conversaban, joviales, con él. Me acerqué hasta ahí, tomé asiento en uno de aquellos altos taburetes y cogí una de las cartas donde estaban especificados todos los refrescos, batidos y cócteles que se podían degustar.

—Un banana-mama, por favor —pedí cuando el chico se acercó a mí, solícito.

—Por supuesto.

Se marchó danzarín hacia la parte que quedaba a sus espaldas y puso en marcha una batidora mientras sus caderas se movían al ritmo de una melodía de fondo con tintes hawaianos. Echó en ella hielo picado, batido de plátano y ron, y dejó que todo ello se mezclara durante unos segundos antes de servírmelo en un vaso de cristal con una colorida pajita.

—Aquí tiene. ¿Es su primer día?

Cogí el vaso y le di un traguito antes de quedar fascinada con el sabor de aquel batido. ¡Era como beber un refresco cremoso de chuchería!

—Sí. ¿Por qué lo dice? —quise saber, intrigada.

—Por su aspecto. El primer día que llegan nuestros clientes al hotel siempre parecen agotados, nerviosos y soñolientos. Hasta que no llevan como mínimo veinticuatro horas por aquí, no se empiezan a apreciar los verdaderos rostros de la felicidad y la despreocupación. El Caribe es todo un experto en hacerte olvidar...

Le miré distraída mientras me contaba todo aquello, como si escucharle formara parte de algún ritual.

—¿Espera a alguien?

—No. He venido sola. Cosas de trabajo —me apresuré a añadir ante su escéptica mirada.

—Pues creo que no podrá disfrutar de un mejor ambiente mientras trabaja.

—¡En eso le doy toda la razón!

Me terminé la copa y decidí ir a visitar la que iba a ser mi habitación durante los próximos diez días. Al llegar frente a la puerta, metí la tarjeta en la ranura y, cuando abrí, contemplé extasiada el interior de aquel dormitorio, casi tan grande como el apartamento que compartía con Adriana. Justo al principio estaba el baño, moderno y totalmente equipado. A continuación había un armario empotrado en el que poder colocar todas las pertenencias, así como una caja fuerte, en la que sin duda debería guardar el manuscrito de Corina. Entonces, cuando ya pude ver la estancia en su totalidad, aluciné con el tamaño de la cama *king size*. Era una dos por dos, de las que solo cabían en mi imaginación. Y sin embargo, era real... ¡y solo para mí!

Sentí el frescor del aire acondicionado y respiré aliviada, pues el calor que continuaba avasallando desde fuera resultaba realmente asfixiante.

Eran las ocho de la tarde y estaba agotada. Pero no quería perder la oportunidad de vivir un poco la experiencia de aquella primera noche, así que decidí meterme en la ducha y refrescarme. Al salir, me puse una falda de algodón en tonos rosados, una camiseta de tirantes de color blanco y unas sandalias de cuña, frescas y cómodas. Me recogí el pelo en un moño —dándome cuenta de que, posiblemente, aquel fuera a convertirse en mi peinado habitual durante los próximos días— y me apliqué un poquito de brillo en los labios para endulzar el rostro. Me sentía bien conmigo misma. Un poco sola pero, en definitiva, bien.

Salí del bufé libre mucho más llena de lo que imaginaba, a pesar de que no me hubiera hinchado a comer —o, por lo menos, eso creía yo—. Tenía el estómago inflamado y me sentía incómoda. El cambio de clima no me estaba sentando del todo bien y supuse que tardaría unas horas en acostumbrarme. Así pues, me dirigí hacia el dormitorio dispuesta a ponerme a trabajar cuanto antes en el manuscrito. Al fin y al cabo, me gustara o no, aquel era mi principal cometido durante ese viaje, cortesía de Royal Editions.

Pasé cerca de uno de los teatros del complejo y escuché la voz de alguien y las ovaciones divertidas de muchas personas. Presté atención a los comentarios y descubrí que se trataba nada menos que de una competición entre los chicos y las chicas que asistían esa noche al teatro. Les hacían cantar canciones, mencionar personajes televisivos e incluso imitar a otros. Todo un espectáculo con el que, al parecer, los clientes se lo estaban pasando en grande.

Llegué al dormitorio y me desnudé casi de inmediato, para quedarme únicamente con las braguitas y una camiseta ancha que me encantaba usar de pijama. Cogí el ordenador portátil de la caja fuerte y lo llevé conmigo hacia la cama, donde lo dejé junto a una libreta y un estuche cargado de lápices y rotuladores fluorescentes.

Me disponía a afrontar una noche probablemente larga y complicada.

Las palabras salían solas, pero la presión de tener que presentar aquel proyecto cuanto antes me carcomía por dentro.

Cuando los ojos comenzaron a escocerme tras la pantalla, me levanté para prepararme un nuevo café. Mientras soplaba el contenido de la taza y estiraba las piernas, unos golpecitos en la puerta me alertaron de que había alguien esperando tras la misma. Después de dudar si aquello había sido o no producto de mi imaginación, dejé la taza sobre la cómoda y me dirigí hacia allí, dando por hecho que debía de tratarse del servicio de habitaciones, lo cual, dadas las horas, me extrañó un poco.

—¡Un segundo! —avisé desde la mitad de la estancia.

Me coloqué detrás de la puerta y tiré de mi camiseta, tratando de alargarla y evitar así que quienquiera que fuera el que estuviera esperando viera más que lo que tenía que ver. Sin embargo, cuando abrí, todo a mi alrededor se desvaneció. Aquello no podía ser. Estaba en Méjico, en el Caribe. ¿Qué narices pintaba él ahí?

—¡¿Owen?!

25

—¿Puedo pasar? —dijo del mismo modo que siempre pedía permiso para entrar en mi dormitorio, solo que esta vez estábamos a cientos de quilómetros de distancia del domicilio de sus padres.

Yo continuaba perpleja, sin poder dar crédito a lo que estaba sucediendo. Sin duda, me había vuelto definitivamente loca. Loca por completo. Me había metido demasiado en mis propias historias y ahora tenía la absurda idea de que Owen había venido a verme. Fantástico. Las cosas se ponían interesantes en mi cerebro.

—¿Y bien? —volvió a preguntar con cierto recelo y preocupación en el rostro.

—Sí..., claro. Supongo. —Tuve que hacer una pausa mientras sentía que mi cerebro trabajaba a marchas forzadas y soltaba todas las palabras de forma atropellada—. Adelante.

Se me olvidó el estado en el que tenía el dormitorio, los papeles que había esparcidos sobre la cama, la cantidad de ropa que todavía continuaba sobre la maleta, el neceser abierto sobre el mármol del baño y, por último, se me olvidó que apenas llevaba ropa con la que cubrir mis vergüenzas. Lo supe cuando Owen, ya desde el centro de la habitación, se giró hacia mí resuelto a decirme algo y, de pronto, se detuvo en mi dirección. Pasó la mirada sobre cada punto de mi cuerpo, siguiéndolo con lentitud y deleite, deteniéndose indecoroso más de lo debido en mis muslos, antes de volver a mirarme a los ojos con un brillo peculiar en ellos.

—Bonito pijama —añadió al fin, sin apartar la vista de mis ojos.

—No esperaba compañía —respondí con toda la dignidad que pude, tratando que no se notara lo nerviosa que acababa de ponerme el exhaustivo examen. A esas alturas, cientos de chicos me habían visto en la playa, en la piscina o el cualquier otro lugar en bikini..., pero pocos me habían descubierto con unas braguitas de algodón y una camiseta desvencijada por el tiempo, unas cuantas tallas más grandes de la que debería usar en realidad.

—¿Molesto? —Su tono de voz me extrañó, aunque no tanto como lo había hecho su inesperada presencia.

—Me inquietas.

—Ah...

—¿Qué haces aquí, Owen? —Esta vez no pude ocultar parte de la exasperación que sentía por todo el cúmulo de emociones que despertaba en mí.

—Técnicamente soy tu marido, así que he venido a hacerte compañía.

—¡¿Cómo dices?!

Fui consciente de que había levantado la voz mucho más de lo debido, si teníamos en cuenta que nos encontrábamos en un *resort* de cinco estrellas en pleno Caribe y que seguramente los clientes que dormían en las habitaciones contiguas estarían disfrutando de una noche de sexo salvaje que no debería verse interrumpida por una histérica como yo.

—Chsss... Tranquilízate. Solo era una broma...

—Vale, Owen. Necesito que me expliques todo esto para que pueda poner un poquito de orden al caos mental en el que acabas de convertir mi ya suficientemente deteriorado cerebro. Por favor.

Deambulé por la estancia, seguida sin interrupción por su curiosa mirada. Tenía una mano apoyada en la cintura y llevé la otra a la frente, como si con ello tratara de rebajar la temperatura que estaba alcanzando.

—He llegado al hotel hace un rato, pero, por políticas de protección de datos, no querían darme el número de tu habitación.

—Obvio. Continúa.

—Bien —dijo sin poder evitar que una visible sonrisa cruzara su rostro de forma fugaz—. Dado que no me estaba permitido acceder a ti, he tenido que ir un poco más allá. Entonces he buscado a una de las recepcionistas más jovencitas y, simplemente, he tirado de manual.

—¿Has tirado de manual? —inquirí todavía más extrañada.

—Sí. Soy periodista, ¿recuerdas? —Hizo un gesto lacónico con las manos que me alteró, aunque eso le hizo todavía más gracia—. Verás, estoy más que acostumbrado a que no me den la información que necesito de buenas a primeras, así que, con el tiempo, me he visto obligado a depurar la técnica.

—Owen, al grano.

Se sentó a los pies de la cama y, con sumo cuidado de no tocar ninguna de mis pertenencias, se apoyó sobre sus manos, inclinándose ligeramente hacia atrás. Sin pretenderlo, su camiseta se levantó ligeramente al compás de su movimiento hasta quedar a la altura de la cadera, permitiéndome vislumbrar un par de centímetros de su piel. Parecía suave y tersa, y un fino hilo de vello salía desde su ombligo y se escondía vergonzoso por debajo de la goma de aquellos Calvin Klein que tanto estaban perturbando mi cordura. Cuando alcé la vista de nuevo, fui testigo de cómo Owen jugueteaba con la lengua entre los dientes, seguramente divertido por haber logrado desviar mi atención de un modo tan sencillo.

—Verás, como te iba diciendo —añadió con especial énfasis y lentitud, arrastrando las palabras, juguetón—, he tenido que tirar de manual y de respuestas rápidas. Así pues, le dije que eras mi mujer y que necesitaba darte una sorpresa, pues no quería que te sintieras tan sola durante tu estancia en el *resort*.

—¿Y ya está? ¿Así de fácil?

—Me subestimas, esposa.

—No soy tu esposa.

—Todavía.

Sus palabras aletearon en mis oídos durante unos instantes antes de penetrar por completo en ellos y crear una parálisis capaz de terminar en un principio de infarto. Tenía que estar de broma. Aquello no podía ser cierto. Owen no estaba tratando de ligar conmigo, simplemente usaba su habitual tono para jugar con mi mente. Estaba segura y, si no, debía convencerme para estarlo. Pero me deshacía con cada una de sus sugerentes jugadas, y cada vez me costaba un poco más soportar la tensión de las mismas sin que estas repercutieran después en mis sueños, monopolizándolos y adueñándose de toda mi cordura. Me sonrojé mientras una imagen mental de Owen vestido con un impoluto traje y un precioso anillo entre las manos se hacía con el control de la situación.

—¿A que ahora ya no te preguntas cómo lo he conseguido? —añadió socarrón, rompiendo el silencio antes de que mi mente diera un paso más en la dirección equivocada. Me vibraba el vientre y sentí que mis muslos se tornaban gelatinosos, ávidos de una caricia que anhelaban desde hacía mucho tiempo.

Me había esforzado en aparentar normalidad a su lado, en simular que entre nosotros no había nada más que una bonita amistad, interrumpida por un par de besos de los que en realidad no se esperaba nada después. Pero estaba segura de que ya no podría continuar soportándolo durante mucho más tiempo. Me había planteado el viaje por muchos motivos laborales, pero también iba a servirme para desprenderme de su contacto y de todo lo que me provocaba cuando estaba cerca de mí. Quería desintoxicarme y aferrarme a la idea de que solo eran imaginaciones mías. Sin embargo, ahora le tenía delante, con esa pose entre chulesca y dulce, y me veía obligada a hacer esfuerzos titánicos por controlarme y no dejar que me arrollara de una vez por todas.

No me salían las palabras. Me había dejado fuera de juego con un jaque mate realizado con la exquisitez propia de un maestro en el arte de la seducción.

—Bueno, te lo contaré de todos modos —prosiguió ante mis evidentes dificultades para pronunciar palabra alguna—. En un principio no me creyó. Luego, cuando le puse como excusa que nadie en su sano juicio se instalaría en un *resort* sin más compañía que la de un ordenador portátil a no ser que estuviera trabajando en un importante caso de interés nacional, todo cambió. De pronto, te convertiste en una especie de policía ante sus ojos, con lo que ya no se atrevió a tentar a la suerte. *Et voilà*!

—¿Tratas de decirme que te dieron la pulsera de todo incluido... sin más? —logré articular al fin, no sin verme obligada a emplear para ello esfuerzos sobrehumanos.

—No. Pagué la diferencia.

—¿Diferencia?

—Sí. Tu habitación es doble y está totalmente pagada. Tan solo faltaba sumarle mi pulsera.

—¡¿Mi habitación?! —me exalté de nuevo sin poder remediarlo.

—Claro. Eres mi mujer. ¿Con qué cara iba a pedirle una habitación distinta a la tuya, si técnicamente venía para sorprenderte?

«Mi mujer». Lo había dicho de un modo tan natural que hasta parecía que él mismo empezaba a creerse su propia mentira. Aquello no me podía estar pasando a mí. Volví a caminar nerviosa. Ya no pensaba en mi aspecto, en el de mi habitación y mucho menos en el de mi ropa interior. Tan solo tenía una imagen en la cabeza: Owen y yo compartiendo dormitorio durante diez días. No iba a poder soportarlo. Todavía me recorría un intenso escalofrío cuando recordaba lo que había estado a punto de suceder en Nueva York como para que ahora tuviéramos que compartir la misma *suite* durante nueve noches. Había podido pararle los pies una vez y todavía me escocía que así hubiera sido, pero no me creía capaz de poder hacerlo de nuevo.

—¿Te das cuenta de que he venido a trabajar, verdad? —insistí con cierto temor reflejado en el rostro.

—Yo también.

—Claro. Curiosamente la misma semana que yo me instalo aquí, a ti te sale un trabajo en el Caribe, ¿no? —Mi escepticismo se elevaba por momentos, hecho que no le pasó desapercibido, tal y como su ceja alzada me hizo adivinar.

—No. Es un artículo que se propuso en la redacción hace tiempo, y que nadie quiso hacer. Demasiada dedicación para algo sin apenas suculencia. Pero, de repente, a mí me ha parecido un tema muy interesante... —dijo con socarronería.

Le miré con recelo y crucé los brazos bajo el pecho mientras apoyaba el peso sobre una de mis piernas, adoptando así una actitud de impaciencia que dejaba claro lo que pasaba por mi mente.

—Es un artículo sobre la cultura maya y su continuidad en el presente, de verdad. Si quieres te lo dejo leer en cuanto lo termine —se justificó una vez más.

Me pasé una mano por el pelo, nerviosa, hasta que al fin decidí creerle antes de continuar haciéndole más preguntas con las que llenar de información innecesaria mi cabeza.

—De acuerdo. Pero intenta no molestarme; ya sabes que me juego el cuello con este trabajo.

—Ni siquiera serás consciente de mi presencia.

Juntó sus dedos pulgar e índice y se los llevó a los labios, antes de besarlos con gracia en un gesto infantil que, se suponía, significaba que aquello era una promesa inquebrantable. ¿Cómo podía decirme algo así? ¿Cómo podía alguien no ser consciente de su presencia? Le miré de nuevo y me dejé conquistar por aquella sonrisa pícara. En el fondo, me hizo gracia. De hecho, si lo pensaba con frialdad, tenerle conmigo no tenía por qué suponer ningún problema, al contrario. Me ayudaría a no sentirme tan sola, a no fijarme en el resto de clientes del *resort* y a compartir alguna que otra copa en compañía de alguien que no fuera mi ordenador o aquel estúpido manuscrito. Además, Owen era periodista, recabar información se suponía que era su mayor especialidad. Tenía que suponer una gran ventaja, ¿verdad?

Apilé todo el arsenal de documentos que tenía esparcidos sobre la cama, los coloqué en un montoncito sobre la mesilla y, encima de todo, puse el estuche con los lápices tratando de no parecer alterada. Me senté sobre el colchón, apoyé la espalda en los dos almohadones que había dispuesto contra el cabezal, me tapé las piernas con la sábana y puse el ordenador sobre mis muslos, ahora cubiertos por el suave algodón.

Vi que Owen deambulaba por la habitación, abría la maleta y buscaba algo en ella. Sacó un libro que debía de contar unos cuantos años más que yo y, a continuación, se descalzó y llevó los zapatos a la entrada. Observaba sus movimientos en silencio y con total disimulo, como si no le prestara ningún tipo de atención. Abrió el armario y, sin ningún tipo de pudor, se quitó la camiseta y la dobló con delicadeza antes de meterla en una bolsa en la que seguramente separaría la ropa sucia de la limpia. Solo le veía de perfil, pero la visión fue suficiente para disparar y alterar todas mis terminaciones nerviosas. Mis labios se secaron, mis manos comenzaron a sudar y mis muslos se contrajeron ansiosos. Tenía un torso trabajado y definido, aunque no resultara escandaloso. Era un cuerpo fibroso, curtido seguramente a base de muchas horas de deporte al aire libre. Era uno de aquellos hombres que emanaba sensualidad propia, sin necesidad de gimnasios ni depilaciones láser.

La primera vez que le vi —más bien la segunda, bajo aquel árbol de Central Park— pensé que era un chico con un atractivo particular, pero poco más.

Sin embargo, ahora le miraba distinto, ya que su presencia conseguía alterarme de un modo más íntimo. Me di cuenta de cuántas veces me había fijado en su sonrisa desde entonces, así como también de la forma en la que me había aprendido de memoria sus rasgos, su marcada mandíbula y la silueta de su hoyuelo, e incluso conocía casi a la perfección las cosas que provocaban que este se le pronunciara mucho más. Era como si hubiéramos pasado toda la vida juntos... a pesar de que apenas conociera nada sobre él, y menos aún sobre su pasado. La oscuridad de Owen continuaba subyugándome y me atraía de un modo casi demencial.

—Me lo pones muy fácil —dijo entonces, sacándome de forma abrupta de mis cábalas. No supe por dónde iba, pero no podía dejar de mirarle de reojo.

—¿Qué dices?

—Resulta muy fácil ponerte nerviosa. Yo que tú, seguiría trabajando —añadió, con un especial énfasis en esa última palabra y una descarada sonrisa que consiguió ruborizarme por completo.

¿Cómo podía estar comportándome de un modo tan infantil? Ni siquiera le había hecho falta girarse, estaba jugando conmigo y eso todavía me enervaba más. ¿Por qué no podía dejar de mirarle?

Sin ningún tipo de timidez, Owen se desabrochó la pretina de los pantalones y se los bajó con lentitud para mi absoluto deleite. La sangre de mis venas comenzaba a arder, no podía permitir que me descubriera en ese estado. La visión, hipnótica, atraía mi mirada como un péndulo guiado con ese único fin. Ya no existía nada más en el mundo que aquel hombre que tenía delante. A continuación, tal y como había hecho con la camiseta, dobló los pantalones con parsimonia y los colocó en uno de los estantes de forma ordenada. Fue cuando descubrí que era mucho más metódico de lo que ya imaginaba. No en vano había sido galardonado en la universidad y sus trabajos resultaban siempre muy codiciados. Tal vez él fuera consciente de que pudiera estar observándole, pero lo que seguramente no pensaría jamás es que me apasionaba contemplar la manera en la que organizaba y prestaba atención a todo lo que estaba en sus manos, desde una cosa tan ínfima como podía ser el simple gesto de doblar y guardar la ropa.

Dio media vuelta y dirigí la vista hacia la pantalla de mi ordenador, que ahora se había vuelto negra tras unos minutos en desuso. Deslicé los dedos sobre el ratón táctil y la hice regresar a la página de trabajo en la que me había detenido un rato atrás. Owen cogió el libro que había sacado de la maleta antes de desnudarse casi por completo y se dirigió sin vergüenza hacia el otro extremo de la cama.

—¿Qué haces? —me salió de golpe sin poder evitarlo, en un tono de voz tan agudo que incluso yo misma me sorprendí.

—Tumbarme en la cama. ¿Qué quieres que haga?

—¡¿Pre..., pretendes que durmamos juntos?! —Mi voz volvió a jugármela y aquello no hizo más que divertirle un poco más. Me atraganté.

—Supongo que no pretenderás que duerma tantos días en el suelo, ¿no?

Su respuesta tenía sentido, pero de ahí a compartir la cama con él... Dios mío, me estaba metiendo en la boca del lobo, recubierta de jugo de carne fresca. Distinguía a la perfección el cartel luminoso de peligro que mi cerebro dibujaba. Era demasiado para mis sentidos.

Al final, le hice un gesto de resignación sin apenas levantar la cabeza, pues no me veía con fuerzas de volver a ver su torso desnudo. Owen levantó la sábana por un extremo con su mano derecha y se metió con cuidado en el interior, mientras sus músculos se tensaban al compás de su movimiento. Con delicadeza, colocó los almohadones del mismo modo en que yo los tenía a mis espaldas y se acomodó contra ellos, justo antes de abrir el libro por una página que tenía la esquinita superior doblada y disponerse a leer sin prestar más atención a lo que yo hacía.

—Además, esta cama mide dos metros de ancho. No creo que lleguemos siquiera a encontrarnos por la noche... Aunque lo intentes.

Lo dijo sin separar la vista de la página que tenía delante. Le miré de reojo tras su última provocación y supe que estaba jugando conmigo, y que encima estaba disfrutando. No podía concederle ese placer. No podía mostrarme débil ante él y ceder de una forma tan sencilla. Sin embargo, su aroma me envolvía y me embriagaba. Su piel poseía un perfume propio y varonil que inundaba mis fosas nasales y me transportaba a miles de lugares que no había visitado nunca, pero que me moría por descubrir.

Pensé en la última vez que había compartido la cama con un hombre y me di cuenta de cuánto me costó ubicar ese recuerdo. Hacía meses que Toni y yo no hacíamos el amor. Y, cuando lo hacíamos, era durante alguna de las ocasiones en las que Adriana no estaba en casa o los padres de Toni se habían marchado un rato, como dos adolescentes. Pero no solíamos dormir nunca juntos, aunque tampoco lo había echado nunca en falta. Creo que no exageraría si dijera que, en aproximadamente un año, tal vez lo hubiéramos hecho menos veces que dedos tenían mis manos. Y antes de Toni... ni siquiera recordaba la última vez que había despertado en compañía masculina. ¿En qué me había convertido a mis veintiocho años?

Me detuve en ese pensamiento y me permití la idea de pensar que, en el fondo, aquello no iba a estar tan mal. Estaba segura de que muchísimas chicas pagarían por encontrarse en mi lugar y yo, sin embargo, había estado tentada de echarle de mi cama sin ningún pretexto sólido.

—Espero que no seas tú el que lo intente. No suelo responder de mis actos cuando estoy dormida.

Esta vez fui yo la que se envalentonó y le devolvió la pullita, consciente del tono que había usado para ello y sorprendida, sobre todo, de haber sido capaz de hacerlo. Lo dije del mismo modo en que lo había hecho él, con la vista postrada en la pantalla de mi ordenador. Tenía un lápiz entre los labios y, sin querer, una sonrisa traviesa se me escapó bajo su sorprendida mirada, que ahora me estudiaba con estupor y asombro. Sí... Aquel juego era divertido. Pero no veía muy claro cuáles podían ser las consecuencias finales si continuábamos por ese camino que tan peligrosamente habíamos decidido emprender.

El silencio se adueñó de la estancia de forma repentina y supuse que ambos habíamos decidido prestar atención a aquello que teníamos entre las manos, o por lo menos eso fue lo que yo intenté. Pero no había manera. Era imposible concentrarse con aquel perfume golpeándome el cerebro cada vez que se pasaba una mano por la melena y la revolvía un poco. Era como someterme de forma voluntaria a una tortura para la que no estaba preparada.

Decidí que mi única escapatoria era centrar la vista en la pantalla y tratar de abstraerme de todo lo que había a mi alrededor. Tenía que centrarme en mi trabajo, en mis personajes, en mi historia... o, mejor dicho, tenía que centrarme en la historia de Corina, reescribirla y perder de una vez por todas mi integridad.

Algo se movió, suave y delicado. Con cuidado y tras mucho esfuerzo, abrí los ojos y descubrí los brazos de Owen a la altura de mi cintura.

—¿Qué haces? —articulé con ciertas dificultades.

—Chssssss... Te has quedado dormida con el portátil encima. Lo he dejado en el suelo para que no se caiga. Sigue durmiendo.

Sus palabras retumbaron en mis oídos como una canción de cuna que me inducía al sueño de forma arrolladora. Y yo me dejé llevar sin importarme nada más. Sentí su movimiento a través del colchón, supuse que mientras él también se acomodaba en la cama, y no me importó. De hecho, sonreí sin poder evitarlo y me dejé vencer por el sueño que arrastraba, dejándome llevar al único lugar al que mis sueños quisieran trasladarme durante el resto de la noche, con el deseo profundo de que fuera junto a él.

26

Debes aprender... Dice la canción

Desperté tras haber pasado una de las noches más extrañas y placenteras de toda mi vida. Había dormido con una profundidad que hacía tiempo que no experimentaba y, ahora, me sentía ciertamente confusa. Tardé unos largos segundos en recordar dónde me encontraba y en empezar a asimilar todo lo que había sucedido la noche anterior. Giré la cabeza sin apenas mover el tronco en busca de mi acompañante, para convencerme a mí misma de que todo aquello no había sido más que un sueño. Pero el sonido que escuchaba no eran las fuentes de los jardines del *resort*, sino el agua de la ducha, que indicaba que Owen estaba metido en mi cuarto de baño. Me incorporé en la cama y mi reflejo me golpeó con dureza desde el espejo que tenía justo a mi derecha. Tenía el pelo enmarañado, sin orden, y unas ojeras que se apreciaban de aquí a California. No podía dejar que Owen me viera con aquel aspecto.

Me puse en pie de un salto y me planté frente al espejo. Con la ayuda de los dedos, peiné como pude aquellos rizos que la genética de mis padres me había dado y me recogí todo el pelo en una coleta que logró disimular en gran medida mi desastroso aspecto. A continuación, me froté los ojos con las manos y me di unos suaves golpecitos en las mejillas con la intención de despertarme del todo, aunque aquello no fuera a servir de nada. Rápidamente me dirigí hacia el armario y saqué del interior un vestido floreado de vuelo caído, que me llegaba a la altura de medio muslo. Comprobé que el grifo todavía continuaba abierto y, a gran velocidad, me saqué la camiseta del pijama y me lo puse por encima. En cuanto el baño estuviera libre entraría a asearme, pero, por lo menos, ya no parecía sacada directamente de un campo de batalla.

Lancé una mirada distraída a mi reloj de muñeca y comprobé que eran nada menos que las seis y cuarto de la mañana. Maldito cambio horario y sus consecuencias. Sin embargo, el bufé abría sus puertas a las seis y media, así que, en el fondo, el día iba a dar mucho de sí.

La puerta del baño se abrió y Owen salió con una toalla anudada a la cintura, envuelto en una nube de vapor y un aroma a jabón que por poco no acabó conmigo.

—Buenos días.

—Buenos días... ¿Has dormido bien? —añadí sin saber muy bien si la conversación era del todo correcta.

—Bueno, he tenido noches mejores. Pero no ha estado mal. ¿Quieres pasar? —preguntó señalando la puerta del baño, que ahora quedaba a sus espaldas—. Espero no haberte despertado.

—No, tranquilo. Suelo despertarme siempre a la misma hora, es como si mi cerebro tuviera un botón de encendido automático ya programado. Si me permites, voy a arreglarme un poco...

Pasó por mi lado y mis ojos se cerraron ante la incapacidad de soportar la visión. Owen llevaba puesta únicamente una toalla blanca en la cintura, a través de la cual se intuía todo por lo que una mujer perdería el juicio y la razón. El aroma de su piel, libre de fragancias o perfumes, resultaba de por sí arrebatador. Tragué y contuve un suspiro. Apreté todavía más los ojos y la mandíbula, consciente de que le tenía a mis espaldas y no podía verme la cara, y dejé que una sonrisa traviesa cruzara mi rostro. El corazón me latía a una frecuencia que no admitía freno. Y había dormido con él. ¡Todavía no me lo podía creer!

—Haley... ¿Estás bien? —escuché a unos pasos de distancia.

No le veía el rostro, pero incluso a través de su voz era capaz de percibir su palpable diversión.

—¡Sí! —Me encerré en el baño casi de un brinco y contuve el aliento durante unos segundos. Me contemplé en el espejo, que quedaba justo enfrente de mí, y me sonrojé de mi propio aspecto. Tenía un brillo desconocido en los ojos y las mejillas encendidas. Los labios parecían más carnosos, y eso que no había ni rastro de un lápiz labial en ellos. Me veía radiante, sin ojeras ni muestras de cansancio. ¿Qué clase de brujería empleaba ese hombre conmigo?

Sin concederme ni un solo segundo más para pensarlo, me metí en la ducha y giré el grifo para seleccionar el agua fría. Lo necesitaba si quería poder afrontar el primero de aquellos diez días que, intuía, se convertirían en un infierno al que, por mucho que me negara, quería lanzarme de cabeza.

Desayunamos sumidos en una mezcla de silencio y felicidad a la vez. Era una sensación curiosa, a la par que contradictoria. A pesar de que en los últimos meses habíamos compartido mesa en incontables ocasiones, esa primera mañana en el hotel se me antojó extraña. Estar los dos solos en un destino como en el que nos hallábamos confundía a mis sentidos.

—Voy a por otro par de tostadas, ¿te traigo algo? —se ofreció al ponerse en pie.

—No, gracias. Creo que mi estómago no aguantaría ni una miga de pan más.

Le observé caminar de espaldas mientras se dirigía a la zona donde estaba la comida. Lucía una melena revuelta y natural. Su espalda era ancha, mucho más de lo que la recordaba, y su altura destacaba entre la del personal del hotel. Sentí entonces un escalofrío que nacía de mi interior y terminaba a la altura de la nuca, donde logró erizarme todo el vello y provocarme una sacudida. ¿Qué me pasaba con Owen? Desde que había llegado al hotel no había podido dejar de pensar en él, en lo que hacía, en lo que debía de estar pensando... o en si su cuerpo imploraba al mío, al igual que yo suspiraba en silencio por el suyo. Tenía que recuperar la cordura como fuera..., antes de que fuese demasiado tarde. Aunque para ello tuviera que repetirme una y otra vez que Owen no era para mí.

Vi que regresaba hacia la mesa y me obligué a apartar aquellos estúpidos pensamientos de mi cabeza antes de que descubriera, por sus propios medios, el origen del tono rojizo que lucían mis mejillas.

—Pareces acalorada...

—El café —añadí con agilidad reconduciendo la dirección de la conversación—. Todavía estaba muy caliente.

—¿Qué tenías previsto hacer hoy? Lo digo por la mochila que has prepa-rado... —preguntó, llevándose la tostada con mantequilla a los labios.

—Tenía programada una excursión a Sian Ka'an, una biosfera protegida cerca de Tulum. ¿Quieres que trate de avisar al guía y preguntarle si puedes unirte?

—Vale. Me encantaría, de hecho.

—Bueno, ahora que lo pienso, no creo que me conteste. Me recoge en re-cepción en quince minutos. Ven conmigo y se lo preguntaremos ahí. ¿Te pa-rece?

—De acuerdo.

Esperamos en uno de aquellos bancos de la entrada la llegada de la *van*. Eran apenas las siete y media de la mañana y la temperatura ya resultaba asfi-xiante. Al contrario que en España, donde la vida era más bien nocturna, en Méjico era todo lo contrario. La gente se levantaba con la salida del sol y el día comenzaba a plena energía y rendimiento. Una furgoneta blanca apare-ció desde la entrada de coches hacia el vestíbulo y se detuvo frente a noso-tros y otra pareja que esperaba también la llegada de sus guías.

—¿Señorita Beckett?

—Sí, soy yo —dije dando un saltito de alegría. Me acerqué al chico y, an-tes de entrar al vehículo por donde me indicaba, le puse al corriente de la situación—. Disculpe, quisiera comentarle una cosa. Tenía contratada una visita para mí sola, pero, verá, soy periodista y estoy trabajando en un impor-tante caso. Como al final ha resultado ser más relevante de lo que pensába-mos, me han enviado a un compañero con el que poder recabar mayor infor-mación. Pero no llegó hasta anoche de madrugada y no he podido reservar antes una plaza para él. ¿Sería posible que también pudiera acompañarnos?

El chico me miró sorprendido, dubitativo tras toda la retahíla de pala-bras que acababa de recitar de carrerilla. Me miró a mí y luego dirigió la vista hacia Owen, antes de llevar de nuevo los ojos a la carpeta que sostenía en la mano y en la que había escrita una lista con nombres.

—Claro. Es temporada baja y hoy solo irán ustedes dos y otra pareja. Pueden abonar la diferencia al final del día, no hay problema.

—¡Gracias!

Me giré hacia Owen, que me miraba entre sorprendido y divertido, y le indiqué que podía acercarse. Así pues, subimos al vehículo y nos dirigimos hacia el final del mismo, embebidos de placidez y cierta excitación a la vez. Parecía que hubiéramos planeado pasar unas vacaciones juntos y me sentía nerviosa por miles de razones distintas a la vez, pero nada se me antojaba más que realizar aquel viaje con él. Iba a contemplar la selva del Caribe, el mar abierto, los delfines, una ciudad maya a la orilla del mar, y además lo iba a hacer en compañía del único hombre con el que me hubiera adentrado hasta el fin del mundo..., y todo ello justo cuando empezaba a ser consciente de que albergaba esa clase de sentimientos por él.

—Veo que tú también sabes tirar de manual —añadió juguetón una vez que nos pusimos en camino.

—Una también tiene sus recursos... Por cierto, ¿llevas puesto el bañador?

—Claro, preciosa... —Y la forma en que lo dijo sonó como un ronroneo en mis oídos—. Ya sabes que yo también soy un hombre de recursos —añadió entonces, justo antes de guiñarme un ojo.

Su tontería me desestabilizó y me hizo vacilar. El día prometía una experiencia inolvidable. Me sentía feliz, y era consciente de que no hubiese cambiado ninguno de aquellos instantes por nada del mundo.

Riviera Maya, agosto de 2015

Eileen se perdió entre la maleza, sorprendida por la magnitud de aquel paisaje selvático que la rodeaba. Era como si hubiera nacido para vivir en aquel lugar, como si un sentimiento de pertenencia a la tierra virgen en la que sus pies dibujaban un camino de huellas la hubiera secuestrado, llevándose cualquier recuerdo que no fuera el del color de la arena, los tonos cristalinos del mar y la sonrisa almibarada de Julien.

Ahora todo cobraba sentido. La irrupción del chico en su vida lo había cambiado todo. Le conocía a la perfección, del mismo modo que si llevara junto a él toda una vida. Eileen había soñado con Julien miles de veces; sin embargo, en todos los sueños estaba despierta. Jamás la había visitado en la oscuridad de la noche, en la intimidad de sus pensamientos. Por el contrario,

Julien aparecía por sorpresa en su memoria cuando ella menos lo esperaba, y lo hacía en forma de recuerdo, un *flashback* que anulaba cualquier otra cosa que estuviera haciendo y la obligaba a prestar atención a aquella imagen tan explícita. Sus ojos, su sonrisa, su hoyuelo...

Ahora, en medio de la biosfera protegida de Sian Ka'an, todo parecía distinto, y tenerle tan cerca no hacía más que dificultarle las cosas.

—Ven, acércate —dijo él tendiéndole una mano desde la orilla, mientras con la otra sujetaba la barca—. Iremos en busca de los delfines.

Los ojos de Eileen se iluminaron ante la perspectiva de lo que Julien acababa de decirle.

—¿Podremos nadar con los delfines?

—No, Eileen. El lugar al que nos dirigimos es su hábitat..., su casa. Se han acostumbrado a nuestra presencia con las barcas, se dejan ver e incluso te permiten hacerles fotos. A veces juguetean alrededor de los botes, divertidos por el hecho de ser observados. Sin embargo, no debemos olvidar que este es su territorio y que, como todo animal, los delfines también pueden resultar imprevisibles.

—De acuerdo.

Eileen sintió la desilusión producida por aquel descubrimiento, aunque le duró mucho menos de lo que esperaba, pues al poner uno de sus pies sobre la barca, que seguía balanceándose al ritmo de las olas que impactaban contra la orilla, la felicidad por lo que iba a vivir volvió a poseerla por completo. En realidad estaba acostumbrada a tratar con delfines e incluso a nadar con ellos, a pesar de que jamás lo había hecho en su hábitat natural, y la excitación se había apoderado de su cuerpo solo de imaginarlo. Julien no sabía nada de todo aquello, pero no tardaría en contarle la verdad. Sin embargo, por ahora prefería que él no conociera su secreto.

Se sentó en la parte delantera de la lancha y se colocó el chaleco salvavidas. Las manos de Julien se posaron sobre las suyas y terminó de anudárselo con facilidad. Envuelta en su aroma y por la calidez que emanaba de su piel, se fijó en las durezas de sus palmas, seguramente fruto de las horas que pasaba en el varadero junto a los remos y el mar. Su piel, bronceada por los rayos de sol, lucía brillante gracias a la sal del agua que, sin duda, ya vivía de forma perenne con él.

—¿Estás nerviosa? —le preguntó a escasos centímetros de su rostro.

Sus dientes, blancos como el algodón, resaltaban con la oscuridad de su piel, permitiendo que el color de sus ojos, de un tono meloso, destacara todavía más.

—Un poco.

—De lo único que tienes que preocuparte es de disfrutar. Lo demás déjalo para aquellos que no sepan apreciar el verdadero regalo que es la vida.

Eileen sonrió embelesada ante la vitalidad que poseía aquel joven, que tan fácilmente se había adueñado de su virgen corazón. No había conocido jamás el amor, la entrega, los sentimientos puros..., pero estaba segura de que, si alguno de aquellos conceptos tenía una imagen con la que poder expresarse, esa era sin duda la sonrisa de Julien.

El chico se colocó en la parte trasera de la lancha y puso en marcha el pequeño motor. Este rugió un par de veces antes de estabilizar su sonido y, acto seguido, el bote inició el camino hacia el infinito horizonte.

El viento golpeaba con fuerza su piel y hacía que su pelo ondeara con gracia. El mar parecía calmado, por lo que el movimiento natural del agua no desestabilizaba en absoluto la navegación. La lancha, conforme fue adquiriendo más velocidad, fue alzando su parte delantera, lo que todavía provocó una mayor impresión en la joven.

—¿Vas bien? —gritó Julien, haciéndose escuchar por encima del ruido del motor, del viento y del agua.

—¡Sí! —respondió entonces, incapaz de dar más detalles sobre su excitación.

Se tumbó boca abajo, con el pecho apoyado sobre la parte delantera, y se sujetó con fuerza al borde de la lancha. Buscaba con la mirada algún rastro de los delfines, a pesar de la dificultad debido a la velocidad a la que navegaban. Amaba aquellos animales por encima de todas las cosas, y no veía el momento de poder contemplarlos en absoluta libertad por primera vez.

A lo lejos apareció una lancha muy parecida a la suya, solo que esta iba cargada con algunos turistas. No más de ocho. Según lo que le había comentado Julien, la biosfera era un territorio absolutamente protegido, por lo que no se permitía la navegación de más de tres lanchas motoras a la vez. Desde la distancia, ambos capitanes se saludaron y el otro le indicó con un gesto de la mano la dirección en la que Eileen supuso que ellos habían visto los delfines.

Julien le saludó agradecido y giró el timón a estribor para tomar la dirección correcta. Pasados unos minutos, detuvo el motor. Eileen giró lentamente hacia él y distinguió su sonrisa. Era tan hermoso... Su belleza silvestre destacaba en aquel paraje en el que ahora ya no quedaba ni rastro del verde de las palmeras. Se hallaban en mitad del mar abierto, sin nada más a su alrededor.

Solo ellos dos.

27

La primera noche regresamos al hotel realmente agotados. Física y —en mi caso— también emocionalmente. Había sido un día largo, repleto de miles de sensaciones. Sian ka'an era un lugar maravilloso en el que perderse y del que jamás hubiese querido salir. Allí no hacían falta móviles, iPods ni tecnología de última generación. Era un lugar selvático, indómito..., maravilloso.

El guía que nos asignaron resultó ser una de esas personas que logran hipnotizarte con las palabras. El viaje dio para mucho y el trayecto en lancha ocupó gran parte del día. Por lo que nos contó, el hombre había renunciado a su vida anterior y tan solo trabajaba como guía para grupos reducidos, pues juraba que no había nada en el mundo que le hiciera más feliz. Su manera de explicar las cosas, de hablarnos de los animales, de la vegetación, de su tierra..., era maravillosa. Los cuatro jóvenes que le acompañábamos aquel día le escuchábamos con verdadero deleite, sin querer perder detalle de cada una de sus explicaciones, de las que yo tomaba infinitas notas con las que, sin duda, enriquecería la novela en la que estaba trabajando.

Durante la excursión conseguimos divisar un par de cocodrilos en una parte de los manglares, unas zonas de vegetación que salían del agua creando una pequeña isleta en la que no había tierra, solo ramas y cientos de pájaros de diferentes especies. También vimos alguna tortuga, y me emocioné como una niña al observar aquel enorme caparazón saliendo del agua. Nos sorprendió descubrir la gran velocidad a la que nadaban, pues siempre había creído que se trataba de un animal pausado y de lento movimiento.

Owen iba fotografiando todo lo que veía y en algunas ocasiones le vi tomar algunas notas también. Llevaba una cámara réflex colgada del cuello y almacenaba imágenes sin cesar, sacando al periodista que llevaba dentro. Sin embargo, hubo algo que logró poner todos mis sentidos en guardia. Navegábamos por mar abierto a gran velocidad y nos adentramos en él hasta el punto de perder de vista el lugar desde el que habíamos partido. Ya no había tierra a nuestro alrededor. Y de pronto, los vi. Primero fue una tímida aleta, y luego aparecieron dos más. Me llevé las manos a la boca y di un gritito de júbilo que no pude evitar. No me importaba lo que pensaran de mí, aquello era lo más impresionante que hubiera visto en toda mi vida. Llevaba desde pequeña soñando con los delfines. Los había visto en el acuario e incluso en el zoológico, pero jamás en su hábitat natural. Y ver delfines nadando en libertad era uno de los sueños más infantiles que todavía albergaba mi corazón. Me giré hacia Owen para señalarle el punto donde se encontraban, cuando me di cuenta de que me apuntaba directamente con su objetivo y miraba la cámara con un deje de fascinación y brillo en los ojos.

—¡¿Los has visto?! —grité en su dirección sin importarme lo que fuera que estuviera haciendo.

Bajó la cámara, me sonrió, y lo hizo de una manera que me robó el alma. Hubiera entregado algunos años de mi vida si me hubieran dicho que sería la única forma de conservar ese recuerdo en mi memoria. Era la sonrisa más bonita que me hubieran dedicado jamás..., y me pertenecía solo a mí.

—Sí.

—Chicos —añadió el guía—, pónganse juntos en la parte delantera de la lancha y déjenme la cámara. Les haré una foto con los delfines de fondo.

La otra pareja nos dejó la zona despejada y Owen se acercó a mí, tomando asiento con delicadeza justo a mi lado.

Su piel entró en contacto con la mía por la zona de las costillas y sentí que se me cortaba la respiración una vez más, mientras el guía iba sacando fotos de aquel momento que quedaría inmortalizado para siempre.

—Vamos, chicos. Una foto como esta no podrán conseguirla nunca más. ¡Que se note el amor!

Owen me miró divertido y yo creí que iba a desmayarme por culpa de la impresión. Me sonrió antes de pasar un brazo sobre mis hombros y acercarme todavía más a él. Entonces, cuando mi pecho luchaba por soportar la presión que golpeaba sin cesar contra las costillas, Owen sonrió al aire y llevó sus labios hacia mi sien, donde los posó con cariño y los dejó ahí durante algunos segundos que el guía aprovechó para perpetuar en una imagen.

Owen se separó sin decir nada y yo agradecí su silencio, consciente de que me resultaba imposible articular ninguna palabra. De hecho, mi mente se había quedado en blanco, como si hubiera olvidado todo mi bagaje lingüístico. Salí de la zona delantera del bote para permitirle a la otra pareja que se hiciera una foto similar a la nuestra mientras trataba de olvidar todas las sensaciones que acumulaban mi piel, mi mente y cada una de las partes de mi cuerpo que habían entrado en contacto con el suyo.

Nos dimos una ducha nada más llegar al hotel y decidimos ir a cenar a uno de aquellos restaurantes con cita previa que nos entraba con el *pack* de «todo incluido». Ese primer día optamos por un japonés. No volvió a surgir el tema, ni se habló de lo que había sucedido en la lancha. Tal vez incluso hubiera sido producto de mi imaginación. De hecho, empezaba a creer que me estaba volviendo realmente loca.

—No podrás dormir si te tomas un café ahora... —me dijo cuando pedimos la carta de los postres.

—Tengo mucho trabajo que hacer. Debería dejar como mínimo apuntadas todas las cosas que hemos visto hoy y todas las ideas que han ido asaltando mi mente a lo largo del día. Hoy son pensamientos nítidos, mañana tal vez se difuminen los detalles en el recuerdo.

—Bonita frase —añadió antes de darle un último sorbo al contenido de su copa—. ¿Realmente pensabas en la novela a cada minuto?

Si le contara las cosas en las que había estado pensando...

—Sí. He venido aquí con una única finalidad, ¿recuerdas?

Acomodé los almohadones sobre el cabezal, al igual que había hecho la noche anterior, y me recogí el pelo. Owen cogió su ordenador y la cámara y se sentó con ellos en la mesa que había en la terraza de la habitación, supuse que también dispuesto a trabajar un rato en el artículo que debía presentar. Me gustaba la naturalidad con la que transcurrían los minutos en su compañía.

Mis dedos, envueltos en una nueva nube de inspiración, comenzaron a teclear a gran velocidad. Era como si tuvieran vida propia. Se deslizaban por el teclado en una danza, creando una melodía mágica para mis oídos, una que solo yo podía escuchar. Tenía tantas ideas arremolinadas en la cabeza que me faltaba tiempo para plasmarlas todas.

Riviera Maya, agosto de 2015

—Corre, ¡corre, Eileen!

La joven no entendía por qué le gritaba de aquel modo. Habían estado tumbados en la arena tomando el sol, aprovechando la soledad de aquella playa que se había convertido en su pequeño refugio de amor. De pronto, Julien ya no estaba a su lado y gritaba fuera de sí, activando así todas las alarmas de la chica.

—¡Eileen, llama a Daniel! ¡Necesito su ayuda!

Se puso en pie y fue corriendo hacia la caseta de Daniel. Le encontró en el interior, metido en la cocina, mientras tarareaba algunas canciones mejicanas.

—Daniel. Es Julien, te necesita —le sorprendió, apenas sin aliento—. ¡Corre!

Salieron de ahí a gran velocidad, y esta vez vieron al chico todavía más metido en el agua. Daniel, que entendió a la perfección lo que sucedía, incrementó el ritmo de forma notoria. Se acercó al chico y se arrodilló a su lado, momento en el que ella, un poco más rezagada, logró entender qué era aquella gran masa oscura y lo que estaba sucediendo. Se llevó ambas manos al rostro y sus ojos se anegaron en lágrimas mientras contemplaba la escena totalmente sobrecogida. Aquello no podía ser.

Julien y Daniel iban echando agua sobre el delfín con cariño, mientras lo acariciaban con suavidad y le dedicaban algunas palabras entre silenciosos sollozos. Eileen no se atrevió a acercarse más y se mantuvo a escasos metros del lugar en el que ellos estaban por si la volvían a necesitar, mientras se secaba con el dorso de la mano las lágrimas que iban cayendo por sus mejillas.

—Vamos, chico. Tienes que ser fuerte —le decía Julien una y otra vez—. Daniel, tenemos que hacer algo.

El delfín respiraba con dificultad bajo sus manos. Vieron que tenía uno de los laterales totalmente herido, de un modo que únicamente podía haber sido producido por una gran y feroz mandíbula.

—Daniel, el resto de la manada no tardará en acercarse. Tenemos que impedirlo. Hay que encontrar a esa bestia.

—Sabes que eso no está en nuestras manos, Julien. No podemos evitarlo.

Apretó la mandíbula en un gesto que incluso llegó a dolerle a la chica. Eileen no entendía qué estaba sucediendo, pero cada segundo que pasaba frente a la sobrecogedora escena comprendía un poco más la magnitud de su frustración.

—Julien... La herida es demasiado grande..., no podemos salvarlo.

—¡No digas eso! Podemos llevarle a la piscina...

El joven alzó de nuevo la voz y su grito desgarró una parte del alma de Eileen. Le dolía tanto como si él mismo fuera el que padeciera el sufrimiento del animal.

—Daniel, por favor. Es el tercero en lo que va de verano, ¡maldita sea! Te lo suplico, ayúdame a salvarlo...

Su voz se tornó un lamento. Sin embargo, no fue aquello lo que más impactó a la chica, pues todavía hubo algo más que terminó de resquebrajar sus magullados corazones. El delfín, como si intuyera todo lo que sucedía a su alrededor, empezó a cantar. Silbaba de aquella forma tan única, un lamento animal, un lenguaje que el hombre, tras décadas y siglos de estudio, jamás lograría comprender.

Los tres permanecieron en absoluto silencio, impresionados por la magnitud de lo que estaban presenciando y sobrecogidos por el dolor que les producía ser testigos de la escena. El delfín no detuvo su canto. A lo lejos, unas aletas emergieron del agua, que ahora ya no era de un azul cristalino, sino que se habían tornado oscuras con el paso de las horas. Eileen pudo contar hasta siete diferentes surcando el mar antes de volver a adentrarse en él una y otra vez. Lo hacían de forma calmada, suave, sin prisa. Entonces, el reloj se detuvo y todo a su alrededor se volvió invisible, y se sumió en un silencio sepulcral capaz de paralizar cuerpo y alma. Los tres se dedicaron una mirada perpleja, como si hubieran percibido de igual modo esa inesperada e insólita sensación. Eileen dobló las piernas y se dejó caer lentamente sobre la arena hasta quedar sentada en ella, todavía a unos metros de distancia de los chicos. Percibía el dolor del delfín, así como también la frustración de Julien... y el miedo que solo producía la derrota.

¿Por qué la naturaleza tenía que ser tan cruel?

Los delfines se detuvieron y aparecieron flotando sobre la superficie del agua, donde restaron inmóviles mientras sus cantos y silbidos los mortificaban. Era un espectáculo salvaje y que tal vez solo ellos hubieran logrado llegar a ver. Sus voces formaron una melodía, un sonido lastimero con el que esperaban a su compañero..., o tal vez le deseaban un buen viaje. Por lo menos, aquello quiso pensar Eileen. De pronto, el delfín de la orilla, todavía entre los brazos de Julien y Daniel, inició aquella especie de canto de nuevo, ahora ya apenas sin fuerzas, y la manada reaccionó casi al instante. Se hundieron con la misma lentitud con la que habían emergido, y sus aletas aparecieron pasados unos segundos unos cuantos metros más allá. Habían iniciado la huida, rendidos ante la pérdida de su compañero, por el que ya no podían hacer nada. Eileen los vio desaparecer en la distancia mientras sus cuerpos arqueados subían y bajaban a través del agua, enmarcados únicamente por los últimos rayos del atardecer.

La chica, rendida y abatida, escondió la cabeza entre los brazos, que mantenía agarrados alrededor de sus rodillas, y lloró desconsolada ante lo que acababa de presenciar. Aquel comportamiento no era típico de un animal. Los animales no eran como los humanos. Sin embargo, tal demostración de amor, de gratitud, de sentimiento de pertenencia, de familia..., le había llegado al corazón, que ahora latía con fuerza contra su pecho, dolorido por la tristeza. Habían comprendido la situación, habían entendido que su amigo se despedía de ellos, y lo habían aceptado.

Julien y Daniel continuaban calmando al delfín en silencio. Le tiraban agua por encima y lo acariciaban, conscientes de que aquello no tenía remedio y de que lo único que podían hacer era esperar a que llegara su momento. Eileen, vencida por sus sentimientos, se puso en pie y se acercó al joven. Pasó una mano por sus hombros, con suavidad, tratando de transmitirle con ese gesto su calor y comprensión. El chico aceptó el gesto, rendido ante la cruel realidad, y dejó caer la cabeza hacia un lado, donde se encontró con la de ella.

El delfín movió la cola y soltó aire por el espiráculo, pero ya no tenía fuerzas. Abrió de nuevo la boca, con una lentitud impropia, y emitió un último silbido. Un canto que los atravesó.

Julien y Daniel se miraron y Eileen creyó entender el dolor de aquellos ojos. Sin embargo, cuando observó al delfín con detenimiento y se fijó en su expresión, creyó que no podría soportarlo más.

—Siento que hayas tenido que presenciar esto, Eileen. Ojalá nunca hubieras tenido que vivirlo...

—¿Qué trata de decirnos, Julien? —logró articular al fin la muchacha—. Tú lo sabes, ¿verdad? Necesito que me lo digas.

—Lo que acabas de escuchar es... —dijo haciendo una pausa con la que trataba de paliar el dolor que le producían sus propias palabras—, es el último llanto de los delfines.

Eileen comprendió con pavor lo que aquello significaba y se desplomó ante la evidencia. Julien y Daniel se miraron por última vez y llevaron una de sus manos hacia la parte del delfín que quedaba tras sus aletas, el lugar donde aguardaba su corazón. Eileen, conmovida por la situación, hizo lo mismo y situó su mano derecha sobre la de Julien, como si quisiera transmitirle a él y al delfín todas sus fuerzas. A continuación, cerraron los ojos sin dejar de acariciar al animal con las manos que todavía les quedaban libres y esperaron junto a él a que llegara su hora, sin separarse ni un solo centímetro del mismo.

—Lo siento, pequeño... Lo siento muchísimo —susurró ella sin poder contenerse más.

Los delfines se criaban en manada, vivían en sociedad y servían a sus semejantes hasta el último de sus días. No podían dejarlo solo. Los humanos y los animales eran especies muy semejantes. Nacían y se desarrollaban en el seno de una sociedad de la que formaban parte. No habían llegado a la tierra para abandonarla en soledad.

28

Que, antes de juzgar, tienes que llegar hasta el corazón

—¿Qué sucede, Haley? ¿Estás bien?

La voz de Owen me llegó proveniente de otro mundo. Levanté la mirada de la pantalla y me encontré de frente con sus ojos, que me observaban entre temerosos y frágiles.

—Estás llorando.

Me llevé el dorso de la mano a la comisura de mis ojos y descubrí que tenía razón. Un par de lágrimas brotaban por mis mejillas.

—¿Sientes tanto todo lo que escribes?

Todavía continuaba en trance cuando formuló la pregunta.

No. No siempre sentía todo lo que escribía con tal intensidad. Me había sumergido en la historia de Eileen y Julien y la había hecho tan mía que mis propios sentimientos se habían visto envueltos en los suyos. Me pertenecían. Me pertenecían todas y cada una de sus emociones, de sus pensamientos, de sus pasiones. Hacía apenas unos días que trabajaba en ese proyecto y lo sentía tan adentro que casi dolía. El paisaje, la historia, el destino que había creado para ellos... Todo aquello formaba parte de mi identidad como escritora, todo era producto de mis ilusiones, de mis deseos, de mis ideales. De la historia inicial de Corina apenas quedaba más que el planteamiento inicial, el resto era todo mío..., y aquello lo estaba volviendo todo un poco más difícil todavía. Iba a costarme despedirme de ellos.

—¿Puedo leerlo? —continuó, preguntando al ver que no conseguía sacarme ni una sola palabra.

Sin esperar esa reacción por mi parte, bajé la pantalla del ordenador y le dije que no con un gesto de cabeza. No podía permitir que me descubriera, que conociera todos mis sentimientos, que tocara la parte más íntima de mi ser, de mi esencia y de mi alma.

Le sostuve la mirada tratando de darle una explicación al respecto, una que mis palabras se negaban a otorgar. Y, al final, desistió en su intento de conocer qué era lo que estaba sucediendo y dio media vuelta en la cama antes de apagar la lucecita de su mesilla de noche, devolviéndome de ese modo la intimidad que tanto necesitaba.

¿En qué me estaba convirtiendo aquella historia?

—Buenas noches, Haley...

—Buenas noches.

A la mañana siguiente abrí los ojos y busqué a Owen con la mirada antes de moverme siquiera del sitio, ni siquiera cambié de posición. Descubrí que estaba en la terraza, sentado en una de las sillas de madera, con los pies sobre la barra del balcón y la mirada perdida en el horizonte lleno de palmeras.

Me puse en pie y me dirigí al baño antes de que me descubriera con el pelo enmarañado. Me aseé, me puse uno de los bikinis que había llevado conmigo y lo cubrí con un vestido floreado que había comprado para los días de piscina. Era mi segundo día en la Riviera Maya y tenía planeado destinarlo al *resort*, a conocer sus instalaciones y a escribir tanto como pudieran mis dedos.

—¿Estás mejor? —La voz de Owen, ya en el interior de la habitación, me sorprendió justo cuando salía del baño.

—Sí... Siento la escenita de ayer... —añadí sabiendo que volvían a subirme los colores—. No es muy normal. Supongo que estaba agotada.

—No sé de qué escenita me hablas —dijo antes de guiñarme un ojo—. Vayamos a desayunar, nos irá bien. Por cierto, ¿tenemos planes para hoy?

El uso de aquel plural me sorprendió y fui consciente de que me encantaba que Owen se incluyera en mis planes de forma natural e imprevista.

—Tenía pensado pasar el día en el *resort*. Hay gran parte de la trama que sucede en el hotel y necesito saber cómo funciona y cómo es el día a día en unas instalaciones de lujo.

—Te propongo un plan —continuó ya desde el rellano a través del que nos dirigíamos hacia el bufé—. Podemos ir a pasar la mañana a la playa de Akumal. He leído que no está muy lejos de aquí. Podemos coger una de las *vans* que paran en la carretera, a la salida del *resort*, acercarnos a esa costa y regresar a la hora de comer para pasar el resto de la tarde en el hotel. ¿Qué te parece?

—¿Akumal? ¿Qué hay ahí?

—Es una playa famosa por las tortugas. Por lo visto, podemos alquilar un equipo de snorkel y nadar con ellas de forma libre. ¿No te emociona la idea?

—¿Nadar con las tortugas? ¿En libertad? —añadí, ya más convencida.

—¡Sí! —Owen parecía realmente entusiasmado y mostraba una expresión tan aniñada que no me pude negarme a su petición—. Bueno, en realidad puedes ir a buscarlas, y hay días que aparecen y otros que no. Pero creo que tendremos suerte. Algo me dice que sí.

—Vale, ¡me parece una idea estupenda! —afirmé, contagiada por su júbilo.

Llegamos a los jardines del hotel y sentí la humedad de la hierba recién regada a través de las sandalias. Llevábamos solo dos días en aquel increíble lugar y me sentía feliz conmigo misma. Era la transcripción de la plenitud emocional y la paz interior. Ojalá nunca llegara a su fin. Me sentía atraída por cosas tan triviales como el aroma ambiental que te envolvía al salir de la habitación, un olor tan peculiar que no creía posible llegar a olvidar jamás. Era una sensación idílica, que te permitía creer que formabas parte de un cuento, cuyo final no deseabas tener que conocer.

La mañana en la playa de Akumal resultó igual de increíble que la experiencia del día anterior en la biosfera de Sian Ka'an. Al llegar, buscamos uno de los centros de submarinismo de la zona y alquilamos dos equipos de snorkel con los que sumergirnos durante tantas horas como quisiéramos. Dejamos nuestras pertenencias en una taquilla y nos dirigimos con todo hacia la orilla, después de que nos dieran algunas indicaciones sobre las tortugas. Según lo que los chicos del centro nos contaron, no estaba permitido tocarlas. Habían aprendido a convivir con los humanos y se habían acostumbrado a su presencia, pero aquello no significaba que fueran animales domésticos. Por lo visto, cuando la gente las tocaba o las perseguía, las tortugas se estresaban y acababan generando una clase de tumores que actuaban como el cáncer en las personas, por lo que terminaban perdiendo la vida. Como no podía ser de otro modo, le prometimos al chico que no les haríamos nada que pudiera ponerlas en peligro.

Nos metimos en el agua unos minutos después y esta nos recibió con una temperatura tan agradable que ni siquiera nos costó adentrarnos en ella, a pesar de que no eran más de las diez y media de la mañana. Una vez vencida la vergüenza inicial que me provocaba tener que ponerme las horribles gafas para bucear frente a Owen, nos pusimos las aletas y comenzamos a nadar mar adentro, sin ninguna dirección en concreto. Todo lo que íbamos observando me parecía maravilloso. Había cientos de corales que te dejaban sin aliento al hundir el rostro bajo el agua. Había también un tipo peculiar e inofensivo de medusas, minúsculas y transparentes, que pasaban por nuestro lado sin que pudiéramos apreciar su roce en la piel, a pesar de estar rodeados por miles de ellas.

Cuando fuimos conscientes por primera vez de ello, nos encontrábamos ya a unos trescientos metros de la orilla a pesar de que, si nos poníamos en pie, el agua nos llegaba todavía a la altura del pecho. La parte más profunda que encontramos en todo ese rato apenas tendría más de tres metros. No había profundidad en toda la zona, lo que atenuó el miedo que inicialmente sentí al adentrarme sin nadie que nos guiara durante el camino.

Miré el reloj y me di cuenta de que llevábamos nadando más de una hora y todavía no habíamos visto ninguna tortuga. Comenzaba a sentir el cansancio en mis extremidades y aún nos quedaba regresar hasta la orilla. Así pues, nos dispusimos a deshacer el camino mientras Owen intentaba disimular su desilusión. Era como contemplar a un niño que acabara de descubrir que ya no quedaban más galletas en el fondo del tarro, lo cual removió una parte de mi interior.

Nadábamos a cierta distancia el uno del otro cuando, de repente, algo se movió por debajo de donde yo me hallaba y me encontré, sin haberlo esperado, frente a una tortuga casi tan grande como yo. Saqué la cabeza del agua y llamé la atención de Owen con un grito ahogado que, por suerte, escuchó a la primera. Nadó deprisa hacia mí y, en ese instante, se encontró también con la tortuga que, curiosamente, subió a coger aire a través del espacio que quedaba entre nosotros dos. Pudimos observarla tan de cerca que ambos alucinamos, parecíamos dos niños que vieran por primera vez a Santa Claus.

Continuamos observándola en silencio durante un rato en el que pudimos contemplar cómo se alimentaba y se movía por el agua. Era realmente preciosa. Debía de pesar una barbaridad, pues el diámetro de su caparazón superaba el metro de largo. Tenía una expresión serena en el rostro y observarla no daba miedo, sino que, por el contrario, resultaba incluso calmante y reparador.

Después de pasar la mañana entre tortugas, corales y aguas cristalinas, a nuestra llegada al hotel nos vimos obligados a dirigirnos hacia el bufé del vestíbulo central, pues la hora en la que se servía la comida en el de nuestro *lobby* había terminado hacía ya un buen rato y aquel era el único que disponía de un bufé de veinticuatro horas. Comimos deprisa y, a continuación, nos zambullimos en una de las piscinas que todavía no habíamos estrenado. Eran enormes, azules, con escaleras, puentes de madera entre ellas y palmeras tropicales. En uno de los laterales había un bar al que podías acceder desde el agua o desde el jardín. Y yo me moría por tomarme una copa dentro de la piscina, como si me hubiera vuelto rica y mi vida solo fuera lujo, ostentación, pamelas, gafas de sol Dior y relax absoluto.

—¿Qué os pongo?

—Para mí un banana-mama, y para él... —dije señalándole sin saber qué querría tomar.

—Otro igual —añadió Owen en dirección al camarero.

—Está delicioso, ya verás. Sabe como si fuera un caramelo.

Me sonrió divertido y supe que necesitaba la copa como si me fuera la vida en ello. Tenía a Owen sentado frente a mí, imponente, con medio cuerpo sobresaliendo del agua, sobre uno de aquellos taburetes que daban a la barra, mientras que yo decidí quedarme en el agua y disimular así el temblor que me había poseído de forma demoníaca. Owen lucía unos marcados abdominales que captaron la atención de más de una de las chicas que había en la piscina. Aquello me puso furiosa y sentí impulsos de tirar de él, meterle en el agua y evitar así que continuara siendo el centro de atención para muchas de ellas, efecto que a él pareció pasarle por completo inadvertido. Llevaba puestas unas gafas de sol deportivas y el pelo mojado terminaba de conferirle un toque de protagonista de anuncio de relojes o perfume masculino. Sí, necesitaba una copa cuanto antes, y pareció que el camarero estaba dispuesto a satisfacer mis súplicas cuando me tendió el vaso desde detrás de la barra.

—¡Gracias! —exclamé justo antes de llevármelo a los labios y beberme de golpe la mitad de su contenido.

—Esperaba por lo menos poder brindar contigo... —añadió Owen, sorprendido seguramente por la velocidad con la que la había vaciado mi copa, mientras sostenía la suya, todavía intacta, frente a mí.

El resto de la tarde lo pasamos de modo despreocupado. La música sonaba de fondo y nos animamos a seguir los pasos en los juegos que los animadores proponían continuamente, junto a un montón de chicos y chicas de nuestra edad que también accedieron a jugar, divertidos. Me di cuenta de que allí no existían los problemas ni cabían las preocupaciones. En aquel destino idílico solo había sitio para la felicidad, para el amor y para las buenas sensaciones. Todo lo demás quedaba recluido al olvido.

Aunque solo fuera por un tiempo.

Cenamos después de una reconfortante ducha y decidimos terminar la noche dando un paseo por la orilla del mar, a la que podíamos acceder desde el mismo hotel. Nos recibió una inmensa luna llena, que iluminaba la superficie del agua como si de un foco se tratara, convirtiéndola en un enorme espejo natural capaz de asombrar a cualquiera.

Habíamos traído con nosotros una toalla y decidimos sentarnos en la arena un rato y así contemplar la belleza de aquel paisaje. Estábamos solos, rodeados de naturaleza y con el sonido de las olas como única música de fondo. Era sobrecogedor y excitante a la vez. Deseaba por todos los medios poder inmortalizar aquellas sensaciones en mi cabeza y puse todo mi empeño en ello. Sentí la imperiosa necesidad de abrir mi cuaderno y comenzar a escribir en él todo lo que pasaba por mi mente.

Recordé una escena en concreto, una conversación que habíamos tenido junto al río Hudson, en uno de los primeros paseos que compartimos tras mi llegada. En aquella ocasión le comenté, entre risas, lo poco que le serviría mi compañía en una isla desierta si lo que pretendía era sobrevivir. Miré a mi alrededor y sonreí sin poder evitarlo. Aquello no era una isla desierta, pero estábamos solos en un idílico paisaje y tuve la certeza de que, aunque no lograra sobrevivir, ese viaje junto a él habría merecido la pena.

—¿Crees que esto también te servirá para inspirar alguna de tus escenas? —preguntó entonces, tras unos minutos de silencio.

—Sí. Creo que, de hecho, es un lugar maravilloso para una de ellas.

Mi respuesta sonó lejana, incluso para mí. Su forma de leerme me atrapó, pero ni siquiera aquello me pareció extraño. Sentía que ambos compartíamos algo que solo nos pertenecía a nosotros. Su forma de vivir la literatura me había hechizado desde el primer día, y por eso una parte de mí se sentía libre para hablar de estas cosas con él; cosas que, por otro lado, jamás había compartido con nadie. Owen entendía mi forma de pensar, hecho que no siempre resultaba fácil, pues yo era consciente de que en muchas ocasiones, a pesar de estar físicamente presente, mi mente se evadía y me transportaba a lugares que solo yo conocía, junto a unos personajes que únicamente existían en mi cabeza.

Seguíamos sumidos en un nuevo silencio, mientras que las olas configuraban un rumor de fondo que invitaba a relajarse y a respirar en paz.

—¿De verdad consideras que las novelas de amor son las más bonitas? —volvió a preguntar tras unos minutos.

—Considero que la literatura en sí es bonita. Las historias de amor solo lo son cuando verdaderamente te mueven, cuando te hieren por dentro o te permiten soñar.

—Crees demasiado en el amor.

Le miré sin dar crédito a sus palabras. Él. Precisamente él era el que se atrevía a decirme justo aquello.

—Y lo dices tú..., siendo el único de los dos que ha estado prometido.

Sentí el dolor que le produjeron mis palabras, afiladas, igual que lo sentí la primera vez que había mencionado su compromiso con Sophie. En el mismo instante en el que estas salieron de mi boca, me arrepentí. Owen ni siquiera me miró. Vi que su nuez subía y bajaba con lentitud. Cogió aire y temí lo peor. Iba a dejarme ahí tirada... y me lo merecía. Por estúpida, y por haber ido directa adonde más dolía. Pero Owen no se movió, ni siquiera hizo el más mínimo intento de ponerse en pie. Continuaba con la mirada perdida en el horizonte, contemplando la fina línea que dividía el cielo del mar, la realidad de los sueños, el vivir del morir.

La luna nos iluminaba esplendorosa, y no necesitábamos farolillos ni velas, pues el mar actuaba de espejo bajo el impacto de su luz. Cogí aire y sentí que me llegaba a los pulmones para llevarse de ellos todas las impurezas que todavía contenía mi alma. Continuábamos sentados en la arena, yo con los brazos envolviendo mis piernas, mientras le escuchaba respirar a mi lado. No me atrevía a mirarle. Era una cobarde y lo demostraba en situaciones como aquella. Entonces, dejé caer la cabeza hacia delante, escondiendo el rostro en el hueco que quedaba entre mis rodillas y el pecho.

—Justamente por ese mismo motivo te lo digo.

Su respuesta me llegó desde una lejanía que no esperaba. Parecía que mi cerebro me hubiera permitido alejarme de su lado para flagelarme mentalmente por mi rastrero atrevimiento.

Levanté de nuevo la cara y entonces me atreví a mirarle a los ojos, que continuaban perdidos en el algún lugar de las cristalinas aguas.

—Lo siento, Owen. No debí decir eso.

Nos sumimos en un insólito silencio una vez más. Las olas del mar se movían con aquel vaivén tan peculiar, rompiendo en la orilla casi con miedo. Y así una y otra vez.

Aquello me hizo pensar en lo simple que a veces podía llegar a ser el ser humano. Caíamos de bruces contra el suelo, nos levantábamos y luego volvíamos a caer. Pero, no hartos de que así fuera, volvíamos a hacer lo mismo una tercera vez, y también una cuarta. Éramos previsibles. Sin embargo, de vez en cuando aparecía alguien en nuestras vidas que nos obligaba a cambiar aquella versión de nosotros mismos y nos animaba a hacer algo para que aquello no volviera a suceder. Y así, nos enfrentábamos a los obstáculos y nos hacíamos fuertes. A veces con la ayuda de alguien..., y a veces por nuestros propios medios.

—¿Recuerdas tu primer desamor?

Como siempre, sus preguntas me resultaban misteriosas y desconcertantes, mientras que al mismo tiempo me llevaban a pensar, a conectar conmigo misma.

¿Lo recordaba?

—Supongo que el primer amor, en la mayoría de ocasiones, se convierte también en el primer desamor...

—Eso no es cierto —añadió, en una afirmación tan rotunda que incluso me asustó.

—Pues entonces no lo recuerdo.

—El primer amor, cuando se pierde, duele por haber sido el primero, no por nada más. Junto a esa persona has vivido algunas de las sensaciones más especiales de tu vida. El primer beso, una primera caricia... El primer escalofrío de placer... —Mientras hablaba, toda mi piel se puso en tensión, como si tratara de recordar esas primeras experiencias que, en cierto modo, sí que había olvidado—. Sin embargo, el primer desamor... no lo olvidas nunca. No dudas de su existencia ni tampoco tienes que esforzarte en pensar para recordar su nombre. Simplemente, lo sabes. Porque, si el amor duele, el desamor arrasa. Arranca todo lo que encuentra a su paso y te lleva a un estado del que jamás creíste que llegarías a salir. Ese es el primer desamor.

Me di cuenta de que le miraba embelesada. Hablaba del dolor con la misma pasión con que lo hacía del amor, sin que existiera entre ambos términos una contradicción evidente. La luna contorneaba su perfil y dibujaba a la perfección sus líneas de expresión. Sus palabras eran directas y contundentes. No dudaba, no tartamudeaba, no bajaba la mirada.

—Siento que tuvieras que pasar por algo así...

Alzó una ceja y, tras unos segundos, giró la cabeza y dirigió la vista hacia mí, antes de observarme con detenimiento.

—Más siento yo que tú no lo hayas vivido nunca...

—¿Por qué dices eso? —contraataqué, dolida por su respuesta.

—Porque si nunca has pasado por ese infierno, significa que todavía no ha llegado tu turno.

Mi corazón detuvo su ritmo y tardé mucho más de lo normal en reaccionar, pensando en el verdadero significado de sus palabras. Sentí el eco del ruido de mi garganta al tragar y un leve cosquilleo comenzó a surgir bajo la palma de mis manos. Me mordí el labio inferior y perdí la vista en el oscuro horizonte, que en ese momento se desdibujaba con timidez en el fondo, en el punto hasta el que mi visión lograba alcanzar.

—No pretendía asustarte —dijo después de no supe cuánto tiempo.

Le miré y traté de esbozar una sonrisa que no conseguí mostrar. Toni había sido el último... y no recordaba que nuestra ruptura me hubiera supuesto un gran problema... De hecho, ni siquiera había sido un problema, sino más bien una liberación. Me rescaté a mí misma de los grilletes de la infelicidad, de la monotonía y de las malas vibraciones. Toni no había sido mi primer desamor, y aquello no hacía más que dar fe de las palabras de Owen.

—No debes temerle al futuro. Ninguno de nosotros tenemos el poder de controlarlo.

—Pero sí de conducirlo... —contesté con rapidez, como si con ello pretendiera anular toda la razón de sus palabras.

—¿Y qué vas a hacer? ¿No volver a enamorarte jamás? —Sabía que trataba de sacarle hierro al asunto por el tono de voz que utilizó al hablar. Pero aquello no me tranquilizó. A continuación, me dio un suave golpecito en el brazo con el suyo y trató de recuperar el ambiente distendido que nos había acompañado hasta hacía algunos minutos.

—Sin amor no hay dolor...

Estaba segura de que no esperaba la respuesta que obtuvo.

—Y entonces..., ¿para qué vivir?

Lo había dicho mirándome a los ojos, como si me interrogara a través de ellos y solo estos fueran capaces de decir la verdad. Me tambaleé de la impresión y fui testigo de cómo algo en mi interior estallaba, y creaba sobre nosotros una nube de estrellas que solo brillaban para mí. Owen alteraba mis sentidos. Me anulaba por completo y me convertía en un embrollo de nervios y pueriles sentimientos. Era como si hubiera regresado a mi adolescencia y tuviera ante mí a uno de aquellos príncipes de las historias que con tanta pasión devoraba. Un príncipe cuya existencia acababa de negar tan solo unos segundos atrás. Y me asustaba pensar en la contradicción de sentimientos que despertaba en mí cada día.

Aunque tal vez jamás llegara a confesárselos.

—¡Mira! Corre, Haley, ¡¡mira allí, al fondo!! —Su voz me sacó de forma feroz de mis pensamientos. Me puse en pie ayudada por él, que me tendía la mano con impaciencia. Sin soltarme, corrimos hasta la orilla, justo hasta donde las olas impactaban suaves contra nuestros tobillos—. ¡¿Los ves?! ¡¡Son delfines!!

Traté de enfocar la mirada a través de la luz que la luna reflejaba en el mar mientras sentía que todavía faltaba por llegar cierta parte de mí. Pero, de pronto, los vi y todo aquello que ocupaba mi mente hacía apenas unos instantes desapareció. Pude contar hasta cinco aletas distintas mientras mi emoción crecía por momentos. Sin darme cuenta, me llevé ambas manos al rostro y tapé mis labios con ellas, absorta por la belleza de lo que estaba contemplando. Era un espectáculo que la naturaleza nos regalaba solo a nosotros dos.

Entonces, uno de los delfines saltó en el aire, dibujando un arco perfecto a unos metros del agua, mientras la luna terminaba de contornear una imagen que jamás podría eliminar de mi memoria. Un par de lágrimas amenazaban vergonzosas en la comisura de mis ojos, era incapaz de controlar lo que aquella instantánea me hizo sentir. La naturaleza, salvaje, me había hechizado por completo con su belleza.

Su movimiento fue tan rápido que ni siquiera percibí el primer contacto de sus labios sobre los míos, y tardé unos segundos en entender qué era lo que estaba sucediendo. Sus manos recorrieron mi espalda con complacencia mientras su boca acogía a la mía con deleite. Sabía a pasión, a prohibición y a esperanza. Separé los labios con cuidado, permitiéndole el acceso y recibiendo aquel sabor tan suyo con absoluta perdición. Todo había desaparecido a mi alrededor. No quedaban estrellas, arena, playa ni agua bajo nuestros pies. Tan solo sentía el ardor que sus dedos provocaban en cada trocito de mi expectante cuerpo cuando entraba en contacto con ellos. Llevó una de sus manos hacia mi nuca y la enredó entre los mechones con suavidad. Mis piernas temblaban y parecía que perdía todas mis fuerzas. Toda yo me había perdido en la magnitud de aquel deseo que albergaba por él mientras nos besábamos con un anhelo desconocido y familiar a la vez. Sus manos me hacían volar y sus besos me permitían mantenerme en el aire, surcando el cielo y rozando las nubes con mis propios dedos.

Con una fuerza que no me sorprendió en absoluto, Owen me levantó a horcajadas. Enrollé mis piernas alrededor de sus caderas y me abracé a su cuello todavía más fuerte. No quería separarme de él ni un solo milímetro. Regresamos de aquel modo hasta la toalla en la que habíamos estado sentados charlando y, con delicadeza, Owen me dejó caer sobre ella de espaldas, mientras se acoplaba a mí con precisión.

Ninguno de los dos nos atrevimos a pronunciar ninguna palabra que pudiera romper el equilibrio que cuerpo y mente mantenían bajo un cielo que únicamente nos pertenecía a nosotros. Sentí una de sus manos recorriendo mi muslo en una suave caricia, y mi piel reaccionó con un cosquilleo que seguía el curso de sus dedos y se intensificaba con el movimiento de mi propia sangre, ardiente de deseo. Mi respiración se agitó y la vena de mi cuello apenas aguantaba la estridencia de un latido desbocado cuando dejé que mis manos se deleitaran con el tacto de su ancha espalda, fuerte y definida, después de haber desabrochado algunos de los botones de su camisa de cuadros.

No me alteré cuando levantó mi camiseta y llevó sus labios hacia mi estómago. Un hormigueo intenso se fraguaba en cada parte de mi piel que entraba en contacto con ellos, amenazando con electrificarme si continuaba así. Subió hacia mi pecho con lentitud mientras yo recibía aquellos besos con ansia y sentía que enredaba sus dedos en mi ropa interior. Estaba preparada para acogerle, le esperaba con codicia y no veía el momento de liberarme junto a él.

No se hizo rogar.

Se desabrochó el pantalón con avidez y, a pesar de lo excitada que estaba, no me atrevía a desviar la mirada de sus ojos, que me observaban sin perder detalle de ninguna de mis expresiones. Se liberó de la presión a la que le sometía la ropa interior y se mostró ante mí por completo, sin pudor ni timidez. Era esplendoroso, viril, y estaba preparado para mí. Enloquecí de placer al sentir el tacto suave y cálido de sus manos en la parte interna de mis muslos, que temblaron y se humedecieron sin poder evitarlo.

Owen me preguntó con la mirada y, por primera vez en toda mi vida, fue la parte más irracional de mi interior la que contestó por mí. Hice un gesto afirmativo con la cabeza y Owen no esperó una segunda respuesta. Me penetró tras juguetear entre mis labios durante unos instantes. Su piel se erizó al adentrarse en mí y un ligero escalofrío le recorrió desde las vértebras. Sus embestidas comenzaron pausadas y harmoniosas mientras nuestros besos acompañaban el ritmo suave de las caderas. Encajábamos al milímetro y no quedó ningún rincón de nuestra piel al descubierto, ni ningún extremo sin ser acariciado.

Su ritmo se incrementó y supe que ya no podría contener mucho más el hormigueo que crecía en mi interior. Lo conocía, aunque apenas lo recordara, pues acababa de darme cuenta de que había permanecido olvidado durante muchos años en algún lugar de mi memoria, tal vez de mi ilusión. Aceleró el compás. Mi vientre reaccionaba y mis muslos se humedecían todavía más con cada acometida. Un cosquilleo comenzó a ascender desde la parte más baja de mi espalda hasta recorrer por completo mi columna, justo antes de que me arqueara con fuerza y un gemido mudo y silencioso escapara. Cerré los ojos y me liberé.

Le vi estirar el cuello a la altura de mi rostro. Su nuez subió y bajó con pasmosa lentitud, sometiéndome con aquel movimiento tan hipnótico para mí. Dejó caer con cuidado su rostro al lado del mío y lo colocó en el hueco de mi cuello, justo antes de susurrar mi nombre junto al oído.

Supe que todo había cambiado y que acababa de tocar el cielo, había acariciado las estrellas y había explosionado junto al hombre que había cambiado por completo mi visión de la vida y, sobre todo, del amor. Ya nada volvería a recuperar su lugar original, porque ya nada volvería a ser lo mismo. Lo que había sentido con Owen no lo había experimentado nunca, y sabía que, sin él a mi lado, tampoco lo volvería a hacer. Pero también sabía que Owen no me pertenecía, pues su espíritu era libre y salvaje, como el de una bestia peligrosa. Le miré a los ojos y vi el brillo centelleante de los suyos, antes de dirigir la vista de nuevo hacia aquel oscuro cielo salpicado de miles de millones de motitas blancas que brillaban sobre nosotros sin más objetivo que el de complacernos.

29

La noche se convirtió en un escenario perfecto en el que nos dedicamos a conocer cada uno de los rincones de nuestros cuerpos, descubriendo nuevas sensaciones y saciando aquel instinto primitivo que parecía haberse adueñado de nosotros. No podíamos separarnos, habiendo hecho nuestras la cama, la bañera, el sofá e incluso el suelo de la *suite* en la que nos alojábamos, hasta que al final caímos rendidos en un sueño profundo.

Abrí los ojos y sentí una ligera presión en el pecho. Bajé la mirada y comprobé que Owen dormía junto a mi espalda —encajado en ella— y me abrazaba con suavidad y firmeza a la vez. Me permití un segundo para mí y sentí parte del miedo que aguardaba paciente en algún lugar de mi cabeza. ¿Lo habríamos estropeado todo? Me pasé una mano por la frente y luego me froté los ojos con los dedos. Tal vez no debería haber pasado nunca. Cruzar barreras no siempre traía buenos resultados...

Desde su llegada al hotel, se había dedicado a entorpecer mi trabajo haciendo que afloraran en mí sentimientos que ni siquiera sabía que existían. Recordé entonces el verdadero objetivo del viaje y dejé que el pánico se adueñara de mí tan solo por unos segundos. Con sumo cuidado de no despertarle, me deshice de su brazo y me puse en pie antes de dirigirme como una autómata hacia el baño.

Una vez que me hube lavado la cara y recogido el embrollo de mechones en una coleta, me senté en el sillón y coloqué el portátil sobre mis piernas, dispuesta a trabajar tanto rato como el silencio de la habitación me permitiera. Pero mis pensamientos se habían encaprichado de él, de su sonrisa y de su fastidioso hoyuelo, el mismo que me había llevado directa a la perdición.

Me detuve a pensar en la última vez que mi vientre se había agitado convulso por culpa de un hombre. Tal vez había sido cuando era más jovencita, durante aquellas primeras veces en las que todo parecía tan nuevo y especial que vibrabas con el mero hecho escuchar pronunciar tu nombre junto al oído. Sin embargo, ahora, en mi etapa más madura, no recordaba que ningún hombre hubiera despertado aquellas mariposas que últimamente revoloteaban por todo mi estómago cuando Owen estaba cerca. Me sorprendí sonriendo. Mariposas... ¿Desde cuándo me había vuelto tan cursi?

Le contemplé una vez más mientras se cargaba la configuración del ordenador y sonreí para mis adentros. Aún no era capaz de entender cómo no había sido consciente de la belleza de aquel rostro hasta entonces. Nuestro cerebro a veces tenía la virtuosa habilidad de funcionar de un modo nada esperado. En ocasiones, bastaba tener puesta la mente en otro lugar para obviar detalles que teníamos delante y que habrían sido objeto de nuestra absoluta admiración en otras circunstancias. Entre nosotros, todo había surgido de forma natural y con el paso de los días. No se trataba de un simple flechazo, ni tampoco era fruto de un amor platónico, pero Owen se había colado en mi vida de forma desapercibida y yo le había acogido con cariño, al igual que él me había rescatado de la soledad que envolvía aquel cambio con el que había dado un giro de ciento ochenta grados a mi existencia. Más adelante, nos habíamos reconocido en el otro para, más tarde, recomponer juntos los pedacitos de nuestro pequeño mundo que todavía quedaban esparcidos a nuestro alrededor.

Owen había convertido mi estancia en Nueva York en algo fácil y apetecible, y yo probablemente lo ayudé a liberarse un poco de la presión que debía de sentir cada vez que pensaba en lo que había dejado atrás. A su lado, sentía que podía con todo, que podía respirar y, sobre todo, sentía que podía hacerlo con todas mis fuerzas.

Respirar.

Una simple palabra que se había convertido en un *leitmotiv* para mí. Era lo que Owen significaba en mi vida. Pero de eso no me di cuenta hasta que fui consciente de cuánto tiempo había pasado desde la última vez en la que lo había hecho con total libertad.

Toni me había oprimido y había convertido mi día a día en un cúmulo de tensiones constantes que me llevaba incluso a la cama y me impedían dormir con tranquilidad. Sin embargo, el día en que decidí dejarlo atrás, todo cambió, y en gran parte había sido gracias a Owen. Con él podía hablar de lo que me gustaba. Me escuchaba, me comprendía y, por encima de ello, siempre me retaba a ir un poco más allá. Indagaba en mis gustos, se guardaba todos mis secretos y compartía lo más valioso de su vida conmigo: su tiempo libre.

En esos meses me había regalado cientos de instantes que solo podía recordar con una sonrisa en mi rostro. Se colaba en mi dormitorio, compartía palomitas conmigo e incluso se había aficionado a *New girl* solo por el mero hecho de acompañarme y tener un pretexto para charlar un rato de lo que nos había pasado durante el día.

Tal vez estaba confundida y lo que sentía por él fuera solo amistad, pero un amigo no despertaba sentimientos, temblores y escalofríos como los que me provocaba el mero roce de su mano... Tenía que tratarse de algo más. Pero me aterraba la sola idea de pensarlo.

Así era el ser humano, tan racional como irracional a la vez.

Igual que había sucedido los últimos dos días, me sorprendí a mí misma tecleando a una velocidad vertiginosa. Las palabras fluían solas entre mis dedos, y parecía que la historia de Julien y Eileen aguardara en mi mente desde hacía tiempo.

Riviera Maya, agosto de 2015

La casa de Julien estaba situada en medio de una urbanización salvaje que pertenecía a Tulum, donde no llegaban la electricidad ni el agua corriente, como si hubieran dado un paso atrás en la historia. Sin embargo, la felicidad de los rostros de sus habitantes no podía compararse a nada más en el mundo. Aquella gente vivía en plena y absoluta libertad. Nadie interfería en sus vidas. Aquello entusiasmó a Eileen. Estaba segura de que no le costaría lo más mínimo sustituir su teléfono móvil, su ordenador o todos sus juguetes tecnológicos por la vida y la calma que se respiraba en la zona. ¿Cómo era posible que en el mundo existieran tales diferencias?

Una vez en el interior de la casa, Julien encendió un farolillo con el que iluminó la estancia. Era una sala diáfana en la que todo, excepto el baño, quedaba a la vista. La cocina, que no contaba más que con dos muebles, estaba situada a uno de los lados de la sala casi circular. A continuación, había una pequeña mesa. El sillón quedaba un poco más adelante, y por último, bajo un gran ventanal, estaba situada su cama, protegida a su alrededor por un dosel que sin duda servía para impedir el acceso de insectos y demás bichos que pudieran haberse colado. Era un mundo que nada tenía que ver con el que Eileen conocía.

Del mismo modo que si lo hubieran pactado, se encaminaron en silencio hacia la cama. Eileen se sentía nerviosa. Era la primera vez que iba a acostarse con un chico... y no sabía qué era lo que podría llegar a sentir. Y mucho menos después de todo lo que acababan de vivir... Tenía que hablar con Julien, pero primero necesitaba asimilar lo que habían presenciado unas horas atrás.

Julien, por su parte, no podía pensar en nada más que no fuera aquel delfín. Se dejó caer sobre la cama, de lado, adoptando una posición infantil. Se había enroscado como un ovillo y cerró los ojos intentando hacer desaparecer aquella imagen que se había grabado a fuego en su memoria. Y entonces Eileen lo vio claro. Ya no tenía miedo, ni sentía el corazón golpeando contra su pecho. Ella debía protegerle, igual que él lo había hecho con ella. Eileen era su refugio y sus cuerpos habían nacido para acoplarse el uno al otro a la perfección. Con suma delicadeza, se tumbó a su lado y adoptó la misma forma que el chico, contorneando y resiguiendo su espalda con su pecho, sintiendo la calidez de su piel y empapándose de su aroma. A continuación le pasó una mano por encima, sobre el pecho, y le abrazó con fuerza. No porque temiera que pudiera escapar, sino únicamente para que supiera que estaba ahí... y que no se iba a marchar. En realidad, ellos no eran tan diferentes a los delfines.

—Es el tercero en lo que va de verano, Eileen —dijo en un gemido casi imperceptible, teñido por el dolor y la angustia.

—No es culpa tuya, Julien. Has hecho todo lo que estaba en tus manos...

—Si supiera qué clase de animal les está haciendo eso...

Eileen le pasó una mano por la ondulada e indomable melena. Su cabello terminaba en la parte trasera de la nuca en unos pequeños tirabuzones que se enrollaban con el bambú del collar que lucía en el cuello. Era suave y se deslizaba con facilidad entre los dedos de la chica, que lo contemplaba embelesada. Sintió que algo en su interior se encogía y se agitaba, trémulo.

—No puedes luchar contra la madre naturaleza... Nadie puede hacerlo. Es ley de vida.

Las palabras parecieron calar hondo en el chico, que, una vez más, se sumió en un silencio capaz de hablar por sí mismo. Comenzó a moverse bajo su brazo hasta que quedó frente a la chica. Sus rostros se encontraban ahora a escasos centímetros de distancia y sus pechos se rozaban con timidez mientras sus corazones latían lentos y acompasados. Julien movió su pierna de forma casi imperceptible y la introdujo con delicadeza entre los muslos de la joven, que le permitió el acceso sin apenas moverse.

—Tú eres mi naturaleza, Eileen.

La chica tragó con dificultad. Pero entonces alzó la vista hasta encontrarse de lleno con los ojos de Julien. Era una mirada pura, cristalina, única. De pronto, todo resultaba fácil, y una milésima de segundo antes de probar sus labios por primera vez supo que sus besos ya le pertenecerían para siempre.

30

Me sentía abrumada con tanto trabajo pendiente. La novela de Corina estaba logrando absorber todas mis energías y ya no me quedaban fuerzas. Sentía que el final se acercaba y que una parte de mí pugnaba para que no sucediera. Sin pretenderlo, me había metido por completo en su historia y en sus personajes, y había depositado en ellos mis propios sentimientos. En apenas unos días se había convertido en mi válvula de escape, y ahora ya no sabía cómo escapar yo de ella. Sentía que tenía un magnetismo propio, una vida que me pertenecía y unas emociones que me correspondían. Me dolía entregar aquel proyecto y regalar con él parte de mi propia existencia e identidad.

Aquellos diez días habían pasado deprisa, pero, una semana después de mi regreso, todavía continuaban de forma clara en mi memoria. Habían sido unos días mágicos en muchos sentidos. Todavía me emocionaba al recordar el parque temático de animales exóticos de Xcaret, la calurosa excursión a los restos arqueológicos de Chichen Itzá o la fascinante recreación de una partida de pelota maya.

Sin embargo, una de las visitas que más disfrutamos fue la que hicimos Owen y yo solos en busca de algunos de los muchos cenotes que había en la zona, una especie de piscinas naturales que se encontraban varios metros bajo la superficie del suelo, ya fuera a cielo abierto o dentro de cavernas, en medio de la naturaleza. Todavía se me erizaba el vello de la nuca al recordar lo que vivimos al llegar al primero de ellos. Había sido increíble. Los cenotes consistían en unos pozos naturales, hundidos bajo el nivel de la tierra, a los que les llegaba la luz del sol a través del gran agujero que había en la superficie. Descendimos a través de unas escaleritas de madera que habían construido de forma circular a su alrededor mientras nos dejábamos seducir por la belleza y el esplendor de la visión, con aquellas paredes cubiertas de verde y viva vegetación y la luz del sol que estallaba sobre el azul del agua, mucho más oscura que la del mar. Llegamos a una plataforma en la que podíamos dejar las cosas antes de bañarnos y nos detuvimos a hacer algunas fotos sin dejar de contemplar la majestuosidad de aquel paraje.

Owen fue el que dio el primer paso y se lanzó de cabeza al agua. Después de ver cómo se zambullía una y otra vez, me descalcé, dejé la toalla en un rincón junto a la ropa y me dirigí hacia la plataforma para acompañarlo. Lo que experimenté entonces llegó a aterrorizarme. Me introduje en el agua a gran velocidad y sentí que una fuerza extraña me empujaba hacia abajo en contra de mi voluntad. Di fuertes patadas en el interior del agua y me impulsé con los brazos tratando de salir al exterior, hasta que, al fin, pasados unos angustiosos y eternos segundos de lucha, lo logré. Cogí una gran bocanada de aire mientras sentía el pulso de mi corazón totalmente fuera de orden; me dolía incluso a la altura de la garganta, donde martilleaba con fuerza y me dificultaba la respiración sobremanera.

—Calma, respira —me dijo Owen acogiéndome entre sus brazos mientras yo me aferraba con fuerza a uno de aquellos barrotes que alguien había colocado para que la gente pudiera salir del agua más fácilmente—. Todo esto es cosa de la naturaleza. Es una sensación distinta a la que estás acostumbrada, nada más.

—Pues vaya con la naturaleza... —añadí pasándome una mano por el pelo para apartar los mechones mojados de mi rostro mientras trataba de recuperar el aliento sin soltarme del barrote, al que continuaba aferrada con fuerza.

Owen me acercó todavía más a él, me abrazó y me contempló con la dulzura reflejada en sus ojos. Me abrazó y llevó su pecho contra el mío, en la soledad de aquel cenote en el que solo se escuchaban nuestras voces. Todavía no me había acostumbrado al cosquilleo nervioso que cada uno de sus gestos, caricias, besos o palabras provocaba en mí.

—¿Qué pasa...? —pregunté, sintiendo que me ruborizaba por momentos, como cada vez que me miraba de ese modo.

—Que ni siquiera estar en uno de los lugares más maravillosos de la tierra es suficiente para que deje de pensar en que te has convertido en parte de mi propia naturaleza, Haley... —murmuró junto a mis labios justo antes de fundirnos en un beso que jamás podría olvidar.

Todo a mi alrededor se desdibujó cuando esas palabras salieron de sus labios. Sentí miedo, agitación y frenesí a la vez, todo en una simbiosis perfecta en la que realidad y ficción se convertían en una sola cosa. Era imposible que hubiera leído mi historia. Al igual que era imposible que me hubiera perdido yo misma en ella. Pero no tenía la menor duda de que las palabras que acababa de escuchar habían sido reales, y las había pronunciado solo para mí. Owen se había convertido en mi propia historia, en el epicentro de mis deseos, en la llave de la única puerta que todavía continuaba cerrada en mi interior y que por fin estaba dispuesta a abrir.

Me perdí en él. En sus labios. En su mirada. Sin salir del agua, me perdí en la inmensidad de su deseo, mientras él, agarrado con un brazo a uno de los barrotes que nos sostenían a flote, recorría con la otra mano todo mi cuerpo, en busca de cada uno de los resquicios de mi piel, tratando de que ninguno de ellos quedara relegado al olvido. El sonido de las gotas que caían desde arriba, los pájaros que revoloteaban a nuestro alrededor y el murmullo propio del lugar convirtieron aquel espacio en el sitio más bonito que hubiera visitado nunca.

Sus embestidas, lentas y dulces, le hundían en mi interior con una facilidad que me asombraba. Le recibía con un ansia visceral, le deseaba y le abría camino a la espera de fundirme con él y dejar que todas las conexiones llegaran a aquel punto en el que, unidas, liberaban una de las mayores sensaciones que el ser humano estaba preparado para vivir. Sus labios devoraban los míos con goce, mientras un hormigueo los poseía lentamente, intensificando mucho más cada uno de sus besos. Mis manos recorrían su espalda, siguiendo con los dedos todos aquellos músculos que ahora se mantenían en tensión a causa del esfuerzo. Sentía el temblor de sus piernas y el estremecimiento de todos sus músculos tras el contacto con mis dedos, y aquello me bastó para colisionar conmigo misma, liberándome de todo lo que la inmensidad de mis propios sentimientos me permitía vivir.

Tenía la sensación de tenerlo todo, me sentía pletórica, feliz y enamorada. Sentía que mi vida tenía más sentido que nunca, ahora que él formaba parte de ella; que moría en sus ojos, en sus manos, en todos y cada uno de los besos con los que desnudó y, al mismo tiempo, cubrió mi piel. Me perdía en todo lo que Owen me hacía sentir, en lo que despertaba en mi interior, en su modo de hacer que mi corazón latiera con un ritmo nuevo y propio, solo nuestro.

En ningún momento pude dejar de sonreír. En mi rostro solo había lugar para la felicidad, para la dicha absoluta y real, la que me producía su compañía. Hablamos, reímos hasta soltar alguna lágrima, debatimos largo y tendido sobre todo lo que íbamos aprendiendo sobre la cultura maya y nos imaginamos viviendo en esas tierras. Entrecrucé mis dedos con los suyos mientras el paisaje salvaje nos envolvía, y supe entonces que me daría verdaderamente lo mismo perderme en una isla desierta con él. Nada me importaría siempre que pudiéramos seguir haciendo lo mismo que estábamos haciendo: sentirnos más vivos que nunca.

Podría parecer una reflexión muy poética, lo cierto es que todos los pensamientos que Owen despertaba en mí lo eran, y eso, al mismo tiempo, me permitió dotar a unos personajes que crecían y avanzaban a pasos agigantados de una vida que no les pertenecía y que, sin embargo, estaban disfrutando y exprimiendo al máximo. En mi cabeza ya no había lugar para los malos pensamientos, Owen se había encargado de hacerlos desaparecer por completo en apenas una semana. Nos besamos en cada lugar que visitamos, bajo cada árbol en el que nos refugiamos del asfixiante calor e hicimos el amor tantas veces como el día nos lo permitió. E, incluso así, sabía que jamás llegaría un día en el que me cansara de recorrer su cuerpo, de descubrirlo con mis dedos y también con mis labios, de hacer mío cada uno de sus suspiros, de entregarle a ciegas cada uno de mis deseos.

Owen lo había cambiado todo.

Me había costado muy poco acostumbrarme a compartir mi cama con él y me costó mucho concienciarme de que habíamos vuelto a la vida real y que, en ella, Owen y yo dormíamos en habitaciones distintas. Ahora, pasados unos días y de nuevo en el seno de mi dormitorio, recordaba de nuevo el efecto que lo que me había dicho en el cenote había causado en mí, en mi mente y, sobre todo, en mi corazón. Por un momento, volví a temer que Owen pudiera haber leído mi historia, pero no podía ser. La guardaba a buen recaudo en la caja fuerte del hotel y el resto del día lo pasábamos juntos. Cuando al fin logré alejar ese temor, algo mucho más poderoso se adueñó de mí. Eran mis palabras, mi propia historia. Me había convertido en la protagonista de mi novela y Julien —u Owen— me recibía ahora con los brazos abiertos, a la espera de entregarme todo el amor del que yo le permitiera colmarme.

Tal vez muchos escritores hubieran vivido un *déjà vu* parecido o en alguna ocasión hubieran creído formar parte de una de sus propias escenas, pero yo no solo lo creía, estaba segura de ello. Era imposible que se tratara de una simple casualidad... ¿Podría llegar a ser tan caprichoso el destino?

Salí de mi dormitorio con un fuerte dolor de cabeza martilleando mis sienes, que traté de masajear ligeramente con los dedos. Era de noche, las once más o menos. Escuché el rumor de la televisión que provenía del salón y decidí acercarme en silencio para ver quién había en el sofá... No querría molestar a los Smith si habían decidido tumbarse un ratito a solas.

Sin embargo, cuando pasé frente a la puerta del dormitorio de Owen, descubrí que esta estaba entreabierta, cosa que nunca solía suceder. Era receloso de su intimidad incluso para eso. Me detuve en seco de forma instintiva y eché un vistazo hacia el interior para ver qué era lo que hacía. Abrí un poco más la puerta y asomé la cabeza, divertida. Hacía días que no compartía un minuto a solas con él y se me antojó irresistible uno de sus besos. Entonces, di un paso al frente y me adentré por completo en el interior de la estancia. No había ni rastro de él.

Su dormitorio era algo más grande que el mío, pero con una distribución muy parecida. Tenía la cama a un lado y el escritorio justo enfrente, debajo de un ventanal que daba a la misma calle que la de mi habitación. Vi que tenía el ordenador encendido y había muchísimos papeles esparcidos sobre la mesa, lápices, bolígrafos, blocs de notas y algunas fotografías, todas ellas de nuestro viaje al Caribe, un detalle que me robó una nueva sonrisa. Cogí una de ellas y la sostuve entre los dedos. El primer día que vimos los delfines.

Volví a dejarla en su sitio y mis ojos se dirigieron entonces hacia la pantalla. Jamás me había considerado una fisgona, no me gustaban los cotilleos y mucho menos indagar a escondidas en la vida de los demás. Pero hubo algo que llamó por completo mi atención y que no pude obviar. Así pues, me acerqué un poco más hacia la pantalla para distinguir mejor las letras... No podía creerlo.

Me llevé una mano a los labios sin comprender nada. Con la otra, cogí el ratón de Owen y lo deslicé por la pantalla, leyendo a toda prisa el contenido del artículo en el que estaba trabajando mientras sentía que desfallecía bajo el peso de mis músculos, ahora casi inertes por la impresión. Me fallaban las piernas y me temblaban las manos. Todo mi vello se erizó y mi mente se tambaleó, alterada. Tenía que haber una explicación. Respiraba agitada, como si acabara de llegar de correr.

Escuché de repente los pasos que se acercaban hacia el dormitorio en el que yo continuaba inmóvil y me giré hacia la puerta. Entonces le vi. Mis ojos se cruzaron con los suyos y ambos nos golpeamos con la mirada.

—Te juro que... —empezó a decir en un tono de voz extraño.

—... ¿que no es lo que parece? —continué yo la frase por él, interrumpiéndole antes de darle tiempo a terminar—. ¿Cómo has podido hacerme esto?

Sentía que mi voz comenzaba a incrementar su volumen y me detuve antes de que los señores Smith pudieran oírme. Ellos no tenían nada que ver con lo que estaba sucediendo, y no debían enterarse.

—Haley, te lo juro; tiene una explicación.

Owen terminó de entrar en su dormitorio y cerró la puerta a sus espaldas. A continuación dio un paso hacia mí y yo di uno hacia atrás de forma instintiva, para evitar su cercanía. Lo entendió a la perfección y se detuvo en seco en el punto en el que estaba. Se pasó una mano por el pelo, visiblemente alterado, y dirigió la vista hacia el ordenador para ver la página en la que yo lo había dejado.

—Eres un cretino, Owen. Eres un miserable y despreciable periodista sin escrúpulos, capaz de pasar por encima de lo que haga falta y pisar a quien sea necesario para salirte con la tuya.

Escupí las palabras con un odio demencial. Sentía la rabia burbujeando bajo mi piel, arrasando con todos los sentimientos que me habían embriagado durante los últimos días y arrastrándolos a un infierno cuya entrada ahora quedaba descubierta. Me dolía cada palabra, cada suspiro, cada respiración. Me dolían la piel y las extremidades. Pero, sobre todo, me dolía el pecho de una forma tan intensa que no creí llegar a soportarlo.

—¡¿Cómo has podido hacerme esto?! —repetí.

—Haley, empecé a trabajar en este proyecto mucho antes de que tú aparecieras en mi vida...

—¡¿Y qué?! —espeté sintiendo el propio eco de mis palabras en mi cabeza.

—Joder, ¡soy periodista! Me ofrecieron uno de los artículos mejor pagados de toda mi carrera y, encima, llegas tú y me facilitas las cosas. ¡¿Qué querías que hiciera?!

—No me lo puedo creer... ¡Te juro que no puedo creer lo que me estás diciendo...! —Me llevé una mano a la frente y comencé a dar vueltas por la habitación, que ahora me parecía estrecha y claustrofóbica. Di un par de pasos hacia la derecha y luego hice lo mismo hacia la izquierda sin poder detenerme. Necesitaba quemar todas esas sensaciones e impulsos que me acechaban antes de que comenzara a gritar y a arrasar con todo lo que pillara a mi paso—. ¿Eres consciente de que, si publicas ese artículo, lo único que conseguirás es que pierda todo el trabajo y todo por lo que llevo luchando durante toda mi vida? ¡¡¿Lo sabes?!!

No respondió y eso todavía me dolió más. Era un maldito cobarde, un sucio, un rastrero y un despreciable. Como mínimo me merecía una respuesta, algo a lo que agarrarme y por lo que luchar.

—No te creas que no me dolía escribir cada una de esas palabras... —dijo al fin como única respuesta.

Ya era el colmo. Era para estrellarle contra la pared, y juro que ganas no me faltaban. ¿Cómo podía tener tal desfachatez?

—¡¿Que te dolía escribir esas palabras?! «Los silenciados autores que se esconden tras Corina Fox» —dije recitando de memoria el titular que él mismo había escrito—. Santo cielo, Owen. ¡Soy la única que está trabajando ahora mismo con las novelas de Corina!, ¡es una incriminación directa! —Volví a dar unos pasos por la habitación mientras sentía las nauseas de mi estómago adueñándose de mi estabilidad—. Hay datos en ese artículo que conoces únicamente gracias a mí. ¿Qué es lo que esperabas que sucediera?

—En ningún párrafo hablo directamente de ti... —volvió a excusarse, lo que todavía me dolió más. Pero no me dejé amilanar. No podía hacerlo. Mi trabajo era toda mi vida y él no tenía derecho a pisotearme de ese modo.

—No puedo creer que haya sido tan estúpida y no haya sabido ver lo que pretendías desde el principio.

Salí de la habitación como un vendaval mientras sentía que ya no podía aguantar con firmeza las lágrimas que se me arremolinaban con fuerza. Me sentía utilizada. Me había manipulado a su antojo y había sacado toda la información que había necesitado para su único propósito. Por fin tenía ante mí al verdadero Owen. Una persona capaz de anteponerse ante cualquiera que tratara de cruzarse en su camino. Todo aquel misterio, todo aquel halo enigmático que había rodeado su persona y que me había atraído como un imán, no era más que el disfraz de un hombre a quien solo le importaba él mismo y su propio beneficio. Era la bestia en la que había confiado a ciegas y de la que no había querido indagar. Continuaba sin conocer su pasado, pero ahora ya no lo necesitaba.

Entré en mi dormitorio y cerré la puerta a mis espaldas sin poder contenerme más. Me dejé caer lentamente hacia el suelo y escondí la cabeza entre las rodillas, para expulsar todos los sentimientos que mi alma había decidido hacer suyos. Me dolía tanto que creí que no lograría salir de aquel infierno al que me estaba precipitando de cabeza, sin protección ni freno alguno con el que parar la caída.

Fue así como descubrí que Owen se había convertido en mi primer desamor, capaz de desgarrarme el alma, sacudirme el corazón y lanzarme al vacío. Fue entonces cuando recordé sus propias palabras..., justo a tiempo para llegar a hundirme todavía un poco más: «Porque si nunca has pasado por ese infierno, significa que todavía no ha llegado tu turno».

Aquel era mi momento.

Aquel era mi destino..., y se había convertido en mi propio final.

31

Salí a la calle sin despedirme siquiera de los señores Smith y cogí una gran bocanada de aire. No me dio ni tiempo de coger la chaqueta, tan solo llevaba el bolso conmigo. Me ardían las mejillas y los ojos se me enrojecían conforme las lágrimas caían sin cesar. Sequé algunas con el dorso de la mano y aceleré el paso hasta que, tras apenas un par de zancadas, me vi corriendo por las calles de Nueva York. Corrí sin control, sin importarme lo más mínimo la gente que se apartaba a mi paso y me contemplaba con una mezcla de sorpresa y estupor.

No podía creerme que hubiera caído tan fácilmente en su engaño después de todas las veces que me habían advertido sobre ello; después de haber pasado antes por lo de Toni. Pero descubrir que el lobo vivía tras la pared de al lado y que incluso le había permitido entrar en mi interior, revelándole todos mis secretos, sentimientos y pasiones, resultaba todavía más doloroso. Nunca me había abierto con nadie como lo había hecho con él. Jamás me había expuesto sin armadura ni coraza, sin nada que me protegiera y que mantuviera a salvo unos sentimientos que ahora yacían magullados.

Me detuve junto a un árbol y me agaché. Sentía el amargo sabor de la bilis y el resollar de mi respiración. Me doblé sobre mí misma y me llevé una mano al estómago. Acabaría vomitando si continuaba así. Pero no me importó. Me puse en pie de nuevo y volví a correr esperando que realmente se cumpliera esa premisa y pudiera expulsar de mí cualquier resquicio que quedara de la presencia de Owen.

Sus palabras zumbaban en mi cabeza. El primer desamor jamás se olvidaba. Había compartido mi vida con un hombre durante más de un año y ni siquiera había notado la diferencia al dejar de verle; y, en cambio, a Owen le habían bastado apenas unos meses para adueñarse de cada parte de mi ser, de todos mis sueños, mis deseos..., de todas las emociones que había despertado con solo una mirada..., con solo una sonrisa.

Volví a pasarme la manga del jersey por los ojos y vi en ella el reguero de mi lápiz de ojos. Mi rostro debía parecer un cuadro, pero no me importaba. Nada me importaba. Me dolía cada centímetro de piel, cada gota de sangre, cada vena inflamada por culpa del llanto.

Continué corriendo por la gran avenida, esquivando a todos los transeúntes sin reparar en ninguno de aquellos rostros que me contemplaban con pena o, tal vez, miedo. Necesitaba acabar con ese penetrante dolor antes de que él acabara conmigo.

Pasadas algunas calles, me topé con un bar y, sin dudarlo, entré y pedí un whisky. Jamás me había gustado, pero la gente solía tomar una copa cuando más lo necesitaba. Tal vez me ayudara. El camarero, tras preguntarme cordialmente si estaba bien y ante mi leve movimiento de cabeza, colocó la copa frente a mí y aceptó el billete que dejé sobre la mesa sin rechistar. No me lo pensé. Me bebí el contenido de la misma de un solo trago, un sorbo que abrasó todo lo que entró en contacto con el licor. Cerré los ojos y contuve el sollozo. No iba a permitirme caer. Le hice un gesto con la mano, tendí otro billete y le señalé mi copa en un inequívoco gesto con el que le pedía otra más. El chico no dijo palabra alguna y obedeció, rellenando el mismo vaso que había vaciado en apenas un par de segundos, antes de que volviera a hacer lo mismo por segunda vez.

La reacción fue distinta. El licor actuó como un bálsamo para mi dolor y lo suavizó ligeramente. Levanté la cabeza y busqué una vez más al chico, que tragó con dificultad sin atreverse a cuestionar lo que estaba a punto de pedirle. Saqué un nuevo billete del monedero y se lo tendí sobre la barra bajo su atenta mirada.

—Señorita, no creo que... Sea lo que sea, quizá...

—Otra —corté sin contemplaciones. No estaba para sermones, y en aquel instante, sus palabras eran lo que menos necesitaba.

—Está bien.

Esperé a que se alejara de mi lado y, al igual que había hecho con las anteriores, me bebí la copa de un solo trago esperando su efecto amnésico. Decidí no tentar a la suerte con una cuarta copa y salí de nuevo a la calle sin despedirme del chico. Una brisa fría y casi gélida me devolvió a la realidad. Traté de ubicarme, pero no lo conseguí. Había muchas luces en la calle, grandes carteles y muchas personas cruzando a la vez por el paso de peatones. Ni rastro de Central Park. No importaba; fuera donde fuera que estuviera, con coger un taxi en cualquier momento regresaría a casa en apenas unos minutos.

Continué deambulando mientras comenzaba a sentir los efectos y los estragos de las tres copas. Dejé de sentir frío para experimentar un burbujeo inquietante en el estómago. Pero la esencia de Owen continuaba demasiado adherida a mí todavía, y ni siquiera el alcohol había logrado borrar su huella.

Me dediqué a pensar cómo había permitido que sucediera aquello. No había llegado a Nueva York para que toda mi vida, todo por lo que había luchado, quedara reducida a nada por culpa de un chico. Pero si Owen publicaba el artículo, nada importaría tampoco. Bastarían apenas unas horas para que Agatha me despidiera y me cerrara las puertas para trabajar en cualquier otra editorial de prestigio.

Había sido inocente y estúpida. Una niña colapsada por un chico que con una sonrisa y cuatro palabras estratégicamente pensadas había sido capaz de desarmarla. ¿Acaso había vuelto a la adolescencia? Le di una patada a un vaso de cartón que había en el suelo y lo lancé unos metros más allá antes de seguir andando sin mirar siquiera lo que había a mi alrededor. Sentía que me pesaban más las piernas y que cada vez me costaba un poco más mantener el paso firme. Continué sin demorarme hasta que sentí la vibración de mi teléfono en el bolsillo trasero del pantalón. Lo saqué y miré la pantalla para descubrir que era Owen. No iba a contestarle. Corté la llamada y me detuve junto a una farola a la que me vi obligada a apoyarme. Las lágrimas recorrían mi rostro sin tregua, emborronándolo y contorneando mis facciones. Sentía su calidez en discordancia con la gélida brisa de la calle. Me dolía el pecho, y supe que aquel dolor poco tenía que ver con el artículo. No quería marcharme de Nueva York, no quería perder todo lo que había conseguido y no quería sentirme tan hundida e incapaz de volver a sostenerme. Me sentía utilizada, engañada, una marioneta a la que habían usado como moneda de intercambio. Había llegado a confiar a ciegas en él, en sus palabras, en todas sus formas de sonreírme... Me había perdido en su inmensidad, en su forma de ver la vida y de jurarme protección sin necesitar una sola palabra para ello.

Me sentía culpable por haberme dejado llevar por todos esos sentimientos que habían puesto mi mundo patas arriba con solo una caricia. Sentí el asco que me producían esas mismas emociones por las que apenas un par de días atrás hubiera entregado mi propia integridad, y tuve la necesidad de expulsarlas con frenesí. La primera arcada me pilló por sorpresa. Pero logré contenerla. Me aferré a las pocas fuerzas que todavía me quedaban. Alcé la vista y llevé la mirada al cielo, antes de descubrir que estaba mucho más oscuro de lo habitual en la ciudad. La bajé y me detuve a contemplar lo que había a mi alrededor. No reconocía la calle. Estaba demasiado apagada. No había ni rastro de todos los luminosos carteles a los que ya me había acostumbrado, ni de todos aquellos coches y taxis que pasaban uno tras otro en una incesante sucesión de luces rojas y blancas. Había basura por las esquinas y los edificios parecían mucho más deteriorados de lo normal. Miré el reloj y me di cuenta de que llevaba más de dos horas andando sin parar.

El teléfono volvió a vibrar entre mis manos y, de nuevo, descubrí que Owen era el artífice de la llamada. Colgué y me llevé una mano a la frente. Entonces, me di cuenta de que un hombre con signos evidentes de embriaguez caminaba dando tumbos hacia mí. Tenía la ropa hecha jirones y los zapatos desvencijados por el uso. Comencé a correr, sintiendo que el miedo se apropiaba de cada parte de mi mente. El mismo miedo que sentí la primera tarde que la oscuridad se cernió sobre mí en Central Park. El temor que solo sientes cuando sabes que estás solo y que nadie conoce tu paradero y, probablemente, ni siquiera tu existencia. Aceleré y logré esquivarle pasadas un par de manzanas en las que el hombre, exhausto por la carrera, desistió. Estaba perdida. No sabía dónde me encontraba.

Por tercera vez, el móvil volvió a vibrar y esta vez descubrí que Adriana era la que esperaba al otro lado de la línea. No entendía nada. ¿Qué querría a esas horas?

—¿Qué pasa? —contesté con brusquedad y apenas sin aliento.

—¿Haley? ¡¿Dónde estás?!

—¡No lo sé! —grité sin poder esconderle a mi amiga el miedo que sentía.

—Haley, cielo, ¿estás bien? ¡¿Qué demonios ha pasado?! —Parecía realmente preocupada.

—Adri... Mierda, Adri... He sido una estúpida.

—Cielo, ¿qué es lo que ha pasado? Owen me ha llamado y parecía alterado.

—¿Owen? ¿De dónde ha sacado tu teléfono? Da igual. No le hagas ni caso, ¡¿me oyes?! —dije elevando el tono mucho más de lo que debería—. Es un miserable, un imbécil, escoria... ¡Es lo peor que me ha pasado en la vida! ¡No quiero volver a verle jamás! —Un sollozo se me escapó mientras expulsaba parte de toda la rabia que llevaba conteniendo desde hacía horas—. Ojalá estuvieras aquí, Adri...

Escuchaba la respiración agitada de mi amiga a través del teléfono. Sabía cuánto le dolía no poder estar conmigo, y lo sabía porque a mí me hubiera pasado lo mismo. Jamás había soportado verla sufrir. Me detuve y traté de recomponerme mientras, al mismo tiempo, intentaba buscar un punto de referencia en la calle que me permitiera hacerme una ligera idea de dónde estaba.

—Haley, vuelve a casa antes de que cometas una estupidez. Has estado bebiendo, ¿verdad?

—No —mentí con evidente descaro.

—¿Dónde estás? ¿Qué es lo que ves?

—¡No lo sé! —exclamé, de nuevo al borde del llanto.

—¿Qué hay a tu alrededor? Busca un taxi y métete dentro, ya —me ordenó, con el mismo tono en que lo haría mi madre.

—No hay ninguno por aquí... Tengo miedo, Adri.

—Mierda, Haley. Tú y tu oportuna manera de perderte cada vez que necesitas estar sola. Esto no es Málaga. Busca un lugar donde esconderte y mándame la localización por WhatsApp.

—¿Qué vas a hacer? ¡No quiero que avises a Owen!

—Escúchame bien: me da igual lo que haya pasado entre vosotros o el motivo por el cual crees que no es más que un monstruo, pero te juro que está tan preocupado por ti como lo estoy yo. Mándame la maldita ubicación y escóndete donde nadie pueda hacerte daño.

—De acuerdo.

Colgué sin esperar una respuesta por su parte mientras sentía el temblor por todas las extremidades. Tenía frío, miedo y una mezcla de tantos sentimientos que no podía controlar. Abrí la aplicación y le mandé la ubicación después de decirle que buscaría el bar más cercano al punto en el que me hallaba. Volví a bloquear la pantalla e inicié el paso en busca del mismo, pero tuve que recorrer un par de manzanas más antes de dar con uno. No lo pensé dos veces. Abrí la puerta y me metí en el interior. De pronto, pareció que el silencio se apoderara de toda la estancia. Levanté la cabeza y me di cuenta de que era la única mujer que había ahí dentro. Todo eran hombres de aspecto variopinto, a cada cual peor. Olía a rancio, a destilería, a aquellos tugurios en los que sabes que ni siquiera existe una licencia legal. Me removí inquieta y me convencí a mí misma de que, a pesar de todo, ese era el lugar más seguro. Me acerqué a la barra bajo la atenta mirada de todos los hombres y me planté frente al camarero, al que pedí otro whisky sin darle tiempo siquiera a que me preguntara qué quería.

Me bebí el contenido de la copa antes de que una nueva arcada se encargara de evitarlo. Quería dejar de pensar, detener el frenético ritmo de mi mente. Olvidar todo aquel dolor que me impedía enfrentarme a la realidad. Una realidad en la que yo no quería estar.

—Eh, morena. ¿No es demasiado eso para ti?

Levanté la cabeza y miré hacia mi derecha, desde donde provenía aquella voz. Me topé de frente con un rostro arrugado y mugriento y unos labios que dejaban entrever la falta de unas cuantas piezas dentales.

—Piérdete —contesté con la mandíbula apretada.

—Oooohhh, la gatita ha sacado las uñas —exclamó alzando las manos, mientras los vítores llegaban desde todos los puntos del local.

Dejé que la parte más racional de mí afrontara la situación y opté por no prestarle atención. Volví la vista al frente y me concentré en el interior de la copa, en la que ya no quedaba nada. Sin embargo, dispuesto a no dejarse amilanar, aquel tipo puso la mano sobre mi brazo y lo asió con más fuerza de la que debía. Di una fuerte sacudida y me desprendí de su contacto tan rápido como pude. Dejé un billete sobre la barra y salí corriendo del local consciente de que, una vez más, me seguían. El frío del exterior volvió a recibirme como una bofetada de realidad y aceleré el paso por la calle. Las lágrimas recorrían mis mejillas mientras me aferraba con fuerza a una esperanza de que todo acabara pronto. Miré a un lado y a otro y no encontré ni un solo taxi. No había nada por la calle salvo aquel tipo que corría tras de mí y yo. Escuché de lejos algún grito proveniente de alguno de esos mugrientos apartamentos y el lento maullar de unos gatos callejeros. Todo era demasiado tétrico. Vislumbré entonces un par de luces blancas al fondo de la calle y deseé con todas mis fuerzas que fuera un taxi. Pero no hubo suerte. Conforme se acercaba, pude comprobar que no había ni rastro del típico color amarillo tan característico, por lo que seguí corriendo, tanto que no me di cuenta de que conocía aquel coche ni del frenazo que este acababa de dar.

—¡¡Haley!!

Seguí corriendo ajena a todo lo que sucedía a mi alrededor. Sin saber cómo ni por qué, ahora eran dos tipos los que corrían tras de mí y mi mente no atendía a razones. Sentía tanto miedo que creí que acabaría por desfallecer.

—¡¡Haley!!

Escuché mi nombre sin reconocer la voz que me llamaba con temor.

Alguien volvió a sujetarme del brazo con fuerza, tanta que me detuve en seco. Reboté por culpa de la inercia y me di de bruces contra su pecho, duro y tembloroso.

—Haley, por Dios.

Escuché mi nombre en sus labios y creí morir en ese mismo instante. Veía el abismo, la poca luz, el oscuro horizonte. Y, sin embargo, no veía su rostro. Mis ojos lloraban mientras sus brazos trataban de abrigarme. Ya no había rastro del hombre que segundos antes me había perseguido. Dejé que me arropara, que sus palabras me convencieran de que todo había terminado. Aspiré su aroma y supe que había regresado a mi hogar, el único en el que quería estar. Sin embargo, nada de aquello era cierto. Le odiaba. Le odiaba por enseñarme que existía un mundo en el que esas cosas eran posibles, un mundo en el que yo quería perderme con él, y que acto seguido me lo hubiera arrebatado de un plumazo, abocándome al más grande de los precipicios, al más intenso de los dolores.

Me separé de él y le miré a los ojos. Habían perdido su brillo natural y ahora parecían oscuros y enrojecidos.

—Haley...

Me desprendí de sus brazos sin dejar de mirarle. Apreté la mandíbula y respiré con fuerza un par de veces mientras trataba de controlar todos los confusos pinchazos que me atenazaban. Me alejaba de él a pasos lentos ante su mirada suplicante. Él era el causante de todo aquello. Me había mentido y utilizado.

—Hal...

—¡¡No!! —grité, con todas mis fuerzas—. No...

—Escúchame... Tienes que hacerlo... Por favor...

—No quiero escucharte, Owen. No quiero hacerlo... ¡No voy a hacerlo!

Di un par de pasos hacia atrás y al final me giré, dándole la espalda mientras me alejaba de él. Pero, por lo visto, no estaba dispuesto a rendirse tan fácilmente. Aceleró y se colocó a mi lado, donde volvió a sujetarme del brazo para que no volviera a escaparme.

—¡Suéltame, Owen!

—No quiero. Vas a escucharme.

—No. No quiero que me toques, ni tampoco quiero escuchar la estúpida mentira que quieras contarme ahora. No quiero nada de ti, porque hasta hace apenas unas horas lo quería todo. Estaba dispuesta a darlo todo por ti, ¿me oyes?

Recibió el impacto de mis palabras con aplomo, mucho más del que yo poseía. Aguantó el tipo y se tragó el orgullo.

—¿Crees que habría recorrido media ciudad si no me importaras lo más mínimo?

—Lo que creo es que te sentías culpable y que no querías que cayera sobre tu conciencia el saber que me había pasado algo —dije—. Creía que eras diferente. Pensaba que toda esa estúpida manera de protegerte a ti mismo, de no querer desvelar nada sobre tus gustos ni querer hablar del pasado no era más que una fachada que empezaba a romperse. Te he contado cosas que jamás había compartido con nadie —continué, con los ojos anegados en lágrimas—, y me he enamorado de ti con toda la fuerza de las palabras y el corazón. Con todas las barreras destruidas, con toda la sinceridad de mi alma. Y tú...

Ni siquiera era consciente de lo que acababa de pronunciar. Era la primera vez que le decía a un chico algo parecido y lo había hecho sin planteármelo. Era tal el dolor que sentía que no encontraba modo alguno de canalizarlo.

—Haley, yo... —añadió dando un paso al frente en mi dirección.

Parecía realmente abatido. Era la viva imagen de un hombre derrotado, vencido por unas emociones que no podía controlar. Y eso todavía me dolió más. No podía creerle. No podía dejar que ganara, que saliera indemne después de haberme destruido. No podía entregarle lo poco que quedaba intacto de mi propia esencia, aunque, por mucho que quisiera negármelo, tan solo le perteneciera a él.

—Lo siento...

—Lo siento... —repetí, imitando y casi escupiendo sus propias palabras con recochineo y sarcasmo.

Y, justo cuando más me necesitaba a mí misma, me fallé. Las lágrimas opacaron mi mirada borrosa y supe que no podría detenerlas. Descendían por mis mejillas, completamente rendidas a los sentimientos que albergaba por ese hombre. Le miraba a través de una pantalla borrosa y oscura en la que solo distinguía su silueta, y me giré mientras explotaba desde mi interior todo lo que jamás había sentido antes. Sentí el llanto a través de mi piel, de mi sangre, de todo mi ser. Me rasgaba el alma, silencioso y lento, tiraba de ella y la hacía añicos. Era un llanto que desconocía, el mismo que yo misma había descrito una vez. El mismo llanto con el que unos delfines despedían a un compañero de vida tras un último adiós...

Inicié el paso con aquella imagen en la cabeza sin poder pensar en nada más que el dolor que podía llegar a provocar una pérdida así. No era nada físico ni mental. Era mucho peor. Se aferraba a ti y arrasaba con todo y, por mucho que quisieras, no podías escapar de sus garras. Habían sido muchos meses deseándole, habían sido muchas noches soñándole.

Sentí su mano una vez más, y esta vez me giró con mayor brusquedad. Apenas me dio tiempo a ver el tenue haz de luz de la única farola que nos iluminaba, y que me permitió vislumbrar una lágrima en su mejilla. Sentí sus labios sobre los míos buscándome con verdadera desesperación, su mano sobre mi nuca y la calidez de su piel sobre la mía. Lloré en silencio mientras saboreaba sus besos, ahora salados por la mezcla de dos corazones rotos de dolor. Le besé como si se me fuera a escapar la vida. Como si todo estuviera a punto de acabar. Le quería. A pesar del dolor que me producía el mero hecho de tenerle cerca, le quería. Porque no se podía luchar contra la fuerza del corazón, y el mío había quedado demasiado debilitado tras la batalla.

—Maldito seas, Owen....

—Haley, por favor... —escuché que murmuraba entre mis labios, sin separarse de ellos ni dejar de besarlos.

Su mano fue deslizándose desde mi nuca por toda mi espalda. La sentí en la parte más baja, justo antes de que hiciera fuerza y me subiera a horcajadas mientras imaginaba todos los músculos de la suya tensándose por el esfuerzo. Envolví su cuello entre mis brazos y continué devorando sus labios con furor. Sus manos recorrían mi cuerpo bajo la oscura noche callejera y este reaccionó a cada una de sus caricias. Anduvo conmigo a horcajadas hasta la pared de un edificio y me apoyó contra la misma mientras me besaba con una fuerza que jamás antes había usado conmigo y que, a partir de aquel día, soñaría cada noche. Bajó mis piernas con cuidado al mismo tiempo que sus manos continuaban recorriéndome con delirio. Iba a enloquecer.

El alcohol ayudó a que me sintiera por completo desinhibida y que solo deseara más de aquello que solo él podía proporcionarme. Me giró con las manos y me puso de cara a la pared. Sentí su pecho contra mi espalda, el convulso vaivén de su pectoral, su respiración en el hueco de mi cuello, que comenzó a besar sin piedad ni decoro. Cada uno de sus besos me provocaba todavía más que el anterior. Di las gracias a que ya no quedara nadie más en la calle salvo nosotros, aunque no me habría importado lo más mínimo que así fuera. Volví a girarme y quedé frente a él, aunque me negué a mirarle a los ojos mientras me besaba.

—Me equivoqué... Tienes que creerme.

«Tienes que creerme.» Las tres palabras que lo habían cambiado todo en apenas unas horas. Tres simples palabras que habían marcado un antes y un después. Las únicas que me ponían a mí al frente de la decisión más difícil a la que me había visto obligada a enfrentarme, mientras sus labios continuaban prometiéndome un sinfín de emociones que ni siquiera creía haber tenido tiempo a descubrir.

Se separó de mis labios y me miró a los ojos. Me cogió de la mano y tiró de mí con impaciencia. Le seguí, ignorante por completo de sus intenciones. Pero ya nada me importaba. Tal vez las cuatro copas que me había tomado me hubieran hecho olvidar que aquel hombre con el que ahora recorría las oscuras calles de los suburbios de Manhattan era precisamente el mismo que me había abocado a ellas. O tal vez esas cuatro copas permitieran que, durante unos instantes, acallara mi mente y me entregara una vez más a los designios de mi cuerpo, a la naturaleza salvaje del suyo.

Subimos al coche con la respiración entrecortada y ninguno de los dos se atrevió a romper el aura que se había instalado entre nosotros, de la que desconocía el alcance final. Giró la llave en el contacto, puso primera y aceleró. Recorrimos parte de la ciudad a gran velocidad. Me dediqué a mirar por la ventana todo lo que dejábamos atrás a pesar del leve mareo que sentía por culpa del alcohol. Me costaba enfocar la vista, y mucho más todavía el cauce de mis pensamientos. Por eso decidí dejar de hacerlo. Tan solo me dejé llevar por él, y fue como si, de repente, todo hubiera terminado. Todo el temor había desaparecido, las ganas de huir, de echar a correr, de regresar a casa.

Detuvo el vehículo en un aparcamiento privado en el que había entrado sin que yo hubiera sido consciente. Había cerrado los ojos en algún momento, y me había relajado hasta el punto de vagar por un agradable limbo en el que todo había desaparecido. Regresé a la realidad, un tanto aturdida, y me quedé mirando la mano que me tendía desde la puerta. La cogí y tiró de mí para ayudarme a salir. Me costaba andar, como si me hubiera destensado con eminente brusquedad después de todo lo acontecido. Mis piernas no respondían a las órdenes de mi cerebro. Owen me cogió de la cintura y me dejé guiar por él hacia un ascensor. Descubrí entonces que estábamos en un hotel gracias al pequeño logotipo que había en la placa junto a los botoncitos. No pasamos por ninguna recepción. Era uno de aquellos lugares en los que los clientes apenas mantenían contacto con el personal. Las puertas se cerraron a nuestras espaldas y, sin que pudiera haberlo esperado, de nuevo sentí sus labios posándose sobre los míos. Sus manos volvían a recorrerme entera, ahora ya sin contemplaciones. Nadie nos iba a sorprender. Le dejé hacer mientras toda yo reaccionaba con celeridad. El esternón oscilaba con fuerza bajo mi ropa y mis piernas se humedecieron de forma conocida cuando su mano traspasó la parte trasera de mis pantalones.

El ascensor se detuvo en seco y nosotros lo hicimos también. Me asió de la mano y me llevó hasta una habitación. Sacó una tarjeta del bolsillo del abrigo, que seguramente le habrían entregado en la garita del aparcamiento, y la introdujo con decisión en la ranura. La puerta se abrió y una lujosa habitación apareció ante nosotros.

—Owen..., ¿qué significa...?

—Chsssss... —me instó de nuevo, silenciando una vez más mis palabras con sus labios—. Déjame demostrarte cuánto lo siento. Déjame enseñarte quién soy para que vuelvas a ver lo que hasta ahora habías visto en mí. Te necesito, Haley... Necesito estar dentro de ti.

Me dio igual lo que me empujó a dejarme llevar. No me importó que fuera el alcohol o las ganas que tenía de sentirle otra vez tan dentro de mí. Supe que lo necesitaba, que necesitaba creerle, y eso me bastó. Sus labios aprisionaron a los míos mientras sus manos me liberaban de la ropa. Con torpeza, mis dedos buscaron los botones de su camisa y los desabrocharon con prisa, sin ningún tipo de delicadeza, obligándome a no arrancarla cuando en realidad era lo que más deseaba. Cuando tuve su pecho desnudo frente a mí, supe que ya estaba perdida, pues entregaría todo lo que era por poder contemplarlo cada día de mi vida. Me tumbó sobre la cama, desprovista de cualquier prenda que pudiera haber llevado puesta, y delineó todo mi cuerpo con sus labios, sin dejarse ni una sola esquina sin prestarle atención. Con habilidad, los posó sobre mi vientre mientras se bajaba los pantalones y se liberaba de la ropa interior, devolviéndome una visión capaz de arrebatarme la cordura. Estaba preparado para mí, igual que lo estaba la noche de la playa. Era imponente. Con una mano, le empujé hacia atrás y me incorporé bajo su atenta mirada, justo antes de agacharme frente a él para colmarlo de todo el placer que solo yo quería proporcionarle.

Esa noche descubrí que los límites no existen, que no son más que meras barreras que nosotros nos empeñamos en alzar a nuestro alrededor. Descubrí que sentir no era lo mismo que amar, ni perdonar que olvidar; y también, que una misma persona podía provocar todas esas cosas a la vez. Sentí cada embestida de Owen como una cuerda que me salvaba del vacío y tiraba un poco más de mí. Cada acometida se clavaba en mi interior recordándome todo lo que a su lado podía sentir, todo lo que el roce de su piel despertaba en la mía, lo que sus labios provocaban en mi alma.

Se hundía en mí reteniendo cada mirada, cada gesto, cada gemido. Entraba y salía, poseyéndome de la única manera que él lo había hecho, robándome todo lo que había sido hasta ese día y, al mismo tiempo, regalándome una nueva versión de mí misma. Le miré una vez más a los ojos y traté de capturar aquella imagen para siempre. Cerré los míos e inspiré justo antes de arquearme bajo su pecho, sudoroso y espléndido, y liberarme de todo cuanto albergaba en mi interior, al mismo tiempo que él hacía lo mismo.

Se dejó caer con lentitud sobre mí hasta que nuestros pechos volvieron a entrar en contacto. Escondió la cabeza entre la almohada y mi cuello, y el aroma de su piel logró conmocionarme. Inspiré y expiré un par de veces y me ocupé de recuperar toda mi entereza. Era consciente de que nos estábamos despidiendo y, a pesar de que no tenía nada claro, sabía que debía de ser así.

—Mañana no volveremos a ser los mismos —dije entonces, consciente de mis palabras.

Entendió lo que esa afirmación significaba, porque ni siquiera hizo el intento de rebatir mi decisión. Asumió su culpa, su error, y, sin ahondar en ello, dejó en mis manos el timón.

—Entonces, déjame que hoy me lleve todo cuanto pueda de ti.

32

Cierto como el sol, que nos da calor

Dos días después, me desperté de repente sintiéndome sola y desamparada, de un modo que no lo había sentido desde que me consideraba una mujer hecha y derecha. Era como si me hubieran robado una parte de mí, algo sobre lo que había construido los cimientos de lo que era yo misma.

Tuve la imperiosa necesidad de abrazar a mi madre y de dejar que ella me consolara como lo hacía cuando era pequeña. Y, por primera vez desde que había aterrizado en Nueva York, me sentí tan sola que lo único que deseaba era desaparecer del mundo. Mi madre... La echaba tantísimo de menos... Bueno, los echaba de menos a los dos, pero ella siempre había sido la que había respaldado mi madurez emocional, aconsejándome cuando empezaba a descubrir las hormonas y sus efectos, y consolándome cuando mi corazón se sentía malherido. Necesitaba tantísimo uno de sus abrazos que aquel único pensamiento me hizo llorar de nuevo.

Escondí la cabeza bajo la almohada y me eché la sábana por encima, con la vaga esperanza de que ese particular refugio pudiera recoger los pedacitos de mi ser que continuaban resquebrajándose. Era curioso, pues el causante de todo aquel dolor se encontraba a escasos metros de distancia, lo cual todavía me hundió un poco más. ¿Cómo resurgir de aquel infierno, si quien me había impulsado hacia él vivía tras la pared que me servía de cobijo?

No salí de mi dormitorio durante el resto de la mañana. Fui al baño en una única ocasión, y lo hice cuando escuché que todos estaban desayunando en la cocina. Desde mi teléfono, envié un mensaje a la editorial avisando de que no podría acudir debido a una fuerte gastroenteritis, por lo que aquel día trabajaría desde casa. No pusieron ningún tipo de inconveniente.

Debían de ser las doce del mediodía cuando decidí que ya no podía continuar así. Había llegado a Nueva York con un propósito muy firme, y en mis planes no entraba Owen. Así pues, me puse de nuevo en pie y me recogí el pelo antes de mirarme al espejo. Cuando lo hice, mi reflejo me devolvió la imagen de alguien que no reconocía. Mi mirada mostraba debilidad, miedo, pesar y una tristeza desconocida. Tenía los ojos hinchados tras horas perdidas derramando lágrimas. Me dolían todos y cada uno de los músculos, incluso las pestañas. Pero no podía dejarle ganar la batalla. Había llegado sola, dispuesta a hacerme con el control de mi futuro, y tenía que hacerlo cada uno de los días. Porque tal vez para él todo hubiera sido un juego, pero yo había puesto todas mis cartas sobre la mesa. Además, tenía que entregar cuanto antes el manuscrito de Corina y no podía permitir que Owen tirara todo mi trabajo por los suelos. Debía adelantarme a sus pasos.

Convertí aquella premisa en mi única motivación y canalicé todo lo que sentía a través de las palabras. Cogí uno de los bolígrafos que había esparcidos sobre la mesa y unos cuantos folios que también había dejado por ahí. Me senté en la cama, apoyé la espalda en la pared y comencé a escribir todos y cada uno de los pensamientos que atravesaban mi mente y me atormentaban. Más tarde ya los haría encajar en la novela, pero, de momento, lo importante era plasmarlos a la perfección.

Con el paso de los años, y tras leer cientos y cientos de historias, había aprendido a diferenciar las que habían sido escritas sin más de las que contenían un pedazo del alma de su autor. Había aprendido a distinguir las emociones reales de las de los personajes, e incluso me atrevería a decir que había aprendido a encontrar el punto exacto donde un escritor había derramado una lágrima a escondidas, tras horas y horas de incesante trabajo.

Transmitir sentimientos no era una tarea fácil, pero si lo que realmente pretendías era que otros pudieran llegar a sentir en su propia piel las vivencias de aquellos personajes a los que iban conociendo página a página, todo se complicaba entonces un poco más. No era fácil, era una verdadera obra de arte.

Por eso siempre me había dado miedo exponerme de forma tan abierta, tan pública, tan capaz de atravesarte. Porque no me gustaba escribir por escribir, ni llenar páginas en busca del éxito. Lo hacía porque lo necesitaba, porque mi mente clamaba por expresarse, y porque no encontraba otra forma mejor de dejar constancia en el mundo de mi paso por la tierra.

Corina Fox se había convertido en mi talón de Aquiles, como había dicho Lucy. Pero gracias a ella tenía la oportunidad de probarme a mí misma sin sufrir el acoso público después. Agatha me había pedido un nuevo *bestseller*, algo con lo que superar las cifras de la última publicación. No sabía si lo que tenía en las manos estaba a la altura o no de tal consideración, pero lo que sí sabía era que iba a concentrar todas mis energías y esfuerzos para que se convirtiera en una novela tan profunda que los lectores llegaran a sentir en su propia piel el dolor que el engaño había provocado en la mía.

Hacía días que Eileen no pasaba por casa. La situación en Tulum se había complicado y pasaban las horas navegando a pleno mar abierto para tratar de evitar la pérdida de más vidas inocentes. Aquel día, sin embargo, se había convertido en el más difícil de todos. Esa misma noche habían aparecido dos delfines más y Julien ya no pudo soportarlo. Pese a la impenetrable oscuridad del océano, decidieron adentrarse con la lancha en busca de la bestia que estaba atacando a todos los cetáceos de la reserva. Tenían que poner fin a aquello y descubrir qué era lo que realmente sucedía. Ver qué clase de animal acechaba a los pobres delfines, provocándoles esas heridas que terminaban con sus vidas tras horas de injusto sufrimiento. De todos modos, pese a que Julien estaba seguro de que estas habían sido provocadas por algún tipo de tiburón, dada la magnitud de las mismas, sentía que se le seguía escapando algo. Los delfines llevaban días más agitados de lo habitual, y estaba convencido de que eso no era únicamente por culpa de la bestia que había atacado a algunos de ellos.

—Eileen, sujeta el foco. Necesito que esto vaya más deprisa.

Su voz no era la que solía despertarla por las mañanas. Todo él se había convertido en un ser ahora irreconocible, movido por el terror y las ansias de detener aquella barbarie. Su magnetismo había desaparecido y ya solo quedaba en sus ojos el reflejo de la ira, a la que había sucumbido tras la muerte de aquel último delfín.

Eileen ahogó un sollozo y trató de recuperar el control. Tenía que sincerarse con él, pero antes le ayudaría en todo lo que estuviera en sus manos. Llevaba trabajando en el delfinario prácticamente desde el día en que nació y creía conocer aquellos animales como la palma de su mano. Sin embargo, durante las últimas semanas, Julien se había encargado de modificar su percepción de la realidad. Todo lo que ella había aprendido sobre ellos se había construido sobre la base de una mentira. Había conocido a los delfines en cautividad y Julien, por su parte, le había enseñado el comportamiento de los mismos en su hábitat natural, salvaje y mucho más puro. Junto a él, Eileen había descubierto tantos detalles sobre los delfines que se había negado a regresar al delfinario de sus padres. Pasaba las horas encerrada en la soledad de su dormitorio, planeando la manera de liberar a esos animales sin que ello supusiera un riesgo para sus vidas. Llegado el momento, Julien la ayudaría, estaba segura, pero primero necesitaba conocer toda la verdad y las cosas se estaban precipitando demasiado deprisa.

Navegaban a ciegas, bajo la única y tenue luz de la luna y las estrellas. No veían nada más que la oscuridad que los rodeaba y se cernía sobre ellos. No había ni rastro de la costa, ni tampoco de los manglares. Eileen no tenía ni idea de dónde se encontraban, y se sentía asustada. De pronto, el mar se le antojó tenebroso, lo suficientemente grande como para esconder un secreto y que nadie pudiera llegar a descubrirlo jamás. Nunca se había adentrado en el agua de noche, cuando la visibilidad era tan escasa que agudizaba hasta el extremo el resto de los sentidos y te permitía percibir todas aquellas cosas que la claridad y la transparencia del día no dejaban ver.

Por suerte, los mayas, como lo era Julien, habían asentado la base de su cultura en las constelaciones. Él había recibido de su familia aquellos conocimientos y por ello no le temía a la oscuridad, sino que se guiaba a la perfección gracias a las estrellas y a aquella extraña brújula que dominaba con exquisitez. Y Eileen, a pesar de todo, se sentía segura a su lado.

Avistaron las luces de un pequeño navío pesquero a una milla de distancia más o menos, según lo que pudieron calcular, y Julien dirigió la lancha hacia allí sin pensarlo. Conforme se aproximaban, se dio cuenta de que cerca del bote había movimiento en el agua. Temeroso por aquello de lo que pudiera tratarse y precavido de no poner en peligro sus vidas, detuvo el motor de la lancha y se acercó hacia la joven para arrebatarle el foco de las manos antes de dirigirlo hacia el lugar donde el agua se agitaba convulsa.

—Oh, ¡no!

Regresó de nuevo a la parte trasera de la lancha y encendió el otro motor, más silencioso y lento. Con cuidado, fueron acercándose hacia el origen de aquel movimiento hasta encontrarse lo suficientemente cerca de la otra embarcación como para que pudieran oírlos sin poner en peligro a los delfines que habían quedado atrapados en una red.

—¡Eh! —gritó en dirección a los integrantes del otro bote—. ¿Qué se creen que hacen?

—¡Marchaos de aquí! ¡Estos delfines son nuestros!

—¡¿Cómo dice?!

Julien comprendió lo que realmente estaba sucediendo y su musculatura se contrajo con fuerza. Por eso los delfines se mostraban tan nerviosos. Se tensó, irguió la espalda y su mirada, a pesar de la oscuridad, se tornó fría y demoledora, tanto que incluso llegó a atemorizar a la joven.

—¿Qué vas a hacer? —dijo ella en apenas un hilo de voz.

—No puedo permitir esto, Eileen. No puedo dejar que se los lleven. Quédate aquí, ¿vale? No te pasará nada.

La besó en los labios y ella recibió el gesto con una mezcla de miedo y convicción a la vez. Su corazón latía contra su pecho y le dificultaba la respiración. Tenía que contárselo, y debía hacerlo ahora. Julien no se merecía aquello..., no podía continuar sin saber la verdad.

—Espera... Necesito decirte algo.

—¿Eileen?

Escucharon la voz proveniente de la otra barca y la chica sintió que se le paralizaba el pulso y se le helaba la sangre. Sus ojos se abrieron aterrorizados y su vista se dirigió directamente hacia la mirada de Julien, que ahora la contemplaba con una mezcla de interrogación y reproche que no pudo disimular.

—¡¿Eileen?! ¿Qué haces ahí? ¡Maldita sea, sal de ese bote! —volvieron a gritar desde la otra embarcación.

Julien se apartó de ella con brusquedad, como si sintiera aversión a su contacto.

No daba crédito a lo que estaba viendo, y en su cabeza solo cabía una única explicación.

—¿Me has estado utilizando? —dijo, escupiendo las palabras.

Los delfines continuaban agitándose nerviosos a través de las redes que los mantenían confinados, y Julien sentía que no iba a poder soportar mucho más la presión.

—¡¡Déjame, papá!! ¡Olvídame de una maldita vez!

El grito de Eileen llegó a los ocupantes de la otra barca.

—¿Os estabais llevando los delfines? —La voz de Julien ya no era la del joven y risueño nativo que ella había conocido. Ahora tenía enfrente a un hombre cuyas facciones no hacían más que endurecer su mirada y sobrecoger a la joven, que no pudo resistirlo más.

—Julien, quería contártelo todo —comenzó a decir ella, ahogada entre silenciosos sollozos e implorando su perdón a través de los ojos—. Te lo juro. Tienes que creerme.

—¿Tu padre se está llevando los delfines, y pretendes que te crea?

—¡No! —exclamó alzando un poco más la voz sin poder contener las lágrimas que ahora resbalaban sin freno por sus mejillas, empapándolas a su paso y dificultando su necesidad de explicarse—. Mi padre es el dueño de Dolphinarium. Hasta que te conocí, siempre había creído que ayudábamos a los delfines y les dábamos una vida mejor en las piscinas. Pero cuando llegaste a mi vida —dijo antes de hacer una pausa que aprovechó para secar las lágrimas con el dorso de la mano—, todo cambió. Aprendí a ver la realidad y supe que tenía que ayudar a los delfines. Comencé a odiar a mi padre, y me odiaba a mí misma al saber el daño que les habíamos estado haciendo.

—No te creo, Eileen. ¡No puedo creerte! —gritó. Parecía que, de golpe, el mundo hubiera perdido el volumen.

—Llevo semanas tratando de buscar una manera de liberarlos para devolverlos a su hábitat natural sin que eso suponga un riesgo para sus vidas. Por eso te necesitaba. Tú los conoces a la perfección, y de este modo ibas a poder ayudarme con el plan que llevo días trazando.

Julien dio un par de pasos arriba y abajo sobre la superficie del bote. No podía dejar de lanzar miradas cargadas de furia a los dos hombres que continuaban tirando de las redes en la otra embarcación, mientras los delfines se agitaban angustiados, tratando de liberarse.

—Me di cuenta de que mi padre estaba de algún modo implicado en todo este asunto de los delfines cuando reconocí a uno de los que perdió la vida. Fue el primero que vi contigo... —añadió. Tuvo que detenerse para recuperar el aliento y las fuerzas—. Era Penaut, uno de mis favoritos. Por lo visto, lo debieron de soltar en libertad, porque ya no servía en el delfinario y no estaba acostumbrado a vivir en libertad... y mucho menos sin su manada. No respondía bien en los entrenos, y a veces se había llegado a mostrar rebelde con ellos. Desapareció una mañana, mi padre me dijo que lo habían llevado al delfinario de Punta Cana y, por supuesto, le creí. —Eileen no podía controlar las lágrimas mientras recordaba lo mal que lo había pasado con la muerte del delfín. Tenía que lograr que creyera en sus palabras, y no sabía cómo demostrárselo para que lo hiciera—. Por favor, Julien. Tienes que creerme. Te juro que yo no soy como ellos. Amo a los delfines y quiero ayudarte con esto. Por favor...

Hastiado por lo que acababa de descubrir y desconcertado por el tono suplicante de la chica, dirigió de nuevo la vista hacia sus ojos y recordó los sollozos de Eileen al descubrir al delfín malherido y lo desencajada que había quedado tras su pérdida. No estaba mintiendo. Ese tipo de dolor no se podía fingir.

—Julien, sigo siendo yo. Déjame ayudarte...

De pronto, comenzaron a escuchar los silbidos de los delfines y los dos chicos sintieron que algo se rompía en su interior. Ya no les quedaba más tiempo.

—¡Libéralos ahora mismo, papá! —gritó ella desde la lancha—. ¡¡Déjalos en libertad!!

—¡Cállate y sube al bote! Te dije que no quería volver a verte con esos malditos jipis con los que te juntas. ¡Tienes que defender la empresa de tu familia!

Eileen supo que había llegado la hora. Jamás se había enfrentado a su familia y mucho menos se había atrevido a plantarle cara a su padre. Pero no podía más, tenía que decirle todo lo que sentía para que se diera cuenta de una vez de que no iba a poder con ella, que su vida ya no le pertenecía.

—No pienso seguir tus pasos. ¡No quiero hacerles daño a los delfines!

—¡No tienes ni idea de lo que quieres! Estás cegada por ese muchacho y no eres capaz de ver la realidad. ¡Madura de una vez y regresa!

La situación se había vuelto demasiado tensa. Los delfines se agitaban nerviosos y sus llantos y gritos de auxilio iban en aumento, mientras que los otros dos continuaban tirando de las redes con unas fuertes palancas.

Julien sujetó a Eileen por el brazo y la obligó a mirarle a los ojos. Y, justo cuando ella creyó que iba a desfallecer, Julien separó los labios y suspiró antes de hablar.

—Te quiero, Eileen. Eres y siempre serás mi propia naturaleza. Eres bonita, salvaje y natural. Eres belleza en estado puro, solemnidad y armonía. Eres un remanso de paz en el que ansío vivir y un destello en el cielo que contemplar al morir.

La besó con ímpetu. Con un beso que sabía a miles de emociones distintas, pero en ninguna de ellas había rastro de un resplandor de felicidad. Era un beso que sabía a tristeza, a dolor, a promesas que no llegarían a cumplirse. Sus labios se separaron, se miraron por última vez y Eileen supo que iba a ponerse en peligro sin que ella pudiera hacer nada al respecto.

—Julien, no. ¡¿Qué vas a hacer?!

Todo sucedió demasiado deprisa. Julien, sin volver la vista atrás, sacó el cuchillo que llevaba en la pierna siempre que salían a navegar y lo sostuvo fuerte entre las manos justo antes de lanzarse al agua de cabeza, mientras Eileen observaba la escena sobrecogida.

—¡¡Julien!! —gritó desesperada hacia el mar.

No veía bien lo que estaba pasando y el agua continuaba revuelta a la altura de los delfines. En ese instante, la cabeza de Julien emergió para coger aire y Eileen aprovechó para volver a llamarle y suplicarle que regresara con ella. Pero no obtuvo respuesta. Julien desapareció de nuevo, y los segundos que vinieron a continuación empezaron a pasar como si el reloj se hubiera ralentizado en sus propias manos.

—¡Eileen, regresa a casa de inmediato!

—¡Olvídame! —gritó desesperada en dirección a su padre mientras continuaba buscando algún rastro de Julien.

Entonces, el agua todavía se convulsionó un poco más y Eileen sintió que su respiración se paralizaba. Julien, el amor de su vida. Su único amor. Sabía que estaba en peligro y ella no estaba haciendo nada por evitarlo. Volvió a ver un nuevo movimiento, todavía más agitado, y supo que había llegado su turno. Su vida no le pertenecía si él no estaba con ella. Él era su razón de ser.

Porque sin dolor no había amor, pero sin amor...

¿Para qué querría vivir?

—Lo siento, papá.

Eileen se lanzó al agua sin ningún tipo de ayuda. No llevaba chaleco ni tampoco ningún cuchillo con el que defenderse. Pero tenía que ayudar a Julien. Llevaba demasiado rato sin coger aire. Al sumergirse, se encontró de frente con los nerviosos delfines, que se movían sin cesar en el interior de la red. Pero no había ni rastro de Julien. Sentía que le dolían los pulmones y que su oxígeno comenzaba a resultar escaso. Tenía que subir a la superficie cuanto antes. Así pues, se sujetó a la red con fuerza y entonces, tras uno de los delfines, descubrió a Julien.

Estaba inconsciente, enganchado por el brazo a las cuerdas de la red. Se dirigió hacia él y trató de agitarlo para hacerle reaccionar. Tiró con fuerza de las cuerdas para liberarlo, pero tendría que agujerear la red cuanto antes si quería lograrlo. Siguió tirando de las cuerdas hasta que vio que una estaba ligeramente rasgada, seguramente por Julien antes de que hubiera quedado atrapado, y aprovechó para acabar de hacer más grande el agujero con las manos, ya que no había ni rastro del cuchillo del chico. La red se abrió al fin y los delfines lograron escapar a toda velocidad, huyendo con prisa del lugar donde habían sido confinados.

Una luz los iluminó desde arriba y Eileen trató de soltar a Julien y ayudarle a desprenderse de la red; entonces se dio cuenta de que ella misma había quedado enganchada a la altura del tobillo. El terror se apoderó de ella y, cuando vio que no podía liberarse ni tampoco podía liberarle a él, miró hacia arriba por última vez, justo a tiempo para comprobar que alguien se movía en la superficie, tal vez preparándose para lanzarse al agua. Sin embargo, sentía un fuerte dolor en el pecho, pues ya no le quedaba apenas oxígeno. Con el terror en los ojos y la sensación de asfixia apoderándose de ella, volvió a dirigir la vista por última vez hacia el rostro del chico, que ahora parecía descansar con serenidad, y asumió entonces su redención final, consciente de que, sin Julien a su lado, la vida jamás volvería a tener sentido.

Lo habría dado todo por él. Lo habría dado todo por amor.

Entregó su vida para salvar la suya...

Pereciendo los dos en un acto de eterna libertad.

Pasados unos segundos, la superficie se calmó y todo quedó sumido en un absoluto y sepulcral silencio. Una última burbuja ascendió hasta reventar en la superficie y liberar el último aliento de dos almas enamoradas que se habían creído unidas en una vida mejor, en una nueva oportunidad que jamás llegarían a vivir.

33

Me hizo falta una semana más de completo encierro para tener listo por fin el primer borrador de la novela. Salía de casa muy pronto, casi al mismo tiempo que amanecía en la ciudad, y regresaba después de cenar, lista para encerrarme en mi dormitorio y continuar trabajando durante al menos un par de horas más. Dormí una media de cinco horas diarias y me alimentaba a base de sándwiches que Lucy dejaba sobre mi mesa y de ensaladas rápidas que me preparaban en el bar en el que pasaba el resto de la tarde antes de dirigirme a casa de los Smith. Era consciente de que había perdido peso de nuevo y de que, cada día que pasaba, mis fuerzas flaqueaban un poco más. Pero no desfallecía. Había logrado meterme por completo en la historia, y pasaba las veinticuatro horas del día absorbida por la vida de Julien y Eileen.

El lunes llegué a la oficina con el rostro cansado y con unas ojeras que ni el mejor corrector habría logrado disimular. Pero no me importaba. Tenía un propósito muy claro e iba a cumplirlo antes de que el estúpido de Owen presentara el artículo. Pensar en él me hizo darme cuenta de que llevaba una semana sin verle por casa. Sin cruzarme con su mirada. Me había encerrado tanto en mi trabajo que había logrado hacerle desaparecer de mi cabeza. En mi mente, Owen se convirtió en Julien, se mimetizó con él, adueñándose de su vida y de su carácter. Sin pretenderlo, esa fue mi mayor vía de escape. Con él pude expulsar todo el dolor de mi interior, todo lo que mis sentimientos expresaban, todo lo que mis palabras sabían transmitir en un idioma que solo nosotros conocíamos. Robé los besos de Julien, sus abrazos, y castigué a la pobre Eileen, inocente y de adolescente corazón.

Siempre había pensado que la peor forma de engaño que podía experimentarse era la que atentaba directamente contra la fidelidad. Sin embargo, la mentira de Owen había sido mucho peor, había estado a punto de convertir mi vida en un infierno, en un pozo en el que no veía la luz. Porque la infidelidad podía llegar a superarse e incluso, en ocasiones, podía llegar a tener una explicación plausible, que no respetable. Pero cuando la persona por la que hubieras dado tu propia vida extirpaba una parte de ti mismo, sentías que toda tu existencia perdía su razón de ser. El engaño te atropellaba, como un tráiler que encontrara un cervatillo en medio del camino. Pero había podido con eso, había luchado con fuerza, y renacería de mis cenizas como un ave Fénix.

Eileen se convirtió en mi salvación. En ella inmortalicé mis miedos, mis frustraciones, mis pasiones y mis fuerzas. La esperanza, lo único que todavía se mantenía intacto y a buen recaudo en algún recodo de mi interior, fue lo que me armó de valor para continuar con mi trabajo, a pesar de que en el silencio de cada una de las noches me hundiera en la tristeza y dejara que las lágrimas anegaran mis ojos, ahora incapaces de olvidar todas las imágenes de los que se habían convertido en los mejores días de mi vida.

Me acomodé tras mi mesa y dediqué la primera media hora del día a comprobar el correo electrónico y la agenda. Me dispuse también a revisar cómo iban mis pagos e ingresos y me conecté a mi cuenta *online*. Durante los últimos meses había crecido tanto que incluso me costaba creer que fuera cierto. Sin embargo, todavía no había contemplado la idea de independizarme, y menos después de mi atrevimiento con Agatha. Continuaba dándole vueltas al destino de mi dinero, y esperaba que llegara la mejor ocasión para dar el paso definitivo con él.

Sin embargo, una idea fugaz cruzó mi cabeza y me di cuenta de que había algo que podía hacer con mis ahorros, y supe, además, que sería la mejor manera de gastar parte de ellos.

Cogí el teléfono móvil y tecleé un mensaje rápido con una euforia repentina recorriendo la punta de mis dedos.

«¿Cómo tienes la semana que viene de trabajo? ¿Qué te parecería pasar unos días en la Gran Manzana?»

Su respuesta, tal y como preveía, no tardó en llegar.

«¡Te juro que, si esto es una de tus bromas, voy a despellejarte viva!»

«He cobrado bien estos meses y me apetecería hacerte un regalo. Además, te echo de menos...».

«Dios mío, Haley. ¡Esto es increíble! Pero no puedo permitir que lo pagues todo... ¡Es muchísimo dinero! Tengo algunos ahorros guardados para ocasiones especiales... No me alcanzan para pagarlo todo, pero... ¿qué te parece a medias?»

Estaba dispuesta a costear todo el viaje, por lo que, evidentemente, cualquier opción que me propusiera me parecía bien si ello significaba que iba a venir a pasar unos días junto a mí.

«De acuerdo.»

«Cielo santo, ¡¡no me lo puedo creer!! ¡ME VOY A NUEVA YORK!»

Su júbilo se me contagió. A veces, la vida estaba repleta de momentos como ese. De personas como ella, capaces de curarte el alma y reanimar tu malherido corazón. En muchas ocasiones nos empecinamos en ver la parte negativa de las cosas, en dejarnos vencer, en hundirnos en la tristeza o en guardar el dinero por si acaso..., para cosas importantes. Pero la vida resulta imprevisible, y tal vez hoy se convierta en aquel famoso «día menos pensado».

«P. D. Te quiero. Te quiero y te requiero. ¡Gracias por ser parte de mí misma!»

Su nuevo mensaje logró arrancarme una lágrima de felicidad. Adriana era la mejor amiga que el destino había querido poner en mi camino. Era mucho más que eso, era mi hermana, parte de mi familia. Ella había vivido la desgracia muy de cerca y juntas habíamos vencido toda la tristeza en la que se había visto envuelta. La ayudé a recuperarse, a volver a sonreír. Y por eso aquel mensaje tan simple me llegó al alma. Porque Adriana era la mejor amiga que pudiera imaginar, pero también era una de aquellas personas a las que les costaba decir «te quiero». Para ella no era algo fácil..., y saber que se alegraba tanto de que pudiéramos compartir unos días juntas sirvió de pretexto para que no volviera a lamentarme del dolor que me producían mis propias heridas.

—¿Estás bien? —preguntó Lucy desde su asiento.

—Sí... ¿Sabes qué? ¡He invitado a Adriana para que venga a pasar unos días a Nueva York!

—¡Qué bien! ¡Eso es fantástico! Podré conocerla por fin, ¿verdad?

—¡¡Claro!! Podemos salir una noche de copas, ¡será fabuloso!

Las dos dimos saltitos de júbilo desde nuestros asientos, como si acabáramos de enterarnos de que íbamos a asistir al mayor concierto de la historia del rock and roll.

—Puedes pedir trabajar una semana desde casa —me dijo después, recuperando de nuevo su habitual tono.

—¿Eso se puede hacer? —dije, sorprendida por el descubrimiento.

—Sí. Lo conceden en ocasiones especiales. No siempre. Pero vamos, que en tu caso, decir que recibes una visita desde tu país es motivo suficiente para que te lo concedan. Eso sí, debes garantizar el trabajo igual que siempre. La única diferencia es que tú misma te organizas las horas a tu antojo.

—¡Menuda noticia! ¿Cómo lo hago para solicitar el permiso?

Lucy cogió uno de los papelillos de su mesa y escribió en él una dirección.

—Estos son los de recursos humanos. Envíales un correo indicándoles los días de ausencia y ellos te contestarán enseguida.

—¡Genial!

Continué hablando con Adriana por WhatsApp y coincidimos en que esa misma semana era la que mejor nos iba a las dos. Aunque yo no hubiera terminado la novela, podía organizarme, y tenerla cerca me ayudaría a oxigenar un poco mis ideas. Así pues, lo que de buena mañana se había presentado como un día tranquilo en la oficina se convirtió en un absoluto caos de búsqueda de vuelos y alojamiento para las dos. Finalmente encontré una plaza libre de última hora para el día siguiente mientras ella preparaba la maleta para partir cuanto antes. Salía de Madrid a las seis de la mañana, por lo que debía afanarse en viajar también hasta el aeropuerto de la capital. Encontré en Booking una reserva de última hora en el Hotel 17. Estaba situado en Manhattan también, cerca de Madison Square, Union Square y de la New York University. Gozaba de buenas referencias y además, para una vez que venía, tampoco quería alejarme mucho del centro de la ciudad, y así podría disfrutar junto a ella de toda la vida de la Gran Manzana.

¡No podía creer que fuera a ver a mi amiga en tan solo unas horas!

Llegué a casa en un santiamén. No me detuve ni una sola vez por el camino. Quería prepararlo todo y tenerlo listo para la mañana siguiente.

—¿Sabe qué? —dije nada más entrar a la cocina, donde la señora Smith se encontraba guardando la compra—. ¡Adriana va a venir mañana!

—Oh, cielo, ¡me alegro mucho! Pero qué precipitado, ¿no?

—No se preocupe por el espacio —dije adelantándome a la que seguramente hubiera sido la siguiente pregunta—. Nos alojaremos en un hotel durante estos días. No quisiera que su presencia se convirtiera en una molestia.

—Cariño, ya sabes que no me molesta. Pero entiendo que os apetezca estar solas. Si necesitáis cualquier cosa, ya sabes que nos tienes aquí.

—¡Gracias, Thelma! —le agradecí justo antes de darle un cariñoso beso en la mejilla.

Me dirigí hacia el dormitorio y la mala suerte quiso que Owen se cruzara en mi camino. Ambos nos quedamos inmóviles, el uno frente al otro, en un silencio tan incómodo que llegó incluso a molestarme. Llevaba días sin verle, y su fragancia me mareó.

—¿Me permites? —dije con sequedad, señalando con el dedo mi dormitorio, hacia el que pretendía dirigirme.

—¿Viene Adriana? —añadió como única respuesta.

Era la primera vez que escuchaba su voz desde la noche en la que descubrí su engaño. Pero esta vez me sonó extraña, distinta..., había algo en el tono que utilizó que me descolocó, pero, por mi propio bien, me negué a darle más importancia.

—Sí —dije con sequedad.

—Ah.

Aquel silencio era tan impropio de nosotros que todavía me puso más furiosa de lo que ya lo estaba. Desde el primer día, las conversaciones con Owen habían fluido de forma natural entre nosotros, como si lleváramos tiempo conociéndonos. Habíamos forjado una amistad en cuestión de semanas, y nos sentíamos cómodos el uno en la compañía del otro. Y entonces todo se había estropeado en cuestión de horas, unos instantes en los que aquel cuento que no había hecho nada más que empezar había llegado a su fin de forma abrupta y violenta.

—¿Puedo? —volví a insistir señalando de nuevo hacia la puerta.

Se hizo a un lado y me permitió el paso hacia la habitación, donde me encerré con la respiración entrecortada. Verle de nuevo había sido como si alguien sujetara un bate de béisbol con todas sus fuerzas y me golpeara con él en el estómago. Respiré hondo unas cuantas veces antes de recuperar la compostura y la estabilidad. Sentí el ligero temblor de mi labio inferior y la respiración agitada. Me llevé una mano a la boca y ahogué un sollozo. No podía volver a perderme. Tenía que continuar igual de fuerte que lo había hecho hasta ahora. De hecho, en tan solo unas horas iba a desaparecer de esa casa durante los próximos siete días, lo cual iba a ayudarme mucho en todo el proceso de superación. Cada vez estaba más segura de la decisión que acababa de tomar al invitar a Adriana.

Cogí el iPod de mi escritorio todavía con el pulso disparado y me puse los auriculares dispuesta a acallar con ellos todas las vocecitas de mi cabeza. Seleccioné en Spotify una lista de canciones con las que siempre me animaba y dejé que la voz de Bruno Mars hiciera el resto. Me encantaban ese chico y sus canciones, cargadas de buen rollo y magnetismo. *Uptown Funk* fue la seleccionada, y subí el volumen hasta el máximo que me permitieron los altavoces. Aquella canción era mía y de Adriana, y siempre nos sacaba una sonrisa, tal y como logró sacarme en aquel preciso instante, en el que creí que sería una tarea imposible. Comencé a cantar y, sin poder evitarlo, imité los movimientos de Bruno Mars en el videoclip. Nos sabíamos la coreografía de memoria y la habíamos bailado en infinitas ocasiones, normalmente con un par de copas encima. Pero ahora me daba igual, nada me importaba porque nada podía robarme la felicidad que la inminente visita de mi amiga me producía. Ni siquiera Owen y su estúpida forma de destrozarme.

A las diez y media de la mañana me hallaba de forma puntual en el aeropuerto JFK esperando a Adriana con un cartel lleno de corazones entre las manos en la zona de llegadas. Apenas había dormido esa noche por culpa de los nervios y el trabajo y, sobre todo, por culpa de Owen.

La vi aparecer entre el gentío y experimenté una fuerte presión en el estómago. Silbé con brío para que me escuchara y alcé el cartel con su nombre para que me viera. Su reacción fue demasiado incluso para mí. Parecía que hubiéramos pasado veinte años en el exilio. Adriana corrió a mi encuentro, cargada con la maleta rosa de topos blancos que tanta gracia me hacía. Nos abalanzamos la una contra la otra y nos abrazamos mientras dábamos saltitos de alegría bajo la atenta y divertida mirada de los más curiosos.

—¡Estás preciosa! ¡Y demasiado morena! —dijo soltándome justo antes de abrazarme de nuevo.

—El Caribe... Tenemos que ir un día, ¡es maravilloso! —añadí al mismo tiempo que una extraña sacudida retumbaba en mi estómago.

—No me puedo creer que esté en Nueva York... ¡No me lo puedo creeeeeeeer!

Se limpió la comisura de los ojos con el dorso de la mano, mientras continuaba dando saltitos a su paso. Resultaba maravilloso volver a tenerla tan cerca de mí, aunque nuestros días estuvieran contados.

—¿Estás bien? —preguntó mientras buscaba algún rastro de Owen con la mirada, tal vez con la inocente idea de que todo se hubiera arreglado.

Sin embargo, no le hicieron falta más de un par de segundos para estudiar mi expresión y darse cuenta de que algo raro pasaba.

Adriana estaba al corriente de lo que había sucedido en el Caribe entre Owen y yo y de lo soberanamente enamorada que estaba de él. Sin embargo, desde que descubrí su engaño y me perdí esa noche en la que, gracias a ella, todo quedó en un susto, no había vuelto a mencionarle nada al respecto. Ella trató de sacar el tema en un par de ocasiones, pero no me sentía preparada para hablar de lo sucedido con él y, al final, lo respetó sin forzarme más.

—Vale, lo pillo. A lo importante, ¿dónde está Macy's? ¡Quiero verlo todo! —dijo recuperando el tono jovial de la conversación, evitando así que me derrumbara.

Anduvimos hacia el exterior del aeropuerto y cargamos la maleta en uno de los taxis que aguardaban a todos los pasajeros. Me veía a mí misma reflejada en el rostro de mi amiga, que, sin duda, estaba alucinando tanto como lo hice yo a mi llegada.

—Esto es fabuloso, ¿no te sientes un poco Carrie Bradshaw? —añadió divertida contemplando el taxi como si se tratara de una escultura—. ¡Hagámonos una foto!

Nos hicimos un par de *selfies* e incluso, invitamos al conductor a salir en uno de ellos. Estábamos embebidas en un estado de euforia que hacía que nada más aparte de nosotras nos importara.

—¿Qué hora es? —preguntó un poco descolocada.

—Son las once de la mañana, pero para ti son las cinco de la tarde... Tendrás que hacer un esfuerzo hoy para vencer el *jet lag*.

—No hay nada que no consiga un buen *gin-tonic*. Porque aquí también se toman *gin-tonics*, ¿no?

Reí ante su ocurrencia y le prometí llevarla a un bar de copas, pero no un martes por la noche. Para eso ya habíamos quedado el viernes con Lucy, que no paraba de recordarme las ganas que tenía de una noche de chicas como la que le prometí que viviría junto a Adriana.

34

Aquel primer día sirvió de adaptación. Dejamos todas nuestras pertenencias en el hotel y de allí salimos directas hacia Central Park. Adriana se moría por verlo, por corretear por la hierba y por tumbarse bajo uno de las florecidas y ya casi veraniegas sombras que proyectaban los árboles a sus pies.

Su reacción fue de absoluta maravilla, igual que me sucedió a mí el primer día que visité aquel lugar. Anduvimos por los caminitos y bordeamos el lago, poniéndonos al día de todo lo que había pasado en nuestras vidas.

—¿Cómo llevas el manuscrito? —preguntó cuando por fin nos sentamos a descansar unos minutos en el césped.

—Bien. He terminado por fin el que será un primer borrador de la novela. Ahora me toca trabajarla duro, perfeccionarla y corregirla después.

—¿Y cómo te sientes?

Dudé sobre la respuesta. Me sentía apática e ilusionada a la vez. Había trabajado con tal intensidad que la novela había dejado de pertenecer a Corina hacía ya mucho tiempo. Por otro lado, una obra que casi había escrito yo en su integridad —pues ya apenas quedaba nada de la idea original— iba a ser publicada con una tirada inicial de más de doscientos mil ejemplares. Pensar que tantas personas iban a leerme me provocaba vértigo y náuseas, sensaciones que solo quedaban protegidas por el anonimato que me ofrecía el nombre de Corina Fox.

—No estoy segura.

—Olvidaba tus indecisiones. Piensa claro y dime, ¿cómo te sientes?

Mi amiga había regresado a mi lado y la sentí por primera vez como si no hubieran pasado todos aquellos meses en la distancia, como si ahora acabara de creer que por fin la tenía de vuelta conmigo.

—Ultrajada.

—Bonita palabreja, muy propia de ti, por cierto. Aunque ahora ya no quede ni rastro de tu acento y suene un tanto extraña en ese tono yanqui que se te ha quedado... —Le di un suave empujón con el hombro y sonreí algo más relajada tras mi confesión—. ¿Por qué no renuncias al contrato?

—Porque firmé una cláusula que me impide hacerlo o, de lo contrario, me vería obligada a pagar una gran cantidad de dinero a Royal que, por cierto, no tengo.

—Pues entonces no le des más vueltas.

—No es tan fácil —añadí, vencida.

—No, ya sé que no lo es. De hecho, nada en esta vida es fácil. Pero tomaste esa decisión y sabías el precio que pagarías por ella... y también lo que ganarías en el caso de hacerlo bien. Exprímela. Saca todo el jugo que puedas de Corina y tómatelo como una experiencia de la que aprender. Al fin y al cabo, cada vez que pases por una librería, verás tu trabajo expuesto en grandes pancartas, en pósters, en las entradas de centros comerciales de un montón de países... ¿Qué más puedes pedir?

—La verdad. Solo pido que se reconozca la verdad —sentencié con solemnidad.

—Pues en esta ocasión vas tarde... Así que no lo pienses más. Pero eso no significa que esté todo perdido. Al contrario, ¡tienes la sartén por el mango!

Volver a escuchar expresiones tan cotidianas del refranero español me resultó reconfortante y agradable. Pero, de todos modos, no acababa de entender muy bien a lo que se refería.

—Creo que no acabas de comprender muy bien lo que realmente sucede...

—La que no lo entiende eres tú. Tienes la puñetera manía de infravalorarte y de no ver lo que realmente vales. Entrégales una novela que les haga ganar mucho dinero. Lo hiciste la otra vez, puedes volver a hacerlo. Por el amor de Dios, ¡era una historia preciosa! —exclamó acompañando sus palabras de un gesto con los brazos—. Si hubiera sabido que escribías así de bien, jamás te hubiera permitido que no te lanzaras y trataras de publicar alguna de todas esas ideas que guardas en cientos de libretas... Haley, tienes un talento innato para las letras. Amas la literatura y eso se nota, consigues traspasarlo en cada una de tus palabras. Y eso es realmente difícil. Presenta esta maldita novela, haz que ganen millones y, luego, ponlos entre la espada y la pared. ¡Que sea a ti a quien quieran publicar! Y créeme —dijo justo antes de hacer una pausa significativa—, si no saben ver cuánto vales realmente..., es que están verdaderamente ciegos.

La abracé antes de que pudiera decir nada más. ¡Cuánto la había llegado a echar de menos! Su manera de cargarme las pilas, esa forma tan suya de darme un toque de atención y devolverme de pies a la tierra. ¿Por qué me perdía tan fácilmente sin ella?

Adriana respondió de igual modo a mi gesto y, a continuación, se puso en pie, se sacudió los pantalones con las manos y me tendió una mano para que yo también me levantara.

La semana pintaba muy bien.

—Por cierto —añadió mientras reanudábamos el camino—, quiero leerla antes que nadie. Me lo debes.

—De acuerdo. Luego te la presto. Pero no podrás llevártela...

—Me basta y me sobra con leer un rato por las noches, tú puedes aprovechar para seguir trabajando. Sabes que leo a una velocidad de escándalo.

—Tú no lees..., engulles. Que es muy distinto.

—Lo que quiero engullir es un buen trozo de pizza americana. ¡No pienso irme de aquí sin probar una!

Los días pasaron a una velocidad vertiginosa. Parecía que el reloj se hubiera vuelto loco y cada hora pasara a la velocidad de un minuto. Y me mareaba solo de pensar que se iría en unos días y que volvería a perderla durante no sabía cuántos meses más.

Salí de la ducha envuelta en una toalla y acompañada de un halo de vapor que hizo que mi entrada en la habitación pareciera la de un plató de televisión. Encontré a Adriana tumbada en la cama, con el manuscrito cerrado frente a ella y un par de lágrimas resbalando por sus mejillas.

—Dime que no es Owen.

—¿Qué? —pregunté alarmada mientras me colocaba la toalla a modo de turbante y me aseguraba de que no se soltaba.

—Julien... ¿es Owen? —volvió a repetir, esta vez sorbiendo por la nariz con delicadeza, lo que convirtió aquel gesto en aniñado y dulce—. ¿Es vuestra historia?

Cogí el manuscrito de sus manos y se lo arrebaté con fuerza. No quería hablar de Owen, no precisamente la noche en que los Smith nos habían invitado a cenar con la intención de conocer a Adriana.

—Olvídalo, ¿vale? Es una tontería y voy a cambiarlo. No me gusta.

Tiré el manuscrito sobre la mesa de cualquier manera y un par de lápices saltaron por los aires.

—No has respondido a mi pregunta.

—Y tú no deberías hacerme esa clase de preguntas. Es una historia, ¿vale? —Deambulé por la sala inquieta, impacientándome un poco más a cada paso que daba—. Solo eso. Y no me gusta el final. Voy a cambiarlo.

Adriana se puso en pie y vino a mi encuentro. Me cogió de la mano, me acompañó hacia la cama y nos sentamos a los pies de la misma, la una junto a la otra. Mi respiración se había agitado y había perdido la poca tranquilidad que me quedaba.

—No cambies el final. Es maravilloso, elegante y, sobre todo, necesario —dijo sin soltar mi mano de entre las suyas—. Pero puedes intentar cambiar otra cosa... y creo que Owen tiene mucho que ver.

Respiré hondo y me dejé caer de espaldas sobre la cama. Necesitaba contárselo a alguien, pero no sentía las fuerzas necesarias para hablar. Si le decía algo, mi voz se resquebrajaría y terminaría llorando una vez más, tal y como me había sucedido todas y cada una de las noches desde que descubrí su engaño.

—No es necesario que me lo cuentes ahora —dijo al fin, tranquilizándome con ello—. Pero tienes algo pendiente y debes resolverlo. Nunca te había visto tan... Iba a decir abatida, pero la verdad es que nunca te había visto tan enamorada.

La miré y las lágrimas se arremolinaron bajo mis ojos. No quería llorar. No quería llegar a casa de los Smith con el rostro desfigurado y la mirada entristecida. Quería llegar radiante y feliz, y que Owen, si es que aparecía esa noche, viera lo que se había perdido por estúpido y mentiroso.

—Te debes a ti misma una última conversación con él. Escúchame —añadió, alzándome la barbilla con los dedos—: hazlo por ti; pero hazlo.

Le hice un gesto afirmativo con la cabeza y sonreí. Tenía toda la razón, pero yo no era capaz de ver el momento idóneo para hacerlo. Si me costaba pensar en él sin que me afectara, ¿cómo iba a poder mantener una conversación en condiciones?

—Anda, ve a vestirte. Luego me arreglo yo. Por cierto, ¿puedo usar un segundo tu ordenador?

—Sí, claro.

Llegamos a casa de los Smith y tuve que contar mentalmente hasta tres antes de abrir y acceder al interior. Estaba nerviosa.

El salón nos recibió con un fuerte aroma del maravilloso pudding de Thelma, que sabía cuánto me gustaba ese plato y, a pesar de que no solía comer carne, con él se había ganado mi amor eterno.

—¡Hola! —saludé todavía desde el salón—. ¡Ya estamos aquí!

Los señores Smith salieron a recibirnos con la alegría —y los nervios— reflejados en sus rosáceos rostros. La llegada de Adriana se había convertido en el acontecimiento del año.

—Buenas noches, querida. Bienvenida a Nueva York —añadió Thelma en dirección a mi amiga—. ¿Lo habéis pasado bien estos días?

—Buenas noches. En primer lugar, gracias por invitarnos a cenar. ¡Me hacía muchísima ilusión conocerlos! —saludó mi amiga, cordial, con aquel inglés-andaluz que tan bien le quedaba—. Haley solo habla maravillas sobre lo bien que se siente en esta casa. ¡Gracias por cuidarla tanto!

El matrimonio se dedicó una mirada cómplice y cargada de cariño que me removió por dentro y no pude evitar sonrojarme. Era como ver a dos adolescentes enamorados, solo que llevaban más de treinta años casados y toda una vida llena de recuerdos a sus espaldas. De mayor quería ser como ellos, o como mis padres.

—Vamos, está todo listo. ¿Te gusta el pudding, Adriana?

Seguimos al matrimonio hacia la cocina y me encontré con una mesa montada casi igual de espléndida que la del día de Navidad.

—Oh, Thelma —añadí llevándome las manos al rostro—, ¡no era necesario todo esto!

—Claro que sí, cielo. Ya sabes que para mí es un placer.

La abracé con cariño y recibí sus brazos con el mismo amor de siempre. A continuación, nos sentamos alrededor de la mesa y comenzamos a contarles lo que habíamos hecho durante aquellos dos días. Habíamos visto tantísimas cosas que incluso perdimos el orden mientras lo explicábamos. Había llegado a pensar que la cena podría resultar incómoda, pero los señores Smith arroparon a Adriana con el mismo cariño que me habían mostrado a mí el día que llegué a su casa, permitiéndome que no me sintiera tan lejos de la mía.

Sin embargo, todo dejó de ir bien cuando que el sonido de unas llaves indicó que Owen acababa de llegar a casa.

—¡Qué bien hue...! —fue a decir justo antes de quedarse a medias.

Su mirada se topó de frente con la mía y todos mis músculos se tensaron. La rigidez que adoptó mi postura no pasó para nada desapercibida a mi amiga, que llevó una mano hacia mi rodilla por debajo de la mesa, avisándome de ello con astucia. Solté el aire que sin darme cuenta llevaba conteniendo y tragué con la intención de recuperar la humedad de mi boca, que se había secado en apenas unos segundos.

—Buenas noches —saludó al fin, supuse que tratando de que no se notara nuestra incomodidad. Entonces, dirigió la vista hacia mi amiga y sonrió hacia ella, lo cual, en parte, también me molestó—. Tú debes de ser Adriana... Un placer, soy Owen.

Mi amiga le estrechó la mano con cortesía —en América no se llevaba lo de un beso en cada mejilla— y Thelma se puso en pie dispuesta a rearmar la mesa y hacerle un hueco a su hijo. Sin poder evitarlo, de forma elegante, la mala suerte que últimamente parecía acompañarme permitió que este terminara sentado a mi lado, entre su madre y yo.

Sentí el roce de su brazo contra el mío cuando se sentó y creí que miles de agujas recorrían la parte interna de mi piel. No reconocí su tacto —aquel que durante unas noches me había llevado al cielo y me había mostrado todas las estrellas del firmamento—, y me dolió incluso más.

Se me había pasado el hambre y el pudding, hecho con todo el mimo y cariño del mundo, ya no me sabía igual. Adriana trató de forma consciente de acaparar toda la atención de los Smith, evitando en la medida de lo que le fuera posible que estos repararan en la incomodidad que imperaba en el ambiente y la tensión que rezumábamos nosotros dos.

Al terminar la cena, había logrado cruzar no más de cuatro palabras con Owen y mantener la compostura delante de sus padres. Jamás habría pensado que una situación tan cotidiana pudiera resultarme tan incómoda. Aquella había sido mi casa durante los últimos meses y, en cambio, ahora me sentía fuera de lugar.

Me excusé con la idea de ir a recoger unas cosas que necesitaba a mi dormitorio y me ausenté para recuperar el aliento. Me encerré en la habitación y di unos pasos acelerados por la misma mientras me pasaba una mano por la frente, que me ardía febril. No soportaba más la tensión. Necesitaba desaparecer de esa casa cuanto antes. Había pensado que tras dos días de ausencia y distancia me sentiría mejor, pero nada más lejos; verle de nuevo había logrado reabrir heridas que todavía no habían llegado a cicatrizar en mi interior.

Me senté en la cama y apoyé los codos sobre las rodillas, antes de dejar caer la cabeza entre las manos. Tenía que solucionar todo esto antes de volverme definitivamente loca. Owen acaparaba mis sentidos y, si no le ponía fin, solo iba a quedarme una única opción..., y no me tentaba en absoluto la idea de marcharme de casa de los Smith...

Salí una vez más hacia el pasillo, dispuesta a regresar al salón, cuando sorprendí a Owen y Adriana hablando entre susurros justo a la altura de la puerta de su dormitorio. Al descubrirme, ambos se tensaron ligeramente, hecho que Adriana logró disimular casi a la perfección.

—¿Estás bien? —dijo ella en mi dirección, incluyéndome ahora en su conversación—. Owen me contaba que por aquí cerca hay un pub al que podríamos ir a tomar una cerveza bien fresca. Por si nos animábamos.

—Podéis acercaros si queréis... —añadió con una timidez impropia de él y que yo desconocía por completo—. Decidles que vais de mi parte, os tratarán bien.

Le dediqué una nueva y furibunda mirada y entorné los ojos por última vez antes de continuar caminando por el corredor en dirección al salón.

—Vamos, Adri. Ya veremos qué es lo que nos depara la noche.

—Hasta luego, Owen —escuché que se despedía esta a mis espaldas—. Ha sido un placer.

Al cabo de un rato, en el que Owen desapareció tras excusarse y permanecer en su habitación encerrado, nos despedimos de los señores Smith y nos dirigimos hacia el hotel en taxi. Se nos había hecho muy tarde y estábamos agotadas por aquellos dos días de intensas caminatas. No habíamos parado de visitar todos los monumentos y los edificios que Adriana pedía ver y nuestras piernas comenzaban a pasarnos factura. Y lo peor de todo era que todavía debía ponerme a escribir un rato si quería seguir avanzando en la novela.

35

No hay mayor verdad.
La belleza está en el interior

El día siguiente nos lo tomamos con un poco más de calma. Por la mañana paseamos por la Quinta Avenida, donde no compramos nada, pero visitamos casi todas las tiendas. Nos sentíamos como dos verdaderas estrellas, pobres de dinero pero ricas de ilusión. La tarde la pasamos en el museo Madame Tussauds, sin duda una de las mejores experiencias de aquellos días, pues no paramos de reír mientras nos hacíamos fotos con todos los famosos, encuadrándolas desde distintos ángulos para que pareciera que nos habíamos encontrado al mismísimo Brad Pitt por la calle.

Esa noche, Lucy, después de compartir la cena con nosotras y comprobar que mi amiga era de carne y hueso y, sobre todo, tan alocada como yo le contaba siempre, nos llevó a un bar que ninguna de las dos conocíamos, y así pudimos compartir sensaciones como si hubiéramos realizado aquel viaje juntas. Se llamaba Sky Room y ofrecía unas vistas increíbles de los iluminados rascacielos. La música era muy agradable y, aunque el precio de las copas resultaba desorbitado, las vistas valían la pena, por lo que decidimos quedarnos un rato.

Tuve que reconocer que ambas congeniaban a la perfección. Lucy era como una extensión de nosotras mismas, que se amoldó a nuestra forma de ver la vida de una forma casi perfecta. Algún día me la llevaría a Málaga, iba a alucinar con los espetos y la cerveza en los chiringuitos de la playa.

Hacía poco que habíamos llegado cuando Bruno Mars comenzó a sonar a todo volumen y Adriana y yo nos miramos —del mismo modo en el que lo harían dos suricatas— y nos lo dijimos todo sin necesidad de decir nada. Nuestros ojos se iluminaron y ambas dibujamos una sonrisa malvada en el rostro. Era nuestra canción. Lucy nos contemplaba totalmente ojiplática, buscando el origen de aquella repentina situación. De pronto, las dos nos pusimos en pie y comenzamos a seguir el ritmo de la canción con una estudiada coreografía que nos sabíamos al dedillo.

Lucy reía a carcajadas desde su sitio y musitó un indeciso «no puede ser verdad» justo antes de ponerse en pie y, para nuestra sorpresa, seguir nuestros pasos a la perfección. ¡Se sabía la coreografía de *Uptown Funk* al dedillo!

Las tres seguimos bailando a un ritmo frenético, siguiendo el tono danzarín de una canción que inducía al buen rollo en general hasta que nos dimos cuenta de que gran parte del establecimiento nos había hecho corrillo. Continuamos bailando sin temor ni vergüenza, convirtiendo aquella *lady's night* en una de las mejores que recordaba. Me sentí rejuvenecer, y de repente me di cuenta de que no sabía cuándo había envejecido tanto. Iba a tener que repetir aquello más a menudo.

Unos chicos que había cerca de donde estábamos bailando nos invitaron a unas copas que compartimos gustosas con ellos. Descubrimos que eran tres universitarios que estaban ahí para celebrar el cumpleaños de uno de ellos y, a pesar de que por edad les sacábamos unos cuantos años, la diferencia no nos importó. Y mucho menos a Lucy, que pareció encontrar la compañía perfecta con la que culminaría aquella divertida noche.

Llegamos al hotel dando tumbos. El taxista nos dejó en la puerta y, a pesar de que no nos separaban más de cinco metros de la entrada, el camino nos resultó mucho más complicado de lo que era en realidad. Llevábamos una cogorza estratosférica, como las que nos regalábamos cuando éramos nosotras las universitarias. Solo que ya habían pasado unos cuantos años de esa época y ya no éramos las mismas. Sin embargo, supimos mantener el tipo y aguantar el ritmo hasta llegar al hotel.

—¿Qué hacías con Owen? —dije sin poder contenerme más, una vez que ya estuvimos en el interior de la habitación.

—Nada, quería conocerle un poco.

—No te creo.

—Le dije que, si te hacía daño, le iba a partir las piernas.

Su salida me cogió desprevenida. Adriana y yo nos miramos, mantuvimos unos instantes el silencio y, sin haberlo pactado antes, estallamos en una sonora carcajada que, más que diversión, supuso liberación. Tenía que olvidarme de Owen, fuera lo que fuese lo que ella le hubiera dicho, se lo tenía merecido. Y seguro que lo hizo por mi propio bien.

Nos metimos en la cama sin desmaquillarnos. Estábamos rendidas y solo nos dio tiempo para cambiar nuestros vestidos por el pijama. Como cada noche desde que Adri había llegado, apenas nos tumbamos la una junto a la otra, una fuerza irresistible me atrajo hacia el mundo de los sueños. Toda la habitación me daba vueltas y sentía náuseas en el estómago, pero la imagen que recreaba mi mente era algo que no podía dejar de contemplar: Owen, con el chaleco salvavidas y sus pequeños rizos ondeando al viento. Se le habían teñido algunos mechones por los rayos de sol y su tez morena hacía que sus ojos resaltaran sobre el azul de aquel mar tan cristalino. Tanto como lo habían sido mis sentimientos por él.

Le di mi mano.

Me dejé llevar hacia aquel lugar que no me permitía la realidad. Le abracé y volví a sentirle junto a mí, la fuerza de sus músculos arropándome y sujetándome para que no cayera al vacío. No podía volver a perderle. En mis sueños él me pertenecía y sus besos continuaban teniendo aquel sabor dulce y embriagador.

Decidí que lo único que deseaba era perderme con él, dejándole que me llevara adonde él quisiera.

La despedida fue mucho más dura de lo que había imaginado. Si cuando me fui de Málaga lloré como una magdalena y sentí que se rompían algunos de los hilos que dirigían mi vida, esta vez resultó mucho peor... con diferencia.

Nos abrazábamos cada dos segundos, llorando como dos niñas a las que acabaran de decirles que Santa Claus no existía. Esa semana había sido tan emocionante que no podía creer que todo hubiera terminado tan deprisa. Habíamos vivido miles de experiencias y, con ella, había vuelto a revivir sensaciones que se habían adormecido con el paso de los últimos meses. No quería que se marchara y volver a quedarme sola una vez más. Hacerlo significaba volver a la vida habitual... A la rutina, a las correcciones, a casa de los Smith, al hogar donde el inconfundible aroma de Owen me despertaría cada mañana, recordándome que sus besos jamás me habían pertenecido.

—No quiero marcharme... —sollozó Adriana, pasándose una mano por los ojos para secarse las lágrimas que brotaban sin cesar.

—Ni yo que lo hagas. Ojalá pudiera encontrarte un puesto para trabajar en Royal... Te juro que siempre voy hablándoles de ti a los chicos de diseño. Tal vez si queda alguna vacante puedan hacer algo...

El aviso de megafonía nos alertó de que ya no podíamos perder más tiempo si ella quería llegar antes de que las puertas cerraran. Así pues, nos despedimos por última vez con uno de aquellos abrazos que más que fortalecer te desgarraban por dentro, y la observé marcharse cabizbaja hacia los arcos de seguridad. Esperé ahí plantada hasta perderla de vista por completo, justo la última vez que dirigió la vista hacia atrás.

De nuevo estaba sola y mi vida, en cierto modo, volvía a empezar una vez más.

El hogar de los Smith parecía tranquilo a mi llegada. De hecho, Thelma era la única que estaba en casa, lo cual me pareció extraño. Era una mujer realmente casera, de las de antes. Me saludó cuando crucé la puerta y respondí abatida por todo lo que me había provocado la partida de mi amiga. No pude evitarlo y me senté a su lado, dejando caer la cabeza sobre su hombro, justo antes de recibir un beso en la frente y una cálida caricia.

—Siempre duele ver alejarse a los que queremos...

No pude responder. Me había quedado sin voz. Sentía que se había desprendido una parte de mí misma y la había dejado partir sin apenas haber llegado a disfrutar con ella. Y ahora, volvía a estar en casa y no sabía muy bien qué hacer a continuación para volver a tomar las riendas de mi vida.

—¿Puedo hacerle una pregunta? —dije con timidez.

Nos hallábamos las dos solas en el salón.

—Claro, cielo. Dime.

—¿Qué pasó entre Owen y Sophie? Nunca me ha hablado de ella, pero intuyo que tuvo que ser una persona realmente importante en su vida si llegaron a prometerse.

Thelma alzó la mirada hacia el techo y suspiró con una enigmática sonrisa en los labios.

A continuación, cogió aire y me repasó con los ojos, buscando el verdadero motivo de mi pregunta.

—A veces, las personas no somos realmente como creen los demás... No quiero que pienses mal de Owen. Sé que no actuó bien, pero entiendo el infierno por el que tuvo que pasar cuando tomó aquella decisión.

Sus palabras me descolocaron todavía más y comencé a sentir el espanto arremolinándose en el centro del estómago. ¿Qué podía haber hecho para que su madre hablara de aquel modo?

—¿Prometes que no le harás hablar de todo esto si no lo pide él mismo?

—Claro... Le doy mi palabra, no se preocupe. Es solo que... necesito conocerle un poco más... Y a veces resulta tan cerrado que ya no sé ni qué pensar.

Las palabras salieron de mis labios de forma atropellada pero directa; era como si llevara meses ansiando mantener esa conversación con ella, la única mujer que tal vez pudiera ayudarme a solventar mis dudas.

—Owen se portó mal al engañar a Sophie. No debió hacerlo y nadie mejor que él lo sabe, pues su arrepentimiento todavía continúa robándole el sueño en numerosas ocasiones. —Aquello me dolió mucho más de lo que esperaba. ¿Acaso todavía continuaba pensando en ella después de todo lo que habíamos vivido juntos? Algo intenso se arrebujó agitado en mi interior, pero me obligué a mantener la calma para que Thelma no se percatara de nada de todo lo que estaba pensando—. Owen siempre ha sido muy fiel a sus principios. Durante toda su vida ha sido un chico íntegro y de palabra. Jamás prometía nada que no pudiera cumplir. Y cuando le pidió matrimonio a Sophie, lo hizo con plena conciencia.

Las náuseas se apoderaban de mi estómago. Me pasé una mano por la melena y la revolví en un gesto nervioso que traté de disimular. Sin embargo, Thelma cogió una de mis manos y la envolvió entre las suyas, justo antes de mirarme a los ojos con la expresión de serenidad que la caracterizaba, antes de continuar con su explicación.

—Sophie era la típica chica bonita y dulce y lo enamoró con una sola mirada. Pero, a veces, las apariencias engañan. Owen logró un importante ascenso al poco tiempo de haber terminado los estudios. Se lo rifaban y le hicieron llegar múltiples propuestas con las que Sophie soñaba. Él estaba loco por ella y trató de recomendarla para los puestos que él descartaba; pero, aun así, no hubo suerte. Sin embargo —añadió, justo antes de hacer una pequeña pausa en la que tomó aire y cerró los ojos—, un buen día llegó al despacho y recibió una carta de despido inesperada. Le habían sustituido con el pretexto de que no había pasado el periodo de prueba. Días más tarde, la sorpresa llegó cuando Sophie le comunicó que la habían escogido a ella. Trató de disimular y de mostrar su disconformidad con el cambio, pero a mí nunca me engañó. Aunque yo no podía decírselo a mi hijo, tenía que darse cuenta por sus propios medios...

Comenzaba a hacerme una ligera idea de lo que sucedió a continuación y sentí un fuerte pinchazo de tristeza al pensar en lo que Owen debió de pasar al darse cuenta del engaño en el que había vivido durante tanto tiempo... Pero necesitaba que Thelma terminara de contarme la historia. Ansiaba saber la verdad y descubrir que no era una persona malvada que hubiera jugado de forma gratuita con mis sentimientos. Necesitaba encontrar algo a lo que agarrarme, algo que me diera una explicación acerca de su decisión.

—¿Qué es lo que realmente pasó?

—Sophie se acostó con el superior directo de Owen para conseguir su puesto, mientras él todavía estaba en periodo de prueba. El mismo día que se enteró, Owen sufrió un ataque de ira y, según lo que me contaron sus amigos, bebió hasta perder casi el conocimiento. La mala suerte quiso que Sarah, la hermana pequeña de Sophie, modelo y actriz de profesión, se cruzara esa noche en su camino y Owen dio un paso equivocado. Al día siguiente, tomó la decisión de terminar con Sophie y por la noche apareció aquí en casa, tal y como seguramente recordarás. Acababa de perder el trabajo de sus sueños en una importante cadena de televisión y lo había hecho por culpa de un engaño, precisamente de la persona con la que se suponía que iba a pasar el resto de su vida.

Aquello sí que no me lo esperaba, y me di cuenta de que su historia se parecía en gran medida a la nuestra. Yo misma me había sentido engañada por él, justo por el mismo motivo por el que le habían herido antes a él, aunque en esta ocasión no hubieran mediado infidelidades ni compromisos de por medio.

—¿Puedo hacerte yo una pregunta? —inquirió la señora.

Su petición me extrañó, pues Thelma nunca había dado muestras de ser una señora cotilla y entrometida, pero su tono tampoco parecía que lo dijera en aquel sentido y le dije que sí con la cabeza.

—¿Qué os ha pasado? Se os veía tan bien cuando regresasteis del viaje...

Fue como si una afilada daga me perforara el pecho, saliera y, a continuación, volviera a clavarse en mi interior. Thelma lo sabía. Se había dado cuenta de lo nuestro y lo había mantenido en silencio para no incomodarnos. Tragué costosamente y mi mente regresó momentáneamente al Caribe para enfocar algunas de las mejores escenas que ahora configuraban solo algunos de los recuerdos de mi vida.

—No ha pasado nada... —traté de mentir.

—Cielo. Conozco a mi hijo y sé que algo muy importante ha debido de suceder como para que haya renunciado a uno de los artículos de investigación con los que iba a encumbrar su carrera.

Aquello sí que no me lo esperaba.

—¿Cómo dice?

Me incorporé de nuevo y recuperé aquel latido impropio y desmedido que sacudía y removía todas mis entrañas.

—Pensé que lo sabías.

—No... He estado muy ocupada con Adriana y no he vuelto a hablar con él... —volví a mentir tratando de aparentar normalidad.

—Owen ha rechazado uno de los artículos que tenía pactado con el periódico más prestigioso de Nueva York. Sé que está trabajando en otra cosa, pero pensé que tú tenías algo que ver con esa decisión.

—No..., yo... no sabía nada.

Pero sí que tenía que ver mucho en ella. Estaba segura de que Thelma hablaba del artículo de Corina, no podía ser de otro modo. Me activé de nuevo y todo mi organismo pedía respuestas. Necesitaba saciar la curiosidad y descubrir el porqué de su decisión...

Una parte de mí, todavía inocente y con vestigios de una adolescencia no superada, se mostró ilusionada por la idea. Me asaltaron toda una serie de imágenes en las que Owen declaraba sus sentimientos y todo entre nosotros volvía a la normalidad. Sin embargo, no me hizo falta más de un par de minutos para que la parte racional de mi mente se hiciera con el control y cediera la palabra a la parte de mi corazón que seguía dolida por su engaño. Owen me había fallado, y lo había hecho jugando con lo que más me importaba en la vida. Y aquello no se lo podía perdonar tan fácilmente, por mucho que mi cuerpo clamara por uno de sus besos.

Me puse en pie y me dirigí hacia la maleta, que todavía aguardaba a la entrada del salón. Sentía unos fuertes impulsos de verle y pedirle explicaciones, de que me contara qué había pasado y por qué no me había dicho nada. Necesitaba escuchar su voz, sin importar lo que fuera que tuviera que decirme.

—Se ha marchado... —escuché que decía la voz de la señora Smith desde el sofá en el que todavía continuaba sentada—. No sé cuándo volverá.

¿Es que acaso todo el universo se había confabulado para ponerse en mi contra?

36

Nace una ilusión...

Hacía siete días que Adriana había vuelto a Málaga, justo los mismos que habían pasado sin que supiera nada más de Owen. Me enfrasqué de lleno en la novela de Corina y avancé tanto como las horas dieron de sí.

Pero el viernes por la noche ya no pude soportarlo más. Iba a volverme loca si continuaba con la incertidumbre. No me apetecía comer, ni salir, ni leer, ni hacer nada que no fuera pensar en Owen y en su maldita desaparición del planeta. Así pues, decidí que tenía que hacer algo al respecto, y debía hacerlo cuanto antes.

Esperé a que todos se hubieran acostado y, cuando el silencio reinaba en casa de los Smith, salí de mi habitación y me dirigí con sigilo hacia el dormitorio de Owen. Abrí la puerta con cuidado, entré y la volví a cerrar a mis espaldas sin hacer ningún ruido. Encendí la luz, ahora ya segura de que no me habían escuchado, y eché un rápido vistazo a mi alrededor. Todo estaba igual que la última —y única— vez que había estado ahí. Todo menos el ordenador portátil, del que no había ni rastro. Eché un vistazo a la estantería y seguí con la mirada todo lo que había en ella. Libros de todo tipo colmaban aquellos estantes, seguramente siguiendo un orden que solo Owen conocía.

Me dirigí hacia la cama y me senté sobre la misma sin saber muy bien qué hacer. Todo olía a él, su presencia continuaba impregnada en las paredes a pesar de los días que hacía que no pisaba la estancia. Cogí uno de los almohadones y lo llevé hacia mi pecho, abrazándolo con fuerza. Era un objeto simple y cotidiano que se me antojaba ahora vital y necesario. Cerré los ojos y aspiré su esencia, como si de aquel modo pudiera salvar la distancia que nos separaba.

Volví a abrirlos y dejé que mi mirada se perdiera por cada lugar, cada rincón de su privacidad. No quería tocar nada, pero sentía la imperiosa necesidad de conocer un poco más sobre él, algo que pudiera darme una explicación sobre su paradero y, sobre todo, sobre su decisión respecto de aquel supuesto artículo.

Mi mano se dirigió como una autómata hacia el cajón de su mesilla de noche. Lo abrí con cuidado, casi con temor, y, cuando pude distinguir todo lo que había en su interior, una parte de mí se desinfló por culpa de la decepción. No sé qué había sido precisamente lo que había creído que podría encontrar, pero el simple hecho de no hallar nada ya fue suficiente para entristecerme todavía más.

Repetí el movimiento con el segundo cajón y, tras ver que no había nada más que ropa interior, hice lo mismo con el tercero.

Me incorporé de golpe y salté de la cama. Me agaché frente a la mesilla y me cercioré de que mis ojos no me habían jugado una mala pasada. En el interior del cajón había un paquete envuelto en un papel de colores, tenues y discretos, como lo era él, con una única inscripción en la etiqueta: «Para Haley».

Todo mi organismo reaccionó, sacudido por el descubrimiento y emocionado por indagar qué escondía. Lo palpé con los dedos y descubrí el tacto duro de lo que de forma inconfundible eran las solapas de un libro. Le di la vuelta varias veces entre los dedos mientras me mortificaba a mí misma con las consecuencias de desenvolver aquel regalo que nadie me había entregado. Me sentía horrible. La temperatura ascendió notablemente y un sudor repentino se instaló en mi frente. Tenía miedo, pero aquello no fue suficiente para evitar que siguiera adelante con lo que me proponía. Así pues, decidida a descubrir qué había en el interior, busqué el punto donde el papel se sobreponía y tiré con cuidado de él para descubrir el interior.

Tuve que sentarme en la cama de nuevo a causa de la impresión. En mis manos tenía un ejemplar bastante antiguo de *La Bella y la Bestia*. Abrí la solapa e inspiré el aroma tan típico y propio de los libros viejos. Su tacto era distinto, más recio que el papel que solían usar en las ediciones de hoy en día.

Era una verdadera reliquia. Empecé a ojearlo por dentro, con la delicadeza de un coleccionista. De pronto, algo se deslizó de su interior y cayó sobre mis piernas. Era la parte trasera de una fotografía, en la que Owen había escrito unas palabras que me descolocaron todavía más: «La redención de la bestia».

Sorprendida por aquello, di la vuelta a la fotografía y descubrí la instantánea de aquel día que tanto me había marcado, cuando fuimos a ver los delfines en su hábitat natural. Era una de las fotos que nos había sacado el guía en la parte delantera de la lancha, y los dos salíamos mirándonos fijamente. Resultaba curioso ver cómo podía revolucionarse una persona solo con mirar una fotografía. La acerqué un poco más hacia mis ojos y toda yo me agité en un escalofrío inesperado. Nuestros ojos brillaban con luz propia bajo aquellos rayos de sol que todavía endulzaban más nuestra expresión. Era sincera, real, palpable. Ahí no había ni rastro de mentiras, mostrábamos unos sentimientos puros e inquebrantables, algo que no podía estropearse tan fácilmente de la noche a la mañana. Nadie podía esconder lo que aquella mirada decía, así como nadie podía mentir tan bien como para fingir lo que sus ojos expresaban en aquel instante.

Con el corazón en un puño, volví a dejar el libro en la mesilla, esta vez sin envoltorio, y volví a dejar la fotografía en su interior, segura de que no acertaría la página en cuestión. Sabía que descubriría que yo había estado ahí cuando abriera el cajón, pero ya no me importaba. Como mínimo, le daría una nueva excusa para acercarse a mí y tratar así de obtener una explicación.

El domingo desperté en una mañana radiante y casi veraniega. Nueva York lucía un sol esplendoroso y decidí salir a correr y aprovechar la temperatura. Todavía continuaba trabajando en el manuscrito de Corina, pero necesitaba tomarme un día libre si no quería acabar volviéndome loca entre tantas letras, párrafos y líos de sintaxis.

El lago lucía apetecible, tanto que incluso me tentaba la idea de meterme dentro. En vez de correr, decidí salir a caminar deprisa, lo suficiente para reactivar mis energías y quemar unas cuantas calorías. Sin embargo, el destino guiaba mis pasos de forma automática, casi instintiva, como si solo ellos supieran hacia dónde me dirigía. Y lo sabían a la perfección.

Me convulsioné cuando me encontré de frente junto a aquel árbol, a la sombra del cual había mantenido la primera —y extraña— conversación con Owen. Y más todavía lo hice cuando le descubrí sentado justo en ese mismo punto, tal y como lo había encontrado la primera vez. Del mismo modo que me sucedía últimamente, mi respiración se agitó y el pulso se me disparó. Miles de emociones recorrían mis venas. Deseaba abalanzarme sobre él y estrangularle, con la misma intensidad que deseaba abrazarle y que sus brazos me engulleran mientras sus labios me devoraban con aquellos besos que anhelaba desde hacía semanas. Era todo demasiado extraño.

Alzó la vista y me vio allí plantada, y ya no pude evitar su contacto. Se puso en pie de golpe y se pasó una mano por el pelo, mesándolo de forma repetida en un gesto nervioso. Me acerqué, rezando para que mi poca estabilidad fuera capaz de sostener el peso de mis músculos y no permitiera que cayera de bruces contra el suelo, ridiculizándome y exponiéndome todavía un poco más.

—¿Cuándo has vuelto? —pregunté en medio de aquel extraño silencio.

—Llegué esta madrugada. Estabais todos durmiendo...

—Ah...

Nos quedamos en silencio una vez más, sin saber qué decir a continuación. Miramos distraídos a nuestro alrededor, seguramente en busca de algo que llamara lo suficiente nuestra atención como para poder comentarlo y salir así del paso.

—No debiste mirar entre mis cosas... Pero aquel libro es tuyo, puedes quedártelo.

Le contemplé extrañada, sorprendida quizá de que aquello fuera lo primero que me decía después de todo.

—No tenías por qué hacerlo.

—Hace tiempo que lo tenía guardado, solo que no me atreví a dártelo. Buscaba el momento más idóneo...

—¿Has renunciado a entregar el artículo de Corina? —Me sorprendí diciendo de repente.

Owen me miró extrañado, tal vez por el hecho de que hubiera descubierto aquello sin que él mismo me lo hubiera dicho.

—Sí.

—¿Por qué? —inquirí, dispuesta a hallar la verdad de una vez por todas.

—Porque me surgió uno todavía mejor.

No. No era la respuesta que esperaba. Quería que se disculpara, que me pidiera perdón por haberse apropiado de mi secreto y de mi trabajo. Pero, de nuevo, Owen miraba por su propio ombligo, demostrándome una vez más el soberano alcance de su egoísmo. ¿Acaso no había sentido el dolor del engaño en su propia carne? ¿Por qué me hacía aquello?

—Mira. Estaba dispuesta a concederte una nueva oportunidad para que te explicaras, para que me hicieras entender por qué motivo habías podido llegar a convertirte en una persona tan despreciable como para ser capaz de pisotearme sin complejos ni resentimientos. Pero ya veo que ni así. Adiós, Owen.

Di media vuelta y comencé a caminar a toda velocidad en dirección al caminito de tierra por el que había llegado hasta allí. Me ardía la sangre y solo deseaba tener poderes para hacerme invisible y desaparecer un tiempo de allí. Pero Owen, rápido y sigiloso, me alcanzó a medio camino y me asió con fuerza de la muñeca, deteniéndome en aquel punto.

—Maldita sea, Haley. ¡Deja de vivir el sueño de otros y lucha por el tuyo de una vez por todas!

Revolvió algunos de sus rizos, como si ya nada importara. Se le veía frustrado, pero mi vida no le pertenecía, y mucho menos mis sueños.

—¿Cómo has dicho? —murmuré con los dientes apretados, conteniendo la rabia.

—Me culpas a mí de egoísta, de no haber sido sincero conmigo mismo y mucho menos contigo —continuó él con el rostro contraído por la ira también—. Pero ni siquiera me has concedido un segundo de tu valioso tiempo para que pueda contarte de qué trata este trabajo y por qué desistí del otro.

—¿Y qué más me da? —inquirí con desprecio en la voz.

—Joder, Haley. ¡Todo esto lo he hecho por ti!, ¡¿vale?!

—¡¿Por mí?! ¡¿Cómo te atreves?! —alcé la voz más de lo debido—. ¡Lo hiciste por ti, únicamente por ti!

—No tienes ni la más remota idea de nada, Haley. Y te estás equivocando mucho conmigo. —Me dejó ahí plantada, con la palabra en la boca, y comenzó a caminar en dirección opuesta a donde yo me encontraba, rígido a causa de la tensión.

Fue como si aquel ataque me devolviera con violencia a la realidad. Estaba tratando de decirme algo y yo no entendía nada de lo que ahí pasaba. Pero no quería quedarme con la duda.

—¡Espera! —grité a unos metros de distancia, antes de iniciar la carrera hasta unirme a su paso.

—¿Qué quieres ahora?

—Que me des una explicación —dije sin una pizca de duda en la voz—. Dices que lo hiciste por mí, ¿no? ¡Pues explícamelo!

Owen apretó los labios y ladeó la cabeza sin perder de vista mis ojos. Era como si me escrutara con la mirada y me interrogara a través de ella.

—No creo que debas entregar esa novela, ¿contenta?

Y ahora sí que me había perdido por completo en todo aquel embrollo. Había perdido el punto de origen y el de destino, y mi camino se había desdibujado entre todas las opciones que mi mente había planteado de forma inicial.

—¿Y ahora a qué viene eso? —espeté, casi escupiendo mis palabras.

—¿Acaso crees que alguno de ellos se merece vivir de tu trabajo? ¿Crees que Corina se ha ganado por sus propios medios todo lo que tiene?

Su brusquedad me dolió. No porque se tratara de Corina, ni porque no tuviera razón. Me dolió porque apuntó al lugar más débil, al que solo él conocía. Yo no pretendía vivir del cuento, ni tampoco robarle su fortuna. Cada uno era dueño de su propio destino, y el de Corina no me pertenecía.

—¿Quién te crees que eres para cuestionar mi vida, eh? Me robaste lo que más quería. Te metiste a escondidas en mi vida y me utilizaste para tu propósito, sin importarte mis sentimientos. ¡¡Hiciste que me enamorara de ti solo para cumplir con tu estúpido objetivo!! —grité sin que ahora me importara nada de lo que había a nuestro alrededor. Ni siquiera me importaba que la gente nos mirara a su paso—. ¡¿Acaso te importó?! Me utilizaste como a una cualquiera, como a una de todas esas chicas que caen rendidas a tus pies, como si fueras el único hombre del mundo. ¡No tenías ningún derecho a hacerlo!, ¡¿me oyes?!

Me dolía el pecho.

Me dolía el alma.

Me dolían todas las terminaciones. Mis ojos enrojecidos me escocían mientras unas lágrimas devastadoras corrían por mis mejillas y dejaban todos mis sentimientos al descubierto. Me dolía incluso la brisa del aire impactando contra los poros de mi piel, como si esta se hubiera vuelto extremadamente sensible. Mi cuerpo ya no me pertenecía.

Ya no había vuelta atrás.

—¿Qué has dicho? —inquirió Owen en apenas un hilo de voz que incluso me costó escuchar, a pesar de la poca distancia que nos separaba.

37

—Nada. Déjalo, ¿vale? Me marcho. Me marcho de esta estúpida ciudad a la que no debería haber viajado nunca. Quédate con la exclusiva. Felicidades.

Di media vuelta mientras todo a mi alrededor se desdibujaba a través de mis ojos llorosos. Todo se había desvanecido en cuestión de unos meses. Mi vida ya no era la que había sido antes y yo no tenía nada que ver con la mujer que un día fui. No era capaz de seguir el camino y mis pies pesaban bajo una losa de sentimiento y consciencia que cargaba desde hacía tiempo. Y lo peor de todo era que Owen tenía razón, no había luchado por aquello que deseaba hacer. Pero en vez de ayudarme se había aprovechado de mí, adueñándose de mi trabajo, de todo aquello por lo que había estado trabajando durante tantos meses. ¡Estúpido cretino! ¿Cómo se había atrevido a jugar conmigo de aquel modo?

Me asió de la mano una vez más y me detuvo en seco. Interrumpí el paso y me giré airada, fulminándole con la mirada.

—¡¿Qué más quieres?!

—¡A ti!

Su voz, elevada, grave e intensa, me aprisionó e impresionó. Me quedé sin habla, sepultada bajo su magnetismo y sometida por esa mirada que tantas veces me había quitado el sueño en los últimos meses. Sus ojos me observaban impacientes, enajenados. Supe sin margen de error que había perdido la batalla. Mi corazón le pertenecía, el mismo que ahora latía con fuerza, sin control ni freno, como si se precipitara con pleno conocimiento hacia un precipicio, con un pie ya en el aire.

Entonces, me besó. Y lo hizo con ímpetu, con potencia. Como si temiera que pudiera escaparme en cualquier momento. Pero yo ya no podía hacer nada. Recibí sus labios entre los míos, entreabriéndolos temerosa, degustándolos y perdiéndome en ellos, tan suaves y cálidos como los recordaba. Su sabor, su textura, todo en él era único. A lo largo de la vida puedes llegar a probar miles de besos, y todos ellos tendrán siempre un sabor diferente. Jamás llegarás a probar uno igual que otro. Pero lo que yo experimenté con Owen era algo que escapaba de toda normalidad. Era algo que había leído en infinitas novelas y que incluso había visto en alguna película, pero a la gente no le pasaban tales cosas. Eso no existía. Y ahora me estaba dando de bruces con la realidad. Porque sí, porque la verdad era que existían unos labios predestinados a otros, dos engranajes creados para trabajar de forma simultánea durante el resto de sus vidas.

Abrió los ojos con lentitud mientras nuestros besos se detenían. Me encontré de frente con su mirada penetrante, vencida a su entera voluntad.

—¿Qué es lo que has dicho antes? —volvió a preguntarme, sin permitir que nuestros labios dejaran de rozarse. Su voz ahora era un susurro embriagador que llegaba a mis oídos como una melodía de piano en las manos del mejor compositor.

—Que me utilizaste —dije sin apenas fuerzas, como si buscara mi propia voz en algún lugar recóndito de mi interior.

—Eso no.

Llevó su mano hacia mi nuca y creí que iba a desfallecer. No lo iba a poder soportar durante mucho más tiempo. Sentía la calidez de su piel sobre la mía, traspasándome y alterando el ritmo frenético de mis pulsaciones. Con suavidad, me obligó a levantar la cabeza y sostenerle la mirada. Iba a desmayarme. Jamás creí que unos ojos pudieran tener tanto poder.

—¿Desde cuándo? —preguntó entonces sin que yo pudiera comprender.

—Desde cuándo... ¿qué? —me atreví a susurrar al fin, sin entender cómo todavía dominaba mis palabras.

—¿Desde cuándo estás enamorada de mí?

Aquello escapaba de todo sentido común. Mi pecho latía desbocado contra el suyo, sintiendo las embestidas de mi propio corazón que se precipitaban sin temor hacia el exterior. Sin importarles si saldríamos vivos de continuar así. Era un maldito huracán de emociones, y mi piel se abrasaba en cada uno de los puntos que entraban en contacto con él.

—¡Responde! —añadió entonces, subiendo más el tono de voz y erizándome la piel. Mis ojos se empaparon, tornándose vidriosos ante su esculpida masculinidad. Le deseaba con todas mis fuerzas, con todo mi ser.

—Desde la noche de los delfines —logré responder al fin sin poder contener que mis lágrimas resbalaran silenciosas por las mejillas, empañándome la mirada y liberándome de la esclavitud a la que me habían sometido mis propios sentimientos—. Me gustabas desde mucho antes..., aunque quizá no era consciente de ello... Pero esa noche lo cambió todo para mí. Ya nada volvió a ser lo mismo.

Sus ojos me contemplaban absortos, como si no pudieran dar crédito de lo que yo le decía.

—¿Por qué leíste mi historia? No tenías derecho a vulnerar mi intimidad de aquel modo —quise saber sin poder soportarlo más.

—No leí tu historia, Haley.

Sus palabras retumbaron en mi cabeza como un eco. No podía creer que volviera a hacerlo.

—¿Por qué sigues mintiéndome?

—¡No te estoy mintiendo! —Su mirada se oscureció casi de inmediato. Era como si el hecho de poner en duda su palabra le pusiera en alerta—. No leí tu historia. Tan solo me llevé una copia del manuscrito de Corina, no del tuyo.

—Claro. Por eso usaste mis propias palabras para terminar de aplastar todos mis sentimientos y revolcarte sobre ellos, ¿no?

—Yo no sabía que tú habías escrito eso.

—¡Usaste mis propias palabras!

—¡Dije lo que sentía!

Aquel grito me impactó, como una bola de demolición que chocara contra un edificio pendiente de derribo. Colisionó contra mí y silenció mis palabras.

Owen se removió nervioso.

—Haley, te lo juro. Tienes que creerme. No leí tu manuscrito. —Me asió de las dos manos sin dejar de mirarme a los ojos, exponiendo todos sus sentimientos a través de ellos. No podía estar mintiéndome. Una mirada así no se podía fingir—. Pero sí que lo leí después de que me descubrieras.

—¿Cómo...?

—Adriana.

Escuchar el nombre de mi amiga consiguió hacerme perder el equilibrio, y Owen me sujetó con mayor firmeza para que no cayera al suelo. De la mano, anduvimos de nuevo hacia el árbol y esta vez, conducida por sus brazos y sumida en un extraño estupor, me dejé ayudar por él y nos sentamos bajo la sombra de su floreada copa.

—El día que vinisteis a casa, mientras estabas en tu habitación, Adriana me hizo acompañarla al pasillo. Allí me entregó un USB con la copia de tu novela y me hizo jurar que no la haría pública jamás o ella misma se encargaría de joderme la vida.

Sí, definitivamente aquellas palabras provenían de mi amiga. Pero no entendía por qué motivo me había traicionado a mis espaldas, no era propio de ella, e iba a pedirle explicaciones en cuanto llegara a casa.

—Le di mi palabra, claro. Me sentía tan mezquino que no me veía capaz de volver a fallarte una vez más. Esa misma noche empecé a leer tu historia y creí que no iba a poder terminarla.

Sus palabras consiguieron turbarme y mis mejillas alcanzaron un tono carmesí que no pude evitar. No quería continuar escuchándole..., no si había descubierto la verdadera historia que había escrito.

—Haley, eres una escritora con un talento inigualable. Tienes el don de transmitir con las palabras todos aquellos sentimientos que vives en tu propia piel. Juegas con el lenguaje como si fueras la verdadera dueña de su origen, y tu forma de provocar que uno no pueda despegarse de las páginas es digna de ser ensalzada.

Escuché sus palabras verdaderamente embelesada, rendida por el efecto paliativo que habían producido en mi interior.

—Me dolió conocer el destino que les esperaba a Eileen y Julien. —Su afirmación consiguió que me avergonzara un poco—. Te juro, y lo hago con la mano en el corazón —dijo acompañando las palabras con un gesto tranquilo, en el que puso la palma extendida sobre su pecho—, que siento muchísimo haberte provocado todo ese dolor. Siento no haber sido capaz de ver más allá de mis propios objetivos y no darme cuenta de la maravillosa mujer que tenía delante. Siento cada una de las lágrimas que te he hecho derramar y todos aquellos pensamientos que te he robado, cuando lo único que debería haber hecho era luchar por que tus días empezaran y terminaran con una sonrisa.

»Si hubiera sabido antes lo enamorado que estaba de ti, jamás me hubiera permitido negarme mis propios sentimientos, y mucho menos jugar con los tuyos del modo en que lo hice. Me di cuenta tarde, cuando tu presencia en mi vida ya era demasiado intrínseca. Pero ya no te podía apartar de mí. De hecho, no he podido hacerlo desde el primer día, pues actuaste como un imán, atrayéndome hacia ti y liberándome del infierno al que mis propios actos me habían abocado. Por eso, y por todos los errores que cometeré en adelante, quiero pedirte perdón.

No había sido consciente del momento en el que sucumbí ante aquel hombre que tenía delante, junto al que había descubierto la inmensidad del amor. No encontraba las palabras con las que responder a su disculpa, pero le perdoné. Y seguramente le perdonaría cada uno de los errores de su vida, porque nuestros corazones se pertenecían.

Recibí aquel beso como si fuera la cosa más natural del mundo, pues no podía haber nada mejor que perderme en sus labios y firmar un sello de eternidad en ellos. Su mitad se acopló a la mía y nuestros cuerpos se aferraron, terrenales, sucumbiendo a los efectos calmantes que nos generaba el otro. Si la vida podía regalarte aquellos sentimientos, yo quería continuar viviendo en la inmortalidad de sus abrazos.

—No puedo incumplir el contrato, Owen... —dije al fin, con cierto miedo en la voz.

—Sí puedes..., si firmas uno mejor.

Su respuesta, enigmática como siempre, logró hacerme reaccionar. No tenía ni idea de lo que aquello significaba, pero por la forma en que lo dijo y la convicción de sus palabras no me dio miedo, sino todo lo contrario; estaba segura de que tenía bajo su control algo con lo que conseguir lo que fuera que se propusiera.

—¿Confías en mí?

38

Al principio su plan me pareció una absoluta y verdadera aberración, además de una jugarreta de mal gusto y de la que no veía una salida clara. Sin embargo, tenía una carta en las manos que decía todo lo contrario y yo me sentía confusa, sin poder entender cómo era posible que aquello pudiera estar pasándome a mí.

Pero no era ninguna mentira: el logotipo oficial, el sello y la rúbrica, del puño y letra de una de las editoras más conocidas del mundo, se dirigía únicamente a mí. Empire Editions estaba interesada en mi novela.

Habían pasado ya tres meses desde que Agatha me había ofrecido el proyecto. La última publicación, la historia del neurocirujano, se había erigido como el *bestseller* del año y había alcanzado la escandalosa cifra de dos millones de ejemplares vendidos en todo el mundo en tan solo cuatro meses. Cuatro. Que se decía pronto. Por contrato, aparte de mi nómina me correspondía un uno por ciento de los beneficios, lo cual se decía rápido, pero suponía una cifra que todavía no era capaz de imaginar. Sin embargo, la propuesta que me hacía la editorial rival era muchísimo mejor...

A lo largo de aquellos meses en los que yo había estado trabajando sobre el nuevo proyecto, habían sucedido muchas cosas y todas ellas habían implicado cambios importantes en el manuscrito original del que, de hecho, ya no quedaba nada. Era una historia totalmente nueva, fruto de mi propia cosecha.

Había terminado la corrección del borrador un par de semanas atrás. Se la había entregado a Owen, después de que me jurara y perjurara que sus intenciones eran nobles, y ese día tenía una carta de Empire Editions en la que me ofrecían el mismo contrato que le ofrecía Royal a Corina por mi historia. Era escandaloso.

Me dirigí hacia el dormitorio de Owen, al que entré sin ni siquiera llamar a la puerta.

—¿Puedes explicarme esto? —le dije a modo de saludo tendiéndole la carta.

Su sonrisa apareció y aquel marcado hoyuelo hizo acto de presencia.

—Te dije que tu trabajo valía muchísimo.

—¿Le entregaste la copia de un manuscrito confidencial a Empire Editions? —añadí sin creérmelo.

—Sí. Bueno, de hecho, no. No entregué un manuscrito confidencial. Entregué tu novela, no la de Corina.

—¿Sabes en el aprieto que me has puesto?

Me senté en la cama y Owen se levantó de la silla, se acercó y se arrodilló frente a mí, quedando nuestros rostros a la misma altura.

—Haley, esta es la oportunidad de tu vida. Y la tienes en tus manos. ¡No estás en deuda con nadie!

Me costaba asimilar sus palabras, pues superaban con creces cualquiera de las expectativas que me hubiera marcado jamás. Ser desleal no formaba parte de mis principios, pero lo que Empire me ofrecía era una garantía casi de por vida. Podría dejar de trabajar como correctora y dedicarme a escribir, a entregar todas las historias que guardaba a buen recaudo, o solo algunas de ellas. Eso ya dependía de mí. Pero ahora querían la historia de Julien y Eileen y, a cambio, me ofrecían un contrato con más ceros de los que había visto juntos nunca.

Yo no valía todo ese dinero. Era el morbo de destapar la estafa de Corina lo que había sumado a mi contrato algunos ceros de más.

—Haley, tienes talento. Yo no les he obligado a ofrecerte esto. Lo han hecho porque creen que vales tu peso en oro. ¡Olvídate de todo y vive tu sueño de una vez! Tal vez mañana ya no estemos en este mundo, ¡libérate y disfruta esta maravillosa oferta que la vida te ha puesto en las manos!

Me contagié de su entusiasmo y lentamente fui sintiendo el efecto de la adrenalina fluyendo a través de mis venas. Mis ojos se iluminaron y un torbellino de sensaciones liberó a todas las mariposas de mi estómago, permitiéndoles alzar el vuelo de una vez por todas.

Me puse en pie, avasallada por el éxtasis y dominada por la emoción. Ya no podía detenerme. Alcé los brazos, di un par de vueltas sin poder borrar la sonrisa de mi rostro y al fin dejé que mi voz tomara las riendas de la liberación.

—¡Quinientos mil ejemplares!

Owen me estrechó entre sus brazos y compartí con él la emoción que me poseía. Lo había logrado. Había llegado al fin mi momento y nada podía robármelo. No me importaban las consecuencias. No me importaba el precio. Tenía a Owen conmigo y quería arriesgarme con él.

Al fin y al cabo, la vida trataba de eso, ¿no?

Era arriesgarse o morir.

—Por cierto, ¿qué pintas tú en todo esto? —dije al cabo de un rato, después de haber recuperado el aliento.

—De eso también tenemos que hablar... —añadió en un tono que me descolocó—. Pero primero necesito que estés absolutamente segura de que quieres publicar esta novela con ellos. Digamos que tu contrato y el mío van estrechamente unidos. No habrá uno sin el otro.

Respiré hondo, cogí aire de nuevo y me senté en la cama de Owen. Me recosté, me aseguré de estar cómoda y, cuando estuve segura de que aquello era lo que realmente quería, le insté a contarme el resto del plan.

Llegamos al despacho de Suzanne Pharrell a las diez en punto. Era un despacho completamente acristalado, muy parecido al de Agatha, situado en uno de aquellos céntricos rascacielos, desde cuyas ventanas se podía divisar gran parte de Manhattan.

Suzanne salió de la parte trasera de su escritorio y nos tendió la mano, supurando glamur y riqueza por cada poro de su piel. Era una de esas mujeres que ganaban tanto dinero que su vida se reducía únicamente a eso, a continuar generando riqueza sin saber encontrar la luz al final del túnel.

—Buenos días, chicos. Sentaos —dijo, haciendo un ademán con la mano sin ningún tipo de uso protocolario—. En primer lugar, me gustaría felicitarte en persona, Haley. A lo largo de los años hemos recibido cientos y miles de adaptaciones de clásicos, pero jamás nos habíamos dado de bruces con una versión tan nítida y pura de un clásico histórico tan arraigado en nuestra base cultural como lo es *Romeo y Julieta*. Creo, sinceramente, que tienes un potencial maravilloso, y lo único que deseo es continuar descubriéndote. Si tu pluma ha sido capaz de esculpir en un plazo tan corto y con tal maestría una obra de arte como la que nos has entregado..., te mereces todo mi absoluto reconocimiento y, por supuesto, el de todo el mundo.

—Muchísimas gracias, señora Pharrell —añadí sonrojada, sin encontrar muchas más palabras con las que agradecerle aquel cumplido—. No sabe lo mucho que me halaga recibir esta opinión de una persona tan influyente en el mundo literario como lo es usted.

—De nada. Solo digo la verdad —añadió con una mueca risueña en los labios—. Veréis, nos corre algo de prisa y necesitamos trabajar a un ritmo que no hemos asumido nunca hasta la fecha. El proyecto que nos traemos entre manos es mucho más complicado de lo que aparentemente parece. Supongo que os hacéis a la idea.

Mi estómago se contrajo angustiado y, por primera vez desde que Owen me había contado su plan, y a pesar de las palabras que Suzanne acababa de dedicarme, me sentí sucia y miserable.

—Sabemos que Royal te pide la entrega del manuscrito de inmediato, por lo que esto complica los tempos de forma muy significativa. Tenemos apenas tres semanas de margen, y te aseguro que eso es un límite demasiado justo para colocar en el mercado nacional e internacional quinientos mil ejemplares de tu obra y que estos salgan a la venta al día siguiente de la de Corina. Pero de las negociaciones ya nos ocuparemos nosotros. Por suerte, tu labor de corrección facilita mucho las cosas, puesto que la novela ya ha podido ser maquetada por nuestro departamento correspondiente y las portadas ya han sido diseñadas a la espera de tu aprobación final. Solo necesitamos un seudónimo con el que esconder tu nombre real. No podemos jugárnosla a que nadie descubra tu verdadera identidad antes del día del lanzamiento. Es la única condición que te ponemos... Lo entiendes, ¿verdad?

Le hice un gesto afirmativo y recapacité. Miré a Owen y entonces lo tuve claro. Si tenía éxito, lo haría con él; y si me sepultaba al fracaso, sabía que él me ayudaría a salir. Él formaba parte de ese proyecto y también de mi vida, de la que nunca más le podría apartar.

Algunas personas creían que tatuarse el nombre del ser al que amaban no era más que una forma de reafirmar su relación y dejar constancia de su amor. Yo no llevaba ningún tatuaje, pero decidí regalarles a las dos personas que más quería en el mundo lo que a partir de ese día pasaría a ser mi identidad. Mi huella en el mundo, el símbolo de mi paso por el mismo.

—H. A. Smith —dije al fin sin titubear.

Owen giró la cabeza, atónito por mi respuesta, y sus ojos brillaron centelleantes al contraste con la luz que entraba por la ventana. Fue de ese modo como supe que había hecho lo correcto.

—¿Estás segura? —me preguntó en un hilo de voz que terminó de convencerme.

Recordé al Owen del principio, al chico que había conocido hacía unos meses, al que me había entregado sin ni siquiera yo saberlo. Recordé una de las explicaciones que más me habían marcado desde que había llegado a Nueva York, hacía ya casi un año de ello. Y supe que, a pesar de que él se había empeñado en hacerme creer que ya no creía en el amor, tenía frente a mí a uno de los hombres más íntegros y fieles a sus principios con el que jamás hubiera tenido la suerte de cruzarme. Recordé entonces su teoría sobre la muerte de Severus Snape y cuáles habían sido sus palabras al respecto, sobre aquello de morir por amor llegado el caso de ser necesario. Así, sin poder evitarlo, una sonrisa bañada de felicidad cruzó mi rostro y, sin dejar de mirarle, respondí a su pregunta con seguridad.

—Siempre.

—Bien. Entonces, ahora solo falta que os explique el plan a seguir. ¿Cuento con todo vuestro apoyo?

Los dos nos miramos, sonreímos y le dijimos que sí mientras la euforia y el miedo arrasaban con todo nuestro organismo.

Alea iacta est.

39

Tiemblan de emoción...

Entregué el manuscrito a Royal justo el mismo día que nos reunimos con Suzanne en las oficinas de Empire Editions, tal y como ellos me habían indicado. Tres días después, Agatha se mostró alucinada con la historia que tenía entre las manos cuando me citó de manera urgente en su despacho.

—Creía en su potencial cuando me entregó su primer trabajo, señorita Beckett. Pero lo que acaba de regalarme es una auténtica delicia. Es usted una verdadera joya.

—Gracias.

—Esto va a llevar a Corina a lo más alto de su podio. ¿Se imagina cuánto nos hará ganar? Y a usted, claro. De hecho, desde hoy mismo acepto su cinco por ciento. Se lo ha ganado por sus propios medios. ¿Qué me dice?

Traté de sonreír, pero mi voluntad se negaba a responder a mis peticiones. Ya no me obedecía, y Agatha se percató de mi indecisión.

—¿No le hace ilusión la noticia, señorita Beckett?

—Sí..., sí, claro —añadí temerosa de que pudiera descubrirme antes de tiempo—. Gracias. Me alegro de que le haya gustado.

—Bien. Ayer mismo fue enviado a maquetación y la portada ya está conforme a la petición de la autora. —Aquella palabra se me clavó como un puñal. Me obligué a respirar y a mantener la calma, todo acabaría saliendo bien y Empire Editions y el *New York Times*, a través del artículo de Owen, me ayudarían a contar la verdad—. Puede pasar por diseño y que se la enseñen. Gracias por todo, señorita Beckett.

—A usted.

Salí del despacho abrumada. Sabía que debería haberme mostrado mucho más receptiva, y más cuando en nuestro último encuentro le había puesto las cartas sobre la mesa en un ultimátum que ni yo misma creí posible plantear. Pero no pude evitarlo. Me humillaba que me tratara como si la verdadera autora de esa novela, de cuya idea original no queda ni rastro, no fuera yo misma. Me sentía estafada por esa editorial a la que durante tantos años había venerado. No me gustaba lo que veía, ni lo que Royal hacía con sus autores. Si habían sido capaces de hacer eso con Corina, ¿cuántos escritores más habría en la misma situación que yo?

Me sentí mal por todos aquellos que, con el tiempo, quedarían en la clandestinidad, a espaldas de los grandes que los sepultaron en el anonimato, beneficiándose de su gran trabajo. Yo había tenido la gran suerte de contar con Owen a mi lado, que me ayudó a montar todo el entramado que nos disponíamos a llevar a cabo. De hecho, lo había montado él solo. Yo únicamente había puesto la novela. Por lo visto, la semana en la que Owen había desaparecido, se había dedicado por completo a buscar una solución para aquel enredo en el que él mismo se había metido. Según me contó, después de leer mi novela se dio cuenta de cuánto se había equivocado y rescindió su contrato para el artículo que hablaba de Corina. A cambio, les propuso presentarles uno mucho mejor, con el que conseguirían un número de ventas que ni ellos mismos creerían. Dudaron al principio de sus intenciones, pero al final se dejaron llevar por su instintivo ojo clínico.

Al mismo tiempo, Owen habló con Joël, uno de sus mejores amigos, y le puso al corriente de la situación, sin darle detalles que pudieran comprometer a nadie. Resultó ser que el hermano menor de Joël, Charlie, era ingeniero informático y tenía un importante historial como *hacker*. De hecho, incluso había llegado a estar detenido por ello alguna vez, aunque la policía nunca pudo reunir pruebas suficientes para incriminarle en ninguna de las ocasiones. Era uno de esos chicos que seguramente acabaría contratado por el Pentágono para trabajar en su equipo de máxima seguridad informática. Charlie sería la pieza clave que definiría todo el éxito de nuestra hazaña.

Llevábamos días trabajando duro y cada uno de nosotros nos habíamos dedicado íntegramente a nuestras tareas. Owen recababa toda la información posible sobre los anteriores trabajos de Corina y los correctores que habían participado en ellos. Charlie trataba de colarse en el sistema interno de Royal mientras buscaba los ficheros de toda la editorial para conocer el funcionamiento del sistema y no fallar en el momento clave. Mi único cometido era enterarme de cuándo iba a producirse la impresión de la maqueta de prueba y de cuándo sería la definitiva.

Pasados un par de días más, Charlie había logrado hacerse con el archivo final de la maqueta de la novela y yo ya trabajaba en los cambios sobre la misma. El objetivo era mantener intactos los primeros siete capítulos de la novela para que a primera vista, cuando ojearan el libro, todo pareciera en orden. Bueno, ese era uno de ellos. La verdadera pretensión iba mucho más allá y arremetía contra Corina sin piedad. Queríamos poner en evidencia lo que durante tantos años habían tratado de esconder.

Como el tiempo jugaba en contra de la publicación, cuando la maqueta de prueba estuviera disponible, la harían llegar directamente a mi despacho para que la corrigiera por última vez y confirmara que no hubiera habido ningún desajuste en el volcado del texto. De ese modo, yo autorizaría la orden de impresión —tal y como siempre hacía con las novelas que yo corregía en su fase final— y, por la noche, todos los ejemplares empezarían a producirse en la imprenta para comenzar a ser distribuidos.

Tenía en mis manos el ejemplar que supondría una gran explosión del sistema editorial americano y todavía no me creía que fuera a hacer lo que nos disponíamos a hacer. Yo no había sido nunca la clase de persona que espera la venganza con paciencia. No iba conmigo. Pero alguien tenía que dar el pistoletazo de salida en aquella guerra y yo, al desvelar todo aquel ardid, perdía poco en comparación con lo que podrían perder aquellos pobres autores que, con los ingresos por sus correcciones, a duras penas llegaban a final de mes. En mi caso, Empire Editions, al margen del contrato y los derechos de autor que habíamos pactado, asumió el coste total de los litigios que se generarían en contra de mi persona, de Owen y también de Charlie, una vez descubierto el altercado, pues sabían de buenas tintas que no nos íbamos a librar de unas cuantas demandas por incumplimiento de contrato, injurias, calumnias y delitos informáticos, entre otras. El escándalo de Corina iba a reportarle a la editorial unas cifras de ventas que de sobra cubrirían todo lo que nuestras acciones conllevarían.

Esa misma tarde teníamos reunión con Suzanne, tras informarnos de que ya tenían las primeras muestras de mi novela. Todavía me costaba pronunciar esas dos palabras juntas, tanto que me había visto obligada a repetirlas de forma seguida unas cuantas veces antes de comprender que eran de verdad: mi primera novela.

Cuando llegamos a la recepción, Suzanne nos esperaba sonriente. Era como si no soliera hacerlo nunca, pero cuando lo hacía, transmitía serenidad.

—Hola, chicos —nos saludó nada más vernos—. Teníamos muchas ganas de que llegarais. Han quedado preciosos.

Escuché sus palabras con expectación. En silencio, y contagiados de una exaltación y entusiasmo que no podíamos disimular, la seguimos a través de los amplios y luminosos pasillos hasta un pequeño despacho que todavía no habíamos visto. Cuando abrió la puerta, me fallaron las piernas por culpa de la impresión. Parecían haberse vuelto de gelatina. Toda la estancia estaba repleta de libros y productos de publicidad con la portada de mi novela. Había pancartas, pósters, *roll ups*, estanterías diminutas y unas columnas de cartón con las que cubrirían los dispositivos verticales de alarma que siempre hay a la entrada de los grandes almacenes. Owen me sostuvo ligeramente mientras me dirigía hasta una silla en la que me senté a contemplar toda la maravilla que me rodeaba. Cogí uno de los libros y lo contemplé embelesada. La portada era... indescriptible. Hacía verdadero honor a la historia de Julien y Eileen. Mientras la acariciaba con suma delicadeza, sentí que dejaba una parte de mí en aquel ejemplar que se encontraba entre mis manos. Habían escogido una imagen real de la Riviera Maya, concretamente una de la biosfera de Sian Ka'an. De fondo, en el mar, se veían las aletas de tres delfines y la cola de uno de ellos, que salía con timidez del agua provocando suaves ondas a su alrededor. En la tierra se veía la silueta de dos jóvenes, él de piel morena y apariencia salvaje y ella, fina y delicada como era Eileen. La combinación de colores era dulce y convertía aquel ejemplar en un libro que atraía a simple vista.

Tragué y traté de mantener la compostura, a pesar de que no pude contener más tiempo todas esas lágrimas que seguro que no favorecían mi imagen. Pero nadie podía culparme por ello. Mi sueño acababa de cumplirse y lo sostenía entre mis dedos en forma de libro, con un título que significaba mucho para mí: *El último llanto de los delfines*, por H. A. Smith.

—Gracias, Suzanne. Jamás llegaré a poder agradecerte la oportunidad que me habéis dado.

—No, querida, gracias a ti. Todos nos jugamos mucho con esta publicación, pero, sin tu talento, nada de esto hubiera sido posible. En parte, le debemos muchísimo a Royal... Si ellos no te hubieran descubierto, ¿quién sabe cuántos engaños más hubiéramos sufrido?

Me sequé las lágrimas con la yema de los dedos y sentí los brazos de Owen que me rodeaban. Su contacto me tranquilizó y me hizo saber que todo era real y no un sueño del que iba a despertar cuando menos lo esperara. Sus labios se posaron sobre mi sien y la calidez de su beso serenó mis nervios. Estaba sufriendo demasiadas emociones juntas, y saber que no estaba sola me tranquilizaba en gran medida.

—¿Puedo llevarme uno? —pregunté sin poder desprenderme del ejemplar que todavía sostenía con fuerza contra mi pecho.

—Claro. Llevaos uno cada uno. Os haremos llegar más cuando las cajas comiencen a salir de imprenta. De hecho, hoy solo os quería explicar el sistema que hemos pactado con las librerías de todo el país y enseñaros cómo habían quedado los diferentes diseños publicitarios para la distribución y la venta de tu novela.

Según lo que Suzanne nos contó, por primera vez en la historia de la editorial habían pactado un lanzamiento totalmente «invisible», tal y como ella lo había llamado. Se trataba de un lanzamiento sin publicidad de ningún tipo. Hicieron un comunicado privado a la distribuidora que se encargaba de colocar los libros en las diferentes librerías del país, avisándola de que querían que los libros estuvieran expuestos en todas y cada una de las librerías en la primera columna que quedara a la vista al día siguiente de la publicación de Corina. De igual modo, no se haría llegar ningún tipo de publicidad ni carteles hasta pasadas las veinticuatro horas de su puesta a la venta, y por último, si alguna de las librerías ponía a la venta el libro unas horas antes de su salida oficial al mercado, se verían obligados a asumir el pago de una multa que para nada les resultaría fácil de compensar. No habría publicidad en redes sociales, periódicos ni anuncios de ningún tipo hasta que estuviera oficialmente a la venta. Aquel era el trato por el que, además, habían pagado unos cientos de miles de dólares extra. Por lo visto, la distribuidora había accedido sin problema tras acordar un trato confidencial respecto de toda la información que se proporcionara sobre la publicación. Todo había quedado bien atado y sin fisuras por parte del equipo legal de Empire Editions.

Nos despedimos de Suzanne una hora después y nos dirigimos hacia la casa de Joël y Charlie, donde esperaban nuestra llegada casi tan nerviosos como nosotros.

—¿Es ese tu libro? —preguntó Joël nada más vernos.

Accedimos a hacerle partícipe de todo el ardid después de que Owen insistiera en su sensatez. Joël se había convertido en uno de sus mejores amigos hacía ya unos cuantos años y no le traicionaría fácilmente, y mucho menos estando involucrado de por medio su hermano pequeño.

—¡Es precioso, Haley! ¡Me encanta! —exclamó sin dejar de contemplarlo—. Quiero un par de ejemplares en cuanto salga a la venta... Me los firmarás, ¿verdad?

Reí ante su comentario y le abracé con cariño. Joël era encantador y dulce con todo el mundo, y me alegraba de que Owen se rodeara de personas como él.

—¿Lo tenemos todo listo entonces? —dijo la voz de Charlie tras la pantalla del ordenador una vez que nos acomodamos todos en la diminuta habitación.

—Sí...

Sostenía entre las manos ambos libros con fuerza. No quería desprenderme de ellos ni un solo segundo, pues ambos representaban cosas tan distintas para mí que no deseaba perderlos ni separarme de ellos nunca más. El de Royal, con el nombre de Corina Fox a todo tamaño y color, suponía mi camino labrado en el sector de la corrección. La cumbre, la representación gráfica de que todo esfuerzo tenía su recompensa y de que, trabajando duro, podías llegar a lo más alto. Porque, para ser justos, corregir a uno de los grandes no lo conseguía cualquiera, a pesar de que se hubiera considerado como un grande a la persona equivocada.

Aquel era mi origen, mi tránsito y mi esencia.

Por otro lado, bajo el mismo título, estaba mi primera novela. Con ella había puesto al descubierto mis sueños, mis anhelos y mis miedos, y los había expuesto para que miles de personas participaran de ellos y los sintieran en su propia piel. Era la imagen de mi vida, de lo que siempre me había movido por dentro, de mis principios y de mi valentía. Era mi salto al vacío, aquel del que no sabías si se abriría el paracaídas.

—Está bien, chicos. Tenemos que ser precisos ahora —añadió Charlie.

Habíamos pedido unas pizzas para cenar y la pequeña habitación olía ahora a una mezcla de Coca-cola, mozzarella y beicon. Pero a mí ni siquiera me entraba una miga de pan. Me temblaban las manos y las piernas y sentía que toda mi piel se había contraído con fuerza. Incluso me dolía el roce de las caricias de Owen sobre mi brazo.

—Vale, me dijiste que tenían la orden de impresión prevista para las diez y media. Tengo veinte minutos de margen para entrar en el sistema y modificar el archivo por la copia que me diste. ¿Todavía estáis seguros de seguir con esto?

Owen y yo nos miramos por última vez y dejé que el pánico se apoderara de mí por un segundo. Si Charlie lo hacía, ya no habría vuelta atrás. Los de Empire Editions se habían ofrecido a echarnos una mano con todo el tema del cambio de archivos, incluso Charlie se había reunido con ellos para demostrarles que podía hacerlo por sí mismo sin problema, y le habían bastado apenas diez minutos para colarse en la intranet de Empire Editions y llegar a los archivos que los propios informáticos habían encriptado para ponerlo a prueba. Al final habían cedido a nuestra petición, pues uno de los requisitos de Charlie era que quería trabajar solo y desde casa. La única condición había sido que les mantuviéramos al corriente de todo lo que estaba sucediendo, y les dimos nuestra palabra de que así sería.

Owen se dio cuenta del estado de presión al que me hallaba sometida y me cogió ambas manos para tranquilizarme. Me miró y buscó mi corazón a través de sus ojos antes de decir algo más.

—Si caes tú, iré contigo. No estarás sola. Pero quiero que des este paso segura, sabiendo lo que significa. Consciente de que, en apenas unos días, serás la mujer más odiada del mundo para que, tan solo unas horas después, te conviertas en la autora revelación del año. Y yo no me voy a separar de ti. ¿Quieres saltar conmigo?

Me llevé ambas manos a la sien y apreté la zona con fuerza para mitigar la tensión que se me acumulaba en esa parte de mi cuerpo. Le miré y lo hice con el miedo en el rostro y con la esperanza en el centro del pecho antes de afirmar con un gesto de cabeza.

Aquel era el principio.

No el final.

—Vayamos al lío, Charlie —continuó Owen supurando excitación—. ¿Crees que te bastan veinte minutos?

—Creo que me sobran dieciocho —añadió el otro con sorna y picardía—. Así que guardadme un par de trozos de pizza, por la cuenta que os trae.

Charlie se puso los cascos y subió el volumen de la música, tanto que nosotros tres podíamos oírla incluso a través de ellos. Fueron unos minutos eternos, los más largos de toda mi vida. Ninguno de los tres dijimos nada mientras Charlie se dedicaba a meterse en el sistema y cambiaba un archivo por el otro. Sentía el pálpito tan fuerte que empezaba a temer que pudiera reventar sin contemplaciones.

—¡Ya está! —dijo sobresaltándonos—. ¡Felicidades, chicos! Sois los nuevos enemigos públicos de Royal Editions... A sus pies —añadió, haciendo una reverencia con teatralidad.

Cogí aire y contuve la respiración. Me quedé en una especie de *stand by* mental mientras los chicos me observaban a la espera de una reacción. Mi cuerpo se liberó de golpe y empezó a salir de mi garganta un sonido extraño que lentamente se convirtió en una carcajada, que fue subiendo en grados e intensidad. Era una risa nerviosa, desconocida y que trataba de eliminar toda la tensión que había acumulado durante los últimos días. Ya estaba hecho.

Ya no había vuelta atrás.

Los tres nos pusimos en pie y comenzamos a dar botes, gritos y aplausos por toda la habitación. Habíamos vivido aquellos días con muchísima intensidad y, por fin, todo había terminado. Tan solo quedaba esperar, y yo no cabía en mí de la emoción, del miedo y de todas las sensaciones que, gracias a Corina, a Royal y a Suzanne, había descubierto que existían.

¡El mundo a veces podía ser maravilloso!

40

Llegamos a casa sin apenas poder sostenernos en pie. Bebimos más de la cuenta, pues durante la noche no hubo manera de echarle el freno al asunto. Era viernes y acabábamos de ganar muchísimo dinero con nuestra jugada. Owen había enviado el artículo, que sería publicado el miércoles, el mismo día que salía a la venta el libro de Corina. Lo habíamos leído una y otra vez para comprobar que todo estaba correcto y bien explicado, y al fin, después de que Charlie terminara con su trabajo y nosotros recuperáramos el aliento, él mandó el suyo. Ahora solo cabía esperar.

Nos costaba subir los escalones y eso todavía nos hizo más gracia. Parecíamos dos adolescentes, mandándonos callar el uno al otro a ratos y, acto seguido, coreando canciones en plan *hooligan* cogidos por los hombros. Todo un espectáculo digno de ver.

Entramos tratando de hacer el menor ruido posible cuando, sin querer, Owen tiró la mesilla que había junto a la entrada al golpearla con la rodilla. Sin embargo, las carcajadas ahogadas se detuvieron en seco cuando la luz del pasillo se encendió y, a los pocos segundos, Thelma apareció con los rulos puestos y una expresión indescifrable en el rostro. Posó la mirada primero en su hijo, que se mantuvo inmóvil junto a la puerta, y luego me miró a mí, mientras me trasportaba a mis primeras noches de salidas nocturnas después del instituto.

—Buenas noches —dijo únicamente antes de desaparecer por el interior del pasillo una vez más, con una sonrisa tan enigmática como la de su hijo en el rostro.

Cuando la luz volvió a apagarse, nos entró la risa floja de nuevo. Volvíamos a ser dos niños que se escondían de sus padres tras cometer una travesura. Anduve hacia mi dormitorio dando tumbos y ayudándome con la mano en la pared para aguantar el equilibrio mientras Owen me seguía con las mismas dificultades. Llegué a la puerta y me detuve sin saber muy bien el porqué. Sentía la presencia de Owen a mi espalda, muy cerca de mí. Así pues, me giré y me encontré de frente con su rostro muy cerca del mío mientras su aliento, teñido de un leve aroma de cerveza, invadía el poco espacio personal que todavía me quedaba.

Fue tan rápido que ni siquiera lo esperé. Recibí sus labios y me hundí en ellos casi con desesperación. El miedo a que su madre volviera a aparecer no hizo más que incrementar el ritmo cardíaco y desearle todavía con más ímpetu.

Owen giró el pomo con habilidad sin dejar de besarme y nos adentramos en mi dormitorio en esa misma posición. Nuestros labios llevaban implícito el sabor de la redención y de la culpabilidad. Sabían a deseos obligados a mantenerse a raya, a sueños cumplidos y a plenitud.

Me dejé caer sobre la cama sin hacer mucho ruido y Owen se colocó sobre mí. Sus dedos se deslizaban por mi mandíbula y recorrían mi piel con complacencia.

—No hemos vuelto a hablar de lo... nuestro —añadí con timidez sin dejar de rozar sus labios.

—No creo que haya nada más que hablar..., señorita Smith. ¿Ya te acostumbrarás a tu nuevo nombre?

Su comentario me hizo gracia y calmó los nervios que todavía borboteaban por mi estómago. Le abracé con fuerza y uní mi pecho al suyo, dibujando su contorno con el mío y acoplándome a su piel. Necesitaba sentirle cerca, tanto como lo había sentido en la oscuridad de aquel hotel, y comprobar así que seguíamos encajando a la perfección.

—Necesito saber que puedo contar contigo, Owen.

—Eres parte de mi naturaleza, Haley. Y lo natural es que puedas contar conmigo... Siempre.

Sus palabras bastaron para tranquilizarme. Lo que para otros podía parecer una tontería, Owen lo había pronunciado de forma estudiada y concisa. Supo qué palabras decir y cuáles necesitaba escuchar.

—Por cierto, tu regalo continúa guardado en mi mesilla. Quiero que lo tengas tú y que jamás olvides su historia.

¿Cómo podría llegar a olvidar una historia que se había convertido en parte de la mía?

Mi Bestia, mi hombre misterioso, aquel que no quería exponer sus sentimientos. Me había pasado los meses enamorándome de un hombre del que apenas conocía su pasado, su origen, ni su vida antes de mi llegada. Sin embargo, me dejé llevar por la intuición, por sus ideas, por sus gestos y sus propuestas. Le conocí sin saber quién era y me enamoré de la magnitud de su esencia. Era oscuridad y luz al mismo tiempo, y me bastó sentir que le perdía para saber cuánto le necesitaba. No me importaba su aspecto, ni su pasado. Ni tampoco lo que nadie opinara al respecto. Me importaba que él confiara en nosotros y que yo quisiera saltar junto a él.

No me importaba la altura.

No me importaba el tiempo.

Y, por supuesto, no le temía al aterrizaje.

Dormimos abrazados durante el resto de la noche, guardando el respeto que debíamos a sus padres, mientras sus besos me conducían al lugar donde los sueños se fundían con la realidad y te permitían lanzarte y echar a volar.

Eran las seis de la mañana del miércoles cuando desperté y ya no cabía en mí misma por culpa de los nervios. Deambulaba por la habitación sin atreverme a salir de ella y despertar a nadie. Sin embargo, una vibración en el móvil me alertó de la entrada de un mensaje nuevo y corrí a su encuentro para leerlo cuanto antes.

«Siempre al arriesgar puedes acertar tu elección final.

»Te quiero. Juntos. Siempre.»

Venía acompañado de un vídeo. Lo abrí con los dedos temblorosos y reviví la ilusión de mi infancia con aquella canción de la película que Disney había adaptado con maestría y que, ahora, tanto significaba para nosotros.

Me colé en el dormitorio de Owen y me lancé a sus brazos. Me acogió entre ellos todavía con el móvil en las manos tumbado en la cama como estaba y me besó con la felicidad reflejada en el rostro.

—Todo saldrá bien —dijo justo antes de atraerme hacia él y besarme de nuevo con suavidad—. Pasaremos el día juntos. Hoy nos jugamos mucho los dos, y qué mejor modo que hacerlo de la mano, ¿no?

Desayunamos ante la atenta mirada de sus padres. No les habíamos explicado nuestros planes, los descubrirían en apenas unas horas y recibiríamos nuestro veredicto esa misma noche.

No me presenté en la oficina, y tampoco avisé de mi ausencia. Era solo cuestión de unas horas que trataran de localizarme. Nos sentamos en una de las mesas que había en la cafetería más cercana a la editorial y nos mantuvimos a la espera con los portátiles encendidos y los móviles a mano. Los minutos parecían haberse enganchado en las agujas del reloj, como si se negaran a continuar avanzando. Teníamos en marcha todas las redes sociales, y las actualizábamos cada poco tiempo para comprobar que todo seguía estable.

El primer disparo que marcaba la salida se produjo al fin a las ocho y media de la mañana. La gente ya había llegado a sus oficinas con el *New York Times* bajo el brazo y la primera pausa del café les había permitido echar un vistazo a los titulares. Fue solo cuestión de media hora que el hashtag #laMentiraDeCorina se convirtiera en *trending topic*. Desde el cristal veíamos las colas que se habían formado en la librería que nos quedaba justo enfrente, y que anunciaba a bombo y platillo por todo el escaparate que ya estaba en su poder la nueva novela de Corina Fox. El efecto fue masivo. Las redes sociales multiplicaron su actividad y el bullicio de la calle alertaba a la gente de lo que pasaba, provocando que más personas se unieran a la cola. Todos querían enterarse del gran fiasco de Corina, y deseaban ser los primeros en descubrir si aquello era verdad o si únicamente se trataba de una nueva estrategia de marketing para promocionar todavía más la novela.

Fue mi teléfono el que nos llamó la atención, pues nos hallábamos absortos con el espectáculo que se estaba formando en la calle. Había centenares de personas esperando impacientes en la cola, y todavía faltaba media hora para que la librería abriera sus puertas.

—Es Agatha —dije mostrándole la pantalla.

—No lo cojas. Cuelga. Que sepa que estás al otro lado de la línea.

Le hice caso y el teléfono comenzó a vibrar de nuevo. Volvía a ser ella. Hice lo mismo y tuve que repetirlo hasta diez veces más. Su insistencia superaba todas mis expectativas iniciales.

Al final, decidimos que lo mejor sería apagar el teléfono. Para cualquier cosa, nos podrían localizar en el de Owen.

La mañana continuó y el caos inicial no hizo más que incrementar con el paso de las horas. Era devastador. La prensa se había arremolinado a las puertas de la casa de Corina, de la cual no podía ni siquiera salir. En las librerías se seguían formando colas y los quioscos agotaron todos los ejemplares del *New York Times* antes incluso de que llegara el mediodía. En los noticiarios hacían sus propias conjeturas y todos los periodistas se inclinaban hacia la misma postura: tenía que tratarse de una estrategia de publicidad de la editorial y, como tal, hablaban de un éxito absoluto en su efectividad.

Un número privado apareció en la pantalla de Owen, que respondió con cierto temor en el rostro que, por otro lado, supo mantener al margen de su tono de voz.

—¿Es usted el señor Smith?

—Sí. ¿Con quién hablo?

—Le llamo de la NBC, mi nombre es Anthony Rogers. Nos gustaría hablar con usted sobre la noticia que ha publicado esta mañana en el *New York Times*.

Owen tapó con la mano la parte del móvil donde había el micrófono y se me contagió su expresión de sorpresa.

—¡¡Es la maldita NBC!! ¡Quieren entrevistarme!

—Cíñete al plan. Mañana nos entrevistan a los dos en cuatro canales distintos. Diles que hoy es imposible.

—¡Mierda! —exclamó antes de volver a destapar el micrófono—. Señor Rogers, lo siento pero hoy me resulta imposible.

—¿Cuándo podríamos hablar con usted en privado? Estamos muy interesados en su trabajo.

—¿Qué tal mañana por la tarde?

—Hecho. Le esperamos en las dependencias de la NBC, en el Edificio GE del Rockefeller Center. Traiga un dosier con sus trabajos, por favor. Muchísimas gracias.

Owen colgó el teléfono y acto seguido, embebido de una euforia que no pudo contener, comenzó a dar puñetazos al aire de alegría.

—La NBC, Haley. ¡¡Quieren que les lleve una recopilación de mis trabajos!!

—¡¡¡Eso es fantástico!!!

Me contagié de su felicidad y los dos comenzamos a dar brincos de alegría, en aquel rincón que atesoró uno de los mejores momentos de nuestras vidas. Un par de chicas entraron en la cafetería cuchicheando como locas y ocuparon unos asientos que había muy cerca de los nuestros. Dejaron el enorme vaso de cartón humeante sobre la mesa y, sin poder esperar más, sacaron un ejemplar del libro de Corina de la bolsa y se enfrascaron en su lectura sin perder ni un solo minuto.

Sentí un ligero mareo y volví a sentarme en mi sitio. Dios mío. ¡Iban a leerme! No era la primera vez, puesto que sucedió lo mismo con la anterior publicación de Corina, pero ahora era muy distinto. La obra que iban a comenzar era fruto íntegramente de mi creación, y lo único que deseaba era que aquellos primeros capítulos compensaran la desilusión que iba a provocarles la parte que contenía el resto del manuscrito original de Corina.

Una parte de mí se sintió fatal. Yo nunca había deseado hacerle daño a nadie y mucho menos a Corina. Sin embargo, tuve que convencerme a mí misma, tras hacer esfuerzos titánicos de concentración, de que yo no era la mala de la película, sino más bien el daño colateral. Era Corina la que se había aprovechado del talento de otros escritores y se lo había atribuido sin contemplaciones, cediéndoles un miserable uno por ciento de sus ventas a cambio de su silencio. Toda su fraudulenta treta había llegado ese día a su fin, y mi atrevimiento no fue más que el grito de guerra para que todos los que se habían mantenido en la sombra del anonimato alzaran la voz y reclamaran sus derechos.

Las horas pasaban y la decepción y el bullicio se incrementaron todavía más. A media tarde comenzaron a aparecer los comentarios que daban fe de la veracidad de la noticia, pues tras aquel «magistral» inicio, tal y como lo habían catalogado, la obra se convertía en un sinsentido, irrespetuoso con el lector y con el propio lenguaje. Se sentían estafados, y exigían explicaciones a la editorial por haber permitido que aquello pasara.

Nos encontrábamos los cuatro sentados frente al televisor siguiendo las noticias al minuto, todavía con los ordenadores en marcha. Había recibido un par de mensajes de mis padres y de Adriana, en los que se alegraban por mi valentía y me decían que los rumores habían llegado incluso a España, donde se esperaba con ganas el libro. También había un mensaje aparte de mi padre en el que me pedía extremar las precauciones, por si algún sicario aparecía para aniquilarme. Maldito cine de Hollywood, ¡cuánto daño había hecho! Pero tuve que reconocer que me hizo muchísima gracia, así como también se la hizo a los Smith.

Sin embargo, no fue hasta bien entrada la noche cuando llegaron los primeros comentarios en los que, por primera vez, aparecía mi nombre, escondido bajo mi propio seudónimo. Al final del libro habíamos añadido una carta en la que se explicaba con detalle el porqué de lo que había sucedido y el motivo por el que habíamos decidido actuar así.

El primer mensaje que recibí a través de las redes sociales lo abrí con miedo. Temía que todas las amantes de Corina se pusieran en mi contra para salvaguardar la imagen de su ídolo. Contábamos con aquel factor y era un riesgo que tanto Empire Editions como yo decidimos asumir. Sin embargo, nada más lejos, sucedió todo lo contrario. Las redes se encendieron de nuevo conforme se extendió el rumor de la carta en la última página, y ahora todo el mundo alababa mi osadía. Había cientos y cientos de mensajes, y a cada minuto que pasaba se generaban otros cien más. Corría demasiado, y yo no podía abarcar tantísima información y emociones a la vez.

Nos habíamos tumbado en mi cama siguiendo todo lo que pasaba desde los ordenadores. Pero ya no podía más. Mi cerebro se había colapsado y necesitaba liberar toda la presión que albergaba desde hacía días.

—¿Estás bien? —preguntó a la altura de mi oído en un susurro ronco que terminó de desestabilizarme.

—Supongo.

—¿Sabes qué vamos a hacer? Mañana tenemos que estar resplandecientes. Es importante que tu primera aparición sea espectacular. Y tienes suerte..., porque quizá no te lo creas, pero conozco una forma para conseguir que despiertes con la sonrisa más radiante que puedas imaginar.

Sus palabras alcanzaron mi mente y lograron liberarla de todo el pesar que me producían el resto de sensaciones. Estaba muy nerviosa, mañana sería el gran día. Y Owen había logrado desactivar la parte de mi cerebro que me impedía concentrarme en aquel único pensamiento para concentrarse únicamente en él.

Se tumbó sobre mí, colocó ambos brazos a lado y lado de mi cabeza y fue acercando su rostro al mío con pasmosa lentitud, sin dejar de observarme.

—Eres bonita, salvaje y natural. Eres belleza en estado puro, solemnidad y armonía. Eres un remanso de paz en el que ansío vivir, y un destello en el cielo que contemplar al morir.

A pesar de haber escrito yo misma esas palabras, escucharlas en su voz, en aquel susurro junto a mis labios, consiguió un efecto todavía más poderoso en mí. Fue instantáneo. Le esperaba y mi pecho sufría fuertes convulsiones por el impacto. Me dolía el esternón y sentía el latido del corazón en cada extremidad, llegando incluso a percibir el ir y venir de mi propia sangre hacia todas mis terminaciones nerviosas. Mi Bestia, mi príncipe, mi esencia. Todo él me revolucionaba, me alteraba y predisponía a mi cuerpo a su absoluta integridad.

—Owen..., tus padres..., no podemos... —dije sin poder hilar más de dos palabras seguidas.

—Chsssss... —me silenció con un beso antes de continuar—. Hay muchas formas de hacer que una mujer sonría, aparte de una noche de sexo salvaje... Y yo quiero probarlas todas y cada una de ellas contigo.

41

Llegamos a las oficinas de Empire Editions a las seis y media de la mañana, tal y como nos habían indicado. El movimiento que a esas horas había en las dependencias de la editorial no podía ser normal. Durante las dos últimas semanas habíamos pasado muchos días por ahí y en ninguna de las ocasiones habíamos visto nada parecido.

—Vamos, chicos —nos apremió una voz a nuestras espaldas—. Os esperan en el despacho de Suzanne. Harán la grabación ahí.

Por lo que teníamos entendido, tenían concedida la exclusiva únicamente a cuatro canales, que eran los que habían pagado la mayor suma de dinero por ella. Grabarían en directo y emitirían los cuatro a la vez en sus respectivos medios. En el despacho solo estaríamos Owen, Suzanne y yo con un periodista y un cámara de cada canal. Dispondrían solo de media hora, en la que podrían realizar de forma ordenada todas las preguntas que estimaran oportunas. A las que nos podíamos negar a contestar, en caso de considerarse prejuiciosas o dañinas para nuestra imagen o la de la editorial.

Nos recibieron tal y como llegamos al despacho de Suzanne y nos hicieron acomodarnos en un rincón, donde unas amables chicas comenzaron a maquillarnos. Creo que la que se encargaba de mí se llamaba Valentina, y me pareció que también era española. Pero no estaba segura de ello, pues toda mi atención estaba puesta en lo que sucedía en el interior de aquellas cuatro paredes. Suzanne se acercó hasta allí y nos saludó con un rastro de ojeras que no había logrado disimular, pero con una gran sonrisa en el rostro. Me cogió de las manos y me buscó con la mirada antes de decirme nada. Se notaba lo emocionada que estaba por lo que iba a suceder, y yo estaba tan nerviosa que me costaba incluso seguir el ritmo de sus emociones.

—Querida, hoy es tu gran día. Te lo mereces. ¡Disfruta mucho del éxito!

Y, sin más, me abrazó. Recibí sus brazos al principio con timidez y a los pocos segundos respondí de igual modo, transmitiéndole parte de la felicidad que me invadía gracias a todo lo que habían hecho por mí.

—Gracias, Suzanne. Nunca me cansaré de agradeceros esta gran oportunidad.

Habían dispuesto sobre la mesa diferentes copias de mi novela. Estaba la edición española y la inglesa, lo cual todavía me sorprendió más. No sé cuánto personal estuvo trabajando en la traducción de la obra para que esta pudiera haber sido publicada al mismo tiempo que la española, pero era cierto, ahí estaban las dos, la una junto a la otra, dispuestas a arrasar en las ventas de aquel día. Nos sentamos frente a la cristalera de Suzanne y colocaron los ejemplares y algunos carteles promocionales para que estos quedaran a la vista durante toda la grabación. Nos dieron unas últimas indicaciones sobre el funcionamiento de los micrófonos, y tras unos instantes de tensión, silencio y miradas repletas de nervios, iniciaron la cuenta atrás y las cuatro lucecitas de las cámaras indicaron que ya estábamos en directo.

—Buenos días. Me llamo Suzanne Pharrell y soy la directora ejecutiva de Empire Editions. Hoy hacemos esta entrada porque hemos estimado conveniente justificar todo el revuelo que se creó ayer a raíz de una publicación de Royal Editions. Os debemos una explicación y creemos que la merecéis, porque al fin y al cabo, sin los lectores, nosotros no existiríamos. —Empezó a recitar; aquel discurso parecía haberse aprendido de memoria. Se la veía cómoda y tranquila, como si llevara haciendo aquello durante toda su vida—. Veréis, el escándalo de Corina nos ha chocado a todos y ha supuesto un gran bache en el sector editorial por su relevancia, trascendencia y repercusión. Muchos son los implicados que hay tras sus trabajos, y creemos que todos ellos se merecen el reconocimiento que en su día se les negó. Por eso mismo, la tarea de nuestra autora, la señorita Smith, junto con la colaboración del periodista Owen Smith, ha sido clave para que todo este entramado pudiera salir a la luz.

»Su trabajo ha sido preciso y confidencial pero, sobre todo, muy complicado. Han arriesgado mucho para poder destapar todos estos datos que, a estas alturas, ya todos deben de conocer. Pero no quiero explayarme más; hoy no es nuestro día, es el día de la señorita Smith, nuestra pieza elemental, una reliquia que pretendemos cuidar como se merece y sin la cual nada esto hubiera sido posible. Desde Empire Editions, nos complace anunciarles que, sin duda, contamos con la que se ha convertido en el descubrimiento del año, nuestra autora revelación.

»Todos los que ayer compraron el libro de Corina pudieron descubrir un inicio mágico, cargado de sensualidad, espiritualidad, naturaleza y emociones. Aquellos capítulos, tal y como pudieron leer en la última parte, no son más que el principio de esta historia que hoy les presentamos. Sin duda, una novela con la que desgarrar el corazón para luego recomponerlo trocito a trocito hasta sentir que nuestras almas laten en armonía y serenidad. Todo un logro de la literatura en los tiempos que corren, y que deseamos que disfruten como se merece. Esta historia les pertenece y, les aseguro, permanecerá en un rinconcito de su ser durante mucho tiempo.

Suzanne dio paso a los periodistas después de todo aquel discurso, que me dejó sin palabras. Teníamos el tiempo contado y ella lo sabía, por lo que había articulado las palabras de forma concisa y lo más breve posible para no extenderse más de lo previsto.

—Señorita Smith, de la NBC. ¿Qué la inspiró a escribir esta historia, después de leer el desastroso inicio de la de Corina? —inició el turno de preguntas uno de los periodistas después de que yo me hubiera presentado formalmente.

Sonreí y medité la respuesta a una pregunta que ya esperaba, antes de contestar con elegancia.

—He leído durante toda mi vida y me he empapado de clásicos, de grandes autores y de otros que, a pesar de haber pasado desapercibidos en nuestra base cultural, para mí han supuesto grandes descubrimientos. El conflicto que se genera entre la familia y los principios que habían inculcado a Eileen, así como la confrontación directa que supone con la vida y el entorno de Julien con el de ella, se me antojó tan maravilloso y natural a la vez que no pude más que dar cabida a su historia del modo en que ellos pedían. Corina me brindó la oportunidad de hacerlo en un enclave paradisíaco como lo es el Caribe..., nada más.

—Señorita Smith, de la ABC. ¿Cree usted que su obra está a la altura de los más reputados escritores?

—¡No! Ni mucho menos. Jamás me atrevería a afirmar tal cosa —añadí turbada por una acusación con la que no estaba de acuerdo. Cogí aire y volví a sonreír consciente de que estaba siendo filmada y, a continuación, proseguí con mi explicación para hacerla más clara—. Hay historias que merecen ser leídas y, por supuesto, tomarlas como referencia a veces es inevitable. William Shakespeare, por ejemplo, es todo un referente para mí. Recuerdo que la primera vez que leí *Romeo y Julieta* sentí tantas cosas que no pude más que tumbarme en la cama y concederme unas horas con las que recuperarme de la lectura. Esa fue mi inspiración. Quería escribir una novela con la que tocar la fibra, con la que ahondar en los sentimientos y con la que despertar emociones dormidas. Pero sobre todo quería escribir algo con lo que decirle a las nuevas generaciones que leer es sinónimo de vivir historias tan grandes, que no aprovechar la oportunidad de hacerlo es morir con la tristeza de haber conocido solo una única vida.

—Buenos días, señorita Smith, de la CBS. ¿Hay parte de usted en esta historia? ¿Tiene Eileen algo que ver con usted?

Aquella pregunta sí que me sorprendió, aunque preveía que podía pasar. Dudé y no supe si debía contar la verdad. Sentí la mirada de Owen a mi derecha, penetrándome desde su posición e interrogándome a través de ella. No quería contar nuestro secreto. Aquello nos pertenecía solo a nosotros dos.

—No. Eileen y yo no somos la misma persona. Me desplacé hasta la Riviera Maya con la intención de documentarme y extraer toda la información posible sobre el lugar para plasmarla de un modo fehaciente y que el lector pudiera casi llegar a contemplarla si cerraba los ojos. Eileen solo me acompañó en el viaje, convirtiéndolo en todavía más mágico de lo que realmente fue. Pero esta es su historia y la de Julien...

—Señorita Smith —saltó de nuevo el primero después de unos instantes de silencio—. ¿Qué ha supuesto para usted traicionar a Royal Editions y a Corina Fox?

Mi estómago se contrajo e hizo un fuerte nudo con todas mis entrañas. Pero no podía permitirme vacilar ahora o todo por lo que habíamos luchado perdería su valor. Tenía que ser fuerte y decir la verdad. Ser sincera con los lectores y con mis antiguos compañeros.

—He dejado atrás una etapa muy importante de mi vida por la que estaré eternamente agradecida a Royal Editions. Una cosa no quita a la otra. Dejo a compañeros maravillosos en el camino y a verdaderos talentos que, espero, algún día consigan todos sus propósitos. Sin embargo, cuando descubrí lo que realmente escondía el personaje de Corina me sentí decepcionada y traicionada. No tuve la percepción de que la estaba atacando a ella ni que le fallaba como correctora. De hecho, fue todo lo contrario. Me habían engañado durante muchísimos años, pues había sido ferviente devoradora de todas y cada una de sus historias... —hice una leve pausa en la que cogí aire, suspiré y continué—: Descubrir que no le pertenecían y que Corina no era la escritora a la que todos alababan me hizo tocar fondo en mi carrera. Primero me hundí y pensé que estaba equivocada, y que luchar por algo que había dejado de tener sentido era una absoluta pérdida de tiempo. Sin embargo, con la ayuda de ciertas personas a las que estaré siempre agradecida, me di cuenta de que no era yo quién estaba equivocada, sino aquellos que mantenían toda esa pirámide de mentiras y secretos que tapaban bajo miserables contratos de confidencialidad. No se merecían que nadie continuara sosteniendo sus cimientos, creyendo en sus historias y nutriendo sus mentiras. Son ellos los que actuaron mal, los que trataron de esconder mi autoría, quienes quisieron robarme una obra que había escrito yo en su integridad.

—Pero ¿no había trabajado usted sobre la base de un manuscrito de Corina?

—Sí. Inicialmente me propuse retocar su historia y darle todos los ingredientes que me pidió la editorial. Solicitaron un *bestseller*, algo que les fuera a dar millones, fuera cual fuese su coste. Me encerré y trabajé en la novela, pero, por mucho que intentaba encontrarlo, nada tenía sentido. Así pues, decidí darle la vuelta y recuperé parte de una historia que había escrito hacía años, a la que cambié la ambientación. Los personajes ahora ya eran míos, el inicio también y sus vidas nada tenían que ver con las que Corina había escrito. Lo único que compartíamos era una estancia en el paraíso. Nada más. Así pues, viajé a la Riviera Maya y me empapé de la vida de aquel lugar, en el que empecé a escribir el resto de la novela.

—¿Es real el contenido que se publicó en la novela que sacó a la venta Royal Editions? ¿Es parte del manuscrito original que le entregaron a usted?

—Sí. No está retocado ni modificado. Ese es el escrito original y con el que pretendíamos dar el toque de atención.

—¿Cómo lograron cambiar el archivo original por el modificado? Damos por sentado que antes de la impresión final siempre hay unos ejemplares de prueba, ¿no?

— Dicen que el hambre agudiza el ingenio..., ¿no?

Supe que echar mano del refranero español no era la forma más elegante de negarme a responder a la pregunta y evitar incriminar de un modo tan evidente a Owen, Joël y Charlie. El daño estaba hecho, ya se encargarían en todo caso las autoridades federales de buscar culpables que llevar a la cárcel.

—Señorita Smith, buenos días, de la FOX. Sabemos que el final de su novela ha sido ensalzado por los críticos, que han avalado los primeros comentarios sobre su historia que han sido publicados en la prensa del día de hoy. Dígame, ¿tomaría usted la misma decisión que toma Eileen en el último momento?

Lo medité durante los pocos segundos que tenía para hacerlo y tuve que concentrar todos mis esfuerzos en encontrar la respuesta correcta. Miré a Owen, que mantenía la vista al frente con una expresión de serenidad. Pero, cuando nuestros ojos se cruzaron, la respuesta apareció de forma clara.

—Sí. Siempre.

42

Bella y Bestia son

La entrevista terminó mejor de lo que pensábamos. Las preguntas a Owen fueron en una línea muy distinta a las que me dedicaron a mí y, sin quererlo, le ayudaron a dar muestra de su gran labor periodística en el caso. Incluso nos preguntaron si nuestros apellidos tenían algo que ver o si se trataba de una mera coincidencia, con lo que decidimos poner las cosas fáciles y no regalar más información de la estrictamente necesaria al admitir que Smith era uno de los apellidos más comunes en América.

Nos despedimos alrededor del mediodía de Suzanne y del resto del equipo que había trabajado a destajo en la novela para que todo saliera a la perfección. Brindamos con champán y desayunamos todo un selecto picoteo que la editorial había encargado a un *catering* de lujo para celebrar la ocasión. Todo había salido a la perfección. Las noticias se estaban difundiendo a una velocidad de vértigo y las redes sociales ardían con hashtags que llevaban mi nombre y el de Corina. No quería continuar viendo nada de lo que sucedía en el exterior. Tenía que vivirlo en mi propia piel.

Salimos del gran edificio en el que estaban las oficinas de Empire Editions y anduvimos por las calles de esa gran ciudad de la que tanto me había enamorado. El día había amanecido radiante y soleado y auguraba un verano repleto de sensaciones, sueños y deseos concedidos. Recorríamos las calles cogidos de la mano sin pronunciar ni una sola palabra. Debíamos aprender a gestionar los sentimientos, pues ambos habíamos recibido grandes ofertas gracias a nuestra implicación en el que habían denominado «Caso

Corina». Por supuesto, ese mismo día me llegó la primera demanda legal, carta que se quedó Empire Editions para asumir en su integridad mi defensa. No tenía que preocuparme de nada, se encargaría de ello uno de los mejores despachos de abogados de la ciudad, que garantizarían mi absoluta libertad fuera cual fuese el coste del litigio. Al fin y al cabo, en la vida casi todo se reducía a una cuestión de dinero, y yo no era la que había cometido precisamente la mayor estafa en todo aquel embrollo en el que, en unos meses, me había visto envuelta.

Llegamos a la esquina de la calle Dieciocho, justo a su cruce con la Quinta Avenida. Las colas eran demenciales. Salían en ambas direcciones del edificio sito en el número ciento cinco, en el que, según el libro de los récord Guinness, había ubicada la que había sido considerada como la librería más grande del mundo, perteneciente nada menos que a la empresa estadounidense Barnes & Noble.

Nos pusimos las gafas de sol y un sombrero en mi caso —él lo arregló con una gorra de la NBA—. Pasar desapercibidos iba a resultar complicado después de que nuestros rostros hubieran inundado todos los noticiarios, revistas, redes sociales y canales de televisión.

Llegamos hasta la entrada que habían habilitado en uno de los laterales para todos aquellos clientes que querían acceder a la librería por otro motivo que no fuera el de adquirir mi libro y nos detuvimos frente a la puerta, sin saber muy bien por qué.

—¿Preparada para ser testigo y, por primera vez, ver tu sueño hecho realidad?

Se colocó frente a mí y sus ojos, que distinguía gracias al reflejo de la luz contra sus gafas de sol, me contemplaban con una mezcla de deleite y pasión. Su sonrisa me atraía y su hoyuelo se pronunció mucho más en ese instante. Estaba feliz, lo sabía. Y era un sentimiento puro y sincero.

Mi cuerpo se estremeció, preso de un pánico y de una excitación que no podía esconder. Era mi momento. Ojalá mi familia pudiera estar a mi lado para compartirlo también con ellas. El labio inferior me tembló ligeramente, fruto de la conmoción y del cúmulo de pensamientos que se arremolinaban atropellados en mi cabeza. Estaba a punto de desfallecer, a punto de dejar salir de mi interior todo lo que había llevado en secreto hasta ese día, hasta esa primera hora de la mañana en la que todo se hizo público.

Owen, decidido a convertir la ocasión en la mejor experiencia de mi vida, cazó al vuelo mi sollozo y lo hizo suyo con un beso con el que me partió en dos. Lo saboreé con suavidad y permití que mis lágrimas rodaran por mis mejillas antes de que él las secara con el pulgar. No había lugar para la tristeza.

—¿Saltarás conmigo? —dije únicamente al sentir que sus labios se separaban unos milímetros de los míos.

—Solo si me dejas ser tu paracaídas.

Le sonreí y volví a besarle, ahora ya con una inyección de energía renovada.

Nos dimos la mano y entramos en la enorme librería mientras recuperaba de nuevo la noción del tiempo y del espacio. Escuchaba los gritos de exaltación provenientes de la cola, los cuchicheos, los constantes rumores sobre lo que estaba pasando en las redes sociales. Continuamos andado y fue como si todo a mi alrededor se moviera en una espiral que se difuminaba a una velocidad vertiginosa. Solo había una imagen que se mantenía inmóvil, frente a mí, esperando a ser grabada en mi retina para siempre. Montones de libros, cientos y cientos de ellos colocados apilados sobre todas las estanterías y las mesas centrales que había nada más entrar. Mi portada en todos ellos, con mi nombre y aquel título que me había devuelto a la vida, tras robar la de Julien y Eileen.

Descubrí entonces que los sueños sí que podían cumplirse si se luchaba fuerte por ellos. Luchar o no luchar marcaba la diferencia entre el quiero y el puedo, entre la realidad y la ficción, entre el sí y el no, el ahora o nunca. Creer en uno mismo era la base del éxito, y yo había tardado muchos años en darme cuenta. Pero, por fin, había llegado mi hora, y me sentía verdaderamente feliz.

Nunca me moví impulsada por el dinero, ni me vino a la cabeza la fama ni las consecuencias que esta podría acarrear consigo, solo había confiado y creído en mí, después de que me ayudaran a darme cuenta de la realidad. Les debía muchísimo a los Smith, a mi familia y, por supuesto, a Adriana. Al fin y al cabo, si ella no hubiera confiado en mi potencial y me hubiera «trai-cionado» al entregarle mi novela a Owen..., ¿qué hubiera sido de mí?

Apreté los dedos de Owen, entrelazados con los míos, y nos dirigimos a uno de los tantos expositores llenos de libros. Me detuve frente a ellos y con-templé una vez más la portada de la historia de mi vida. Llevé la mano hacia uno de los ejemplares y lo acaricié, dejándome llevar por el escalofrío que el contacto le produjo a mi cuerpo. Lo abrí, pasé las dos primeras páginas con el título y mi nombre y volví a leer la dedicatoria:

«Cuando creí que el salto sería imposible... llegaste para tenderme la mano y demostrarme que, en realidad, tan solo se trataba de cerrar los ojos y tener fe».

FIN